dtv

Sohara ist Krankenschwester, Single, und entschlossen, ein Kind zu bekommen. Als sie eines Tages zufällig erfährt, daß einer der Ärzte, um sein Gehalt aufzubessern, regelmäßig eine Samenbank beliefert, kommt ihr eine verwegene Idee. – Doch das Leben einer alleinerziehenden Mutter, die selbst in einem orthodoxen Kibbuz aufwuchs, erweist sich als doppelt schwierig. Sohara ist hin- und hergerissen zwischen ihrem traditionell tief verwurzelten Verantwortungsgefühl als Mutter und ihrer Arbeit in einem Jerusalemer Krankenhaus. Wenigstens eins gewährt ihr dieser Konflikt: die Ausblendung des erotischen Faktors. Plötzlich aber wirbelt die Liebe ihr Leben durcheinander. Eine Emanzipation unter ungewöhnlichen Vorzeichen: Der Weg führt von der Unabhängigkeit zur Liebe.
»Mit filigranem Humor und existentieller Tiefenschärfe.« (Saarbrücker Zeitung)

Mira Magén, Anfang der fünfziger Jahre in Kfar Saba (Israel) geboren, blieb der orthodoxen, ostjüdisch geprägten Welt ihrer Kindheit bis heute verhaftet, die Stationen ihrer Biographie verraten jedoch eine Revolte: Studium der Psychologie und Soziologie, Ehe und Kinder, alle fünf Jahre ein anderer Beruf – Lehrerin, Sekretärin, Krankenschwester und schließlich Schriftstellerin. Ihre Erzählungssammlung ›Gut zugeknöpft‹ (dt. 1997) gewann in Israel höchste Anerkennung von Kritik und Publikum, ebenso wie ihre Romane ›Klopf nicht an diese Wand‹ (dt. 2001) und ›Schließlich, Liebe‹, die beide monatelang auf der Bestsellerliste standen.

Mira Magén

Schließlich, Liebe

Roman

Aus dem Hebräischen
von Mirjam Pressler

Deutscher Taschenbuch Verlag

Von Mira Magén
ist im Deutschen Taschenbuch Verlag erschienen:
Klopf nicht an diese Wand (12967)

Für meine Kollegen in den weißen Kitteln
auf dem Har ha-Zofim

Ungekürzte Ausgabe
Mai 2004
Deutscher Taschenbuch Verlag GmbH & Co. KG,
München
www.dtv.de

Titel der hebräischen Originalausgabe:
›Beschochwi uwekumi, ischa‹ (2001)

Umschlagkonzept: Balk & Brumshagen
Umschlagfoto: ›Blossomed Night‹ von Gordon Parks
Satz: Fotosatz Reinhard Amann, Aichstetten
Gesetzt aus der Berling (QuarkXPress)
Druck und Bindung: Druckerei C. H. Beck, Nördlingen
Gedruckt auf säurefreiem, chlorfrei gebleichtem Papier
Printed in Germany · ISBN 3-423-13201-9

Wie bescheiden ist doch der Trost, der,
um zu wirken, nur ein Wort braucht,
eine Berührung, ein Glas Wasser

Erstes Kapitel

Es war jetzt Viertel vor fünf, wenn ich mich beeilte, schaffte ich es noch, Michael zu treffen, das Licht des August täuscht die Menschen, man hat das Gefühl, als verlängerte es den Tag und dauerte noch lange bis zum Abend.

Noch mehr als drei Stunden, bis es dunkel ist, die Schatten der Zypressen sind kurz, und sogar die Kürbisgewächse liegen noch in der Sonne, und noch immer habe ich mich nicht entschieden, ob ich Michael treffen werde. Wenn wir uns sehen, sagt er Sohara zu mir, alle nennen mich so, aber die Sohara, die aus seinem Mund kommt, ist fremd und elegant, als müßte ich mich für meinen Namen gut anziehen und feine Schuhe tragen. Egal, ob er schon gefahren ist oder nicht, heute würde ich mir keine Mühe geben, meinem Namen zu Ehren vornehmer auszusehen, ich würde hingehen, wie ich bin, in meinen flachen Schuhen mit den festen Sohlen, und es wird sein, was sein soll.

Fischman, der Kranke aus Zimmer vier, erliegt auch der Täuschung des Lichts und wird ganz verrückt davon. »Der August gewöhnt einen ans Sterben«, sagt er. »Man steht stundenlang am Fenster und wartet auf den Abend, und die Zeit nimmt kein Ende.« Fischman möchte, daß die Tage für ihn zu Ende gehen und die Dunkelheit früher kommt, denn was ist das Leben schon wert, wenn es nur noch zwei Vergnügungen bietet und auch diese nur heimlich und gestohlen sind. Bei einer von beiden habe ich ihn heute gestört.

Er stand mit dem Rücken zu mir und saugte an seiner Zigarette, tief atmete er den Rauch ein und stieß ihn in dünnen Wölkchen wieder aus. Ein Windzug, der durch das Ostfenster kam, fuhr in seinen Pyjama und blähte ihn am Rücken auf.

»Sie hat mich auf frischer Tat ertappt«, wird er zu den beiden anderen in seinem Zimmer sagen, »ich pfeife drauf, ich bin ihr nichts schuldig.« Er stand zwischen den Treppenpfeilern in der Ecke, die für Raucher bestimmt ist, und hatte sicherlich nicht damit gerechnet, daß ich ihn mitten in seinem Vergnügen stören würde.

Morgen, wenn ich zu ihm komme, um seinen Blutdruck zu messen, wird er mir den Arm mit der geballten Hand hinhalten und den Ärmel nicht hochkrempeln, feindselig wird er die Quecksilbersäule beobachten und auf einen Fehler lauern, entschlossen, unsere Rechnung wieder ins Gleichgewicht zu bringen. »Auf Wiedersehen, Fischman«, habe ich gesagt.

Er steckte Streichhölzer in die Asche des Aschenbechers und fragte nicht: »Arbeiten Sie morgen, Schwester Sohara?« Seine Zigarette war zerdrückt, die Sonne im Fenster war noch rund und brennend, und was morgen sein würde, war nicht wichtiger als das, was in tausend Jahren sein würde.

Diesmal ging ich nicht in den Umkleideraum, um meine Kleider zu wechseln. Die Stimmen der Schwesternschülerinnen kamen aus den engen Kabinen, sie ziehen dort ihre Schwesternkittel mit den blauen Kragen aus, besprühen sich mit Deodorants und cremen ihre nackten Körper ein. Heute ziehst du dich in ihrer Anwesenheit aus, und morgen sollen sie dir gehorchen, sie sollen Betten beziehen und Pfannen ausleeren, so wie du es ihnen aufträgst, und sie werden an die Vene am Oberschenkel von Schwester Sohara denken, an die weiche Falte an ihrem Bauch, und sich damit trösten, daß in den Umkleideräumen die Jugend das Alter und die Autorität übertrumpft.

Draußen war es noch immer sehr hell, Bienen summten in den Sträuchern, sie kamen zu mir und kreisten um meine Tasche und flogen erst wieder davon, als ich die Tür des Fiat zuschlug und losfuhr.

Als ich in die Diskin-Straße einbog, sah ich Michaels Toyota anfahren, aber ich hupte nicht, um ihn aufzuhalten. Einen Moment lang traf die Sonne direkt auf seine Frontscheibe und rutschte dann auf die silberne Motorhaube, bis der Toyota die Hufeisenwende beendet hatte und westwärts davonfuhr. Michael hat eine vollkommene innere Uhr, die sein Timing bestimmt, er läßt sich nicht durch das Augustlicht beeinflussen.

Diesmal war Evjatar nicht herausgekommen, um den Toyota abfahren zu sehen und zu beobachten, wie Rauchwolken aus dem Auspuff kommen, er wartete nicht in der Tür zum Treppenhaus auf mich und stand auch nicht angespannt am Fenster. Durch die Scheibe sah ich nur Milkas Rücken über das Bügelbrett gebeugt und ihre Arme, die das Bügeleisen bewegten.

»Deine Mutter kommt«, sagte sie zu ihm, als ich eintrat, und er machte eine Bewegung mit dem Kinn, brummte Motorengeräusche und fuhr einen kleinen Betonmischer über eine Autobahn aus Brettern.

Mario schnitt Zwiebeln und schob das, was er bereits geschnitten hatte, in eine Schüssel, eine Schweißerbrille schützte seine Augen. »Kaffee, Sori?« fragte er und wischte mit dem Ärmel über die feuchten Gläser.

Er ist schon über drei Stunden zu Hause und hat noch immer nicht das blaue Hemd mit seinem Namensschild ausgezogen. In der letzten Zeit erwacht er sehr früh morgens, und wenn das Müllauto kommt, um die Tonnen zu leeren, steht er auf und geht zur Arbeit. Und wenn ihn der Schlaf schon jetzt flieht, da er doch noch allen Grund zur Müdigkeit hat, was wird dann erst sein, wenn er in Pension geht, wenn er nicht mehr unter den Abwasserrohren des Krankenhauses herumkriechen muß, wenn er nicht mehr Dichtungen an Wasserhähnen wechselt und nicht mehr die Räder von Pritschen und Rollstühlen schmiert? Kann er dann vielleicht überhaupt nicht mehr schlafen?

»Michael war hier«, sagte er.

»Schade, daß ich die Miete nicht dagelassen habe, damit ihr sie ihm gebt, heute ist der Erste«, sagte ich.

»Das ist doch egal, dann eben beim nächsten Mal, es fehlt ihm nichts«, sagte Mario, schob die Zwiebelringe auf dem Brett zusammen und zerschnitt sie in der Länge und der Breite, konzentriert und angestrengt bewegte seine Hand das Messer. »Kaffee, Sori?« fragte er noch einmal, rückte die Brille nach unten und schaute mich über ihren Rand hinweg an. Mario schlägt Kaffee vor, bevor die Leere nach Michaels Besuch sich mit bitterer Stille füllt, am schwersten ist es bis acht Uhr abends, bis die Nachrichten im Fernsehen kommen. Danach kann man schon »sehr richtig« zu etwas sagen, was Chaim Javin gesagt hat, man kann auch »stimmt nicht« sagen oder den Mund halten. Keine Minute wird leer bleiben, die Fernsehfiguren werden über den Bildschirm flimmern und sagen, was sie zu sagen haben, mindestens bis Mitternacht. Milka wird die Gesichter betrachten, um herauszufinden, wer schon eine verbitterte Miene und Falten um den Mund hat und wer nicht, und von wem man vermuten kann, daß er auch nie welche bekommen wird. Sie wird sich einzelne Beeren von den Trauben pflücken, die auf dem Tablett zwischen ihnen liegen, und wenn auch Mario die Hand nach den Trauben ausstreckt, werden sich ihre Finger fast berühren, wenn er von rechts pflückt und sie von links, bis die Stengel an beiden Seiten leer sind und nur ein schmaler Streifen Beeren in der Mitte zurückbleibt.

»Ja, Kaffee«, sagte ich, und bis das Wasser kochte, ging ich die paar Schritte zu meiner Wohnung gegenüber, die ich vor einem Jahr von Michael gemietet hatte. Sie hatten ihm diese Wohnung zur Hochzeit gekauft, aber Inat, die junge Braut, hatte vom ersten Tag ihres Lebens hier nicht aufgehört, die Vorzüge

Tel Avivs im Vergleich zu Jerusalem zu preisen. Als Chaggai geboren wurde, war Jerusalems Unterlegenheit schon unerträglich geworden, und sie zogen nach Tel Aviv und boten ihre Wohnung zur Vermietung an. Für diejenigen, die nach ihnen kamen, hatten sie einen Zwergzitronenbaum in einem Tontopf zurückgelassen, mit der Anweisung, ihn einmal in der Woche zu gießen.

Verschiedene Mieter wechselten einander ab, und Milka, die sich nun nicht mehr um ihren Enkel Chaggai kümmern mußte, kümmerte sich um die Vermietung der Wohnung und setzte eine Annonce in die Zeitung:

Zweieinhalb-Zimmer-Wohnung, mindestens für zwei Jahre.

Wer kann sich schon für zwei Jahre verpflichten? Weiß man denn, was einem der nächste Tag bringen wird? Trotzdem rief ich an und verabredete mich, um eine Verpflichtung für meine Zukunft einzugehen.

Evjatar kam mit mir, und noch bevor wir die Schwelle überschritten hatten, sagte ich zu ihr: »Sehen Sie diesen Jungen? In seiner Biographie gibt es vier Mietwohnungen, dabei ist er noch nicht mal fünf, wir suchen eine Wohnung für länger, mindestens für zwei Jahre.« Ich wußte nicht, ob die Frau, die da auf der Schwelle stand und sich mit dem rechten Hausschuh am linken Knöchel kratzte, überhaupt wußte, was das war, eine Biographie.

»Es geht um die Wohnung gegenüber«, sagte sie, brachte den kratzenden Hausschuh zurück auf den Boden und ging zu der gegenüberliegenden Tür, zog einen Schlüsselbund aus der Tasche ihres Kittels, steckte einen Schlüssel ins untere Schloß und drehte ihn zweimal um. Evjatar wich vor der Dunkelheit hinter der sich öffnenden Tür zurück, seine Beine wurden steif. Erst als sie die Metalläden aufgestoßen hatte und Sonne in die Wohnung drang, ließ er sich hinter mir herziehen, die Hand an der Wand, als tastete er nach einer Erhebung. Farbtropfen waren auf den Boden gespritzt und dort erstarrt, auf den Türstöcken glänzten weiße Streifen, alle Wände waren weiß gestrichen, bis auf eine, die blau war und der man ansah, daß sie seit Jahren nicht berührt worden war.

»Zur Erinnerung an die Zerstörung des Tempels?«

»Es gibt jemanden, der das liebt«, sagte sie. »Wenn die Farbe stört, kann man sie ja mit einer Tapete oder einem Vorhang zudecken.«

»Oder überstreichen, nicht wahr?« fragte ich.

»Nein, unser Sohn erlaubt nicht, daß jemand das Blau anrührt«, sagte sie und kratzte mit dem Fingernagel einen dicken Farbspritzer ab.

Wir beendeten den Rundgang durch die Wohnung in der Toilette. Ein senkrechter Streifen Sonne ertrank in der Kloschüssel, auf dem Spülkasten stand ein Zwergzitronenbäumchen mit einem harten Stamm, seine grünlichen Früchte verströmten einen feinen Duft. Ich verstand nicht, warum die früheren Besitzer es seinem Schicksal überlassen hatten, als wäre es wegen seiner Zwergwüchsigkeit nicht wert, mitgenommen zu werden. Evjatars Gesicht spiegelte sich im Wasser der Kloschüssel und zerfiel, als Milka die Spülung drückte, um den gelben Rand fortzuwaschen, der sich auf dem Porzellan gebildet hatte. Er betrachtete die Staubkörner, die in einem Sonnenstrahl tanzten, und sah zu, wie er im Wasser versank, bis Milka sagte: »Kommt, schaut euch den Garten an.« Wir folgten ihr.

Von der Küche aus führte eine Tür zu einem Gärtchen, ein Satz über die Kürbisgewächse hätte genügt, um fremden Besitz zu erreichen. Ein Spielzeugtraktor war halb im Sand verbuddelt, frische Spuren bewiesen, daß er vor nicht langer Zeit bewegt worden war.

»Der ist von meinem Enkel«, erklärte sie und schob ihren Hausschuh unter ein staubiges Rad, um das Gefährt herauszuholen. Evjatar dachte vielleicht an die Lastwagen, die er mit Hilfe des Traktors beladen könnte, ich hingegen dachte an die gesellschaftlichen Beziehungen, die ihn mit dem unbekannten Traktorfahrer verbinden könnten, und sie folgte unseren Blicken und musterte ihren bescheidenen Besitz: ein Mandelbaum, ein Granatapfelbaum, Miniaturzedern entlang der Straße, eine violette Bougainvillea, die an den Gasbehältern hochkletterte.

»Groß ist er nicht, aber wer hat in Jerusalem schon einen Garten«, sagte sie und lud uns in ihre Wohnung ein.

»Wie viele Kinder haben Sie?« wollte sie wissen und ging voraus, um uns den Weg in ihr Wohnzimmer zu zeigen.

»Eines.«

»Nun, wenn ihr eine Wohnung für drei Personen sucht, dann paßt das ja.«

»Wir suchen eine Wohnung für zwei Personen«, sagte ich.

»Aha«, meinte sie und bot mir einen Sessel an. Sie betrachtete uns und versuchte, aus unserer Kleidung und der Art unseres Sitzens etwas über uns herauszufinden, offenbar überlegte sie, ob sie die Verhandlungen fortsetzen oder direkt nach Evjatars Vater fragen sollte, man sah ihm ja nicht an, ob er einen Vater hatte oder nicht, ob sein Vater tot war oder ob seine Eltern geschieden waren. Sie betrachtete Evjatars Schuhe, die nebeneinander in der Luft hingen, hoch über dem Boden, und fragte: »Können Sie fünfhundert im Monat bezahlen?«

»Ja.«

»Was arbeiten Sie?«

»Ich bin Krankenschwester.«

Evjatar hob sein kleines, besorgtes Gesicht, er wußte, daß das Schicksal des Gärtchens und des kleinen Traktors von meinen Antworten abhing.

»Haben Sie ein regelmäßiges Einkommen?«

»Ja.«

Während sie uns betrachtete, schaute ich mich in ihrem Wohnzimmer um. Das Sofa, der Kronleuchter, die Decken auf den Lehnen, all diese Gegenstände bezeugten die Freude, die ihr Erwerb mit sich gebracht hatte, und zugleich zeigten sie auch, daß diese Freude zu vergangenen Tagen gehört hatte, jetzt achtete man nur noch auf die Erhaltung. Etwas an der Frau, die Evjatar und mich musterte, sagte mir, daß ihr Schicksal und das ihrer Wohnung etwas Gemeinsames hatten, die Tage, in denen sie sich gepflegt hatte, lagen bereits hinter ihr, jetzt sah sie aus wie eine Frau, die aufgegeben hatte und sich dem Prozeß des Verwelkens überließ.

»Wo haben Sie das Kind, wenn Sie arbeiten?«

»Das weiß ich noch nicht, aber wenn wir eine Wohnung haben, wird sich eine Möglichkeit finden.«

Evjatar rührte die Süßigkeiten nicht an, die sie ihm hinhielt, er drückte sich mit mir in einen Sessel, er hatte den Ellenbogen auf ein Knie gestützt und das Kinn in die Hand gelegt. Er drückte den Oberschenkel gegen meinen, als über ihn gesprochen wurde, und lockerte den Druck auch danach nicht. Sie betrachtete ihn, ohne zu lächeln, als sähe sie durch ihn hindurch etwas ganz anderes.

»Sind Sie in Jerusalem geboren?«

»Nein, in einem religiösen Kibbuz.«

Jetzt zog sie einen Hausschuh aus und atmete auf. Durch meinen Geburtsort hatte ich offenbar einen Punkt gewonnen, aber das reichte noch nicht, sie schob ihren Fuß zurück in den Schuh und fragte, ob ich Empfehlungen vorweisen könne.

»Ist das nötig?« fragte ich und notierte ihr die Telephonnummer von Jamima Ochajon, der Oberschwester, und von Odelia, meiner Schwester.

Als wir gingen, stand sie deutlich sichtbar im Fenster, Evjatar schaute sich um, sie winkte ihm zum Abschied nach, er drehte den Kopf und suchte meine Hand.

Sie wandte sich weder an Jamima Ochajon noch an Odelia, sie bat mich nur, noch einmal zu kommen, damit ihr Mann sich ebenfalls einen Eindruck machen könne, bevor der Vertrag unterschrieben würde.

Mario erkannte mich sofort.

»Sie arbeiten in der Inneren«, sagte er und legte Evjatar eine schwere Hand auf die Schulter, Evjatar rührte sich nicht.

»Entschuldigen Sie, daß ich Ihren Namen nicht weiß, ich kenne dort alle, aber ich erinnere mich nicht an die Namen.«

»Ich heiße Sohara Schila.«

»Und wie heißt du, Junge?« fragte er. Evjatar schwieg und schielte zu der Hand, die auf seine Schulter drückte. »Er sieht Ihnen nicht ähnlich.«

»Bestimmt sieht er seinem Vater ähnlich«, sagte Milka und erinnerte sich wohl daran, daß die Sache mit dem Vater noch ungeklärt war; sie fuhr fort: »Warum muß er jemandem ähnlich sehen? Er ist ein Original, nicht jeder kommt so raus wie Chaggai, ein Abklatsch von seinem Vater.« Sie zog an dem Faden, der von einem Kittelknopf herunterhing, und sagte: »Diese Näherei ist nichts mehr wert.« Sie verließ sich nicht darauf, daß der Knopf als Thema ausreichte, und fügte hinzu: »Ein neuer Kittel aus dem Kaufhaus, es ist noch kein Jahr her, daß ich ihn gekauft habe.« Der Faden löste sich, der Knopf fiel ab, der Kittel platzte auf, und Milkas Haut war zu sehen. Mario machte ihr ein Zeichen, und sie bedeckte die bloße Stelle mit der Hand. »Auch von Chaggais neuer Hose sind schon zwei Knöpfe abgegangen.«

»Chaggai ist unser Enkel«, erklärte Mario. »Er lebt bei seiner Mutter, unser Sohn ist geschieden.«

Ich schwieg, was hätte ich auch zu jemandem sagen sollen, der seine Sorgen so sehr haßt, daß er sie lieber direkt anspricht, statt abzuwarten, bis sie sich im Lauf der Zeit selbst enthüllen.

Auch diesmal drückten Evjatar und ich uns gemeinsam in einen Sessel. Der Mann und die Frau, die uns gegenübersaßen, konzentrierten sich auf den Vertrag, der unterschrieben werden sollte, und sprachen wenig. Evjatar schaute zu, wie Mario sich mit der großen Hand an der behaarten Brust kratzte, und ließ den Blick nicht von dem Mittelfinger, dem die Hälfte fehlte, nur noch ein dicker, nagelloser Stumpf war übrig.

»Der Mann hat einen blinden Finger«, sagte er, als wir wieder draußen waren, und betrachtete seine kleinen Hände, um sich zu vergewissern, daß seine eigenen Finger alle sehend waren.

Einen Tag nachdem wir den Vertrag unterschrieben hatten, erschienen Odelia und Nachum mit ihrem alten Lieferwagen, auf dessen Stoßstange »Hebron für immer und ewig« stand, und halfen, unsere Sachen in die neue Wohnung zu bringen. Odelia, im sechsten Monat ihrer Schwangerschaft, gönnte sich keine Schonung. Trotz des Chamsins schlug sie die Ärmel nur bis knapp über das Handgelenk hoch und schleppte die Kartons herein, die Nachum vom Auto lud. Mario und Milka standen an der Tür und staunten über das Paar, das von der Wohnung zum Auto und wieder zurückeilte, er mit einem kupferroten Bart, der in der Sonne glühte, und sie mit einem Kopftuch, dessen Zipfel feucht geworden waren.

»Sie sind fromm, und sie gehören zum Gusch emunim«, sagte Mario. »Es fällt mir schwer zu glauben, daß sie Ihre Schwester ist.«

Und als ich es ihm bestätigt hatte, rief er: »Das Kleine, das unterwegs ist, ist wirklich ihr siebtes? Milka, hörst du, sie hat schon sechs Kinder.« Milka schwieg, als hätte sie sich noch nicht entschieden, ob sie das schrecklich oder verwunderlich finden sollte.

»Alle Achtung«, sagte Mario. »Alles, was sie tun, tun sie um Gottes willen, sie denken nicht an sich selbst.«

»Warum hast du sie dann nicht gewählt?« fragte Milka.

»Weil ich mit ihrem Kopf nichts zu tun habe. Ich hätte ihnen den Kopf ausgetauscht, aber das Herz gelassen,wie es ist, das hätte ich nicht angerührt.«

Odelia öffnete Kartons und räumte den Inhalt in die Schränke. »Ich schlage vor, daß du den Wasserkessel und den Toaster dahin stellst«, sagte sie. »Wenn du mich fragst, ich hätte Evjatars Bett in das hintere Zimmer gebracht, das vordere geht zur Straße. Erstaunlich, wie klein der Abstand zwischen der Hauswand und der Straße ist, kaum eine Katze paßt dazwischen. Sori, bist du sicher, daß der Lärm von der Straße dich nicht verrückt machen wird? Hast du keine Angst, daß dir jemand reinschauen könnte? Ist dir aufgefallen, daß das Fenster in Augenhöhe der Leute ist, die auf der Straße vorbeigehen? Du mußt verlangen, daß man dir Gitter vor die Fenster macht, oder sie müssen dir einen Mietnachlaß geben.« Es schien, als verdoppelte das Ungeborene in ihrem Bauch ihre Kräfte. Mario stand in der Tür und betrachtete die runden feuchten Flecken auf ihren Brüsten. Sie schienen zu platzen und ihre Fülle auf ihr graues Umstandskleid zu ergießen. Er strich sich mit der Hand die Hose glatt und ging in seine Wohnung zurück.

Ein Jahr ist vergangen, und Odelia ist wieder schwanger. Sie ist dreiundvierzig und macht kein Aufhebens von den Krampfadern an ihren Beinen, auch nicht von den Falten um ihren Mund oder von ihrem schlaffen Hals. »Es ist nur der Sack, der Falten schlägt, die Seele glättet sich, Sori, glaub mir, sie wird von Tag zu Tag glatter.«

Der schwere Rauch, der aus Milkas Küche drang, beschlug unser Fenster, nur eine Wand trennt die beiden Küchen. Bis ich den Schwesternkittel aus- und meine Jeans angezogen hatte, pfiff schon der Wasserkessel, den Mario aufgesetzt hatte.

»Schau, ich bin gerade fertig«, sagte er und wendete die leicht angebrannten Fleischstücke auf dem Bratrost, machte das Gas aus und sagte: Wie schade, daß es keinen Wind gibt, der den verbrannten Geruch wegweht.«

»Es gibt Wind, es gibt Wind«, rief Evjatar und blies gegen meinen Hals, er füllte die Brust mit warmer Luft und leerte sie mit feuchtem Atem an mir. Wir saßen im Wohnzimmer und tranken Kaffee. Es gab halbmondförmige Hörnchen, mit Sesam bestreut, die noch von Michaels Besuch auf dem Teller zurückgeblieben waren. Milka bäckt sie immer für ihn, und er verschlingt sie, solange sie noch warm sind.

»In den Caféhäusern, in denen er dauernd sitzt, gibt es so viele Sahnestückchen und andere Delikatessen«, sagte Mario, »aber er ist verrückt nach ihren Hörnchen.«

»Schade, daß er so früh weggegangen ist«, sagte Evjatar, über die Karawane gebeugt, die er zur Küche fahren ließ, und auch ich dachte, schade, und schwieg.

Zu Hause fragte ich ihn, was Michael angehabt hatte. Er nahm den Daumen aus dem Mund und sagte: »Eine Hose und ein Hemd«, dann schob er den nassen Daumen in den Mund zurück.

Am dreißigsten Dezember wird er sechs, und noch immer lutscht er Daumen. Hätte ich ihn für die erste Klasse angemeldet, wäre er der Jüngste, aber weil er so klein und »emotional unterentwickelt« ist, waren sie im Kindergarten dafür, daß er noch blieb. Andererseits hätte er, wenn er zwei Tage später geboren wäre, laut Gesetz sowieso noch im Kindergarten bleiben müssen.

Odelia meinte, es sei schade um die Zeit. »Lernen ist ein großes Privileg, Sori, aber du mußt tun, was du für richtig hältst.«

»Privileg oder nicht, sicher ist jedenfalls, daß ein Jahr länger im Sandkasten den libanesischen Schlamm um ein Jahr hinausschiebt«, sagte ich.

Odelia lächelte und schwieg. Da sie sich daran gewöhnt hatte, immer auf das Gute zu hoffen, glaubte sie nun, daß dann, wenn Evjatar groß sein wird, der libanesische Schlamm getrocknet wäre und Frieden herrschen würde.

»Hat er mir einen Gruß ausrichten lassen oder so?«

»Wer?«

»Michael.«

»Weiß ich nicht mehr«, sagte Evjatar. »Ich möchte Käseknödel.«

»Wir haben nicht genug Käse, wir machen morgen welche.«

»Ich will sie aber heute«, beharrte er und fuhr den Betonmischer gegen die Wand, der Betonmischer kippte um, und ein Rad war verbogen, in der Luft war schon der Hurrikan zu spüren, der auf uns zukam. Evjatar schob das Rad auf die Achse zurück und versuchte, es geradezudrücken. »Siehst du? Nur wegen dir!«

Hätte er gewußt, wie wenig Geduld mir noch geblieben war, nachdem mich das Krankenhaus ausgelaugt hatte, hätte er die Hände von der Kühlschranktür gelassen und sich nicht auf etwas versteift, was es nicht gab. Aber er zerrte mit aller Gewalt am Griff, und sein Gesicht verzog sich weinerlich, und nun dachte auch ich an etwas, was es nicht gab, und überlegte, daß sich da, wo es zwei Elternteile gibt, die Geduld verdoppelt und das schlechte Gewissen halbiert.

»Käseknödel«, wiederholte er und zog aus dem Kühlschrank einen Rest fünfprozentigen Hüttenkäse. »Da siehst du, es gibt Käse.«

»Er reicht noch nicht mal für einen Knödel«, sage ich.

»Warum hast du keinen gekauft?« Er weinte und ging mir nach, bis das Telephon klingelte und ihn unterbrach, als er am lautesten weinte.

»Ich wollte dich zu einem Konzert einladen, Sohara, aber wie ich höre, hast du gerade ein Hauskonzert.«

Ich wurde rot und schwieg. Wenn er mich Sohara nennt, ist es, als würden seine Lippen direkt aus dem Hörer wachsen und sein warmer Atem mich berühren.

Evjatars Gebrüll verlor an Kraft, es wurde zu einem schwachen Jammern, der Daumen drückte auf seine Unterlippe und schob seinen Mund vor, so daß er an einen anderen Mund erinnerte. Es war an der Zeit, ihm das Daumenlutschen abzugewöhnen, damit endlich Schluß mit der Vorstellung war, daß die Gene die Oberhand behielten. Schon in dem Moment, als die Hebamme ihn hielt, beschmiert vom Blut der Entbindung, als er seine kleinen Gliedmaßen bewegte und sein erstes Weinen weinte, hatte ich gesehen, daß er diesen Mund geerbt hatte, es war der noch fast durchsichtige Mund eines Neugeborenen, die Unterlippe vorgeschoben und zitternd, das Doppelkinn faltig und gerötet, solange er weinte.

Nun da ich mit dem Telephon in der Hand vor ihm stand, weinte er plötzlich leiser, als wäre ein Fremder ins Zimmer getreten.

»Es tut mir leid, heute geht es nicht«, sagte ich. Ein Falter kreiste über mir, ließ sich auf das Telephonbuch sinken und bewegte seine dünnen Beine, dann flog er wieder auf und landete auf Evjatars Gesicht, und Evjatar kniff die Augen zusammen und sagte: »Geh weg hier«, und wedelte mit der Hand.

»Was ist mit einem Babysitter?«

»Nein, heute abend nicht.«

»Ich will mich nicht einmischen, Sohara, aber hör dir den guten Rat eines erfahrenen Menschen an, er wird besser aufwachsen, wenn du das schlechte Gewissen von seiner Speisekarte streichst.«

Ich wollte zu Michael sagen, daß einer, dem die geschiedene Frau das Kind aufzieht, sich gute Ratschläge bezüglich des schlechten Gewissens besser verkneifen solle, aber der Nachtfalter taumelte über Evjatar und sank auf den geöffneten Becher mit dem Rest Hüttenkäse. Evjatar verzog den Mund und brüllte: »Weg mit dir!«, und der Falter befreite sich und hinterließ eine graue Spur im Käse. »Pfui!« schrie Evjatar und ließ den Käse nicht los.

Was weiß dieser »erfahrene Mensch« von den kleinen Minuten des Alltags und von den Zehntausenden von Sekunden? Fünf Stunden in der Woche hat er seinen Sohn, und es genügt, wenn er ihm ab und zu etwas mitbringt, das nicht zur Abmachung gehört, um ihn in den Stand eines Engels zu erheben.

Sein Chaggai ist ein Jahr älter als Evjatar. Er hat lange Glieder und kräftige Schultern, er bestimmt die Route der kleinen

Lastwagen, und Evjatar gehorcht. Evjatar stemmt die geballte Faust in die Hüfte und steht breitbeinig da, so wie Chaggai, er sieht, wie der andere die Hose herunterzieht und auf einen nackten Kürbis pinkelt, und zieht ebenfalls die Hose herunter, und beide pinkeln im Bogen auf die Kürbisse. Chaggai läßt seinen Pimmel tanzen und sagt: »Hast du gesehen, wie groß er ist? Ich bring dich um, wenn du ein Wort zu meiner Oma sagst.«

»Aber sie wird das Pipi an den Pflanzen riechen«, sagt Evjatar und zieht die Hose wieder hoch.

»Was heißt da riechen? Gleich ist es getrocknet. Warum hast du Angst wie ein Mädchen?«

Chaggais Unterkiefer ist kräftig, wie der seines Vaters, das Kinn kantig, und auch er zieht, wenn er etwas ausheckt oder wenn er traurig ist, die Lippen zusammen, als wollte er pfeifen.

»Bei dir ist alles so einfach, Michael«, sagte ich, und ich wußte, daß das nicht stimmte. Nichts ist bei ihm einfach, aber für wen ist es schon einfach im Leben, außer für Odelia und Nachum? Ist es für Milka und Mario vielleicht einfach? Für meine Mutter? Für Evjatar? Auch wenn dieser Abend ruhig gewesen wäre und es keine Enttäuschung wegen der Käseknödel gegeben hätte, ist es zweifelhaft, ob ich mit meinem Vermieter ausgegangen wäre.

Monatelang hatte ich hier gewohnt, ohne etwas von ihm zu wissen, bis er eines Tages aus der großen Welt zurückkam und seinen Leihwagen vor dem Haus parkte, ausstieg und dastand, die Hände in den Jackentaschen, die Straße betrachtete, das Gebäude, die Wolfson-Türme und den Himmel darüber, bevor er ins Haus ging. Er hatte Schultern wie Mario, auch sein Hals war kräftig wie der seines Vaters. Sein von der Sonne beleuchtetes Kinn war glatt rasiert und kräftig, eine Sonnenbrille mit blauen Gläsern verbarg seine Augen, und beim Gehen sah man, daß seine Beine leicht nach außen gebogen waren, aber nicht so ausgeprägt wie bei seinem Vater.

Seit dem Morgen hatten sie auf ihn gewartet. Milka hatte Fische gebraten, wie er sie liebte, sie hatte diese knusprigen Halbmonde gebacken, sie hatte ihren Kittel gegen ein Kleid getauscht und den Scheitel, der ihre Haare teilte, nachgezogen. Mario hatte geduscht, ein festliches Hemd angezogen und den Siphon an der Sodaflasche erneuert, denn Michael liebte es, seinen Wodka mit Sodawasser zu mischen, so wie es Leute tun, die das gute Leben zu schätzen wissen.

Nachdem er eine Stunde mit seinen Eltern verbracht hatte, waren Schritte auf dem Gang zwischen den beiden Wohnungen zu hören, dann wurde auf ungewohnte Art an meine Tür geklopft.

»Ich bin Michael«, sagte er und streckte mir eine trockene, warme Hand entgegen, und ich sah, daß die drei Knöpfe an seinem Jackett wie glänzende Münzen aussahen. Ich senkte den Kopf, um zu prüfen, ob meine Hosenbeine lang genug waren, um meine Putzlatschen zu verbergen, und entdeckte, daß sich aus dem einen Hosensaum Fäden gelöst hatten und über den Knöchel bis zu den Latschen hinunterhingen, ich sah auch einen entenförmigen Fleck auf meinem rechten Hosenbein, doch das alles waren nur Kleinigkeiten im Vergleich zu der ästhetischen Errungenschaft auf meinem Kopf: ein Bürogummi hielt meine Haare zusammen, machte einen goldenen Springbrunnen aus ihnen und entblößte die grauen Haarwurzeln an der Stirn.

»Darf ich?« fragte er und trat ein. Er betrachtete die Decke, den Boden und die wenigen Bilder, die ich aufgehängt hatte, dann ging er zum Schlafzimmer. Die Sonne fiel in schrägen Strahlen auf die blaue Wand, ich stand hinter ihm und wartete darauf, daß er mir Vorwürfe machen würde, weil ich Fische an die Wand gemalt hatte.

»Ich hätte Sterne hingemalt«, sagte er.

»Warum?«

»Weil mich die Dinge, die außerhalb meiner Reichweite sind, viel mehr interessieren«, sagte er. »Fische gibt es in den Meeren mehr als genug.«

»Ich habe gehört, Sie legen Wert darauf, daß die Wand blau bleibt«, sagte ich.

»Stimmt.«

»Sind Sie jetzt böse?«

»Das weiß ich noch nicht«, sagte er und wandte sich an Evjatar. »Wie heißt du denn, Junge?«

Evjatar sagte seinen ganzen Namen, wie man es einem Beamten gegenüber tut, dann ging er zum Fenster, legte sein Kinn auf das Fensterbrett und schaute hinaus auf die Straße.

»Ich habe auch so einen, er lebt bei seiner Mutter.«

Ich nickte zum Zeichen, daß ich davon gehört hatte, und schwieg – zwischen der Mieterin und dem Vermieter gibt es kein Gleichgewicht, er besitzt eine Wohnung zuviel, und sie besitzt noch nicht einmal ein eigenes Zimmer. Wäre da nicht das Jackett mit den Münzknöpfen gewesen, hätte ich gesagt: »Es ist bestimmt nicht einfach für ein Kind, in einer halben Familie aufzuwachsen«, oder was man halt so sagt, doch im Moment war ich nur daran interessiert, das Gummiband so von meinem Kopf zu bekommen, daß es aussah, als wäre es von selbst runtergefallen, und wie ich ein Bein hinter das andere schieben könnte, damit wenigstens einer der Schlappen unsichtbar wäre. Doch noch bevor ich mich wie ein Storch hinstellte, verwarf ich die Idee wieder. Ich schuldete ihm doch nichts, oder? Sollte er doch denken, was er wollte, uns verband nichts als die Miete, und die bezahlte ich ihm pünktlich. Ich senkte den Fuß wieder, der Schlappen rutschte ab und knallte auf den Boden. Michael betrachtete ihn und die aufgelösten Fäden, die über meinen Knöchel hingen, und lächelte ein Viertellächeln.

»Lebt der Zitronenbaum noch?« fragte er.

»Ja, Sie können ihn besuchen«, sagte ich und machte die Tür zur Toilette weit auf. Auf dem Wasserbehälter, beleuchtet von der Sonne, stand das Zitronenbäumchen, seine kleinen, grünen Früchte sahen in diesem Licht fast durchsichtig aus, die Blätter waren dunkel und gesund. Michael beugte sich über das Klobecken, um mit seiner Nase die Blätter zu berühren, und sein Abbild verdunkelte für einen Moment das Wasser. Es fehlte nicht viel, und sein goldener Stift wäre ins Wasser gefallen, fast hätte ich sehen können, ob er lieber auf ihn verzichtete oder ob er den Ärmel hochkrempelte und mit seiner trockenen Hand ins Klobecken faßte, aber der Stift steckte fest in seiner Tasche und bewegte sich nicht. Als er sich wieder aufrichtete, löste sich sein Schatten von der Wand, und die Klopapierrolle und der Behälter für Hygieneartikel lagen in der Sonne und ließen das Klo rosa aufleuchten, es fehlte nur noch ein samtiges Hufeisen vor der Toilette und ein verschnörkelter Spitzenbezug auf dem Deckel, um die Fröhlichkeit dieses Ortes zu vervollkommnen.

»Sind Sie zufrieden mit der Wohnung?« fragte er und verließ die Toilette wieder, ohne die Tür hinter sich zuzumachen.

»Ja, sie ist in Ordnung.«

»Für meine Mutter ist das ein gutes Geschäft«, sagte er. »Sie hat zwei Fliegen mit einer Klappe geschlagen.«

»Wer ist die zweite Fliege?« fragte ich, und Evjatar hörte »Fliege«, drehte den Kopf, betrachtete die Decke und schaute dann wieder aus dem Fenster.

»Ihr Sohn, soweit ich verstanden habe. Sie paßt auf ihn auf, wenn Sie bei der Arbeit sind. Eine prima Therapie für sie.«

»Ich habe meinen Sohn noch nie als Therapie für irgend jemanden gesehen«, sagte ich und schwieg. Michaels Schultern waren vorgewölbt wie bei einer Katze, die sich vor dem Sprung in die Kürbispflanzen duckt. Bestimmt würde er ein paar Zentimeter wachsen, wenn er sich aufrichtete. Wäre er nicht mein Vermieter gewesen, hätte ich seine Aufmerksamkeit auf seine Wirbelsäule gelenkt und auf die Zentimeter, die er sich kleiner machte, und er hätte sich aufgerichtet, sich gestreckt und mich überragt. Der Anflug eines Lächelns erschien auf seinem Gesicht und verzog seine Lippen. Er schaute mich an, den Türgriff in der Hand, und ich betrachtete meine Schlappen.

»Vergessen Sie nicht, Sohara, wenn Sie schon malen wollen, dann lieber Sterne als Fische«, sagte er, drehte sich um und ging hinaus.

Jetzt, da er mich beim Namen genannt und »Sohara« laut ausgesprochen hatte, tat es mir leid, wie ausgefranst meine Hosen waren, auch daß meine Haarwurzeln wegen des Bürogummis sichtbar waren. Alle nennen mich Sohara, aber aus seinem Mund hat mein Name einen großartigen und eleganten Klang, zu dem Putzschlappen überhaupt nicht passen. Evjatar fragte, was das sei, eine Therapie, und wer dieser Mann sei und ob wir ihm jetzt die Wohnung zurückgeben müßten, und als er hörte, daß dies Chaggais Vater war, drückte er sich die Faust an die Schläfe und zählte laut Chaggais Vorrechte auf, zu denen nun noch dieses kam.

Nach dem ersten Besuch, den uns unser Vermieter abgestattet hatte, sahen wir ihn von Zeit zu Zeit wieder, wenn er seine Eltern am Schabbat besuchte und Chaggai mitbrachte. Den Leihwagen hatte er gegen einen silbernen Toyota eingetauscht, und Evjatar lernte bald, das Motorgeräusch zu identifizieren, und bei jedem Toyota, der an unserem Haus vorbeifuhr, horchte er auf.

Nur ein einziges Mal sagte er: »Chaggai hat es gut, daß er einen Vater hat«, dann kam er nicht mehr darauf zurück. Er kannte bereits die Macht des Schweigens, wenn es um dieses Thema ging, so wie er den Wert des Aufschreis kannte.

Nun stocherte er in dem Becher mit Hüttenkäse und zerdrückte die Käsebröckchen, und immer wieder wurde er von Schluchzen geschüttelt, und in den Pausen war ein Zypressenzweig zu hören, der ans Fenster schlug. Die nassen Wimpern klebten an seiner Haut, als er auf dem Boden einschlief, der Käsebecher stand zwischen seinen Füßen. Bereitwillig hielt er mir seinen Körper hin, damit ich ihm seinen Pyjama anzog, dann ging er aufs Klo, schlapp und verschlafen, noch zittrig von der Stille nach dem Weinen. Zusammengerollt wie ein Embryo lag er im Bett, die Knie an den Bauch gezogen und die Arme über der Brust gekreuzt, als wollte er seine Reibungsfläche mit der Welt verringern. Die Zypresse bewegte sich vor dem Fenster und warf einen Schatten auf seine Wange. Ich deckte ihn zu und wußte genau, daß im weiteren Verlauf dieses Abends mein schlechtes Gewissen mit dem Gefühl, etwas versäumt zu haben, konkurrieren würde, und im besten Fall würden beide beim Duschen weggeschwemmt werden. Im Spiegel über dem Waschbecken sah ich mein angestrengtes, erschöpftes Gesicht, ich hatte keine Wahl mehr, ich mußte akzeptieren, daß es langsam Zeit wurde, der Natur die Stirn zu bieten. Ab morgen also Übungen zur Stärkung der Bauchmuskulatur, und was den Bereich oberhalb des Bauchs betraf, wäre es nützlich, den Vorrat an Büstenhaltern aufzufrischen und solche zu kaufen, die hochhielten, was die Zeit hatte sinken lassen, und es mußte auch eine Lösung für die Haare gefunden werden, deren Ansatz die Farbe verloren hatte. Auch Michaels Schläfen wurden bereits silbrig, aber vermutlich würde seine Gestalt so lange jugendlich wirken, solange er einen flachen Bauch hatte und seine Haare auf der Brust noch nicht weiß geworden waren.

Eine Dunstwolke brach aus der Tür der Dusche, segelte zu der Glühbirne im Flur und löste sich an der Decke auf, es war zu früh zum Schlafen und zu spät für Dinge, die einen gewissen Ernst verlangen. Ich machte den Fernseher an, setzte mich hin und feilte meine Nägel. Es war das erste Mal, daß er mir vorgeschlagen hatte, ihn zu treffen, und ich hatte »heute abend nicht« gesagt, so als könnte mir jemand versprechen, daß es einen weiteren Abend geben würde. Auf dem Bildschirm küßte sich ein Paar, und meine Lippen spitzten sich, als würden sie auch gleich geküßt, und als die Schauspielerin seufzte und stöhnte, machte auch ich den Mund auf, und ein langes Gähnen kam heraus. Von der Straße waren einmal schwere und einmal leichte Schritte zu hören, jemand beeilte sich wegzugehen, ein anderer kam schnell zurück. Die drei Zypressen dicht vor der Hauswand verbergen uns vor Blicken von der Straße her, aber die Straße bleibt nicht verborgen vor uns, denn wir haben Sichtschlitze zwischen den Zweigen, und wenn die Zweige zu dicht werden, schneiden wir uns Fenster heraus. Diese Bäume, deren ganzer Lebensraum aus einer Bewässerungsmulde im Durchmesser ihres Stammes besteht, strecken sich und wachsen in die Höhe.

Odelia hat einmal gesagt, Bäumen gelingt es besser als Menschen, dem Himmel näher zu kommen.

»Aber die Menschen bauen Türme, die den Abstand verringern«, hatte ich eingewendet.

»Gott ist nicht dafür«, sagte sie. »Man hat ja gesehen, was aus dem Turm zu Babel wurde.«

»Merk dir, daß es so was wie den Himmel nicht gibt«, sagte ich. »Es gibt die Atmosphäre, und dahinter fängt das All an.«

Odelia erschrak, es stand doch ausdrücklich geschrieben: »Am Anfang schuf Gott Himmel und Erde.« Sie und ich, wir hatten einmal im selben Zimmer geschlafen und die Welt vom selben Fenster aus betrachtet. Wenn wir auf dem Rücken lagen, sahen wir den Himmel, sehr klar und sehr blau, und wenn wir uns auf die Ellenbogen stützten, sahen wir den Zaun, der den Kibbuz umgab, und das Kohlfeld, das sich bis zum Horizont erstreckte, als würden sich vom Stacheldraht des Zauns bis zum Ende der Welt Blätter umeinanderwickeln, um zu grünen Kohlköpfen zu werden.

Jahre später sagte ich ihr, sie habe recht gehabt, die Atmosphäre gehört den Physiklehrern, doch wie traurig wären wir, wenn es keinen Himmel gäbe. Da trug sie schon lange Jeansröcke und Ärmel bis über die Ellenbogen und war schon eine begeisterte Anwältin Gottes. In all den Jahren, die vergangen waren, hatte sie ihn nie enttäuscht, wenn sie es sich nicht insgeheim als Verfehlung anrechnete, daß ich ohne Hochzeitsbaldachin und ohne Segen einen Sohn auf die Welt gebracht hatte, ein Kind ohne Vater.

Morgen werde ich zwei Packungen Hüttenkäse und Puderzucker kaufen, der Duft nach Käseknödel wird Evjatar auf dem Heimweg vom Kindergarten entgegenkommen. Er wird rennen, und ich werde Angst vor einem Stein haben, vor einem Stück Draht oder vor einer Katze, die ihm vor die Füße geraten und ihn zu Fall bringen könnten, als würden rennende Kinder von einer Katastrophe erwartet. Wann wird man von dieser Angst geheilt, beim zweiten Kind? Beim vierten? Beim achten? Wenn Odelias Kinder vom Dach des Schutzraums springen, hört sie ihre Schuhe auf den Beton schlagen und lächelt, als hielte die Welt nur Gutes für sie bereit, solange nichts anderes bewiesen sei, und wenn sich etwas anderes herausstellt, wenn es zu einem Zerwürfnis oder einer Störung kommt, sagt sie bestimmt, es hänge nur davon ab, wie man die Dinge interpretiere: »Glaubst du nicht, Sohara, daß alles noch viel schlimmer hätte kommen können?«

Schritte näherten sich dem Haus, jemand rieb seine Schuhsohlen an dem Eisen, an dem man den Schmutz entfernen kann. Milka richtet jetzt die Daumen unter der Decke auf und hebt das Ohr vom Kissen. Wenn das Müllauto dröhnt und Mario aufwacht, wird sie still wie ein Stein in ihrer Betthälfte liegen, und wenn sie aufsteht, ist seine Seite schon vollkommen kalt. Sie macht das Bett, und die orangefarbene Decke aus Kordsamt vereint die beiden Hälften. Und am Dienstag, dem Waschtag, hängt sie die doppelten Laken an die Leine. Ein seltsamer Gedanke, daß früher einmal ihrer beider Wärme und Feuchtigkeit von einem einzigen Laken aufgesogen worden waren.

»Hör auf, dir selbst leid zu tun«, hatte sie vor einiger Zeit zu mir gesagt. »Es gibt genug Leute, die dich beneiden.«

»Aber die meisten Leute glauben, daß etwas mit mir nicht stimmt, weil ich nicht geheiratet habe«, sagte ich.

»Meinst du? Dann irren sich die meisten Leute eben.«

Sie verschränkte ihre Hände über dem Bauch und sagte: »Am schlimmsten ist es, wenn es nichts mehr gibt, worauf du wartest. Wenn die einzige Veränderung, die passieren könnte, nur von deinem Körper kommt, Blutdruck, Zucker, Thrombosen und solche Dinge.«

Odelia hätte gesagt: »Was soll das heißen, es gibt nichts, auf das man wartet, was ist mit dem Meschiach?« Aber da ich nicht glaubte, daß der Meschiach die Veränderung war, auf die Milka hoffte, hielt ich den Mund. Ich konnte ihr doch nicht erzählen, daß ich genau in dieser Zeit angefangen hatte zu warten, Michael hatte mich angerufen, und es war dabei nicht um die Wohnung gegangen.

Evjatar murmelte im Schlaf abgerissene Silben, Fetzen von Träumen, die Kinder träumen, wenn sie wegen Hüttenkäse geweint haben, bis sie eingeschlafen sind. Sein Körper war noch immer zusammengekrümmt wie der eines Embryos, der Betonmischer lag umgedreht neben seinem Kopf, mit dem verbogenen Unterteil nach oben.

Ich beugte mich über ihn, bis ich seinen Atem auf meinen Lippen spürte, warm und regelmäßig. Ich zog eine Matratze aus dem Wohnzimmer zu der freien Stelle zwischen seinem Bett und seinen Spielsachen und legte mich da hin, ein Soldat aus Plastik hielt seine Waffe über mich, Gummigiraffen befahlen mir zu schlafen, ein Elephant hob ein Bein und senkte seinen Rüssel, und als ich erwachte, hing im Fenster schon graue Blässe.

Zweites Kapitel

Es war das achte Mal, als Odelia am Ende des Sommers niederkam. Auch diesmal, wie im Jahr davor, brachten wir ihr zur Entbindungsstation parfümierte Seife vom Superpharm und ein Bild, das Evjatar für sie gemalt hatte, und auch diesmal sah sie in ihrem Morgenrock mit den gelben Chrysanthemen und mit ihrer roten Haube wie eine große Sonne aus.

»Da sind sie«, rief Evjatar und rannte los, doch auf halbem Weg hielt er inne und blieb stehen. Am Rand des Flurs, vor ihrer Nachkommenschaft, ging Odelia, sie schob Chanale im Wagen, Moria hielt sich am Griff fest und bewegte ihre krummen Beinchen hinter den Rädern, und Mojschik ritt auf Nachums Schultern. Die Großen rannten los, um einen Platz am Fenster der Säuglingsstation zu erobern, sie stießen einer den anderen in die Seite, Naftali und Israel von rechts, Racheli von links, und Abraham schrie sie an: »Hört endlich auf!« Er ist einen Kopf größer als sie, und über seiner Oberlippe deutet bereits ein Flaum den zukünftigen Bartwuchs an.

Mit seinen Rivalen an das Fenster gedrückt, hörte Naftali nicht, daß Evjatar ihn rief, aber Odelia hörte es, sie blieb stehen und mit ihr ihre Küken.

Wir umarmten uns, und ich roch die Milchflecken auf ihrem Nachthemd. Ihr Bauch wölbte sich unter dem Morgenrock, als wäre sie noch immer schwanger, man sah ihr nicht an, daß sie über vier Kilo leichter geworden war. Jahrelang war es diesem Bauch nicht erlaubt worden, sich wieder zusammenzuziehen, er hatte sich schon daran gewöhnt, eine geräumige Herberge für ein kommendes Kind zu sein.

Odelia umarmte mich lange, sie legte ihren schweren Arm auf meine Schulter und massierte mein Genick, als brauchte ich Trost wegen der Fülle, mit der sie gesegnet war, eine Fülle, die sich nicht mit anderen teilen ließ, und ich befreite mich nicht aus ihrer Umarmung, weil ich ihr Glück nicht trüben wollte.

Ich beneidete sie nicht, aber ich sah, wie Evjatar dem Neugeborenen zuwinkte, das im Fenster gezeigt wurde, und nachmachte, wie es das Mündchen verzog, ich wußte, wer von uns nun Trost nötig hatte, und ich mußte mich beherrschen, um ihn nicht zu berühren. Was würde ihm eine Hand helfen, die sich auf seine Schulter legte oder über seine Wirbelsäule fuhr, wie tief unter die Haut konnte eine solche Berührung schon dringen? Da kann man nichts machen, Kind, Naftali hat eine neue Schwester, und vermutlich wird er auch im nächsten Sommer einen neuen Bruder oder eine neue Schwester bekommen.

Plötzlich verließen die Kinder ihre Plätze und rannten zum Aufzug, nur Abraham zügelte sich, er hatte sich schon einen schweren Gang zugelegt.

»Safta, Safta«, schrien sie und rannten auf unsere Mutter mit den Paketen zu, die sie in beiden Händen trug. Mutter begrüßte lautstark die Herde ihrer Enkel, und die Reihe ihrer Brücken und die Metallhalterungen in ihrem Oberkiefer wurde sichtbar, von allen wählte sie Evjatar aus, um ihm über den unbedeckten Kopf zu fahren, vielleicht, weil sie Mitleid mit ihm hatte, vielleicht auch, um die Wärme eines Knabenkopfes ohne Bedeckung zu spüren.

Alle drängten sich um sie, hielten ihr ihre Köpfe hin, sie streichelte sie, dann wandte sie sich zu Odelia und küßte sie.

Erst in den letzten Jahren hatte sie es gelernt, zu küssen. Bis dahin waren Zärtlichkeiten und Trost nur knapp bemessen, aber auch Kummer. Sie hatte keine einzige Träne gezeigt, als sie hörte, daß man Vater tot in der Garage gefunden hatte: Sie hatte ihre Schürze an den Haken in der Küche gehängt und war hinuntergegangen zur Garage, die Hände über der Brust gekreuzt. Auch bei der Beerdigung waren ihre Arme gekreuzt, als hätte sie eine Schranke vor ihrem Herzen errichtet, um jeden Ausbruch zu verhindern, der in einer solchen Stunde leicht hätte passieren können. Während sie Odelia küßte, griffen kleine Hände nach den rotbackigen Äpfeln, die sie mitgebracht hatte, Milchzähne schlugen sich hinein, nacktes Zahnfleisch schmeckte den Saft. Evjatar nahm einen Bissen, dann legte er den Apfel weg, aber schon bekam er zu hören: »Du hast ihn angefangen? Dann iß ihn auch auf.«

Odelia sah die Zeichen seiner Zähne im Obst und seinen beschämten Blick und aß, was er übriggelassen hatte, und die Augen meiner Mutter ruhten auf ihrem Mund, als würde jeder Bissen, den sie nahm, ewige Gesundheit bringen.

»Wie viele Kinder werden sie am Schluß haben?« fragte Evjatar, als wir das Krankenhaus verließen und zum Parkplatz gingen.

»Woher soll ich das wissen?«

»Bestimmt zwanzig«, sagte er.

Er ging neben mir her, schnell und mit schweren Schritten, mein Schatten war lang neben seinem kurzen, und das Abbild seines Haarschopfs hüpfte auf seinem Schattenkopf. Ich sagte, ich glaubte nicht, daß sie zwanzig bekommen würden, und er fragte: »Warum nicht?« Er hob das Gesicht zu mir, und sein Schopf richtete sich auf.

»Weil Odelia in ein paar Jahren keine Kinder mehr bekommen kann.«

»Und du kannst?«

»Ja.«

»Warum bekommst du dann keine?«

»Es wäre sehr schwer, allein zwei Kinder aufzuziehen, Odelia hat Nachum.«

Er ging langsamer und griff nach meiner Hand, vielleicht zum Trost, vielleicht weil er in dem Rollstuhl, der vor uns über den Gehweg geschoben wurde, ein anderes Leid entdeckt hatte. Er schwieg, als wir an dem Rollstuhl vorbeigingen, er schielte nur erschrocken zu dem Mann hin, der in dem Rollstuhl kauerte und dessen magerer Kopf auf dem Hals schwankte, seine Augen waren geschlossen, und aus dem dünnen Hals stach der Adamsapfel hervor.

»Vielleicht triffst du mal jemand und ihr heiratet, so lange kann Mario uns helfen«, sagte er, nachdem der Rollstuhl hinter uns war. Er schaute wieder geradeaus, auf dem Gehweg hüpfte wieder sein Schatten mit der Tolle auf dem Kopf.

»Vielleicht«, sagte ich und erlaubte mir eine winzige Hoffnung auf eine unbekannte Zukunft, obwohl mir klar war, wie unbegründet sie war, nachdem ich mich für das Alleinsein entschieden hatte.

Er wußte schon, daß ein Baby durch die Umarmung eines Mannes und einer Frau auf die Welt kam, bezog das aber nicht auf seine eigene Entstehung, er fragte nur, ob der Samen so etwas wie ein Nagel wäre.

»Was meinst du mit Nagel?«

»Weil Chaggai gesagt hat, sein Vater hätte seine Mutter genagelt, und so wäre er geboren worden.«

»Dieser Junge weiß zuviel«, sagte Milka zu Michael, nachdem sie ihren Enkel mit den zwei gefrorenen Hühnern erwischt hatte, die sie zum Auftauen auf die Marmorplatte in der Küche gelegt hatte. Er hatte den harten Hals des einen Huhns in den Hintern des anderen geschoben und zu Evjatar gesagt: »Siehst du, so tut ihn ein Vater bei einer Mutter rein.« Milka nahm ihm die Hühner aus der Hand, zog den gefrorenen Hals aus dem engen Loch des anderen Huhns.

»Du solltest dich schämen«, schrie sie ihn an, und das Grinsen erstarrte auf seinem Gesicht. Er wischte sich die feuchten Hände an den Hosen ab und stieß Evjatar mit dem Knie an. Evjatar betrachtete die nackten Hühner, die nun weit von einander entfernt auf der Marmorplatte lagen, und wagte nicht zu fragen, was er gern gefragt hätte.

Ich dränge ihn nicht, zu fragen. Nichts wird passieren, wenn er erst in zwei oder drei Jahren erfährt, daß jemand ihn mir gemacht hat, für einhundertsieben Schekel und weitere hundertfünfzig Schekel, die Hälfte des Preises für den Notar. Wenn er älter ist, werde ich ihm seine Fragen beantworten, soweit das möglich ist. Das unterzeichnete Dokument liegt in einem Aktenordner beim Notar, vielleicht ist es schon vergilbt oder zerrissen. Es ist ohnehin nur eine Kopie, das Original hat er genommen, denn von uns beiden hatte die Unterschrift nur für ihn eine Bedeutung.

Ich hatte noch nicht entschieden, was ich Evjatar alles erzählen würde, aber einen Anfangssatz hatte ich schon:

»Bevor ich deinen Vater sah, sah ich seine Hände, zu weiß für einen Mann, aber stark.« Und der zweite Satz wird sein: »Der Mann mit den kräftigen Händen war Arzt.«

»Ich brauche eine Schwester«, rief er aus Nummer fünf, und ich kam, um die Hand der alten Frau zu halten, in deren Vene er stach, um ihr Blut zu entnehmen. Sie versuchte, ihre Hand freizubekommen, und ich beruhigte sie: »Noch einen Moment, gleich ist es vorbei«, und hielt ihren knochigen Unterarm fest und spannte die dünne Haut mit den schwachen Blutgefäßen.

Er klopfte auf ihre Haut, versuchte eine Vene anzuregen, seine Finger sind lang, seine Hände fest. Der weiße Ärmel, bis zum Ellenbogen hochgekrempelt, entblößte dunkle Haare auf einer noch ungebräunten Haut.

Drei Hände, die der Zufall zusammengeführt hat, der Arzt konzentriert sich auf die Vene, die ihm immer wieder entgleitet, die Alte ist gleichgültig gegen die schmerzhafte Umklammerung, und ich, die Schwester, spannt ihre ausgedörrte Haut.

»Drücken Sie fest, nein, sie muß stillhalten«, befahl er mir, und das Blut lief durch das dünne Plastikröhrchen in das Reagenzglas. Er band den Gummischlauch auf, der um ihren Arm gebunden war, und stand auf. »Drücken Sie ein paar Minuten, damit sie nicht blutet.« Ich sah auf seinem Namensschild, daß er Eran Cohen hieß und Medizinalassistent war.

Ich drückte auf den Arm und dachte an diesen Assistenten, der wahrscheinlich das Gesicht der alten Frau, zu der dieser Arm gehörte, überhaupt nicht gesehen hatte, auch meines nicht, und falls er es gesehen hatte, hatte er es schon wieder vergessen und blätterte nur in der Liste der Arme, in die er bis neun Uhr gestochen haben mußte.

Er war neu in der Abteilung, erst vor zwei Stunden hatte er seine Assistentenzeit bei uns begonnen.

Liat, die medizinische Sekretärin, hatte von den beiden Neuen berichtet, sie hatte ihren Finger mit dem funkelnagelneuen Ehering in die Luft gehoben und gesagt: »Bei mir ist es schon vorbei, Sori, aber bei dir, schau sie dir an, es lohnt sich.«

Der Arztkittel, gerade geschnitten, verschluckte die Unterschiede und ließ beide von hinten gleich aussehen. Zwei sauber geschrubbte Hälse unter dunklen, kurzgeschnittenen Haaren neigten sich vor, wenn sie den Anweisungen von Doktor Zurieli lauschten, gespannt und ungeduldig, als würden sie auf der Stelle alles Wissen in sich aufnehmen wollen. Eran war der energischere von beiden, seine Hände bewegten sich gemessen, wenn er sie in die Kitteltasche steckte oder sich das Ohrläppchen rieb oder auf den Tisch klopfte. Er war einer dieser kräftigen Männer, die in wenigen Jahren dick werden und früh ein Doppelkinn und einen Bauch bekommen. Der zweite hieß Zachi und hatte ein schmales, längliches Gesicht.

Jamima sagte: »Wir werden sie erziehen, von uns bekommen sie keine Nadel, wenn sie nicht gelernt haben, guten Morgen und danke zu sagen.«

»Holt euch Stühle, wenn ihr sitzen wollt«, sagte sie zu ihnen, als sie um zehn zum Frühstück kamen, und sie gehorchten, gingen zu den Krankenzimmern und kamen mit zwei orangefarbenen Metallstühlen zurück.

Sie lernten zwar, guten Morgen und danke zu sagen, aber sie bewahrten eine kühle Distanz, auch nach zwei Wochen wußten sie nicht, wer von uns Orna war, wer Sohara und wer Liat, sie kannten nur Ja'el beim Namen, die wohlgeformte Hüften und volle Lippen hatte.

Beide waren im Arztzimmer, als ich wegen der Akte von Markowitz, dem Asthmapatienten, hinkam. Auf dem Bildschirm vor ihnen flimmerten Tabellen von Blutbildern, aber das war es nicht, was sie beschäftigte.

»Als Assistenzler kannst du dir noch nicht mal einen Subaru leisten, ganz zu schweigen von einem Kind«, sagte Eran, ein Windstoß kam vom Fenster und fuhr in die Patientenblätter, die er auf dem Schoß hielt, und in seine kurzgeschnittenen Haare.

»Na ja, du bist ja noch nicht mal verheiratet, für dich ist es leicht, dir etwas dazuzuverdienen«, sagte Zachi.

»Was ist leicht daran, über einem Glas zu ejakulieren«, fuhr Eran auf. »Einhundertsieben Schekel bezahlen sie mir für eine Portion.«

Das Heulen eines Krankenwagens kam von der Straße herauf, wurde lauter und ließ dann nach, und als es still war, fragte Zachi, ob er eine Ahnung habe, wie viele Nachkommen er schon produziert habe.

»Nein, und das interessiert mich auch nicht«, antwortete er. »Ich helfe Ehefrauen von impotenten Männern, Kinder auf die Welt zu bringen, und bekomme dafür ein bißchen Geld, das ist alles.«

Auf dem Bildschirm flackerten die Daten weiter, eine Fliege krabbelte darüber, hielt über einer Reihe von Hämoglobinwerten inne, kreuzte ihre Fadenbeine, flog auf und landete auf einer Reihe von Erythrozyten.

»Und überhaupt will ich dir sagen ...«, fuhr Eran fort, und ich unterbrach ihn und fragte: »Ist die Krankenakte, die Sie da haben, zufällig die von Markowitz?«

Er drehte das Formular um, so daß er den Namen lesen konnte, und sagte: »Woher wußten Sie das?« Man sah ihm an, daß er erst jetzt meine Anwesenheit wahrnahm.

»Ich brauche sie.« Ich stand vor ihm, und der Geruch von Seife und dem Desinfektionsmittel, das sich über unseren Waschbecken befand, stieg mir in die Nase.

»Ich bearbeite sie gerade.«

»Soweit ich gehört habe, sind Sie gerade dabei, Ihre Einnahmequellen zu erklären, geben Sie mir die Akte, ich bringe sie Ihnen in ein paar Minuten zurück.« Mein Schatten fiel auf seine Knie und verdunkelte Markowitz' Akte.

»Meine Einnahmequellen ...«, sagte er kichernd und hielt mir die Krankenakte hin. Ich nahm sie, beeilte mich aber nicht, den Raum zu verlassen. Ich betrachtete seinen kurzgeschorenen Schädel. Er ist höchstens dreißig, dachte ich, und ich bin sechsunddreißig. Kein Wunder, daß er meine Anwesenheit erst bemerkt hat, als ich nach Markowitz fragte.

Er war allein im Arztzimmer, als ich zurückkam. Sein Kopf war dem Computer zugewendet, und sein Kittel hing zerknittert auf dem Bett, in dem die diensthabenden Medizinalassistenten nachts schlafen.

»Verdienen Sie sich wirklich auf diese Art Ihren Lebensunterhalt?« fragte ich.

Er tippte in die Tasten und fragte: »Womit? Ach so . . . na ja, nicht direkt meinen Lebensunterhalt, es ist eher ein Zubrot. Sie begrenzen die Portionen, die sie von einem Mann nehmen, man wird nicht reich davon. Warum, sind Sie vom Finanzamt oder was?«

Bevor ich mir zurechtgelegt hatte, was ich ihm antworten wollte, klingelte das Telephon, er wurde zur Notaufnahme gerufen. Er schnappte sich seinen Kittel und ging hinaus, und was zurückblieb, war kalter Kaffee, eine offene Krankenakte und Listen von Leberwerten auf dem Bildschirm.

Das ist der richtige Mann, dachte ich, weil er nichts hat, was mich an ihn binden könnte, nicht sein Lachen, nicht seine Sprüche, nicht seine Art, die Unterlippe vorzuschieben, wenn er sich ärgert. Andererseits gibt es auch nichts, was mich an ihm abstößt: Seine Hände sind schön, der Kurzhaarschnitt steht ihm gut, er hat einen breiten Kopf und ist kräftig gebaut. Alles, was er hat oder nicht hat, läßt mich gleichgültig und neutral, er ist gesund und normal, seine Intelligenz muß überdurchschnittlich sein, wenn er alle Anforderungen erfüllt hat, die an diese jungen Ärzte gestellt werden. Ich zweifelte nicht, daß er allen Ansprüchen genügte, die eine Samenbank an das genetische Material ihrer Lieferanten stellte.

Ich hatte vom ersten Moment an, als ich beschloß, ein Kind zu bekommen, gewußt, daß ich es auf natürlichem Weg empfangen wollte, wie man Kinder eben empfing, nicht über eine Spritze. Es reichte, an die Samenportionen zu denken, die eingefroren in irgendwelchen Reagenzgläsern ihrem Schicksal überlassen wurden, damit mir ein Schauer über den Rücken lief. Die Vorstellung, daß Sperma mit einer Injektionsnadel auf ein Ei gespritzt wurde, ließ mich zurückschrecken. Das Eskimoschicksal, das die Medizin diesen Spermien auferlegte, lag nicht in Gottes Plan, er hatte für sie eine aufregende Reise von einem Körper zum anderen bestimmt, bei einer Temperatur von siebenunddreißig Grad.

Das Kind, das ich bekommen wollte, sollte, wenn es schon nicht aus Liebe gezeugt wurde, wenigstens auf natürlichem Weg entstehen. Ich werde ihm beschreiben können, ob sein Erzeuger lockig oder kahlköpfig war, ob er eine gebogene Nase oder ein Stupsnase hatte, ob ihm Haare auf den Händen wuchsen, ob er seine Fingernägel lang wachsen ließ oder fast bis auf die Kuppe abschnitt, welche Farbe seine Augen, und ob er Tränensäcke hatte, und wie groß er war.

Doktor Cohen hatte keinen Blick für mich übrig gehabt, bevor ich Zeugin dieses Gesprächs unter Männern geworden war, und auch danach zeigte er kein Interesse an mir. Wenn er Hilfe bei einer Blutentnahme oder einer Punktion brauchte, beugte ich mich neben ihm über den Kranken, ich kannte schon seinen Geruch, die vorgeschobene Unterlippe, wenn er sich anstrengte, das »Shit«, das er ausstieß, wenn ihm eine Vene platzte, die Art, wie er den Daumen aufrichtete, wenn er es geschafft hatte, und das Leuchten, das Ja'els Anblick in seinen Augen hervorrief. »Ein klasse Weib«, sagte er einmal zu Zachi, und ich war nicht neidisch. Dieser junge Assistenzler erregte weder meine Lust noch meine Eifersucht. Und wenn ich es tun will, dachte ich, dann ist jetzt der richtige Zeitpunkt, bevor die Babys, die mich in meinen Träumen besuchen, zu Jugendlichen werden, dann zur Armee gehen und schließlich alt werden.

Der Parkplatz des Krankenhauses war fast leer. Es war Schabbatabend, sein Subaru stand allein in einer Reihe.

Die Sonne stand noch über dem Französischen Hügel, und die Patientinnen sprachen bereits den Segensspruch über die

Kerzen. Maurice maß Blutdruck, und Orna und ich verteilten die Medikamente und summten die hebräischen Lieder mit, die aus den Radioapparaten drangen. Einige Kranke betrachteten die grauen Hänge der judäischen Wüste, andere den Himmel, der in den Westfenstern langsam gelb wurde. Dann setzten sie sich an den Tisch, stießen ihre Gabeln in Stücke vom Huhn und kauten das fade Fleisch. Schweigend betrachteten sie die zitternden Flammen und legten sich wieder in ihre Betten, niemand entfloh dieser Traurigkeit, die sich immer am Schabbat im Krankenhaus ausbreitete. Simona lehnte sich auf den Essenswagen und wartete auf die leeren Tabletts, das Abendessen am Schabbat ist immer zu Ende, bevor es dunkel wird, aber Simona erwartete zu Hause Gäste, deshalb stürzte sie sich ungeduldig auf die Tabletts.

Doktor Eran Cohen saß auf dem Bett der Assistenten und blätterte in einem Aufsatz über Meningitis. Ein letzter Lichtstreifen glühte auf der Fensterscheibe. Die Kiefern und die Rasenflächen im Westen färbten sich dunkel. Auf dem Helikopterlandeplatz brannten schon die orangefarbenen Lichter.

»Kann ich Sie einen Moment stören?« fragte ich.

Er las den Absatz zu Ende, dann hob er den Kopf und fragte: »Um was geht's?«

»Ich wollte Ihnen ein Geschäft vorschlagen.«

»Ich höre«, sagte er. Ein grauer Schädel zeigte seine Augenhöhlen auf den Seiten, die er in der Hand hielt.

»Es geht um ein Zubrot zu Ihrem Lebensunterhalt, aber aus Gründen der Diskretion schlage ich vor, daß wir uns außerhalb des Krankenhauses treffen.«

Er lehnte sich mit dem Rücken an die Wand, ließ seine Oberschenkel auseinanderfallen, legte auch den Kopf an die Wand. »Ich habe viel zu tun, wie Sie wissen. Nur der Montagabend kommt in Frage. Um acht bei der Cinemathek?«

»Montagabend um acht ist in Ordnung«, sagte ich, und er wandte sich wieder den Schädeln zu.

»Wissen Sie meinen Namen?« fragte ich.

»Jetzt übertreiben Sie ein bißchen, es hat zwar einen Monat gedauert, aber nun weiß ich ihn endlich.«

Orna schob den Kopf zur Tür herein und verkündete, daß Markowitz unter Atemnot litt.

»Geben Sie ihm Ventolin, und sagen Sie mir Bescheid, wie er reagiert«, sagte er und stützte mit den Händen seine Schultern an der Wand ab, seine Beine bildeten ein Dreieck.

Sie ging zur Station zurück, und später fragte sie mich, ob sie mich in einer intimen Situation gestört habe.

»Was heißt da intim, er hat mir etwas über Meningitis erklärt«, sagte ich, und wir gingen gemeinsam zu Markowitz, um zu sehen, ob er sich beruhigt hatte.

»Schwester Sohara«, sagte er, »ich habe geglaubt, mein Ende ist gekommen.«

»Er denkt jedesmal, sein Ende ist gekommen«, sagte Danino vom Bett am Fenster. »Seine Frau war bis zum letzten Autobus hier, als sie weggegangen ist, hat er sich aufgeregt und angefangen zu keuchen.« Er stützte sich auf die Ellenbogen und schaute von Markowitz zu uns. Unsere Anwesenheit bedeutete Leben und schob die Last der Dunkelheit und der Stille, die sich unweigerlich zwischen den Betten ausbreiten würden, noch eine Weile hinaus.

»Ja«, bestätigte Markowitz, »sie war bis zum letzten Autobus da.« Er saß aufgerichtet im Bett, an drei Kissen gelehnt, und kämpfte mit dem Atem.

»Morgen abend, wenn die ersten Busse fahren, kommt sie wieder«, sagte Danino. »Bis dahin steht uns ganz schön was bevor, ich kenne ihn schon.« Er wandte sich an Markowitz. »Nicht daß ich was gegen dich hätte, aber ich hab's mit dem Herzen, sechs Bypässe hat man mir gemacht, ein Mensch mit sechs Bypässen braucht Ruhe.«

»Was soll ich machen, ich muß atmen«, sagte Markowitz. »Wenn es dir hier nicht gutgeht, mußt du in ein anderes Zimmer umziehen.« Er zog sich die Sauerstoffmaske über das Gesicht und schwieg.

»Gut, gut, ich wollte dir ja nur helfen, und ich wollte auch, daß du weißt, daß das hier auch für mich kein Picknick ist, jeder muß Rücksicht auf den anderen nehmen. Ich mache zum Beispiel nachts, wenn ich pinkeln gehe, das Licht nicht an, damit du nicht aufwachst. Da kann man nichts ändern, jeder muß ein bißchen leiden für den anderen.«

»Meinst du etwa, für mich wäre das ein Picknick?« mischte sich Efraim vom Bett an der Tür aus ein, er hob ein geschwollenes Bein in die Höhe. »Die Ärzte nennen das Rote, was ich am Bein habe, Zellulitis, aber draußen sagen alle Gürtelrose dazu, meine Arbeitskollegen machen blöde Witze und sagen, Efraim liegt mit Rose im Bett.«

Markowitz hob eine Hand vom Laken und fuhr mit ihr durch die Luft, als wollte er sagen, was will er von mir, dieser Typ.

»Es gibt freie Betten«, sagte ich. »Wenn jemand in ein anderes Zimmer umziehen will, bitte.« Es wurde still, keiner wollte umziehen. Die Erfahrung zeigt, daß die Leute trotz aller Nachteile das vorziehen, was sie kennen. Das Neue birgt Überraschungen, du schläfst abends allein ein, und morgens wachst du auf, und jemand röchelt zu deiner Linken oder hustet zu deiner Rechten und manchmal beides. Wir machten das Licht aus, und sie schwiegen immer noch, nur das Blubbern des Wassers im Sauerstoffgerät war zu hören und ein leises Schnauben aus Efraims Bett. Der Doktor rief an und fragte, was mit Markowitz sei, und sagte: »Okay, dann gehe ich jetzt runter zum Essen.« Und Maurice kicherte bei dem Gedanken an die Reste, die man ihm statt eines Huhns auf den Teller legen würde, und sagte: »Dieser Assistenzler ißt einfach alles, er hat einen guten Appetit, unberufen.«

Ich war vor ihm im Café. Ich sah, wie er von der Tür aus die Tische absuchte, mich entdeckte und zögerte. Er kannte mich nur im Schwesternkittel, und nun, da ich mein berufsmäßiges Aussehen abgelegt hatte, war er verunsichert. Ich machte ihm ein Zeichen mit der Hand, und er kam zu mir.

»Hi«, sagte er und setzte sich mir gegenüber. Er schaute sich lange um, dann erst musterte er mich. »Ich bin ganz Ohr«, sagte er und drehte den Salzstreuer zwischen den Fingern.

Eine magere Bedienung kam und nahm die Bestellung des Herrn Doktor auf: eine gebackene Kartoffel mit Pilzsoße und ein Glas Orangensaft.

»Und was möchten Sie?« wandte sie sich an mich und verlagerte ihr Federgewicht von einem Bein aufs andere.

»Einen Cappuccino.«

Diese unausgewogene Bestellung irritierte sie, doch weil nichts weiter kam, nahm sie die Speisekarten und ging zur Küche.

»Essen Sie nichts?« fragte er.

»Im allgemeinen schon«, sagte ich und hatte das Gefühl, ich müßte ihm meinen Vorschlag schnell unterbreiten, bevor die Kartoffel kam und unser Gespräch störte.

»Wenn ich es richtig verstanden habe, verkaufen Sie also Ihren Samen«, sagte ich.

»Das stimmt.« Er hörte auf, mit dem Salzstreuer herumzuspielen, aber es war ihm nicht anzusehen, ob ihn meine direkte Art überrascht hatte.

»Ich bin am Kauf interessiert.«

»Im allgemeinen verkaufe ich nicht en detail«, sagte er, »nur en gros.« Er schloß die Finger um den Salzstreuer. »Wollen Sie es mir erklären?«

»Ja. Ich bin allein, ein Bräutigam ist nicht in Sicht. Und ich möchte ein Kind, bevor es zu spät ist.«

»Wie alt sind Sie?«

»Sechsunddreißig.«

Er schob den Aschenbecher weg, stützte das Kinn auf beide Hände und betrachtete mich, als sähe er mich zum ersten Mal.

»Schwer zu verstehen, warum Sie keinen zum Heiraten gefunden haben«, sagte er. »Die Welt ist voller Frauen mit ähnlichen Bedingungen, die geheiratet haben.«

»Jemanden zum Heiraten zu finden, ist nicht das Problem, das Problem ist, jemanden zu finden, mit dem man leben kann«, sagte ich, eine Antwort, die ich immer wieder gebe, wenn sich einer über mein Alleinsein wundert und sich fragt, wo mein versteckter Makel liegen könnte.

»Warum wenden Sie sich ausgerechnet an mich?«

»Ganz einfach, Sie haben nichts, was mein Interesse wecken könnte, und ich habe nichts, was Sie interessiert. Das bedeutet, daß wir unser Verhältnis auf das Geschäftliche beschränken können.«

»Alles gut und schön, aber ich sehe nicht, was mir die ganze Sache bringt, statt dessen sehe ich sehr gut, in was für Schwierigkeiten ich geraten könnte.« Er rutschte etwas vom Tisch weg, setzte ein geschäftsmäßiges und selbstsicheres Gesicht auf und betrachtete mich, als wäre ich eine seiner Patientinnen, von der ihn ein Abgrund an Wissen trennte.

»Sie verlieren gar nichts«, sagte ich. »Sie verkaufen doch ohnehin Ihren Samen. Ich bezahle Sie, so wie Sie dort bezahlt werden, und ich verpflichte mich, nie irgendwelche Forderungen an Sie zu stellen.«

Ich saß ihm gegenüber wie eine versierte Marktfrau, ich, die ich nie um den Preis von Tomaten feilsche und einfach den Preis bezahle, der auf dem Schild steht, als handelte es sich dabei um ein Gesetz.

»Und warum machen Sie keine künstliche Befruchtung?«

»Ich möchte, daß mein Kind auf natürliche Weise entsteht«, sagte ich. Sein Blick ruhte gleichgültig und distanziert auf mir, sein Handgelenk lag auf dem Tisch, seine Finger waren entspannt. Die kleine Kellnerin stellte eine dampfende, aufgeplatzte Kartoffel mit Pilzsoße vor ihn hin. Er griff nach der Gabel, beeilte sich aber nicht, mit dem Essen zu beginnen, er schaute noch nicht mal hin, was da vor ihm stand. Er trommelte mit den Fingern seiner linken Hand auf den Tisch und schwieg, und seine schmalen Augen starrten in Richtung Küche.

»Lassen Sie mich eine Nacht darüber schlafen«, sagte er und streute Salz auf den Teller. Er aß, und ich betrachtete die Mauer der Altstadt, die von Scheinwerfern angestrahlt wurde, und das Hinnomtal das sich unterhalb erstreckte. Von meinem Cappuccino hatte ich höchstens einen Schluck getrunken, bis er kalt wurde und eine Haut bekam.

Als wir das Café verließen, stieg Dunst aus dem Tal auf und vernebelte die Scheinwerfer, auf den Stufen hinauf zur Straße nahm der Doktor meinen Ellenbogen, es war eine weiche Berührung, und ich protestierte nicht.

Am nächsten Tag, als er in Daninos Vene eindrang und ihm eine Infusion legte, sagte er: »Grundsätzlich bin ich einverstanden, aber zuvor müssen wir uns über einige Details einigen.« Er hatte einmal danebengestochen, ich wischte ein bißchen Blut von Daninos Arm und sagte, daß ich mich sehr freue.

»Warum freuen Sie sich denn?« protestierte Danino und hob den Kopf vom Kissen. »Schauen Sie nur, was er mit mir gemacht hat.«

»Danino, ich habe etwas anderes gemeint, es hat nichts mit Ihnen zu tun, Entschuldigung.«

»Gott möge Sie segnen, Schwester Sohara, ich wünschte, alle wären wie Sie.«

Er legte den Kopf wieder aufs Kissen. In seinem Transistorradio redete jemand über den Libanon und über die Hisbollah, er seufzte und sagte: »Wenn sie doch alle tot wären«, dann schloß er die Augen.

Nichts am Verhalten des Doktors verriet etwas von unserem gestrigen Treffen. Nur einmal blieb er stehen, als ich mit einem

Stoß Akten unter dem Arm im Gang auf ihn zukam, und hielt mir seine Telephonnummer hin, und ich hielt den Zettel zwischen den Zähnen, weil ich keine Hand frei hatte, und als ich ihn abends anrief, sah ich die Abdrücke meiner Zähne auf den Zahlen. Als er gehört hatte, daß ich gesund war und einen regelmäßigen Eisprung hatte, machten wir aus, daß wir uns zweimal innerhalb der zweiundsiebzig Stunden der Empfängnisbereitschaft treffen würden. Wir einigten uns auch darauf, daß das Ganze vor Ablauf seiner Assistentenzeit bei uns stattfinden solle, einen Monat bevor er in ein anderes Krankenhaus geschickt würde. Eine geographische Distanz käme dann zu der ohnehin vorhandenen Distanz hinzu. Ich verpflichtete mich nicht, ihm zu sagen, ob es zu einer Schwangerschaft gekommen war, und er sagte, er würde nicht anrufen, um sich zu erkundigen.

Auf dem Papier, das wir dem Notar übergaben, stand, daß der Doktor ein Entgelt bekommen würde, damit wäre die Beziehung zwischen uns beendet und ich würde mich auch in Zukunft niemals mit irgend etwas, was mit seinem Samen zu tun hatte, an ihn wenden. Der Notar setzte eine Brille mit dicken Gläsern auf, seine schwer herabhängenden Augenlider und die dicken Lippen verliehen ihm das Aussehen eines Karpfens. Auf einem Teller, der vor ihm auf dem Tisch stand, lag eine halb geschälte grüne Gurke, die schon Saft abgesondert hatte und schlaff wurde.

»Frau Schila, Sie sind sich über die Auswirkungen dieses Vertrags im klaren?«

»Ja.«

»Sie bringen ein Kind in einer unvollständigen Familie auf die Welt, das wissen Sie?«

»Ich werde als Alleinerziehende ein Kind auf die Welt bringen«, sagte ich.

Der Doktor schaute von mir zum Notar und vom Notar zu mir, als beobachtete er ein Tennisspiel mit dem gleichgültigen

Lächeln eines Mannes, der nur zufällig hier ist und den das Ende des Spiels nicht interessiert. Man sah ihm an, daß er auf keiner der beiden Seiten stand.

»Haben Sie sich überlegt, ob es verantwortbar ist, ein Kind auf die Welt zu bringen und ihm die Identität des Vaters zu verschweigen?« Der vorwurfsvolle Ton ließ die Stimme des Notars lauter und schriller werden.

»Habe ich.«

»Was passiert, wenn Sie krank werden oder Ihren Arbeitsplatz verlieren und öffentliche Hilfe brauchen, um das Kind aufzuziehen, wer kann Herrn Cohen garantieren, daß Sie nicht plötzlich in seinem Leben auftauchen? Vielleicht ist er dann schon Familienvater und hat kein Interesse daran, daß ihm eine Jugendaffäre das Leben durcheinanderbringt.«

»Erstens lebe ich in wirtschaftlich gesicherten Verhältnissen und besitze außerdem eine Lebensversicherung. Zweitens verpflichte ich mich ja, später nicht mit Forderungen an ihn heranzutreten, und drittens kann man das wohl nicht als Jugendaffäre bezeichnen, er ist einunddreißig Jahre alt.«

Der Notar nahm die Brille ab, er hielt sie am Gestell, und die Gläser warfen ein Doppellicht auf das Formular, das vor ihm auf dem Tisch lag. Seine schweren Lider sanken noch tiefer und ließen seine Augen zu zwei schmalen Schlitzen werden.

»Und Sie, Doktor Cohen, was bewegt Sie, der Dame Ihren Samen zu überlassen?«

»Ich bin ein Philanthrop«, sagte der Doktor. Er bewegte den Daumen zum Zeigefinger, formte einen Kreis in der Luft. »Bei allem Respekt, wir haben nicht um psychologische oder seelsorgerische Betreuung gebeten. Wir sind erwachsene Menschen, wir haben freiwillig und in Übereinstimmung einen Vertrag abgeschlossen und bitten Sie darum, diesen Vertrag gesetzlich zu bestätigen.«

»Doktor Cohen, mein Freund, ich bestätige einen Vertrag nur dann, wenn er den guten Sitten entspricht und wenn eine berechtigte Chance besteht, daß beide Seiten ihn einhalten können. Wie Sie sehen, geht es mir nicht um moralische Überlegungen, obwohl ich dazu einiges zu sagen hätte.«

Wieder las er aufmerksam das Blatt durch, und seine Augenbrauen hoben sich und zogen seine Tränensäcke mit.

»Nun gut, Ihre Entscheidung führt zu einer ganzen Reihe moralischer Probleme, Frau Schila, aber wie ich schon gesagt habe, ich mische mich nicht ein, ich möchte nur betonen, daß Sie vor allem das Wohl des Kindes in Betracht ziehen müssen, und wenn Sie das tun, werden Sie vielleicht doch zu dem Schluß kommen, daß es besser für das Kind ist, nicht geboren zu werden.«

Er holte einen Stempel mit einem großen Metallgriff aus seiner Schublade und drückte ihn auf das Blatt, wo er einen runden, lilafarbenen Abdruck hinterließ.

Als wir auf die Straße hinaustraten, verzog Eran das Gesicht, schnaubte, hielt eine imaginäre Brille in die Luft und sagte: »Wieso haben Sie nicht die moralische Seite der Angelegenheit bedacht, meine Dame, nehmen Sie sich ein Beispiel an mir und an meinen Kollegen, den anderen Rechtsgelehrten, denn wir sind die Vertreter der Moral . . .« Eine Frau ging vorbei und warf einen Blick auf uns, auf den gestikulierenden Eran und auf mich, die ich lachte. Als sie vorbei war, legte er mir den Arm auf die Schulter, und ich blieb stehen und protestierte: »He, ohne anfassen.«

Er nahm seine Hand weg und sagte: »Was ist los? Das, was Sie von mir wollen, ist doch weit intimer als das, oder?«

»Doktor Cohen, ich habe mich an Sie gewandt, weil mir klar war, daß es Ihnen egal ist, ob ich auf dieser Welt lebe oder nicht. Solche Gesten der Zuneigung könnten das Gleichgewicht der Gleichgültigkeit zwischen uns verschieben.«

Sein Handy klingelte, er wurde in die Notaufnahme gerufen. Er kratzte sich seine kurzgeschnittenen Haare, faltete das unterschriebene Formular doppelt und sagte: »Ich mache eine Kopie für Sie.« Den linken Fuß noch auf der Straße, den rechten schon im Subaru, verkündete er: »Im April verlasse ich das Krankenhaus.«

»Dann treffen wir uns im März«, sagte ich.

Der Subaru stieß blaue, nach verbranntem Öl stinkende Rauchwolken aus und fuhr los. Als ich zu meinem Fiat ging, hob ich triumphierend den Daumen in die Luft. Die halb geschälte Gurke fiel mir ein, die der Notar auf einem Teller vor sich liegen hatte, und ich bekam Hunger. Aus irgendeinem Grund dachte ich an Danino, der ständig an seinem Radio drehte, von einem Sender zum anderen, und auf Nachrichten wartete, auch auf schlechte, nur um das ständige Warten zu unterbrechen, das ihm wegen seiner Krankheit auferlegt war: Warten auf den Arzt, Warten auf Röntgen, Warten auf Essen, Warten auf einen sauberen Pyjama, auf eine freie Toilette. Ich hoffte, jemand würde ihn heute besuchen und ihm Schokolade mitbringen oder eine Zeitung oder einen selbstgebackenen Krapfen. Und sogar wenn er ihm nichts mitbrachte, war das nicht schlimm, Hauptsache, es kam jemand.

Es goß in Strömen, und in den Tagen zwischen Regen und Regen war der Himmel grau. Jeden Morgen stieg die Quecksilbersäule meines Thermometers auf sechsunddreißig-sechs, und an dem Tag, da sie auf siebenunddreißig-eins stieg, fiel dünner, wäßriger Schnee auf die Erde. An diesem Tag traf ich mich mit dem Doktor.

Die Empfangsdame des Hotels »Holiday Inn« war sehr beflissen, sie legte ihre Hände auf die Theke und beugte sich vor.

»Es gibt keine Gäste«, sagte sie. »Die Pilger vom Weihnachtsfest sind schon weg, und neue sind noch nicht gekommen. Jedes Jahr ist es so, März ist ein toter Monat.« Sie schlug mir das Zimmer eins drei zwei sechs vor, im dreizehnten Stock.

»Dreizehn?«

»Kein Problem, ich kann Ihnen auch ein anderes Zimmer geben.« Ihre grauen Augen schauten mich an, drehten sich kurz zur Decke, dann ruhten sie wieder auf mir. »Wie Sie wollen«, sagte sie, um mir die Möglichkeit zu geben, daß ich es mir anders überlegte, aber das tat ich nicht. Du bist schon eine Heldin, Sohara, alles hast du geplant, organisiert, kontrolliert, und wenn der schicksalhafte Moment kommt, wirfst du eine Münze, warum? Was veranlaßt dich, das Schicksal herauszufordern? Bitte um ein anderes Zimmer, Sohara, fordere das Glück nicht heraus. Bevor die Vertreter des Glücks sich auf mich stürzten, öffnete sich vor mir die Tür des Aufzugs, den niemand bestellt hatte, blitzschnell war er im dreizehnten Stock und hielt mit einem Ruck an.

Ein Zimmermädchen stand dort, an einen Wagen mit Bettwäsche gelehnt, sie musterte mich so genau, als wäre ich eine der Frauen, die in Hotels zwei Stunden lang Liebe verkaufen. Erst als ich den Gang zum Zimmer einschlug, hörte ich, daß die Räder des Wäschewagens sich wieder bewegten.

Ein grau-gelber Überwurf lag auf dem Bett, passend zur Wand und zu den Vorhängen, und rechts und links standen zwei Schränkchen mit geschwungenen Beinen. Ich nahm Kaffee aus der Tasche, Kekse, Cognac und den elektrischen Wasserkessel, den ich mitgebracht hatte. Von dem kleinen Balkon aus sah ich Wolken, die sich über den Hotels in der Herzl-Allee und über den roten Dächern von Kiriat Mosche zusammenballten. Warum hatte die Angestellte gesagt, März sei ein toter Monat, seit wann reden solche Leute über den Tod? Und warum spricht sie eine Totenklage über diesen Monat vor Menschen aus, die hierherkommen, um das Leben zu genießen? Ich hätte sie am liebsten hinter ihrer dunklen Theke hervorgeholt und ihr gezeigt, was der März bei Milkas Mandelbaum und bei der Bougainvillea an den Gasbehältern verursachte.

Um vier kommt dieser Assistenzarzt und macht mir das Kind, das schon lange, lange in meinen Gedanken wohnt und herauskommen will, und ich betrachte die Dächer und bete darum, daß ein bißchen von dem Verlangen entstehen wird, das notwendig ist, um den Samen von einem Intimbereich in den anderen zu bringen. Über Angels Bäckerei verdunkelten sich die Wolken, sie ließen keinen noch so schmalen Streifen Gold frei, der Wind trieb sie immer weiter über den Häuserblocks der alten Siedlung zusammen.

Trocken und sachlich war der Doktor am Telephon gewesen. »Zimmer eins drei sechsundzwanzig? In einer Viertelstunde bin ich da.« Er hatte kaum aufgelegt, da rief er wieder an: »Bist du verrückt geworden? Der dreizehnte Stock, und noch dazu ein Zimmer mit der Nummer zweimal dreizehn? Sag mal, forderst du das Schicksal immer so heraus?«

»Was kümmert Sie das, Doktor? Ich bin es ja, die die Folgen zu tragen hat.«

»Gut, was soll ich sagen ...« Er schwieg einen Moment, dann legte er auf. Ich kämmte mich, sprühte mir Deodorant unter die Achseln und machte das Radio an. Im Musiksender wurde religiöse Musik für christliche Gemeinden gespielt, und die Töne drängten heraus, als wollten sie vom Hotelbalkon springen, in den Wolken verschwinden und zu den Wohnstätten der Engel hochsteigen.

Er pochte dreimal an die Tür, und ich machte ihm auf. Der Kragen seines Mantels verbarg seinen kräftigen Nacken, er nahm seinen Rucksack ab, legte die Subaru-Schlüssel auf den Tisch, streckte mir seine große, kalte Hand hin, zog die Unterlippe zwischen die Zähne, wie es der Notar gemacht hatte, und sagte: »Sind Sie sich, meine Dame, der Folgen bewußt, die aus der Handlung, die Sie hier vornehmen wollen, entstehen können?«

»Ich bin mir sehr bewußt«, sagte ich und lachte, und meine Hand in seiner fühlte schon nicht mehr die Kälte, nur die Berührung des festen Fleisches. Er lächelte auch und sagte: »Wenn es so ist, meine Dame, dann werde ich nun ein biologisch männliches Etwas mit einem fremden biologisch weiblichen Etwas zusammenfügen, oder kurz gesagt, meine Dame: grünes Licht für den Samen, um sich mit dem Ei zu treffen. Oder noch kürzer, meine Dame: Komm und schlaf mit mir.«

Regen peitschte schräg gegen die Fensterscheiben und zog Wasserwege über das Glas. Der Doktor entfernte den Korken aus der Flasche und goß Cognac in die Gläser, die er aus dem Badezimmer gebracht hatte, dann stieß er sein Glas gegen meines. Er legte eine Hand in meinen Nacken, ein Schauer lief mir über den Rücken, er führte die Hand nach vorn. Seine Finger zeichneten einen Bogen über meine rechte Brust und noch einen über die linke, er knöpfte meine Bluse auf und löste den Verschluß des Büstenhalters. Ein letztes Licht fiel auf meine nackten Brüste. Er zog den Vorhang zu und schob den Lichtstreifen in die Ferne, und das Geräusch des Hagels löste sich in dem engelhaften Gesang der Musik auf.

Er nahm einen Schluck Cognac und hielt mir dann sein Glas an die Lippen, und nachdem ich es ausgetrunken hatte, leckte er mir mit klebrigem Mund den Nabel, dann richtete er sich auf und hielt mir seine Lenden hin, damit ich die harten Metallknöpfe seiner Jeans aufknöpfte.

»Du bist eine sehr anziehende Frau, wenn du das willst«, sagte er und biß mich ins Ohrläppchen, und die Lust, um die ich mir Sorgen gemacht hatte, erwachte zu atemlosem Leben.

Er zog mich auf das Kingsize-Bett und kam zu mir, schwer atmend und nach Cognac riechend. Auch nachdem er seinen Teil der Aufgabe erledigt hatte, beeilte er sich nicht, von mir zu rutschen, er legte seine Wange auf meine, und seine Wärme bedeckte mich in ganzer Länge.

»Eigentlich müßte ich dir was bezahlen«, sagte er, und ich antwortete nicht. Ich atmete schwer, während ich die feinen Risse oben an der Decke betrachtete und das Licht, das immer schwächer wurde. Ich konnte nicht zu ihm sagen, daß dies nur mein Körper war, der der Lust gehorcht und mit ihm geschlafen hatte, ich selbst sei nicht dagewesen. Ich biß in die Bettdecke, um nicht in Tränen auszubrechen, ich faltete sie und faltete sie und biß wieder hinein, um dieses Weinen zurückzuhalten, von dem nur Gott wußte, woher es kam, was es bedeutete und für wen es bestimmt war. Ein fremder Mann schlief mit mir, seine heißen Schenkel berührten meine, die Gnade einer Berührung verführt zur Umarmung, und vielleicht passiert ja ein Wunder. Ich raffe noch mehr Decke zusammen und beiße vor Weinen hinein.

Der Assistenzler glitt von mir herunter und lag neben mir auf dem Rücken, er schloß die Augen und seine Lider zuckten, und ich wußte, daß er wach war. Vielleicht dachte er an Daninos Blutsenkung oder an die Anamnese des Kranken aus Zimmer neun, vielleicht an Frauen oder an das Wesen des Lebens oder vielleicht an ein Sandwich mit Schnittkäse und Oliven.

»Möchtest du Kaffee?«

»Ja«, sagte er, ohne sich zu bewegen, »ich habe auch Zigaretten mitgebracht.« Er lag quer im Bett, seine Füße hingen über den Rand hinaus, und er trug nur ein Unterhemd und Socken, alles andere dazwischen war nackt und entspannt. Ich hatte Angst aufzustehen, um den Samen auf dem Weg zu seinem Ziel nicht zu stören. Ich blieb liegen und lauschte auf die Musik und auf den Wind, der zwischen dem dreizehnten Stockwerk und dem Rasen des Hotels blies, und dachte an Odelia und Nachum.

Wie sind sie, wenn sie das getan haben? Nachum, ausgestreckt neben Odelia, ihre großen Brüste entblößt, er beeilt sich, in seine Hose zu schlüpfen, sie zieht das Laken über sich. Sie sagen etwas zum Lob Gottes und heiligen die Lust, Odelia kratzt sich an den Brüsten, die von der Berührung mit Nachums Bart jucken, rosafarbene Flecken erblühen auf ihrer Haut, und ihre Brustwarzen brennen. Aber was spielt es für eine Rolle, wo Nachums Bart sie gekratzt hat und wo nicht, es geht nicht um die Stellen, die sich berühren, sondern darum, daß eine Seele die andere berührt. Sie haben es mir nie erzählt, aber ich sehe sie und weiß es. Ich wollte die Hand des Doktors halten, wegen der Weichheit oder der Einsamkeit oder wegen des Schweigens, das länger wurde und schon seit über zehn Minuten nicht unterbrochen worden war, doch ich berührte ihn nicht. Warum die Stille erschrecken, nun, da die Lust vorbei ist, muß man die einfache menschliche Sehnsucht beherrschen, um das getroffene Abkommen nicht zu gefährden.

Er zog am Rand der grau-gelben Tagesdecke und bedeckte seine Beine und warf auch mir einen Zipfel des Stoffes zu, er verschränkte die Arme unter dem Kopf und schwieg. Das ferne Heulen eines Krankenwagens mischte sich in die Musik, wurde lauter, übertönte sie und bewirkte bei ihm einen professionellen Reflex. Er stand mit einem Schwung auf und zog sich an. Er spülte die Cognacgläser aus, füllte sie mit Wasser und machte den Tauchsieder an, sein Summen erfüllte den Raum, dann das Sprudeln des Wassers.

Auch ich stand auf, ohne seine Spuren von mir zu wischen. Ich zog mich an, wir machten Licht und lächelten uns im Spiegel beiläufig zu. Es roch nach frischem Kaffee. Er steckte für sich und für mich eine Marlboro an, betrachtete das große Fenster und sah aus, als wäre er schon in das versunken, was er tun würde, wenn er diesen Raum verließ. Er atmete tief und hastig und stieß den Rauch aus. Auch ich rauchte. Starke Raucherinnen neigen dazu, ihr Baby zu verlieren, als mir das einfiel, drückte ich die Zigarette aus. Ich rauche normalerweise nicht, nur wenn ich mich besonders freue, überkommt mich die Lust zu rauchen, oder wenn mich ein Schmerz trifft, der die normalen Schmerzen des Alltags übersteigt. Der Doktor trank den Kaffee, legte sein Gesicht an die Scheibe und starrte durch den Dunst auf den dichten Straßenverkehr hinunter.

Er streckte die Hand nach seinem Rucksack aus und sagte: »Übermorgen? Die gleiche Zeit, der gleiche Ort?« Er fügte noch ein »Bye« hinzu und verschwand. Die Fahrstuhltür fiel zu, und ein knirschendes Geräusch war aus dem Schacht zu hören, als er nach unten fuhr.

Ich legte mich wieder auf das Bett, das kaum Zeichen von Unordnung zeigte, außer den Zipfeln der Tagesdecke, die wir über uns gezogen hatten. Erst eine Stunde später stand ich auf, nahm mein Glas und betrachtete den Rest des angetrockneten Kaffees. Hätte ich aus dem Kaffeesatz lesen können, hätte ich gesagt, daß die Kaffeespuren meine Eizelle symbolisierten, die von einer Haut überzogen war. Was man aus dem Glas des Doktors hätte lesen können, prüfte ich nicht nach. Ich spülte es ebenfalls mit dem Hotelshampoo und überließ es dem Zimmermädchen, die Spritzer im Waschbecken zu säubern.

An dem Tag, der zwischen unserem ersten und dem geplanten zweiten Treffen lag, gingen wir auf der Station aneinander vorbei oder wechselten ein paar Worte über Fragen der Arbeit. Er blätterte in einem Ärzteblatt und gab nur ein beiläufiges »guten Morgen« von sich, so wie er die Sekretärin oder Orna grüßte. Auch später, als wir uns um Markowitz bemühten, der Atemschwierigkeiten hatte und den wir mit seinem Bett zur Intensivstation fuhren, wahrte er den Ton, der zwischen Arzt und Schwester üblich ist. »Lagern Sie seinen Kopf höher, lassen Sie ihn weiter inhalieren, messen Sie seinen Blutdruck.« Gestern hatte dieser Mann nackt neben mir gelegen, dreizehn Stockwerke über dem Rasen, und nun war er Arzt, ich war die Schwester und Markowitz der Patient. Jeder mit der Aufgabe, die er auf der Welt zu erfüllen hatte.

Vielleicht verstreut auch Doktor Zurieli seinen Samen in Hotels, und welches Geheimnis hat Jamima? Was verbirgt Orna, und was hat Danino in seinem Leben getan, was er nun in seinem Gedächtnis verschlossen hält, was haben all diese Leute getan, denen wir die Laken wechseln und die wir waschen? Das, was sie getan haben, wird mit ihnen sterben, schließlich ist alles, was sie uns erzählen, nichts im Vergleich zu dem, was sie verschweigen. Bis zum Ende der Schicht beherrschte ich mich, ich erinnerte ihn nicht an unser morgiges Treffen. Seine Gleichgültigkeit und seine betonte Indifferenz überzeugten mich davon, daß er daran dachte.

Als er am nächsten Tag an die Tür des Hotelzimmers klopfte, klang es dumpf, als klopfe er mit dem Handrücken. Er war müde und sah aus, als wäre er nur widerwillig gekommen. Er hielt die Cognacflasche in der Hand, beeilte sich aber nicht mit dem Einschenken. Er betrachtete die Glastür, hinter der der Wind die Wolken trieb, als wollte er mit ihrer Hilfe das Hotel zerstören. Das Profil des Doktors wirkte niedergeschlagen, die vorgeschobene Unterlippe verlieh ihm einen etwas törichten Ausdruck. Sein Mund stand offen, und unter dem Kinn bildete sich eine Falte, die im Lauf der Zeit zu einem Doppelkinn werden würde. Die Öffnung zwischen seinen geschürzten Lippen stieß mich ab, ich wollte nicht an ein kleines Mädchen denken, das diesen Mund erben könnte, und ich hoffte, daß Mimik und Gebärden nicht an die Gene gekoppelt seien. Wie lange würde er so sitzen, und wie sollte Begehren entstehen, wenn er nur dasaß und aus dem Fenster starrte? Ich verabscheute jeden Blusenknopf, den ich öffnete, und meinen Büstenhalter, den ich auszog, als ich mich vor ihn stellte und ihm den Blick aus der Balkontür versperrte. Mit einem Schlag zog sich seine Unterlippe zurück, und sein Kinn spannte sich.

Er liebkoste mit seiner Wange meine Brust, aber ich hatte das Gefühl, als suche er mehr Trost als Lust. Ich strich ihm über den kurzgeschorenen Kopf, seine Haut war warm und gespannt. Ein junger Mann reibt seine rasierte Wange an Brüsten, die älter sind als er.

Plötzlich waren die Versuche, Lust zu wecken, armselig und beschämend, ebenso bedrückend wie das Zimmer und die Farbe der Tagesdecke auf dem Bett. Ich schob ihn von mir, bedeckte mich mit meinem Hemd und mußte mich beherrschen, um nicht zu sagen: Nimm das Geld, das dir zusteht, und hau ab. Ich trat zu ihm, das Hemd über der Brust wie eine Schürze, und sagte: »Doktor Cohen, lassen wir es heute bleiben.«

»Was ist los?«

»Ich möchte nicht, daß mein Kind so armselig auf die Welt kommt. Es hat doch keine Schuld, deshalb sollte es auch nicht von einer Mutter ohne Ehre geboren werden.«

»Wenn ich mich auf dich stürzen würde wie ein brünstiger Stier, würde das dann eine Mutter mit Ehre bedeuten? Ich werde dir nicht vormachen, daß ich in dich verliebt bin, aber ich habe wirklich Lust, mit dir zu schlafen. Und das ist es, was wir abgemacht haben, nicht wahr? Nicht mehr und nicht weniger.«

»Wenn wir schon über das Abkommen sprechen, dann erkläre mir doch, welches Interesse du an der Sache hast«, sagte ich. Er kratzte sich am Kopf, streckte die Hand nach der Bluse aus, die ich mir übergehängt hatte, und zog sie weg, als wäre sie ein Vorhang. Er betrachtete meine nackten Brüste, dann hob er den Blick und sagte: »Nachdem du mir deinen Vorschlag gemacht hattest, habe ich nachgedacht und mir gesagt, warum nicht, ich spende sowieso Samen. Und als einer, dem man das Etikett Potenzprotz verpaßt hat, fühle ich mich manchmal zu Abenteuern herausgefordert, die diesem Etikett entsprechen. Und unter uns, spielt es eine Rolle, ob eine fremde Frau meinen Samen bekommt oder eine, die ich kenne?«

Der Doktor stand auf, stellte sein Glas auf den Tisch und zog sich aus, diesmal auch das Unterhemd und die Strümpfe. »Komm«, sagte er. »Ohne Mitleid, Sohara, und nicht wegen des Abkommens.«

Der Doktor kam zu mir, verlangend und wild, er wartete nicht, bis ich mich ausgezogen hatte. Er schob zwischen meinen Beinen den Slip zur Seite, damit der ihn nicht behinderte, und ich biß mir auf die Lippe, um jeden Ton zu unterdrücken, und die Risse in der Zimmerdecke hoben und senkten sich im

Rhythmus des Körpers über mir. Danach lag der Doktor neben mir, weich und feucht. Vor dem Fenster zogen Wolken vorbei, in ihnen spiegelte sich der Glanz des Nebels. Wir schwiegen beide, ich wünschte dem Samen Glück auf seinem Weg, und lautlos betete ich darum, daß er gut ankommen solle, zu einem Leben in Freude und Frieden, und ich sagte auch: Der Engel, der mich vor allem Unheil beschützt, möge alle Kinder segnen. Wind drang durch den schmalen Spalt unter der Balkontür. Der Doktor schwieg immer noch und bewegte sich nicht. Auch als ich meine Hand ausstreckte und sie leicht auf seine legte, rührte er sich nicht, als fühlte er meine sachte Bewegung nicht. Eine Minute nach der anderen verstrich, bis er langsam die Finger ausbreitete und sie mit meinen verschränkte und sagte: »Markowitz ist heute nachmittag gestorben.«

Ganz von selbst zogen sich meine Finger aus seiner Hand und krümmten sich. »Am Schluß müssen alle sterben«, sagte ich, »auch das Baby, das wir gerade gemacht haben, wird wachsen, alt werden und sterben. Was ist daran Neues?«

»Wenn du sein Arzt bist«, sagte er, »möchtest du lieber nicht, daß es unter deinen Händen passiert.«

»Das stimmt, Doktor Cohen. Aber warum hast du es so eilig, die Leiche von Markowitz hierherzubringen, wenn er tot ist, hilft ihm doch nichts mehr.«

»Der März ist ein toter Monat«, hatte die Empfangsdame gesagt, und jetzt sagte es der Doktor. Ich wollte aufstehen und die Balkontür aufmachen, damit der Wind hereinkam und frische Luft mit sich brachte, aber ich stand nicht auf.

»Ich weiß nicht, immer wenn ich Sex gehabt habe, denke ich an den Tod, bestimmt haben die Psychologen eine Erklärung dafür.« Er setzte sich im Bett auf, vorgebeugt, mit dem Rücken zu mir. Dann stand er auf, in der Dämmerung der beleuchteten Wolken wirkte seine Kleidung fremd, die Knöpfe seiner Jeans glänzten. Er spülte die Gläser aus und setzte Wasser auf für den Kaffee. Ich blieb im Bett liegen und zog den grau-gelben Stoff über mich, mit dem sich wer weiß wie viele nackte Leiber schon bedeckt hatten. In seinen rauen Schattierungen hatten sich Eindrücke und Gerüche gesammelt, vielleicht war er noch nie gewaschen worden. Bis das Wasser kochte, stand der Doktor an der Balkontür und schaute hinaus in den Himmel, der allmählich dunkel wurde.

»Ist er dir unter den Händen gestorben?«

»Mehr oder weniger.«

»Habt ihr ihn wiederbelebt?«

»Wir haben es versucht, aber es ist uns nicht gelungen. Zurieli war außer sich, er hat gesagt, wir hätten dem Todesengel zu früh nachgegeben.«

Das Wasser kochte. Er brühte Kaffee auf, stellte mir die Tasse auf den Nachttisch und aß einen Keks nach dem anderen. Sein Samen schwimmt zu meiner Gebärmutter, und er denkt an Markowitz, der ihm unter den Händen gestorben ist. Gleich würden Geldscheine aus meiner Tasche in seine wandern, und im April würde er aus dem Krankenhaus verschwinden.

Ich streckte die Hand nach meiner Tasche aus, wobei ich darauf achtete, mein Becken nicht aufzurichten, damit der Weg des Samens tief in mir nicht gestört wurde. Ich hielt ihm hundert Schekel in zwei Scheinen zu fünfzig hin und sieben Schekel in Münzen, und er sagte: »Laß das« und streckte nicht die Hand aus, um das Geld zu nehmen.

»Geschäft ist Geschäft, Doktor«, sagte ich, und meine Hand hing noch immer aus dem Bett, nackt und gerade, und blasses Licht fiel auf die Scheine.

Der Doktor überlegte einen Moment, dann nahm er das Geld, schob es in die Tasche, ohne es nachzuzählen, und trank im Stehen den Rest seines Kaffees.

»Ich gehe zurück in die Klinik«, sagte er. »Ich muß den Schlußbericht schreiben. Zurieli plant einen Angriff für morgen früh, ich muß vorbereitet sein.« Er zog seinen Mantel an, stellte den Kragen hoch, nahm seine Schlüssel und seine Tasche und stand in der Tür, auf die vom Badezimmer Licht fiel. Einen Moment lang blieb er so stehen, als handelte es sich um einen ganz besonderen Abschied, kratzte sich am Kopf und kam zu mir zurück. Er hielt mir seine große, trockene Hand hin und sagte: »Bye«, dann drehte er sich um und ging hinaus.

Die Tür fiel ins Schloß, der Aufzug kam und fuhr nach unten, es war wieder still. Ich hob die Beine wie zum Kopfstand und stützte mein Becken mit den Händen ab, stemmte meine Schultern gegen die Matratze und zwang den Samen auf den richtigen Weg, bis meine Beine anfingen zu zittern und langsam wieder zurücksanken.

Eine Flöte jammerte im Radio, als flehte sie um ihr Leben, und ich dachte an die Kinder, die im Kreißsaal im sechsten Stock auf die Welt kommen, und an die anderen, die zwei Stockwerke tiefer die Welt verlassen. Eine Seele geht, und eine Seele kommt, und sie treffen sich über der Antenne des Krankenhauses. Die eine kommt mit einem Schrei auf die Welt, und die andere verläßt sie schweigend, doch immer wird die eine wie die andere von Weinen begleitet.

Ich machte das Radio aus und brachte die traurige Flöte zum Schweigen. Ich trat gegen den Bettüberwurf, ich drückte auf alle Lichtschalter, ich zog mich an und fuhr hinunter zum Empfang, um die Rechnung zu bezahlen. Und trotzdem war da Lust gewesen, dachte ich, als ich über den schmalen Asphaltweg ging, der das Hotel mit der Straße verband. Es stimmt, die Umstände sind traurig, aber es hat tatsächlich Lust gegeben. Ein Taxifahrer, auf der Suche nach einem zufälligen Kunden, hielt neben mir. »Zum Französischen Hügel«, sagte ich und setzte mich auf den Rücksitz, schwer und entspannt. Er warf mir im Spiegel einen Blick zu, eine Frau, die am Abend allein aus einem Hotel kommt, vielleicht war es möglich, von ihr mehr als nur das Fahrgeld zu bekommen.

»Sind Sie aus Jerusalem?« fragte er.

Das harte Nein wies ihn zurück. Er machte das Licht an,

warf mir einen weiteren Blick zu, und nachdem er festgestellt hatte, daß die Dämmerung übertrieben gnädig zu mir gewesen war, machte er das Licht wieder aus und schaute vor sich auf die Straße.

Am ersten April kamen neue Medizinalassistenten. Eran und Zachi brachten zum Abschied drei Kuchen, English Cake, verpackt in Zellophan, und Dosen mit Coca-Cola.

»Was für Pläne habt ihr für die Zeit nach der Prüfung?« fragte Jamima.

»Ejn Kerem«, sagte Eran, strich sich Marmelade auf ein Kuchenstück und aß es im Stehen. Er warf einen Blick auf seine Uhr und sagte: »Okay, Leute, haltet die Ohren steif.« Er streckte Jamima die Hand hin, schaute die anderen flüchtig an, die English Cake aßen und Cola tranken. »Ciao, Leute, es war nett, mit euch zu arbeiten«, sagte er, nahm einen letzten Schluck Cola und ging hinaus, dabei schaute er mich nicht länger an als Orna oder Maurice.

Am fünfzehnten April stand meine Schwangerschaft fest. Das Ergebnis der Laboruntersuchung enthielt nur ein einziges Wort: positiv.

»Wenn du jetzt stehst, dann setz dich«, sagte ich am Telephon zu Odelia.

»Was ist passiert?« fragte sie, und das Brabbeln ihres Babys übertönte ihre Frage.

»Ich bin schwanger.«

»Racheli, nimm Israel und geht zu Papa, habt ihr gehört? Ich brauche jetzt Ruhe. Nun, habe ich euch was gesagt oder nicht?« Das Gelächter und Geschrei der Kinder wurde leiser und war nicht mehr zu hören.

Sie atmete schwer, und ihre Stimme zitterte, als sie sagte:

»Ich weiß nicht, was ich fragen soll, Sori, bist du sicher? Hast du einen Test gemacht?«

Ich ersparte es ihr, Fragen zu stellen, und erzählte ihr, wie ich diese Schwangerschaft geplant hatte, und bat sie, mich nicht nach einer Abtreibung oder einer Heirat zu fragen, beides sei ausgeschlossen.

Odelia räusperte sich und sagte mit heiserer Stimme: »Ich habe Angst zu fragen, Sori, dieser Mann ... weiß er, daß du schwanger bist?«

»Ich werde es ihm nicht erzählen, und er muß es auch nicht wissen.«

Odelia wußte nicht, wer ihr Mitleid nun mehr benötigte, das ungeborene Kind oder die jüdische Familie, deren Ehre mit Füßen getreten wurde. Wie sollte sie das Nachum beibringen, wie konnte sie ihren Kindern die unerklärliche Schwangerschaft ihrer Tante erklären, doch davon sagte sie kein Wort.

»Unser beider Leben ist so verschieden«, sagte sie schließlich, »ich weiß nicht, was ich fragen oder sagen soll, ich möchte nur, daß es dir gutgeht.«

Odelia konnte meine Schwangerschaft nicht mit den üblichen Wünschen segnen, sie konnte nicht sagen, »auf eine gute Zukunft«, auch nicht »der Ewige möge dich segnen«, denn der Ewige segnete derartige Schwangerschaften nicht.

Sie fragte, ob Mutter es wisse, und das Weinen eines Kindes mischte sich in ihre Frage. »Pssst ... ich habe euch was gesagt, oder?« Sie schimpfte mit dem Kind, und das Weinen hörte auf.

»Sie wird es morgen wissen, ich fahre zu ihr, um es ihr zu erzählen.«

»Mach es behutsam, Sori, sie wird einen Schock bekommen.« Ihre Stimme klang wieder kräftiger und übertönte die Stimmen der Kinder, die sich um sie sammelten, sie übertönte auch das Naseschneuzen neben dem Hörer und das Schlucken eines Babys, das aufgehört hatte zu weinen.

Meine Mutter erhob sich aus dem Sessel, als ich die Tür aufmachte, sie sah mich an und wußte sofort, daß mein Besuch einen besonderen Grund hatte.

»Laß mich raten«, sagte sie, »du hast einen ernsthaften Freund«, und im selben Atemzug nahm sie ihre Vermutung wieder zurück. »Wenn es so wäre, wäre der Mann mitgekommen und du würdest glücklicher aussehen. Bist du schwanger?«

»Ja.«

Sie setzte sich hin und stand sofort wieder auf. Durch das Fenster fiel das Licht des Sonnenuntergangs und beleuchtete ihr Gesicht, ihre Wangen sahen schlaff aus in der starken Helligkeit. Sie nahm verwelkte Blüten von einem Blumenstock und fragte: »Tee oder Kaffee? Weißt du, es gibt Frauen, die haben in den ersten Monaten einen richtigen Widerwillen gegen Kaffee.«

Ich sagte, ich hätte keinen Widerwillen gegen Kaffee, ich hätte auch noch keinerlei Beschwerden, wie sie Schwangere manchmal haben. An der Wand tanzten helle Flecken, auf dem Photo meines Vaters zitterten seine grauen Haare, als würde der Wind mit ihnen spielen. Meine Mutter goß Kaffee ein, schnitt einen Kuchen auf und wog unterdessen ihre Worte ab. Ich betrachtete ihre Hände, die Altersflecken waren mehr geworden und sahen aus wie Brösel, die auf ihrer Haut klebten.

»Seit du die Armee beendet und den Kibbuz verlassen hast, weiß ich nicht viel über dein Leben. Bei Odelia ist alles offen und bekannt, bei dir voller Geheimnisse. Hast du vor, den Mann zu heiraten, der dich geschwängert hat?«

»Nein.« Ich bewegte den Kopf von rechts nach links.

»Wirst du das sein, was man eine alleinerziehende Mutter nennt?«

Das Rosa löste sich schon auf, und über den Feigenbäumen färbte sich der Himmel bis zum Horizont grau. Meine Mutter zog am Gurt des Rolladens, schaltete die Tischlampe an und glättete eine Falte im Sofabezug, und während dieser kleinen Tätigkeiten fragte sie, ob ich nicht glaubte, daß meine Handlungsweise egoistisch sei.

»Und warum ist es nicht egoistisch, wenn zwei ein Kind auf die Welt bringen?« fragte ich. »Tun sie es etwa wegen der Weisung, gehet hin und mehret euch, und damit die Menschheit nicht ausstirbt?«

»Merk dir, Odelia haben wir bekommen, weil man einfach Kinder bekommen muß«, sagte sie. »Persönlich paßte es uns damals gar nicht, ein Kind zu bekommen, bei dir ging es uns schon besser.«

»Odelia ist also ein Opfer an die Menschheit gewesen?«

Ihr Hals versteifte sich, und sie sagte: »Blödsinn. Als sie geboren wurde, hatten wir schon alles vergessen. Mutterschaft ist eine Art Instinkt, sie entsteht, wie Milch entsteht.«

Sie rieb das Löffelchen mit dem Daumen und sagte, aber auch Instinkte müsse man beherrschen, wenn die Umstände nicht danach seien. »Ein Kind braucht das Vorbild von einem Mann und einer Frau, damit es eine normale sexuelle Identität entwickelt«, sagte sie entschieden.

»Ist es das, was man dir in deiner Ausbildung als Pflegerin beigebracht hat?« fragte ich.

Sie schwieg gekränkt und fragte nicht, warum ich aufstand, bevor ich meinen Kaffee ausgetrunken hatte. Sie legte die Finger auf den Mund, und die Haut über den Knöcheln wurde weiß.

»Ist dir aufgefallen, daß du vor lauter Sorge um das Wohl der Menschheit überhaupt nicht gefragt hast, wie es mir geht? In welchem Monat ich bin, ob ich mich erbreche, ob ich eine Fruchtwasseruntersuchung machen lassen werde? Natürlich, was bedeutet schon eine einzige Schwangerschaft gegen das ganze Volk Israel und das Land Israel und den Erdteil Asien und den Kosmos?« Ich stand am Fenster und sah Schimona und Ruth aus Odelias Klasse, die den Weg entlanggingen und mit

Wäsche beladene Wagen schoben. Sie unterhielten sich angeregt, zwei kleine Kinder folgten ihnen. Meine Mutter hielt noch immer den Löffel, als müsse sie sich an etwas festhalten, und ballte die Hand zur Faust.

»Wir waren dumm«, sagte sie. »Für uns stand das Wohl des Kibbuz an erster Stelle. Und jetzt bricht alles auseinander. Plötzlich stellt sich heraus, daß dieser ganze Kibbuz eine Ansammlung von Individualisten ist und daß sich jeder nur für sich selbst interessiert.«

»Ich bin hergekommen, um dir zu sagen, daß ich schwanger bin«, erinnerte ich sie. »Und du hältst mir eine Rede über einen Traum, der zerbricht. Wenn mein ungeborenes Kind jetzt seine Großmutter hört, kann man wirklich nur hoffen, daß der Engel ihm den Finger auf den Mund legt und seine Erinnerung löscht.«

»Seine Großmutter hört ...« wiederholte sie und lächelte bitter, drückte den Daumen in die Höhlung des Löffelchens und sagte: »Sori, seit fünfundsechzig Jahren bin ich daran gewöhnt, daß eine Familie aus Vater und Mutter besteht, und den Kindern, die ihnen geboren werden. Und egal wie liberal ich bin, ich brauche Zeit, um diese Neuigkeit zu schlucken. Oft genug frage ich Gott, warum der Mensch doppelt geschlagen ist. Es reicht doch, daß du unverheiratet bist, warum soll dir auch die Mutterschaft versagt bleiben? Du kennst mich doch, ich pfeife darauf, was der Kibbuz sagt, das ist ein religiöser Kibbuz, da gibt es viele, die deine Schwangerschaft ablehnen werden, aber mir ist das Wohl des Kindes wichtig. Du weißt ja, diese Kleinen haben keinen Mund, jemand muß sie auf dieser Welt vertreten und für sie sprechen.«

»Wer hat mich vertreten, als ich in deinem Bauch war?«

»Du vergißt, daß wir zu zweit waren«, sagte sie und hielt mir zwei erhobene Finger hin, deren Nägel von braunen Streifen begrenzt waren. »Eine normale familiäre Zelle, und wenn alles normal ist, braucht man keinen Verteidiger.«

»Das kommt darauf an«, sagte ich. »Manchmal ist für das Kind die Last doppelt, wenn es zwei gibt.« Das Löffelchen schlug auf dem Tisch auf. Sie schwieg, ihr Kinn zitterte, und ihre Mundwinkel zogen sich nach unten.

»Es tut mir leid, ich war unverschämt«, sagte ich, ließ sie in ihren Sessel gesunken zurück und ging zur Toilette. Wäre da nicht meine Gebärmutter gewesen, die noch tief saß und mir auf die Blase drückte, wäre ich bei ihr geblieben, nicht nur wegen der beiden Finger, die sie hochgehalten hatte, Finger, in die Spuren ihrer Arbeit eingeritzt waren. Ich blieb lange auf dem Klo und überlegte, ob mir in dreißig Jahren ein junger Mann gegenübersitzen und mit mir die Umstände seiner Geburt diskutieren würde. Ich werde ein Löffelchen oder eine Gabel in der Hand halten und ihn fragen, ob er noch Kaffee will, entweder weil ich nicht wissen werde, was ich antworten soll, oder weil die Antworten zu kompliziert wären.

Was will ich von ihr, alles, was sie sagt, habe ich mir schließlich auch schon überlegt. Sie ist es ja nicht, die das Wort Identität erfunden hat. Sexuelle Identität, normale Identität, eine Identität geben, eine Identität aberkennen. Als besäße derjenige, der seine beiden Erzeuger kennt, schon deshalb eine Identität und wäre glücklicher.

»Komm, machen wir einen großen Salat«, sagte sie, als ich von der Toilette zurückkam, ging in die Küche und schnitt Gurken und Zwiebeln in dicke Würfel. Das Messer kratzte Spuren in das Brett, der Saft einer Tomate spritzte auf ihre Bluse und hinterließ einen Fleck da, wo ihre Brust leer und flach war. Ihre früher einmal schwellenden Brüste waren eingeschrumpft und hingen herunter, und sie benutzte keine neuen Büstenhalter, um den Mangel auszugleichen, sondern trug die alten auf, die nicht mehr in der Lage waren, diese schlaff bis zu ihrem Zwerchfell herunterhängenden Fleischsäcke zu stützen. Mit einer Geduld, die ihr aus der Zeit geblieben war, da sie dreihundert Portionen Rühreier pro Tag zubereitet hatte, wartete sie, bis das Ei gestockt war, dann drehte sie es um, und sie schaute nicht hoch, als sie sagte: »Wenn du bereit bist, das auf dich zu nehmen, stehe ich zu dir.« Dann zerquetschte sie Knoblauch, fügte ihn dem Käse hinzu und sagte: »Iß, du brauchst jetzt viel Calcium und Eisen, das weißt du, für die Knochen, die Zähne und alles.«

Wir saßen in dem kleinen Wohnzimmer, in dem ein niedriger Tisch stand, ein Sofa, ein Eßtisch und vier Stühle, außerdem ein Bücherschrank, an dessen Beinen die Farbe abgeblättert war und das nackte Holz hervorkam. Hier verleihen die Menschen ihrer Umgebung eine individuelle Note durch die Decke, die sie über das Sofa legen, durch den Vorhang, den sie sticken, oder den Lampenschirm, den sie flechten. Die individuelle Note meiner Mutter war das Fehlen jeglicher Individualität. Alle Möbelstücke im Zimmer stammten aus der Zuteilung des Kibbuz, und was preiswert und stabil war, damit es lange hielt, entsprach dem Geschmack. Schnitzwerk im Holz oder Verzierungen am Metall schwächten das Material. Nach den gleichen Grundsätzen waren die Kleidungsstücke gekauft, die im Schrank hingen, das Geschirr in der Küche, die Gummimatte im Badezimmer, die schon hart und rissig geworden war, mit abgetretenen Stellen.

»Odelia war geschockt, nicht wahr?« fragte sie, und etwas Eigelb rann über ihr Kinn.

»Ja. Sie wußte nicht, wie sie es Gott und Nachum erklären soll. Aber sie war wenigstens mutig genug, um zuzugeben, daß ihr diese Neuigkeit Schwierigkeiten bereitet hat.«

»Ihr seid beide aus diesem Bauch gekommen, ihr stammt beide aus diesem Kibbuz, und ihr seid doch so verschieden.«

Ihre Hand hob sich in die Luft, drückte Erstaunen oder Verzicht aus und sank wieder auf den Tisch, offen, mit lockeren Fingern.

Am nächsten Morgen drängte sie mich, mit ihr in den Speisesaal zu gehen. Sie würde ihnen schon zeigen, daß alles in

Ordnung war, all denen, die ihre Nase rümpfen und sagen würden: Sohara? Mitten in der Woche? Einfach so? Sie würde aufrecht neben mir gehen, sie würde sie fest anschauen und sagen: Warum nicht? Schließlich hat sie hier ihre Mutter, oder?

Aber da ich nicht mehr als eine Tasse Kaffee wollte, fiel die Zeremonie mit dem Speisesaal ins Wasser. Sie zog ihre hohen Arbeitsschuhe an und begleitete mich mit langsamen, schweren Schritten zur Bushaltestelle und begrüßte unterwegs mit einem Kopfnicken den Gärtner und zwei Kinderpflegerinnen, die uns begegneten.

»Wie ich gesagt habe, Sori, ich stehe zu dir, sollen doch alle hier sagen, was sie wollen«, sagte sie und machte eine abwertende Handbewegung zum Kibbuz. Als der Autobus kam, küßte sie mich mit Lippen, an denen noch die Brösel der Kekse hingen, die sie gegessen hatte, und verschränkte die Arme über der Brust. Sie wartete nicht, bis der Bus abfuhr, sondern drehte sich um und ging hinunter zur Küche.

In den Monaten bis zur Geburt demonstrierte das Ungeborene seine Existenz gegen alle Vorurteile, bestätigte die Tatsachen in meinem Bauch und im Herzen meiner Mutter, eroberte sich seinen Platz und wuchs von Tag zu Tag. Nur Odelia war zwischen drei Dingen hin und her gerissen, da gab es mich mit meiner Schwangerschaft, das Ungeborene, das keine Schuld an seiner Entstehung trug, und Gott. Von Zeit zu Zeit erkundigte sie sich, wie es mir ging, und erweiterte ihre Frage, indem sie sich nach meinem Appetit erkundigte, nach meinen Hämoglobinwerten und meinem Gewicht. Über seelische Befindlichkeiten sprachen wir nicht.

Der Geburtstermin verstrich, mein Ungeborenes hatte es nicht eilig, auf die Welt zu kommen. Leichte Irritationen, die sich am Monitor zeigten, wiesen auf seinen Mißmut gegen diejenigen hin, die es dazu bringen wollten, auf die Welt zu kommen. Allen Anzeichen nach zog das Baby es vor, seinen Aufenthalt in der Gebärmutter zu verlängern.

»Kein Wunder«, sagte meine Mutter. »Es wird es hier draußen nicht so leicht haben.«

Bis zum Ende der Schwangerschaft hörte sie nicht auf, sich als seine Verteidigerin zu fühlen. Vier Stunden nach der Geburt stellte sie sich vor mein Bett, naß vom Regen, tropfend und mit rotem Gesicht, beugte sich vor und küßte mich, wobei sie einen langen Schatten über das Bett warf.

»Herzlichen Glückwunsch, Sori, du hast es geschafft.« Ein welkes Blatt, das an ihrem Mantel klebte, löste sich und fiel auf das Laken, mit dem ich mich zugedeckt hatte. Odelia kam auch, und schon auf der Schwelle fing sie an zu weinen und vergaß sogar, die Mesusa zu küssen. Und weil sie immer weiterweinte, küßte sie auch mich nicht. Ich weinte ebenfalls. Ich sah sie schluchzend zwischen den Türpfosten stehen und wußte: Auch wenn Gott jeden Winkel ihres Herzens ausfüllt, hat mein Kind dort bereits einen Platz.

Sechs Jahre sind inzwischen vergangen, und Evjatar muß seine Existenz nicht länger beweisen. Er ist Odelias einziger Neffe und der einzige Cousin ihrer Kinder, und wie es aussieht, wird ihm diese Einzigartigkeit erhalten bleiben, und jedes neue Kind, das Odelia bekommt, festigt seine Rolle als Cousin.

Noch kann er nicht zwei und zwei zusammenzählen, und als er hörte, daß Odelia in einigen Jahren keine Kinder mehr bekommen kann, fragte er: »Und was ist mit Oma, kann sie?« Er fragte auch nach Marios Milka, und schließlich verstand er auf seine Art, daß Gott oder die Natur beschlossen hatten, daß Babys junge Mütter brauchen.

Diesmal fragte er nicht, warum seine Großmutter nicht bei Odelia schlief. Er wußte schon von den früheren Geburten, daß jemand Nachum mit den anderen Kindern helfen mußte.

Als wir zu Hause ankamen, ging er zum Fenster, legte die Finger auf das Fensterbrett und schaute hinaus auf die Straße: Ein Auto fährt vorbei, Glas glitzert im Sand, eine Plastiktüte wird vom Wind hochgeweht. Die Augen konzentrieren sich auf diese Bilder, sie dringen in das Gedächtnis, und es vergißt die Dinge, an die es sich nicht gerne erinnert.

Drittes Kapitel

Ende Oktober hatte Michael angerufen und gesagt, er sei neugierig, mich kennenzulernen. »Neugierig, Sie kennenzulernen«, das waren seine Worte, ich erinnere mich, wie er zwischen dem »Sie« und »Sohara« zögerte. Er senkte die Stimme, als er vorschlug, wir sollten uns in Tel Aviv treffen, als spräche er den Namen eines verbotenen Ortes aus. Und warum sagte er »kennenlernen«, schließlich kannte er mich schon seit Monaten, er erkundigte sich gelegentlich, wie es mir geht, und einmal, als Evjatar wegen der Käseknödel verrückt spielte, hatte er mich angerufen und gefragt, ob ich mit ihm in ein Konzert gehen wolle, und ich hatte die Einladung ausgeschlagen.

Jetzt haben wir schon Mitte November, und ich habe ihm noch immer nicht geantwortet. Wenn er heute abend anruft, wird niemand dasein, der den Anruf annimmt, ich bin bei der Arbeit im Krankenhaus, und Evjatar ist bei Milka und Mario.

Nun, da die Abende kühler werden, wird Mario mit ihm in den Sacher-Park gehen und ihn beim Schaukeln anstoßen, bis es dämmrig wird. Wenn sie zurückkommen, wird es schon dunkel werden, und Milka wird die Pommes frites gebraten, die Fladenbrote gewärmt und den Salat klein geschnitten und angemacht haben. Sie werden zu dritt am Tisch sitzen und essen, und dann wird Evjatar in das Bett gehen, das einmal Michael gehört hat. Bis ihm die Augen zufallen, wird er die Phantom-Jets betrachten, die auf dem Poster an der Wand aufsteigen, und vom zweiten Poster herunter wird ihn Barbra Streisand anschauen, deren Augen so blau sind wie die Wand in meinem Schlafzimmer. So hatte Barbra Streisand Michael angeschaut und ihm Träume gebracht, wenn er in diesem Bett lag. Tag für Tag hatte er den Vorhang vorgezogen und ihn nicht aufgemacht, bis die Sonne zur Südseite des Hauses gewandert war, damit der Glanz ihrer Augen nicht verschwand und das Blau nicht verblaßte.

Im Sommer gehen sie mit ihm zur Jaffo-Straße, und zu dritt schlecken sie Eis. Er geht zwischen ihnen, seine Hand in Marios großer Hand, noch immer hat er sich nicht abgewöhnt, seine Finger auszustrecken und zu betrachten, nachdem sie Marios Fingerstummel berührt haben.

Sein Aufenthalt bei ihnen bringt ihnen einen Hauch der Unschuld zurück, die sie mit dem Erwachsenwerden Michaels verloren haben. Milka schimpft nicht über die nassen Spuren der kleinen Füße von der Dusche in den Flur, auch nicht über das Felaffelöl, das am Topf haften bleibt und die Küche mit einem leicht verbrannten Geruch erfüllt, wenn sie nur zu dritt sind. Wenn sie zu zweit sind, schweigen sie die meiste Zeit, und ein Schweigen zu zweit ist keine Stille, sondern Stummheit.

Die Freude, die sie am Schabbat an ihrem Enkel Chaggai haben, ist begrenzt, denn da sind seine Lippen, die sich zum Pfeifen spitzen, und sein vorgerecktes Kinn, die den Verdacht auf böse Pläne wecken, die Männlichkeit der unreifen Frucht. Er war noch kein Jahr alt, da haben seine Eltern über seinem Kopf schon harte Worte ausgestoßen. »Schon als Baby hat er gewußt, daß das Leben ein Kampf ist«, sagt Milka. »Er wird wachsen und lernen, daß aus diesem Kampf niemand als Sieger hervorgeht.«

Evjatars Hand ist noch weich und fügsam in Marios Hand.

Über seinem Kopf wurden keine harten Worte gewechselt, überhaupt gab es in seinem Leben bisher nicht allzu viele Worte, und die meisten von ihnen habe ich ausgesprochen.

Bevor er schlafen geht, ruft er mich mit Marios Handy an und schreit mir ein »Gute Nacht« zu, als würde das Gerät seine Stimme nicht weiterleiten, weil er noch so klein ist. Er schläft, und sie sitzen vor dem Fernseher, trinken Kaffee und schweigen, und wenn Salomons Schritte die Treppe herunterkommen, richtet sich Milkas kleiner Finger auf und bleibt erhoben, bis seine Schritte auf der Straße verklingen.

Salomon ist ein dünner Mann. Das Gel, das er auf seine Haare geschmiert hat, hält sie in einer Form, als hätte er sie zufällig zerzaust. »Der alte Pensionär aus dem ersten Stock«, hat ihn Mario einmal genannt, er hat diesen Ausdruck aber nicht wiederholt, nachdem Milka ihm einen Blick zugeworfen hatte. Sie sagte, es hänge davon ab, wie man es betrachte, es stimme ja, daß die Falten und die überflüssige Haut am Hals aussähen wie bei einem, der die Siebzig schon hinter sich gelassen hat, aber wenn man nach seinen Augen gehe, sei er höchstens fünfzig.

»Aha, nach seinen Augen«, hatte Mario gesagt und geschwiegen.

Der violette Vorhang Salomons, der sich über der Regenrinne bauscht, bringt Mario zum Lachen. »Wie das Kleid einer Tänzerin, die auf einem Bein steht«, sagt er, und Milka fragt, seit wann er was von der Kleidung von Tänzerinnen versteht. Schwer zu sagen, ob es Salomons Magerkeit ist, die ihren Ärger und ihr Mitleid weckt, vielleicht ist es ja auch die Tatsache, daß er ganz allein ist, oder aber weder das eine noch das andere.

Auch bei Fischman, dem Kranken aus Zimmer vier, ist es so, daß seine Magerkeit ihn einerseits schwächt und andererseits stärkt. Als er in der Nacht von der Notaufnahme heraufkam und entdeckte, daß das Bett am Fenster besetzt war, ließ er sich im Flur auf einen Stuhl fallen, zitternd und hustend, und verlangte: »Entweder am Fenster oder gar nicht.«

Jamima sagte, es werde Zeit, daß wir uns ihm widersetzten, doch als er den Kopf von der Tasche auf seinen Knien hob, gab sie auf. Sie sah seine hohlen Wangen und seine mageren Füße in den mit Watte ausgefütterten Schuhen, und statt sich ihm zu widersetzen, war sie ein Herz und eine Seele mit ihm.

Jetzt geht er ungeduldig im Gang herum und saugt an einem leeren Plastikröhrchen, manchmal atmet er ein, dann aus, dann läßt er es wieder sinken wie eine erloschene Zigarette.

Auch Minna Steiner, die Kranke aus Zimmer sechs, schimpft heute abend: auf ihre Zahnprothesen, darauf, daß das Zahnfleisch schwindet, und auf die Essensreste, die sich festsetzen. »Diese Idioten, machen Salat und schälen die Gurke nicht.«

»Mutter, in der Schale sind Vitamine«, sagt Alex und erklärt ihr, daß man, wenn man für Hunderte von Menschen Salat mache, nicht jede Gurke einzeln schälen könne.

»Warum denn nicht? Sollen sie doch noch Leute einstellen, wozu habe ich mein Leben lang Geld in die Krankenkasse bezahlt?«

Alex schweigt. Sie spuckt Schalen auf den Teller, und er sammelt das, was sie danebenspuckt, auf, doch das besänftigt ihren Zorn nicht. Manchmal antwortet er ihr und manchmal nicht, er legt ihr den heruntergerutschten Wollschal wieder um die Schultern und bringt ihr noch Brot. Danach hakt sie sich bei ihm unter, und beide gehen bis zur Tür der Intensivstation, sie bleibt stehen, um wieder zu Atem zu kommen, und mault: »Wirklich eine Schande, dieser Schmutz im Flur und der Lärm, den diese Primitiven machen.«

Später stellt er ihr ein Glas Wasser in Reichweite auf den Nachttisch, läßt das Kopfteil des Bettes herunter und bittet uns, bevor er geht, ein Auge auf sie zu haben.

»Machen Sie sich keine Sorgen, ich passe auf sie auf«, sagt die

Schwiegertochter von Frau Perlman, läßt für einen Moment das Gebetbuch sinken und zieht ihr Kopftuch zurecht.

Frau Perlman hat vier Schwiegertöchter und vier Söhne, und alle erkennt sie nicht mehr. Tag und Nacht stehen sie ihr bei, auch die erwachsenen Enkelkinder sind in den Dienst eingebunden.

»Einzelsohn« nennen sie Alex und bieten ihm von dem Essen aus dem übervollen Nachttisch ihrer Mutter an, sie lächeln und sagen in ihrer Sprache: »Ja, auch bei denen gibt es Hingabe, da kann man nichts sagen.«

Diese Perlman-Frauen wissen nicht, daß ich jedesmal, wenn sie »Einzelsohn« sagen, eine Gänsehaut bekomme. In dreißig oder vierzig Jahren wird mir Evjatar meine Strümpfe anziehen, er wird mich auf die Toilette setzen und die Tür einen Spaltbreit offenlassen, um auf mich aufzupassen, morgens und abends, er wird niemanden haben, der ihn ablöst. Jedesmal, wenn Alex im Gang auftaucht, sehe ich Evjatars Schicksal vor mir und erschrecke, und ich hoffe, daß Alex nichts braucht oder sich jedenfalls nicht an mich wendet, wenn er etwas braucht.

»Sie haben etwas gegen mich«, sagte er einmal am Ende der Abendschicht zu mir, als wir zusammen im Aufzug nach unten fuhren.

»Nein, nicht gegen Sie persönlich«, sagte ich, »es ist zu kompliziert, es zu erklären.«

Er fragte, ob ich mit dem Fahrdienst der Schwestern führe, und ich sagte, ich hätte selbst ein Auto, und die Fahrt im Aufzug schien kein Ende zu nehmen.

»Gehen wir zusammen hinunter zum Parkplatz, es ist nicht angenehm, im Dunkeln hinunterzugehen.«

»Ich habe keine Angst, ich bin daran gewöhnt.«

»Aber ich gehe sowieso hinunter, ich parke auch dort.«

Wenn es etwas gibt, was die Abendschicht auszeichnet, dann ist es der Moment, in dem sie endgültig zu Ende ist, wenn sich die großen Glastüren hinter einem schließen und man statt der Krankenhausluft die kühle frische Luft an Gesicht und Hals spürt. Inzwischen weiß ich längst, daß mich auf dem gewundenen Pfad den Hang hinunter nichts Böses erwartet, ich lege ihn allein zurück, die Stille ist sehr still, außer dem Zirpen der Grillen und dem Surren der Bewässerungsanlagen ist nichts zu hören.

Nun ging der Einzelsohn von Minna Steiner hinter mir, seine Schuhsohlen knirschten, das Klimpern seiner Schlüssel zerstörte die Stille. Das Zirpen wurde von einem Fauchen unterbrochen, und eine Katze sprang auf das Dach eines Müllwagens.

»Es tut mir leid, wenn ich Sie gekränkt habe«, sagte ich, als die Stille unerträglich wurde.

»Liegt es daran, daß meine Mutter Sie so schikaniert?«

»Nein, daran sind wir gewöhnt. Es war nicht leicht, bei so einer Mutter aufzuwachsen, nicht wahr?« Sofort bedauerte ich, diese Frage gestellt zu haben.

»Ich bin bereit zu antworten«, sagte er. »Aber nicht so, auf die Schnelle.« Das Schlüsselklirren wurde heftiger.

»Gut, bei Gelegenheit«, sagte ich. Ich stand schon vor meinem Fiat, der naß vom Tau war, und er sagte: »Gute Nacht« und ging weiter, zu seinem Auto. Ich fuhr vom Parkplatz, und hinter mir sah ich die gelben Scheinwerfer seines Jeeps, neben dem Hotel Hyatt überholte er mich und fuhr westwärts.

Ein paar Abende später traf ich ihn wieder. Minna Steiner war noch blasser und dünner und überhäufte ihre Umgebung mit immer neuen Beschimpfungen, ihre Abendzeremonie dauerte noch länger. Alex wischte ihr Brei von den Lippen und lief mit ihr bis zur Intensivstation. Die Söhne von Frau Perlman beteten in dem Raum zwischen den Stationen und wandten sich dem Mann mittleren Alters und seiner Mutter zu, er in Boots und ausgewaschenen Jeans, sie im gefütterten Morgenrock. Sie hob ihren mageren Finger, um dem Mann vom Putzdienst zu zeigen, daß er auch in den Ecken saubermachen müsse, und Alex senkte den Kopf und schwieg.

Er steht erst von ihrem Bett auf, wenn sie eingeschlafen ist, stundenlang sitzt er da. Er hat die Ellenbogen auf die Knie gestützt und das Kinn in die Hände gelegt, seine Finger schließen sich über den Lippen. Auf seiner Jacke prangt das Logo des Naturschutzbunds. Ein Mann, der sein Brot an der frischen Luft verdient, um die Augen hat er Krähenfüße, fein wie Nähgarn. Jemand, der sich seit Jahren in der Sonne aufhält, bekommt einfach Falten in den Augenwinkeln.

Michael setzt seine Augenwinkel nicht der Sonne aus, er schützt sie mit einer modischen Sonnenbrille, seine Haut bleibt gespannt. Aber Michael gehört nicht hierher, und wenn ich an ihn denke, dann liegt das daran, daß ich ihm noch nicht geantwortet habe, und wir haben schon Mitte des Monats, und wenn er heute abend anruft, um zu fragen, wird er nur fünf Klingeltöne hören und anschließend den Anrufbeantworter.

Heute abend arbeitet Maurice mit mir, die Zeit fliegt, vielleicht ist es sein Humor, die sie so schnell vergehen läßt, vielleicht ist es das Verständnis, das zwischen uns herrscht, ohne daß Worte dafür nötig sind.

Er weiß schon, daß der Sohn der Patientin in Zimmer sechs mich nervt. Einmal sah er, daß ich ihr Krankenblatt in der Hand hatte, und sagte: »Setz dich, es ist in Ordnung, ich mache das schon.« Er zog das Antibiotikum auf, spritzte es in die Infusion und unterdrückte seine Neugier.

»Minna Steiner, geboren 1921 in Polen.« Das steht auf ihrem Krankenblatt. »Lebt allein«, rot unterstrichen. »Der nächste Angehörige: Alexander Steiner, wohnt in der Gernikowski-Straße«. Gott sei Dank, er lebt nicht mit ihr zusammen, er hat eine eigene Wohnung, ein eigenes Leben. Wer lebt mit ihm in seiner Wohnung, eine Frau, Kinder, ein Hund? Ich freute mich so sehr über sein eigenes Leben in der Gernikowski-Straße, daß ich ein Gespräch mit ihm anfing, als wir wieder einmal zusammen im

Aufzug hinunterfuhren. »Ich habe mich Ihnen gegenüber nur so seltsam verhalten, weil Sie ein einziger Sohn sind«, sagte ich.

Daran sei er nicht schuld, antwortete er und erkundigte sich, ob mich dieses demographische Detail immer so bedrücke.

Ich lachte. »Nein, das bedrückt mich überhaupt nicht.«

»Warum also? Sind Sie auch ein Einzelkind?«

»Nein, aber mein Sohn.«

»Ach so.«

Er fragte nicht weiter, und wir gingen schweigend zum Parkplatz, und als wir schon bei meinem Fiat waren, sagte er, er verstehe mich, jedenfalls glaube er das. Sein großer Körper warf einen Schatten auf die Scheibe des Fiat und verdunkelte das Licht eines Scheinwerfers. Seine Schultern waren vorgebeugt, als trüge er eine Last. Hätte ein Junge auf seiner Schulter gesessen, hätte er die kleinen Hände auf seine breite Stirn gelegt, ihm mit seinen kurzen Beinen gegen die Brust geschlagen, seine Oberschenkel hinter seinem Hals gespreizt, den kleinen, weichen Bauch gegen seinen Hinterkopf gedrückt. Aber er trug keine Last auf dem Rücken, das Revers seiner Jacke war mit leeren Knopflöchern geschmückt, der Kragen hing schief, nicht zurückgeschlagen und nicht hochgestellt.

»Lassen wir das jetzt«, sagte ich, »es ist schon nach Mitternacht.«

»Ich habe nicht vor, Sie aufzuhalten«, sagte er. »Nur eines: Natürlich ist es für die Perlman einfacher, sie kann es sich erlauben, senil zu sein, sie erspart sich ein beschissenes Alter, meine Mutter hat keine Wahl, sie hat nicht vier Schwiegertöchter, die alles für sie tun.«

Das schwache Licht des Mondes beleuchtete seine braungebrannte Stirn und seine Ohren. Ich empfand so etwas wie Trauer oder Mitleid und wußte nicht, für wen: für mich oder für das traurige Alter und die erhobenen Fäuste, mit denen Minna Steiner ihm begegnet.

»Vielleicht haben wir mal Zeit, uns darüber zu unterhalten«, sagte ich, und er nahm seine Autoschlüssel in die rechte Hand, sagte »Gute Nacht« und ging zu seinem Jeep.

Zu Hause legte ich das Ohr an die Wand zu Milka und Mario, vielleicht würden ja Evjatars Atemzüge durch den Stein, den Verputz und den Kalk zu mir dringen. Auf den Postern über seinem Kopf fliegen die Phantomflugzeuge, Barbra bewacht ihn mit blauen Augen, in seinem Bauch werden die Felaffelbällchen verdaut. Wenn Odelia alt ist, wird an jedem Achtel des Tages ein anderes Kind auf sie aufpassen, und wenn sie noch weitere Kinder bekommt, wird ihr Tag in noch kleinere Einheiten aufgeteilt werden. Was ist mit Milka und Mario? Sie werden sich gegenseitig begleiten, und wenn nur einer von ihnen übrigbleibt, wird Michael eine Philippina anstellen und von Zeit zu Zeit vorbeikommen, um zu sehen, ob alles klappt. Michael war zwei Jahre alt gewesen, als er eine Schwester bekommen hatte, und drei, als sie an Meningitis starb. Das ist über vierzig Jahre her, doch jeden Sommer fährt Milka nach Giv'at Scha'ul, um ihr kleines Grab in Ordnung zu bringen.

»Staub und Steine«, sagt Mario und schließt sich ihr nicht an. »Ihre Seele ist dorthin zurückgekehrt«, er deutet zum Himmel, »bestimmt hat sie schon jemand anderer bekommen.« Damals, nach ihrer Beerdigung, hatten sie beschlossen, keine weiteren Kinder zu bekommen, vielleicht war auf dem Heimweg vom Friedhof der Riß zwischen ihnen entstanden, der im Lauf der Zeit immer breiter geworden war. Michael erinnert sich an nichts mehr, nur daß ein Gitterbett im Zimmer gestanden hatte und nach einiger Zeit entfernt worden war.

Seit jenem Gespräch nickte Alex mir zu und lächelte, ich war liebenswürdiger, ich pflegte seine Mutter und hoffte, seine Frau sei gut zu ihm und seine Kinder seien gesund. Ich wunderte mich nicht, daß Minna Steiners Schwiegertochter und die Kinder nie kamen, sie zu besuchen, diese Alte schaffte es, alle von sich fernzuhalten, die es gut mit ihr meinten, nur Alex akzeptierte sie und ließ sie nicht im Stich.

Auch die Schwestern blieben von ihren Nörgeleien nicht verschont. »Ihr macht alles so schnell, husch-husch und fertig, damit ihr Zeit zum Quatschen habt«, sagte sie, als ich ihr beim Duschen half. »Gott bewahre alle davor, in eure Hände zu fallen.«

»Aber Sie haben Glück, Frau Steiner, Sie haben einen guten Sohn«, sagte ich, und sie, unter dem Shampoo in ihren dünnen Haaren, riß die Augen auf, schloß sie sofort wieder und sagte: »Klopfen Sie schnell auf Holz, wo gibt es hier Holz?«

Ich klopfte dreimal an die Tür, und Maurice schaute herein und fragte, ob ich Hilfe brauche.

»Nein, nein, das war nur wegen des bösen Blicks, deshalb habe ich auf Holz geklopft«, sagte ich, und sie schrie: »Los, machen Sie die Tür zu, wollen Sie, daß ich eine Lungenentzündung bekomme?«

»Bestimmt hat er eine gute Frau«, sagte ich, und sie kniff die Lider zu, und die Seife rann ihr vom Kopf in den Mund.

»Nein«, sagte sie und preßte die Lippen zusammen.

»Was heißt nein, hat er keine gute Frau?«

»Nein, er hat keine Frau.«

Der Schlauch, den ich ihr über den Kopf hielt, über ihre kraftlose Blöße, gab mir einen Vorteil, ich konnte mich nicht beherrschen. »Und Kinder?« fragte ich.

»Wie soll er Kinder haben, wenn er keine Frau hat? Nicht so heiß, machen Sie das Wasser ein bißchen kälter.« Sie streckte eine magere Hand aus, um das Wasser zu fühlen, und sagte: »Er ist nicht verheiratet, das ist alles. Vielleicht ist es auch besser so, daß er nicht so einen Drachen daheim hat, der ihm das Leben zur Hölle macht, bloß schade, daß damit die Familie Steiner aufhört. Nur Alex, und das war's, aus ist es mit den Steiners.«

»Er ist noch jung, vielleicht heiratet er noch«, sagte ich.

Sie machte eine wegwerfende Bewegung mit der nassen

Hand, dann bohrte sie sich den Zeigefinger ins Ohr, um Schaum zu entfernen. »So jung ist er nicht mehr, er ist schon neunundvierzig. Er kann kochen, waschen, putzen, er braucht kein zänkisches Weib, das ihn nur wegen dem Geld nimmt. Bloß schade, daß es dann mit der Familie Steiner zu Ende ist. Ein Glück, daß uns das nicht wegen Hitler passiert ist, es ist nur unser eigenes Pech.«

Ich wickelte sie in ein Badehandtuch und rieb ihre Haut trocken.

»Machen Sie mir eine kräftige Massage auf dem Rücken«, befahl sie, »stärker!« Sie tastete mit ihren nassen Füßen nach den Hausschuhen, die ich ihr bereitgestellt hatte. Ich fragte nicht weiter, und auch sie sagte nichts, das Duschen hatte sie angestrengt, das warme Wasser hatte ihre Blutgefäße erweitert, ihr Hals und ihr Gesicht waren rot geworden. Ich machte die Tür einen Spaltbreit auf, um den Dampf hinauszulassen, und sie hob protestierend die Hand, dann setzte sie sich erschöpft hin und ließ zu, daß ich sie kämmte. Der Kamm hinterließ leere Pfade in ihren dünnen Haaren, zog Wege über ihren nackten Schädel, wanderte langsam vom Stirnansatz in ihren Nacken, sammelte die Haare, die in seinen Zähnen hängenblieben, und löste Knoten, und sie legte den Kopf zurück, schloß die Augen, überließ sich der Berührung der Plastikzähne, und ihre Gelöstheit sagte: noch ein bißchen, bitte. Ich stand über sie gebeugt, sah eine Ader an ihrem Kopf klopfen, und ich spürte Mitleid für sie. Eine so dünne Haut umgibt den Schädel mit all seinen Ängsten, Sehnsüchten und Neidgefühlen, die Haarwurzeln berühren die Bitterkeit und die Furcht und ernähren sich von ihnen. Der Kamm fuhr fort, Furchen zu ziehen und Haarbüschel zusammenzufügen, bis sie eindöste und ihr Kopf nach vorn kippte. Sie machte die Augen auf.

Ich hatte ihr eine Tasse Tee gekocht, sie streckte ihre zitternde Hand nach dem Tee aus und sagte: »Haben Sie ein Stück Zitrone?«

In dieser Jahreszeit sind Zitronen teuer, in der Küche wollte man mir nicht sofort eine geben, aber ich ließ nicht locker. Auch ein Stück Zitrone kann die Bedürfnisse eines Menschen ins Gleichgewicht bringen, dem das Leben vermutlich einiges schuldig geblieben ist.

»Vielen Dank«, sagte sie, beugte sich über die Tasse, schnupperte und sagte: »Ein Vergnügen.« Dann ging sie auf die Toilette, sich zu entleeren, und Alex wartete draußen, an die Wand gelehnt.

Ich blieb mit dem Medikamentenwagen neben ihm stehen und sagte: »Wir haben noch ein Thema offen. Sie können mich anrufen, wenn Sie Lust haben, darüber zu sprechen.«

Ich notierte ihm meine Telephonnummer auf einem Rezeptblatt, und er schob es in seine Hemdtasche, zu anderen Papieren, die dort steckten, und bis er ein bißchen Platz für das Rezeptblatt gemacht hatte, tat es mir schon leid. Was habe ich mit ihm zu besprechen? Was will ich von ihm, soll er mir erklären, wo er auf der Stufenleiter des Glücks von Einzelkindern steht? Aber ich zog mein Angebot nicht zurück.

Evjatar fragte, wohin ich ginge und wann ich zurückkommen würde. »In zwei Stunden«, sagte ich. Er packte drei Puzzleschachteln ein, und Mario öffnete ihm die Tür und rief lachend: »Was ist, fährt deine Mutter nach Amerika?«

Alex saß an einem Tisch am Fenster und blätterte in einer Zeitung, das schwache Licht ließ ihn jünger erscheinen, verschluckte die Falten, die von der Sonne in seine Gesichtshaut geprägt worden waren.

»Ich habe Sie kaum erkannt, Sie sehen ganz anders aus, wenn Sie keine Schwesternkleidung tragen«, sagte er.

Ich fragte ihn, ob es eine Veränderung zu meinen Gunsten oder Ungunsten sei, und er zögerte und sagte, ohne den Schwesternkittel falle es ihm schwer, zu wissen, wer ich sei.

»Kleider machen also Leute?«

Er lächelte und bestellte eine Kürbissuppe, ich begnügte mich mit Kaffee. Er rührte in der gelben Suppe, zerriß die Haut, die sich gebildet hatte, und sagte: »An dem Tag, an dem ich in der Station aufgetaucht bin, sind Sie unter Druck geraten, warum?«

»Weil ich gesehen habe, welches Schicksal einen einzigen Sohn erwartet«, sagte ich. Ich berichtete ihm, was ich von seiner Mutter erfahren hatte, und er hörte mir schweigend zu. Sein Blick war auf die dampfende Suppe gerichtet.

»Es ist Ihr gutes Recht, mir vorzuwerfen, ich hätte meine Berufsethik gebrochen«, sagte ich, und er antwortete nicht, sondern rührte in der dampfenden Suppe, den Kopf tief über den Teller geneigt. Seine Haare waren ausgebleicht, verbrannt wie die Haare der Feldarbeiter in unserem Kibbuz.

»Ich bin auch alleinstehend«, sagte ich.

Er lächelte und sagte: »Das ist in Ordnung, ich habe Sie nicht um Informationen gebeten.« Sein Löffel drehte sich in der heißen Flüssigkeit um, verschwand unter einer Kürbiswelle und wurde an den Tellerrand gelegt.

»Sie glauben also, mein Schicksal sei bedauernswerter als das eines Durchschnittsmenschen?« fragte er.

»Von außen betrachtet, sieht es wohl so aus«, sagte ich. »Aber wissen Sie, ich halte es nicht für normal, zu denken, daß wir uns hier getroffen haben, um festzustellen, an welcher Stelle der Richterskala zur Feststellung eines bedauernswerten Zustands Sie stehen. Ich schäme mich und bitte um Entschuldigung.«

»Beruhigen Sie sich, ist schon gut.« Er lächelte und fing an, seine Suppe zu essen.

Plötzlich überkam mich Hunger, und ich rief nach der Bedienung. »Bitte auch so eine Suppe, sehr heiß und mit ein paar frischen Pilzen drin, und dazu Brötchen und Butter.«

Noch bevor die Suppe kam, war mir schon leichter zumute,

obwohl sich nichts geändert hatte, Alex war kein glücklicherer einziger Sohn geworden, und seine Mutter war nicht weniger mißmutig, aber trotzdem.

»Es tut mir leid, daß ich Ihnen Unannehmlichkeiten gemacht habe«, sagte ich und aß ein Brötchen.

»Machen Sie sich keine Gedanken«, sagte er und betrachtete mich durch seine sonnenverbrannten Augenwimpern. Als er mich zu meinem Fiat begleitete, dankte ich ihm, daß er so geduldig und nachsichtig gewesen war, und er sagte: »Lassen Sie doch« und legte eine Hand auf das Autodach. Ich sah, daß seine Sehnen hervortraten und der Daumenmuskel geschwollen war.

»Auf Wiedersehen«, sagte ich.

»Meinen Sie das ernst?« Sein Finger zog eine Linie in den Staub des Autodachs und wurde schmutzig.

»Ich sage nichts, was ich nicht ernst meine.«

Es vergingen keine zwei Tage, und das Thema des einzigen Sohnes verschwand, zusammen mit den Perlmans und mit der Leiche ihrer Mutter, die gestorben war, und am selben Tag war auch Minna Steiner nach Hause entlassen worden, und das Niveau meiner Ängste sank auf einen gesegneten Stand.

Als er zwei Wochen später anrief, sagte ich: »Ach ja, Alex? Ja, ich erinnere mich.«

Er sagte, daß er am Schabbat eine Gruppe zum Fluß Schorek führe, und fragte, ob wir Lust hätten mitzukommen, mein Sohn und ich.

Noch bevor er sich die Zähne geputzt hatte, band sich Evjatar die Wasserflasche um, deren Gürtel ihm zu kurz geworden war, hängte einen Photoapparat und ein Fernglas um und setzte sich die Mütze auf, die er von Coca-Cola bekommen hatte, als Preis für die gesammelten Verschlußkappen. Er ging vor das Haus und rief Mario zu: »Wir machen einen Ausflug!«

Mario antwortete ihm vom Fenster aus: »Viel Spaß, Junge.«

»Wir sehen einen richtigen Fluß«, schrie Evjatar, die Hand wie einen Trichter an den Mund gelegt. Als Salomon in der Tür erschien und sich verbeugte und »Guten Morgen« sagte, zog sich Evjatar zurück und drückte sich an die Mauer. Er nahm sein lautstarkes Gespräch mit Mario nicht mehr auf, auch nicht, als Salomon sich an dem Eisengitter die Schuhe abgetreten hatte, und Mario verließ den Platz am Fenster nicht, bis wir uns auf den Weg machten, und er winkte uns mit allen Fingern zu, auch mit dem Stumpf.

Auf der Ramat Rasiel trafen wir die Fremden, mit denen wir unseren Ausflug unternehmen würden, und Evjatar tastete nach meiner Hand und ließ sie nur los, um zu trinken oder um Dornen zu entfernen, die sich in seinen Strümpfen festgehakt hatten.

»Schön, daß ihr gekommen seid«, sagte Alex. »Wie heißt du, Junge?«

Evjatar starrte das Gras an und schwieg, und Alex legte ihm die Hand auf die Mütze über das Coca-Cola-Zeichen und sagte: »Ich heiße Alex.« Auf dem Schirm seiner Mütze prangte der Hirsch der Gesellschaft zum Schutz der Natur. Obwohl er schwitzte und schwer atmete, verzichtete Evjatar nicht auf den Photoapparat und das Fernglas, die gegen seine Brust schlugen. Enttäuscht von dem trockenen Flußbett maulte er und sagte, das sei einfach eine Lüge, so etwas Fluß zu nennen, es gebe noch nicht mal einen einzigen Tropfen Wasser, und er war erst zufrieden, als ich ihm versprach, wir würden mal im Winter herkommen, damit er den Fluß voller Wasser sehen könne.

Er fragte, ob Alex uns auch im Winter herführen würde, und ich sagte ja.

Doch wir warteten nicht auf den Winter, sondern schlossen uns den Ausflügen, die Alex immer am Schabbat organisierte, auch im Herbst an. Evjatar war ihm gegenüber nicht mehr schüchtern und zeigte ihm Libellen, die aussahen wie Hubschrauber, er zeigte ihm Stacheln von Stachelschweinen und runde Kieselsteine, und Alex erklärte ihm, wie Steine vom Sand und vom Wasser rundgeschliffen werden. Evjatar ging neben ihm, in seinem Schatten, er hörte ihm zu und suchte schon nicht mehr nach meiner Hand.

An jenen Schabbattagen trafen wir weder Michael noch Chaggai. Wir sahen nur die Spuren, die der kleine Traktor im Garten hinterlassen hatte, und die Reste der halbmondförmigen Hörnchen auf dem Teller.

»Das stinkt mir, ich komme immer dann, wenn er schon wieder weg ist«, schimpfte Evjatar und fuhr mit einem Stock die Traktorspuren nach und vertiefte sie.

»Dann bleiben wir am nächsten Schabbat zu Hause.«

»Aber dann verpasse ich Alex.«

Er warf den Stock an die Mauer und dachte nach, schließlich entschied er sich für Chaggai, betrachtete die Straße mit ernstem und traurigem Gesicht, als habe er plötzlich gelernt, daß jede Entscheidung für das eine auch den Verlust des anderen beinhaltet, das man nicht gewählt hat.

Minna Steiners chronische Erkrankungen brachten sie immer wieder zu uns zurück, und Maurice, der auch kleinste Veränderungen bei den Kranken erkennt, bemerkt sie natürlich auch bei den Gesunden.

»Der Sohn von der Steiner hat es auf dich abgesehen«, verkündete er. »Bei all den Schwierigkeiten, die er hat, ist er gar nicht so beschissen dran, was meinst du?«

»Er ist überhaupt nicht beschissen dran«, fuhr ich ihn an und begann, in den Krankenakten zu blättern.

»Das gibt es nicht, wir sind alle beschissen dran. Nur manche mehr und manche weniger. Übrigens, ich habe Doktor Eran

Cohen gesehen, er arbeitet jetzt in Ejn Kerem. Er ist dicker geworden, er hat's zu was gebracht.«

Maurice pumpte die Blutdruckmanschette auf, sah zu, wie die Quecksilbersäule erst stieg und dann sank.

»Echt, es gibt keinen Menschen ohne Schwierigkeiten, nur manche können es verbergen. Merk dir, der Mensch ist das beschissenste Geschöpf, das Gott erschaffen hat. Tiere leben und sterben, wie Gott es vorgesehen hat, nur wir machen uns das Leben kompliziert. Zeig mir einen Menschen ohne Probleme, einen nur, der glücklich ist und bei dem überhaupt nichts beschissen läuft.« Ich dachte an Odelia und Nachum und schwieg. Maurice fühlte den Puls eines neuen Patienten, der aus der Notaufnahme heraufgekommen war, und ich versuchte, Mängel und Probleme bei Odelia zu finden, und kam zu dem Schluß, daß sie dem Modell eines glücklichen Menschen, das Maurice im Kopf hatte, wohl so nahe wie möglich kam. Maurice hat eine Frau und drei Kinder zu versorgen, und es ist schwer, das mit dem Gehalt eines Pflegers zu schaffen. Wenn seine Frau ihn anruft, fängt ein Nerv an seiner Wange an zu zucken, er klopft mit dem Daumen auf den Tisch und sagt: »Ja, ich habe verstanden, was nun, ja, ich habe doch gesagt, daß ich verstanden habe.« Im allgemeinen legt er den Hörer auf, ohne sich zu verabschieden, dann geht er hinaus zur Raucherecke, die sich zwischen den Treppenpfeilern befindet, und raucht hastig eine Zigarette.

»Du hast also Doktor Cohen in Ejn Kerem gesehen?« fragte ich und beendete damit das traurige Gespräch über das Glück der Tiere und das Unglück der Menschen.

»Ja, er hat einen Bauch gekriegt«, sagte Maurice. »Er ist dort Oberarzt in der Inneren geworden. Er hat gefragt, ob du noch da arbeitest, er hat sich auch nach Orna und Ja'el erkundigt, aber vor allem nach dir.«

»Wieso ausgerechnet nach mir?« Ich blätterte in der Krankenakte, als suchte ich etwas, und wich seinem Blick aus.

»Als ich gesagt habe, ja, Sohara arbeitet noch bei uns und sie hat ein Kind, hat er vergessen, daß er sich auch nach Orna und Ja'el erkundigt hat, er hat nur gesagt, bleib gesund, Maurice, und ist so schnell weggegangen, als hätte man ihn zu einem Notfall gerufen.«

»Diese Ärzte haben doch nie Zeit«, sagte ich und wollte nicht weiter über den Doktor sprechen, der ebenso rasch und kalt aus meinem Leben verschwunden war, wie er aufgetaucht war.

Maurice spekulierte noch über das Leben derer, die mit einem Talent zum Glücklichsein geboren werden, und sagte: »Er war zwei Jahre in New York, er hat dort eine Postgraduierten- oder irgendeine Spezialausbildung gemacht, ich weiß nicht, aber es war in New York. Er hat es sich gutgehen lassen, er ist keiner, der sein Leben lang irgendwo hängenbleibt.«

Ich konnte mich nicht beherrschen. »Ist er verheiratet?«

»Keine Ahnung, ich erinnere mich nicht, ob er einen Ring getragen hat.«

Sogar Maurice, dem es immer gelingt, aus kleinen Hinweisen zu erraten, was wirklich los ist, fragte nicht, warum der Doktor sich ausgerechnet nach mir erkundigt hatte, und zog daraus keine Schlüsse.

Weder er noch die anderen vierzehn Schwestern und Pfleger unserer Station hatten irgendwelche Fragen gestellt, als vor sechs Jahren mein Bauch immer dicker geworden war, auch nicht die Reinigungskräfte und die Sanitäter. Falls sie irgendwelche Vermutungen hatten, haben sie sich heimlich darüber unterhalten. Als ich am Ende des vierten Monats war und schon die Bewegungen des Kindes spürte und eine Fruchtwasseranalyse mir seine Gesundheit bestätigt hatte, beschloß ich, aus meiner Schwangerschaft nicht länger ein Geheimnis zu machen. Bei der monatlichen Sitzung des Personals, nachdem wir über die Bedeutung ausreichender Flüssigkeitszufuhr gesprochen hatten, über Verfahren der Pflegedokumentation und über Berufsethos, und nachdem Jamima die Sitzung bereits geschlossen hatte und die Anwesenden ihre Taschen schon auf den Knien hielten, bat ich alle, noch einen Moment sitzen zu bleiben. Schweigend schauten sie in die Mitte des Tisches und drückten ihre Taschen an sich. »Sag bloß nicht, daß du aufhörst zu arbeiten«, sagte Ja'el.

»Nein. Ich wollte euch nur sagen, daß ich schwanger bin.«

Jamima bekam große Augen, Orna drückte sich eine ganze Faust auf die Lippen, und alle anderen stellten ihre Taschen wieder auf den Boden und starrten mich an. Maurice goß Coca-Cola in einen Plastikbecher und sagte: »Prost«, und dann versteckten auch die anderen ihre Verwirrung hinter dem sprudelnden Getränk und sagten: »Herzlichen Glückwunsch.«

In den Tagen danach ließen sie mich noch nicht mal Danino mit dem Rollstuhl zur Toilette fahren, aus Furcht, es könnte mich zu sehr anstrengen. Es nützte nichts, daß ich sagte, ich sei zwar nicht verheiratet, aber Gott sei Dank auch nicht gelähmt. Sechs Jahre sind seither vergangen. Sie alle kennen Evjatar und sagen, daß er mir ähnlich sieht, und Mutmaßungen, die seine Gesichtszüge in ihnen wecken, behalten sie für sich.

Maurice kam wieder auf Alex zurück. »Sag ja nicht, du hättest es nicht gemerkt«, sagte er.

Er half Minna Steiner in ihre Hausschuhe. »Ihre Beine sind okay, aber etwas zu kurz, Frau Steiner«, sagte er.

»Und bei Ihnen ist der Verstand zu kurz, ich könnte Ihre Mutter sein.«

»Danke, nein«, sagte Maurice. »Ich habe schon eine, eine zweite kann ich nicht brauchen.«

»Am Nachmittag kommt mein Sohn, ich werde ihm sagen, was für ein Mundwerk Sie haben. Und jetzt bringen Sie mich zur Toilette.«

Maurice wartete neben der Toilettentür, hielt ihren Gehstock zwischen den Beinen und sagte: »Man merkt es daran, wie schüchtern er ist, nur mit dir spricht er.«

»Er kennt mich von woanders her, das ist alles«, sagte ich.

Hätte Maurice von unseren Ausflügen mit Alex gewußt, vor allem von dem letzten, den wir mit seinem Jeep unternommen hatten, und hätte er gesehen, was dieser Ausflug für Evjatar bedeutet hatte, hätte er längst versucht, uns zu verkuppeln. »Sori, du mußt es tun. Wenn nicht für dich, dann für den Jungen.«

Die Nachricht, daß wir einen Ausflug mit einem Jeep machen würden, hatte Evjatar begeistert. Er drehte sich im Bett um, ließ einen Plastikjeep den Hang der Zudecke herabfahren, parkte ihn auf seinem Kopfkissen und schlief ein. Am Morgen ging er hinaus, um auf Alex zu warten, schaute von der Straße zu Marios Fenster, aber die Kälte und der Regen sorgten dafür, daß das Fenster geschlossen blieb. Allein lief er auf dem Gehweg herum, hüpfte und sang: »Wir fahren mit einem richtigen Jeep«, zu einer Melodie, die er sich selbst ausgedacht hatte, und sein dünnes Solo wurde vom Wind weggetragen.

»Da ist er, da ist er«, schrie er, als die gelben Scheinwerfer zu sehen waren, er rannte zum Tor und betrachtete bewundernd das Fahrzeug mit den großen Rädern und dem Scheinwerfer auf dem Dach. Alex machte ihm die Tür auf, und Evjatar stellte einen kleinen Stiefel auf die eiserne Stufe, kletterte ungeschickt hinauf und bat, neben Alex sitzen zu dürfen.

Wir fuhren los, um die damals trockenen Flußläufe in der judäischen Wüste zu sehen, die sich nach dem Platzregen mit Wasser gefüllt hatten, aber die Natur und ihre Wunder, ihre trockenen und wassergefüllten Läufe waren nichts im Vergleich zu der Wirkung, die der Jeep hatte. Evjatar stand hinter Alex, hielt sich an seinem Sitz fest und reckte den Kopf, um das Armaturenbrett zu sehen. Auch als wir ausstiegen und einen mit Wasser gefüllten Flußlauf entlanggingen, machte er noch die Motorgeräusche nach, das Rattern des Anfahrens und das Quietschen der Bremsen. Er ging zwischen mir und Alex, gab manchmal mir die Hand, dann wieder ihm, und ab und zu auch uns beiden, dann rannte er wieder voraus und wartete, bis wir kamen, oder er blieb zurück und überholte uns hüpfend.

Nie war er Teil einer Familie gewesen, zu der mindestens drei Personen gehörten, die eine geschlossene Einheit bildeten, immer waren er und ich eine fehlerhafte geometrische Figur gewesen. Nachdem er von Alex gehört hatte, daß alle Flüsse zum Meer flossen, folgte er mit dem Blick dem fließenden Wasser und suchte am Horizont das Tote Meer, bis sich im Westen eine dunkelrote Wolke zeigte und wir zum Jeep zurückgingen. Ich saß auf dem Rücksitz und betrachtete die beiden Köpfe vor mir: der kleine lebhaft und hochgereckt, der große mit sonnengebleichten Haaren und einem trockenen Nacken, und zwischen beiden ein auberginenfarbener Himmel und der Regen, der gegen die Windschutzscheibe schlug.

Evjatar, der schon wußte, daß alles Gute einmal zu Ende geht, hörte nicht auf zu fragen, ob wir noch einmal so einen Ausflug machen würden und wann Alex kommen würde, wann rufst du ihn an und wer war das am Telephon. Vielleicht waren es unsere häufigen Wohnungswechsel, durch die er die Endlichkeit des Guten gelernt hatte.

Milka fragte, ob der junge Mann mit dem Jeep aus unserem Kibbuz sei, und Mario sagte: »Der Junge ist verrückt nach ihm.« Auf ihre zurückhaltende Art versuchten sie, mir die Augen dafür zu öffnen, was ihrer Meinung nach vernünftig und richtig wäre. Geduldig warteten sie eine Woche und noch eine, und als die Zeit nicht brachte, was sie von ihr erwartet hatten, rafften sie sich auf und machten mir gegenüber eine Andeutung und gaben der Zeit noch eine Chance.

Milka goß die Zwergzedern, sie richtete sich jedesmal auf, wenn ein Auto mit großen Rädern in unsere Straße einbog, und wartete, ob es die Fahrt verlangsamte und anhielt, und erst wenn das Auto, ohne anzuhalten, an unserem Haus vorbeigefahren war, wandte sie sich wieder den Bewässerungsmulden zu. Sie konnte nicht ahnen, daß ihr Sohn mich Mitte Oktober angerufen und gesagt hatte: »Ich denke öfter an Sie, Sohara.«

Hätte sie es gewußt, hätte sie noch länger am Fenster gestanden, als sie es tat, wenn etwas für sie Unerwartetes passierte und sie noch nicht wußte, ob es etwas Gutes oder Schlechtes war.

»Es kommt vor, daß ich an Sie denke«, hatte er gesagt, und ich hatte geantwortet: »Das ist doch kein Wunder, ich wohne in Ihrer Wohnung, und wenn Sie an das Zitronenbäumchen denken, denken Sie automatisch auch an die Hand, die es gießt.« Auf dem Herd standen die Nudeln, die ich für Evjatar kochte, das Wasser sprudelte über, die Flamme stand sehr hoch, und die Schnur des Telephons war sehr kurz. Ich zog die Schnur hinter mir her und streckte die Hand nach dem Schalter aus, erreichte ihn aber nicht.

»Warum rufen Sie an?« fragte ich. »Wollen Sie mir die Miete erhöhen?«

»Sie bringen mich um. Ich bin doch nicht nur Ihr Vermieter, sondern auch ein bißchen was anderes.« »Was zum Beispiel«, fragte ich, und immer mehr gelbe Blasen stiegen über den Nudeln auf.

»Ein Mann«, sagte er.

Ich erinnerte mich an seine Lippen, die er wie zum Pfeifen spitzte, daran, daß sich seine Beine leicht nach außen bogen, und spürte, wie meine Achselhöhlen feucht wurden. Ich umklammerte den Hörer und schwieg. Was hat der höhere Angestellte einer High-Tech-Firma mit einer Krankenschwester mittleren Alters zu tun, die in den Stunden, wenn sie keine Kranken füttert, Staub von seinen Fensterbänken wischt und die dichten Blätter vor dem Fliegengitter beschneidet und hinausschaut auf die kleine Straße?

»Ich möchte Sie gerne kennenlernen.«

Dicke Dampfwolken sammelten sich unter der Decke, der Schaum von den Nudeln stieg über den Rand und rann am Topf hinunter auf den Herd.

»Einen Moment, die Nudeln«, schrie ich und rannte zum Herd und stellte das Gas ab, gelbes Wasser lief vom Herd auf den Fußboden, zusammen mit Nudeln, und Dampf stieg aus der kleinen Pfütze auf, die sich am Küchenschrankbein gebildet hatte. »Ich kann Ihnen nicht auf der Stelle antworten«, sagte ich und bat um ein paar Tage Bedenkzeit.

Er drängte mich nicht. »Ich habe Geduld«, sagte er.

Ich legte den Hörer auf und ging zum Schlafzimmerspiegel, und vor dem Hintergrund der blauen Wand sah ich eine müde Frau mit wirren Haaren und einem erschöpften Gesicht. Im Licht von vierzig Watt sahen meine Brüste vollkommen aus, der Schatten, den sie auf die Rippen warfen, machte sie voller und ließ sie aussehen wie Odelias Brüste. Selbst die Brustwarzen hatten sich aufgerichtet, als würden auch sie das Wunder bestaunen. Und in der ganzen Zeit lief mir der Schweiß aus den Achseln und hinterließ dunkle Flecken auf meiner Bluse.

Ich machte das Licht aus und ging zu Evjatar, und ich vergaß den Nudelbrei, der hart wurde und am Herd festklebte. Evjatar atmete ruhig und gleichmäßig, er lag auf dem Rücken und schlief, wehrlos, dennoch hielt er einen Zipfel seiner Decke umklammert. Egal, was passiert, versprach ich ihm, ich bin vor allem anderen deine Mutter. Aber so sehr ich die Frau in mir daran gewöhnt hatte, sich zu verstecken, in dieser Nacht regte sie sich.

Das alles war Ende Oktober passiert, und jetzt haben wir schon Mitte November, in ein paar Stunden wird der Morgen kommen, und er wird seine Eltern besuchen, wie an jedem Schabbat.

Schon um neun Uhr morgens verbreiteten die Hörnchen im Backofen einen leichten Sesamduft. Es regnete, die Fenster blieben geschlossen, und der Geruch des Gebäcks, der sonst durch die Moskitogitter hereindrang, kam diesmal durch die Tür. Als Alex anrief und einen Ausflug vorschlug, lag ich noch im Bett und sagte: »Vielleicht, ich rufe dich ein bißchen später an.«

Der Himmel bietet mir also eine Ausrede, ich kann das Haus verlassen und die Antwort für Michael hinausschieben. Was hätte ich schließlich auch antworten können, und wie kommt es, daß so etwas wie ein Cafébesuch mit Michael in Tel Aviv bei mir zu einer Lebensfrage wird?

Evjatar stand auf und ging zum Fenster. Als er die Ellenbogen auf die Fensterbank stützte, rutschte sein Pyjama hoch, und ein Stück seines mageren, glatten Rückens war zu sehen. Ein schmaler Hautstreifen zeigte seine dünnen Knöchel und seine nackten Füße. Er folgte mit den Augen einem Raben, der sich auf dem Wipfel der Zypresse niederließ und mit den nassen Flügeln schlug, und sein Finger strich über die Wassertropfen auf dem Fliegengitter.

»Mama, ist es noch früh?«

»Ja, Chaggai kommt erst in zwei oder drei Stunden.«

Er verließ das Fenster und kam zu mir, zitternd, mit Gänsehaut, sprang er auf die leere Betthälfte, zog meine Decke über sich, rollte sich zusammen und fragte, ob es jetzt auch in Tel Aviv regne. Sein Pyjama rutschte ihm von der Schulter, ich streichelte seinen nackten Arm und schob ihm noch ein bißchen Decke zu. Bis zum Kinn zugedeckt, lag er neben mir und starrte die Zimmerdecke an, die immer heller wurde, bis seine Augen schließlich zufielen. Seine Wärme drang unter der Decke, die über uns beiden lag, bis zu mir, ich rückte näher zu ihm, er zitterte im Schlaf, und es war mir egal, daß die Psychologen vor ödipaler Verstrickung warnen, sollen sie doch warnen, es liegt doch kein Vater mit uns im Bett, nichts ist natürlicher, als sich zu umarmen und gegenseitig zu wärmen. Seine Augenlider zuckten, er murmelte etwas, drehte mir das Gesicht zu, und ich sah, daß sich seine Augäpfel unter den geschlossenen Lidern bewegten und seine Wimpern flatterten. Ich betrachtete seine Lippen, sah, wie sein Atem die leichte Öffnung dazwischen erzittern ließ, und nichts auf der Welt hätte mich daran hindern können, mich an den kleinen Körper neben mir zu schmiegen und ihm das zu geben, was ihm zustand.

Ein Klopfen an der Tür weckte uns beide auf. Chaggai rief Evjatar durch die Tür und klopfte wie ein Erwachsener. Ein Sonnenstreifen hüpfte über die Zweige der Zypresse. Wir hatten lange geschlafen, die Morgenwolken hatten sich schon aufgelöst oder waren ostwärts gezogen. Jetzt waren nur noch dünne Streifen am Himmel zu sehen, die sich in das Blau verirrt hatten.

Evjatar sprang in seine Hose, kämpfte mit dem Reißverschluß, der sich in seiner Unterhose verhakt hatte. »Ich komme, ich komme«, schrie er, wischte sich Zahnpasta von den Wangen, machte die Tür auf und ließ sie gegen den Türstock knallen.

Kurz darauf war er wieder da. »Mama, sie laden uns zu einem Picknick im Jerusalem-Wald ein.« Er stand in der Tür, die er hinter sich offengelassen hatte, eine blaue Ader klopfte an seinem Hals, er rannte los, um ihnen zu sagen, daß wir mitkommen würden.

Ich wählte eine Hose aus, die die Phantasie anregte und ihren Inhalt schmaler erscheinen ließ, als er es in Wirklichkeit war, um den Hals band ich mir ein bordeauxfarbenes Tuch, und auf die Wangen trug ich einen Hauch Rouge mit einem Pinsel auf, der sich wegen seiner abgestoßenen Haare unangenehm anfühlte.

Alex rief ich nicht an.

Michael lehnte an seinem silbernen Toyota und betrachtete

mich durch seine Sonnenbrille mit den eleganten blauen Gläsern. »Hallo, Sori«, sagte er, ohne seine Haltung zu verändern, er stand da, die Hände in den Manteltaschen, die Beine überkreuzt.

»Ich fahre mit meinem Auto, in deinem gibt es nicht genug Platz für uns alle«, sagte ich, und er stieg ein, seine Eltern und die Kinder folgten ihm, und er wartete, bis die Scheinwerfer meines Fiat aufleuchteten. Der Toyota, prächtig und edel, bewegte sich über die Straße, und der Fiat fuhr hinter ihm her. Michael verlangsamte das Tempo, im linken Seitenspiegel blitzten tanzende Funken von seiner Brille auf.

Ein Teppich aus Tannennadeln bedeckte die noch feuchte Erde und verbarg den Morast. Mario breitete eine Decke über eine Bank, die vom Regen dunkel geworden war, und Milka blies über ihre Finger, atmete tief, und ihr Mantel spannte sich über der Brust. Die Kinder kletterten Leitern hinauf und turnten über eine Seilbrücke, und Michael stand ihnen in nichts nach. Er hängte seinen Mantel an einen Baum, streckte die Hände aus und kletterte an einem Seil nach oben, und ich sah, daß sein Bauch flach war. Noch war nichts von dem Bauch zu sehen, der in jenen Genen lag, die er vielleicht von Mario geerbt hatte.

»Mama, schau mal«, schrie Evjatar und schlängelte sich geschmeidig wie eine Katze durch einen Autoreifen.

Chaggai, größer und schwerer als er, tat es ihm nach und brachte die ganze Reihe Reifen in Bewegung. Ich saß auf einer Schaukel, ließ mich hin- und herschwingen und folgte jedem seiner Schritte, und er, glücklich über seinen Vorsprung, schlängelte sich zwischen den Windungen hindurch, überholte Chaggai und rief: »Mama, schau mal! Schau doch!«

Plötzlich fing meine Schaukel an zu fliegen, und ich schrie unwillkürlich auf. Michael stand hinter mir und stieß mich an, so daß ich nach oben flog und in einem Bogen wieder zurück. Ich hielt mich an den Stangen fest, aus Angst, ich könnte mich beim nächsten Stoß überschlagen oder auf dem Boden landen. Milka schrie ihn an: »Bist du verrückt geworden?« Und er lachte und stieß die Schaukel an, und seine Zähne blitzten in der Sonne. Chaggai streckte den Kopf aus einem Reifen und schrie vor Lachen, und Evjatar lächelte verwirrt. Ich hatte mich bereits beruhigt, ich vertraute den Metallstangen, und noch mehr vertraute ich den Händen, die mich fliegen ließen. Ich wollte noch höher steigen, über die Baumwipfel hinaus bis dahin, wo der Himmel schon nicht mehr so weit entfernt ist wie sonst.

»Du bist nicht normal, ihr ist doch schon schwindlig«, schimpfte Mario und streckte die Hand mit dem Fingerstumpf aus. Und Michael breitete die Arme aus und fing die Schaukel mit mir. Sein Lachen verströmte einen leichten Sesamgeruch, ein brauner Samen war zwischen seinen Zähnen hängengeblieben. Er packte mich am Arm, um mich anzuhalten, seine Wange war meiner zu nahe, ich roch sein Rasierwasser, sah die Poren mit Haarstoppeln, die Höhlen seiner Nasenlöcher und feine Blutäderchen, und seine vollen, fleischigen Lippen berührten mich fast. Meine Füße standen schon auf dem Boden, und mein Kopf drehte sich noch immer wie betrunken, und Michael lachte, und das Sesamkörnchen blitzte auf und wurde durchsichtig in der Sonne.

Wie kann ich meinen Kopf wieder auf die Erde zurückbringen und zu ihm sagen: Milka ruft uns zum Essen? Wer verläßt schon den Himmel für einen Blumenkohl?

Aber Milka hatte sich die Arbeit gemacht, sie hatte gekocht und alles hergerichtet, und Höflichkeit und Achtung und Pflicht ziehen nach unten, und der Saft fließt schon aus den mit Salat gefüllten Fladenbroten und befeuchtet die Finger, die Thermoskanne ist bereits offen und verströmt den Duft nach frischem Kaffee.

Wäre zufällig ein Fremder vorbeigekommen, hätte sich ihm folgendes Bild geboten: Vater, Mutter, Großeltern und zwei

Kinder. Der zufällige Fremde hätte auch keinen Grund gehabt, sich etwas dabei zu denken, daß Milka nicht aufhörte, sich einen Faden, der aus ihrem Mantel herunterhing, immer wieder um den Finger zu wickeln. Sie ließ nicht locker, auch als die Salatsoße aus Marios Fladenbrot lief, an seinem Daumen herunterrann und eine feuchte Linie über seinen Ärmel zog. Einem Fremden wäre auch Chaggais Schuh nicht aufgefallen, der in Tannennadeln versank und ein Loch in die Erde bohrte. Auch nicht Michaels Augen, die sich bemühten zu erkennen, was an seinem Sohn nagte. Vielleicht hätte der Fremde auch nicht die großen Bissen bemerkt, die Mario verschlang, nachdem er Milka zweimal mit einer Kopfbewegung auf ihre weit gespreizten Beine und den Schatten, der sich zwischen ihnen zeigte, hingewiesen hatte, ohne daß sie verstand, was er meinte.

Es ist auch zu bezweifeln, daß einem Vorübergehenden Evjatars Augen aufgefallen wären, die über den Himmel glitten, und der Bissen, den er im Mund behielt, bis die Stare am Horizont verschwanden.

Chaggai riß Zweige von einer Tanne und fuhr mit einem Stöckchen über das Harz, das aus der Rinde drang.

»Warum tust du das, siehst du nicht, daß der Baum weint?« schimpfte Mario.

Chaggai warf den Zweig weg und setzte sich mürrisch auf den Boden, er schürzte die Lippen und warf mit Tannenzapfen nach dem Stamm.

Ein Schabbat. Um diese Uhrzeit spricht Nachum den Segen über den Wein, Odelia bringt Eiersalat und warm gehaltenes Essen, sie singen Dankeslieder, und der feierliche Ritus bewacht ihre Ruhe und schützt sie vor Zufällen.

Wie zufällig und allen möglichen Gefahren ausgesetzt war hingegen die Ruhe derer, die hier Fladenbrot und Blumenkohl aßen, man brauchte nur Chaggai und seinen Vater anzuschauen, um zu wissen, wie gefährdet die Ruhe war, wie offen für zufällige Einbrüche. Ich sehnte mich nach Odelias Essen, nach dieser Tageszeit in ihrem Haus, in dem es nach Eiern und Zwiebeln riecht, ein Duft, der den ganzen Schabbat anhalten würde, das ganze Leben. Ich begann, ein Dankeslied zu summen, und Michael sagte, ich solle doch laut singen, und er fragte, was für ein Lied das sei.

»Eines von den Schabbatliedern«, sagte ich und schwieg.

Als Mario und Milka aufstanden, den Picknickkorb mitnahmen und zum Wagen gingen, entfernte er einen Tomatenkern von seinem Ärmel und fragte: »Nun, wann sieht man dich in Tel Aviv?«

»Ich habe überhaupt noch nicht gesagt, daß man mich sieht.«

»So eine großartige Entscheidung ist das nun auch wieder nicht.« Er lachte, und die Sonne schien ihm in den Mund. »Es wird nichts passieren, was du nicht willst. Irgendwann wirst du sowieso kommen, kürzen wir es doch ein bißchen ab.«

Wir machten ein Treffen aus.

Er spitzte seine vollen Lippen, pfiff den Kindern und sagte: »Los, Boys.« Schweigend gingen wir zum Auto, als würde, vom Moment unserer Verabredung an, jedes Wort schwer an irgendeiner Zukunft tragen. Was wir verabredet hatten? Daß wir in Jaffo Fisch essen würden. Eigentlich brauchten nur die Fische Angst zu haben, wir anderen konnten ein »Wir haben von seinem Eigentum gegessen« summen, einen Sauerklee pflücken und kauen oder eine blasse Zyklame bewundern, die Glück gehabt hatte und nicht von einem Rad des Fiat zermalmt worden war.

»Ich wäre an ihr vorbeigegangen, ohne sie zu sehen«, sagte er. »Pflanzen sind nicht mein Gebiet, ich gehe vorbei und sehe sie nicht.«

Ich erzählte ihm, daß ich jemanden kenne, für den jede Distel und jeder Farn und jede Ysoppflanze alle Aufmerksamkeit verdient, sogar für Hundezahngras empfindet er Mitleid. »Jedem Tierchen sein Plaisierchen«, sagte Michael leicht spöttisch und wandte sich zu seinem Toyota.

Mario machte Evjatar die Tür auf und half ihm, die Puzzles abzuladen, er fragte nicht, was ich in Tel Aviv vorhatte, er sagte nur: »Fahr vorsichtig, Sori.«

Michael erwartete mich an der Ausfahrt des Parkplatzes vor dem Nordbahnhof. Er stand da, an sein Auto gelehnt, dessen Scheinwerfer eingeschaltet waren. Ich trat zu ihm und konnte dem langen Blick nicht ausweichen, den er mir schenkte.

»Es ist das erste Mal, daß ich dich in einem Rock sehe, es gefällt mir«, sagte er und streckte mir die Hand hin.

»Du hingegen trägst immer Hosen.«

»Manchmal gebe ich mich mit weniger zufrieden«, meinte er lachend und hielt mir die Autotür auf. Er nahm seine Sonnenbrille ab, und ich sah die funkelnden Sprenkel in der Iris seiner Augen. Er hatte die Augen seines Vaters geerbt, aber bei Mario war die Iris schon blaß geworden, vielleicht war es der Schleier eines grauen Stars, der den Glanz trübte, vielleicht waren es aber auch die Jahre. In Michaels Augen lag noch dieses gewisse Blitzen, und ich wußte, daß ich Zeit brauchen würde, bis ich ihm in die Augen schauen und warten würde, bis sie zum ersten Mal blinzeln. Er fädelte den Toyota in den dichten Verkehr ein, die Straßenlaternen brannten schon. In der Dizengoff-Straße stand eine blonde Frau an einer Bushaltestelle, sie stieß den Rauch einer Zigarette aus, ihre Haare fielen ihr in Locken auf die Schultern. Michael drehte den Kopf zu ihr. Die fremde Stadt flog am Fenster vorbei, mit den Frauen, die in den Schaufenstern eingesperrt waren, und mit den wirklichen Frauen: Lippenstifte, Schals, hochhackige Schuhe, flache Stiefel, die meisten in Schwarz, als wäre das ein städtisches Gesetz. Mit Hund und ohne Hund, jünger oder älter, schwarz gekleidet, an jeder Haltestelle, in jedem Café, in jeder Ladentür. Ich war froh, daß ich im Auto saß und daß die städtischen Ordnungshüter nicht sahen, daß ich einen grauen Rock und flache Schuhe trug.

»Meine Ex-Frau konnte Jerusalem nicht ertragen«, sagte

Michael. »Am Schluß hat sie die Stadt regelrecht gehaßt, aber vielleicht hat sie das schon mit ihren anderen Haßgefühlen durcheinandergebracht.«

Er schwieg, und ich stellte keine Fragen. Ich dachte an den Glockengarten in Jerusalem, zu dem ich mit Evjatar gehen konnte, damit er skaten übte, ich dachte an das Café Rosmarin, in dem wir einen Milkshake trinken oder eine Pizza mit Pilzen essen konnten.

»Du sagst nichts«, meinte Michael. »Auch damals hast du nichts gesagt, als ich dich zum ersten Mal getroffen habe, mit den ausgelatschten Sandalen und der Gammelhose. Du warst genau so, wie du bist. Netto.«

Ich wußte nicht, warum ich damals netto gewesen war, und ob ich es jetzt nicht war, und mir fielen die drei Katzen ein, die wir damals im Kibbuz gehabt hatten und die Brutto, Netto und Tara geheißen hatten. Wie verzweifelt hatte sich Tara um Brutto bemüht, und er hatte sie nicht erhört. Sie hatte mit der Zunge ihre Nägel poliert, sie hatte ihre Krallen eingezogen, die Augen zusammengekniffen, so daß sie nur noch schmale Schlitze waren, und gespannt auf ein Zeichen seines Interesses gelauert. Doch Brutto hatte sich verschlafen und gleichgültig im Sand ausgestreckt. Und ausgerechnet Netto, der sie mit sehnsüchtigen Lauten verfolgte und verrückt war nach ihr, stieß sie zurück. Ich hatte Lust, Michael von diesen drei Katzen zu erzählen, um die schweren Gedanken an seine Scheidung zu vertreiben, die Düsterkeit der schwarzen Kleidung, die von den Frauen dieser Stadt getragen wurde, auch das Gewicht meines Schweigens, aber ich fürchtete, die Geschichte der Katzen könne ihn langweilen, deshalb schwieg ich.

Der Toyota fuhr in südlicher Richtung, und plötzlich war das Meer zu sehen, mit einem purpurnen Streifen am Horizont und roten Flecken, die auf den Wellen tanzten. Wer am Meer wohnt, führt ein anderes Leben als derjenige, für den Steine den Horizont bezeichnen, dachte ich, und plötzlich tat mir Taras verpaßtes Glück leid, und ich hoffte, daß die Zeit sich ihrer erbarmt und sie schon in eine Welt gebracht hatte, in der alles gut ist.

»Kein Wunder, daß die Leute hier anders sind«, sagte ich.

»Warum sollten sie anders sein?«

Ich versuchte, ihm zu erklären, daß sie es hier leichter hatten, daß dieser Horizont, der nicht aufhörte, sich zu bewegen, ein Gefühl der Rettung gab, als wäre noch jede Änderung möglich.

»Das Meer ist hinterlistig«, sagte er und lächelte. »Es schafft es, alles neu zu machen. Wenn du dich daran gewöhnt hast, weißt du auch, daß es nichts anderes ist als ein ästhetischer Rahmen für deine Probleme.«

Ich fragte ihn nicht, ob sein Fenster zum Meer hinausging, Mario hatte gesagt, er liebe das gute Leben, und wer darauf achtet, daß eine Wand seiner Wohnung blau bleibt, wird nicht auf ein solch großes Blau verzichten, das er umsonst bekommt.

»Die Kulisse gibt es also«, sagte ich. »Hast du auch Probleme?«

»Kennst du jemanden, der keine hat?«

»Bis vor einem Moment habe ich es geglaubt. Du schaffst es, den Eindruck zu vermitteln, daß du ein gutes Leben führst.«

Er öffnete ein Fenster und machte auch einen Hemdknopf auf und sagte, es gebe Dinge, die keine Schlaglöcher aushielten, weil man sie nicht überspringen dürfe. Er lächelte und öffnete das Fenster noch weiter. »Du hast mir noch gar nicht gesagt, welchen Fisch du gern ißt.«

Dinge, die keine Schlaglöcher aushalten. Jahrelang hatte ich diesen Ausdruck nicht mehr gehört, und ich erinnerte mich nicht, ob ich Dinge schon einmal übersprungen hatte.

Der Purpurrand am Horizont verblaßte, ein blaßrosa Streifen fiel auf das Wasser, wir fuhren auf der kurvigen Straße südwärts, und als wir das Fischlokal erreichten, hatte sich die rosa Farbe im Westen aufgelöst. Das Meer zog sich zusammen, und hinter den Lichtern, die sich im Wasser spiegelten, verschmolz es mit dem Himmel. Michael kannte alle Fische und Meeresfrüchte, die auf der Speisekarte standen, und ich, die ich nur die Fische kannte, die im Teich unseres Kibbuz lebten oder die bei uns auf den Tisch kamen, bestellte eine gebackene Seezunge. Solange er in die Speisekarte vertieft war, betrachtete ich die ausgestopften Fische, die von der Decke des Lokals herabhingen und sich im Luftzug bewegten, ich lauschte auf das Meer und hörte das Klatschen der Wellen, die an die Mole schlugen.

Die Wände des Restaurants waren aus Holz, ein rotes Steuerrad schmückte die Mitte und ein rostiger Anker die hintere Wand. Aus den Lautsprechern an der Decke kam die Stimme des Latin Lovers Julio Iglesias, der honigsüße Melodien mit leiser, brünstiger Stimme sang.

Michael krempelte die Ärmel hoch und entblößte Unterarme, die, wie seine Hände, anders waren als Marios. Alle Schrauben, die Mario eingeschraubt hatte, alle Nägel, die er eingeschlagen hatte, hatten seine Muskeln entwickelt, hatten die Durchblutung seiner Hände verstärkt, hatten seine Sehnen stärker hervortreten lassen und seine Unterarme kahl gemacht. Auf Michaels Händen wuchs ein weicher Flaum, sein Unterarm war lang und gerade. Eine Computertastatur und ein Autolenkrad führten nicht zu geschwollenen Sehnen. Seine Fingerglieder waren gerade, wie die von Doktor Cohen, und so wie Evjatars eines Tages sein würden. Bis er einen Fisch für sich ausgesucht hatte, wechselte ich einen Blick mit dem hohlen Auge eines ausgestopften Hais, und nachdem er seine Wahl getroffen hatte, legte er seine Fingerspitzen zu einer Pagode aneinander und schaute mich an. Auf dem Tisch brannte eine Kerze, das Licht tanzte in seinen Augen und ließ seine Zähne und seine silbernen Schläfen aufglänzen.

Sechs Jahre lang habe ich mit keinem Mann geschlafen. Ich drückte meine Beine unter dem Tisch zusammen und sagte mir: Sei vorsichtig, Sohara. Ich wußte, daß in dem gedämpften

Licht der Schatten meine Brüste rund erscheinen ließ, runder und voller, als sie in Wirklichkeit waren.

Michael behielt die pagodenförmigen Hände, er streckte die Finger auch nicht aus, als der Kellner vor uns stand, mit zwei Tellern – ein Durchmesser wie bei den sterilen Tabletts, die wir in der Abteilung zu Knochenmarkspunktionen benutzen. Unter der braunen Backkruste war meine Seezunge weiß und duftend, und Michaels Lachs, rosig und fest, lag auf einem Bett aus Salat. Wir breiteten die gestärkten Servietten auf dem Schoß aus, gossen Wein in die Gläser und stießen miteinander an.

»Du sagst schon wieder nichts«, sagte er und hielt seine Gabel bereit, um den Lachs aufzuspießen.

Keiner der Gedanken, die mir durch den Kopf schossen, schien es wert, laut ausgesprochen zu werden, kein Gefühl kam mir wichtig genug vor, es mit ihm zu teilen. Ich streute überflüssigerweise Salz auf die Seezunge, drückte eine ganze Zitrone über ihr aus, und Michael kniff die Augen zusammen, bis das Glitzern verschwunden war, und sagte: »Ich habe dich nicht angerufen, um über irgendwelchen Blödsinn zu plaudern, und du wärst dafür auch nicht nach Tel Aviv gekommen, irgend etwas hat dich interessiert.«

»Stimmt, auch wenn ich immer noch nicht genau weiß, was das ist.«

»Warst du mal verheiratet?«

»Nein, ich habe den passenden Mann nie getroffen«, antwortete ich, so wie ich es immer tat, wenn mich jemand darauf ansprach, daß ich ledig war, und ich beeilte mich hinzuzufügen: »Aber bevor du mißtrauisch wirst, ich bin nicht in der Hoffnung, einen Bräutigam zu finden, nach Tel Aviv gekommen.«

Er lachte, auch er salzte seinen Fisch nach, führte ein rosiges Stück zum Mund, kaute und schaute mich dabei an. »Und der Junge?« fragte er.

»Was ist mit ihm?«

»Wie ist er auf die Welt gekommen?«

»Jemand hat ihn mir gemacht, für hundertsieben Schekel.«

»Das glaube ich nicht«, sagte er, und eine durchsichtige Gräte blieb einen Moment lang an seinem Kinn hängen, bis sie auf den Teller fiel.

»Genau so war es aber«, sagte ich, und das Messer rutschte mir aus der Hand und fiel auf den Tisch. Der Kerzenständer wackelte. Ein Mann und eine Frau drehten ihre Köpfe und betrachteten uns, dann wandten sie sich wieder ihren Tellern zu. Die Kerze flackerte, die Flamme ging aus, Michaels Gesicht verdunkelte sich. Seine Zähne blitzten, er lachte, ein warmes, männliches Lachen. Wieder preßte ich die Beine zusammen, Knie an Knie, Knöchel an Knöchel, und ich war froh über die erloschene Kerze und die Dunkelheit, die meine feuchten Achselhöhlen verbarg. Paß auf, Sohara, sagte ich mir und blickte von ihm zu seinem Teller, damit er, wenn er mich anschaute, die Spiegelung seines Essens in meinen Augen sehen würde.

Ein junges Mädchen und ein Mann traten ein. Als sie ihren Regenmantel auszog und ihn über einen Stuhl hängte, entblößte sie dünne, seidige Schultern. Sie hob die Hand und schob mit schmalen, langen Fingern die Haare zurück, mit einer edlen, vollendeten Bewegung, ihr Mittelfinger bewegte sich langsam und paßte zu Iglesias' Liedern. Unwillkürlich senkte ich mein Hände und versteckte sie unter den Falten der Tischdecke.

»Warum hast du so gelacht?« fragte ich, als wir das Lokal verließen.

»Komm, gehen wir noch ein bißchen zur Mole«, sagte er, und wir gingen hinunter zu der Steinmauer, die dem Meer eine Grenze setzte. Ich fragte nicht, ob auch die Beantwortung dieser Frage keine Schlaglöcher aushielt, ich haßte diesen Ausdruck und hoffte, daß sich uns auf dem Weg keine Löcher auftun würden. Das Meer schwappte gegen die Mole und spuckte feuchten Atem aus, und die Lichter des Restaurants färbten den Schaum auf den Wellen gelb, Wellen schlugen gegen die Steine und besprühten uns mit salzigem Nebel.

»Ich bin verrückt nach dieser Luft«, sagte er und machte sein Hemd auf, und der Wind peitschte gegen seine Brust und ließ ihm die Haare zu Berge stehen. Plötzlich schob er zwei Finger in den Mund und stieß einen langen, scharfen Pfiff aus, der nichts glich, weder dem Pfeifen eines Schiffes noch dem einer Lokomotive, keiner Warnung und keinem Schofar, nur dem durchdringenden Heulen gegen die schwarzen Wasser eines gleichgültigen Meeres. Vielleicht spitzte ein Fischer die Ohren, oder eine Möwe erschauerte im Traum, oder eine Karpfenfrau erschrak und stieß Unmengen unreifer Eier aus.

An die Molenwand gekauert, schrie er das Meer an, tauchte die Hände ins Wasser, stand auf, nahm mein Gesicht in seine Hände und rief: »Fühl doch, fühl doch nur!«

Wieder bückte er sich, schöpfte mit hohlen Händen Wasser und wusch mir das Gesicht, das Wasser drang mir in den Mund, tropfte mir in den Kragen und rann an meiner Brust herunter. Ich schmeckte das Salz, das von seinen Fingern floß und stieß ein heiseres »Großer Gott« aus.

Mein Büstenhalter fühlte sich feucht und warm an, er straffte das Fleisch. »Komm, gehen wir«, sagte ich und zog den Mantel fester um mich. Sechs Jahre gar nichts, und plötzlich alles auf einmal.

»Versteh doch, Sori«, rief er über den Lärm der Wellen hinweg, »alles ist nur eine Episode. Heute sind wir hier, morgen ist alles aus. Nur dieser Schwanz wird in alle Ewigkeit dasein und die Steine bis zum Ende allen Lebens ficken. Du siehst dieses ungeheuerliche Meer und kapierst, was für eine Null du bist, vergänglich, ein Nichts.«

Er nahm seinen Mantel von den Steinen, hängte ihn nachlässig über eine Schulter, hob eine Hand zu seiner nassen Brust und sagte: »Komm.« Am Ellenbogen führte er mich durch Sand und Steine und Bretter. Die bunten Laternen tanzten im Wind und warfen schwankendes, rotes Licht auf sein Gesicht und seine Brust.

Bis wir den Toyota erreichten, hielt er mit entschlossenem Griff meinen Ellenbogen. Durch das Fenster des Lokals war die Gestalt der hübschen jungen Frau zu erkennen. Eines Tages werden diese seidigen Schultern vertrocknen, die geschmeidigen Finger werden hart werden, dick und unbeholfen. Alles ist eine Episode, hatte er gesagt, heute sind wir hier, morgen ist alles aus.

Neben dem Toyota knöpfte er sein Hemd zu, stopfte es in die Hose, zog seinen Mantel an, klappte den Kragen hoch, fuhr sich mit der Hand durch die Haare und stand lächelnd vor mir.

»Du bist vollkommen verrückt«, sagte ich.

»Versuch doch auch mal zu pfeifen«, schlug er vor, und ich sagte, daß mein Pfeifen sich anhören würde wie die Sirene eines Krankenwagens. Dunst bedeckte die Fenster, ich schrieb meinen Namen hinein und wischte ihn weg, und ich schrieb »Evjatar« hinein und erinnerte mich plötzlich an ihn und erschrak. Über drei Stunden lang hatte ich nicht an meinen Sohn gedacht, auch nicht für eine Sekunde, als gäbe es keinen Evjatar, als hätte es ihn nie gegeben und würde ihn nie geben.

»Fahr schnell, Michael.«

»Was ist los?«

»Mein Junge.«

»Nun, er ist in guten Händen«, sagte er.

»In wunderbaren Händen«, bestätigte ich, aber ich fühlte mich nicht erleichtert und ließ mich nicht in den Sitz sinken. Evjatar schläft schon, und auf dem Poster hat Barbra Streisand schon die blauen Augen geschlossen und schläft, nur Milka ist wach, sie wartet auf die Schritte von Salomon, sie betrachtet ihren Daumen oder ihren kleinen Finger, hebt das Ohr vom Kissen: Seine Schritte auf der Treppe, das Geräusch des Schlosses, die Tür, die auf- und wieder zugeht, die Wasserspülung, eine quietschende Schranktür, knarrende Bettfedern.

Auf dem Parkplatz vor dem Bahnhof stand nur noch mein Fiat, naß und einsam. Michael wartete, bis ich den Motor angelassen hatte, durch das offene Fenster reichte er mir die Hand.

»Die Hand einer Krankenschwester, wirklich, fest und stark. Eine wunderbare Hand, Sori.«

Er stand neben dem leeren Wachhäuschen und wartete, bis ich nach links in die Schnellstraße eingebogen war.

Ich machte das Fenster auf, und kalter Wind drang herein und brachte meine Haare durcheinander. Der Pfiff, den Michael ausgestoßen hatte, hallte in meinem Kopf nach, wurde lauter und lauter. Ich trat auf das Gaspedal, und der Fiat ignorierte sein Alter und holte das Letzte aus sich heraus.

Drei Stunden hatte ich nicht an Evjatar gedacht, das Salz des Meeres war schon von meinen Lippen verschwunden und hatte sie trocken und rissig zurückgelassen, mir war nur ein bitterer, salziger Geschmack im Mund geblieben.

Ich habe dir etwas versprochen, mein Kind, nicht wahr? Warum machst du dir Sorgen? Was sind schon drei Stunden, nichts, gar nichts, wir haben doch das ganze Leben vor uns.

Viertes Kapitel

Diesmal fiel der Beginn des christlichen Dezembers mit dem Neumond des jüdischen Kislew zusammen, beide erwartete ein Himmel voller Federwolken und ein trockener Ostwind. Am 20. Kislew beziehungsweise am 30. Dezember wird Evjatar sechs Jahre und Zofia, Odelias Baby, vier Monate alt, der Sieg der Makkabäer und die Geburt des Messias kreuzen sich diesmal mit den Festtagen der Kinder.

Doch der Zeit ist es egal, ob man sie nach der Sonne oder nach dem Mond mißt und ob das, was wir schon von ihr verbraucht haben, mit Zahlen oder Buchstaben bezeichnet wird.

Michael nennt es »eine Episode« und Odelia »einen Korridor, hinter dem das Prunkgemach kommt, es ist nur das Fleisch, das wir hier zurücklassen werden, aber die Seele wird, wenn wir für sie sorgen, in das Prunkgemach gelangen und dort ewig leben«. Und was machen die Seelen im Prunkgemach, Odelia? Werden sie mit Rosenwasser begossen? Läßt man sie das Requiem von Mozart hören? Lieder von Rabbi Carlebach?

»Ich wünsche dir einen guten Monat, Sori«, sagte sie gestern am Telephon zu mir. »Es möge uns dieser Monat zum Segen gereichen.«

»Amen«, sagte ich.

»Nur einen Moment, die Kleine trinkt, ich wechsle zur anderen Brust.« Sie nahm den kleinen Mund von der Brustwarze, und durch den Hörer hörte ich das protestierende Geschrei, bis sie das Baby auf die andere Seite gelegt hatte, wo es wieder anfing zu schmatzen.

Sie lachte. »Sie frißt mich noch auf, aber wenn Gott ihr Appetit gibt, gibt er auch Milch, um sie zu sättigen.«

Odelias Gott befindet sich in der Sonne, in den Sternen, in ganz Israel, in den Eingeweiden ihrer Kinder und in ihren Brustwarzen, die vor Überfluß bersten.

»Wir laden Evjatar ein, die Chanukka-Ferien bei uns zu verbringen«, sagte sie. Evjatar hörte es, er hüpfte herum wie eine Heuschrecke und fragte, wann ist endlich Chanukka, und er wühlte in der Strumpfschublade nach der abgewetzten Kipa, die er immer braucht, wenn er Odelia besucht. Er trägt sie all die Tage, die er dort verbringt, öffnet mit den Zähnen eine Klammer und befestigt die Kipa damit in seinen Haaren, und wenn sie ihm auf die Ohren rutscht, bewegt er den Kopf, so daß sie wieder auf ihren Platz zurückkehrt.

Chanukka war in dreieinhalb Wochen, Evjatars Kipa lag schon bereit, und in den Tagen der Vorfreude drückte er mit dem Ellenbogen die Tür des Kindergartens auf. »Auf Wiedersehen, Mama«, rief er und drehte sich nicht mehr nach mir um. Er wickelte den Riemen seiner Brotzeittasche um den Daumen, betrat den Kindergarten, und die Tür ging hinter ihm zu. Ich blieb am Zaun stehen, vielleicht hatte er etwas vergessen oder er würde zurückkommen, um mich zu umarmen, aber er kam nicht zurück. Ich winkte den kleinen Gesichtern zu, die vom Fenster des Kindergartens aus zu dem Zaun herüberschauten, und hörte seine Stimme, die versuchte, den Lärm zu übertönen: »Zu meiner Tante, an Chanukka.« Dann wurde der Lärm lauter als seine Stimme.

Einen guten Monat hatte mir Odelia gewünscht, und ich habe laut »Amen« gesagt und »hoffentlich« gedacht, denn diese Tage sind Michael-Tage. Sogar auf den Stufen, die vom Parkplatz zu den Krankenhaustüren führen, höre ich seinen Pfiff, der das schwarze Wasser peitscht, so lange, bis die Türflügel aneinanderschlagen und die Welt draußen bleibt. Hier sind der Kislew und der Dezember keine großen Sterne, auch die historischen Helden und ihre großen Taten sind nicht besonders beliebt. Hier werden Zeit und Chancen mit Hilfe des Blutdrucks und der Blutwerte gemessen, und ein Feiertag ist dann, wenn die Quecksilbersäule des Fieberthermometers sinkt oder wenn sich eine Blutsenkung verlangsamt.

Schmuel Ostrow kam aus der Synagoge im zweiten Stock, einen Krankenhausmorgenrock über dem Pyjama, den Tallit unter den Arm geklemmt. Wenn man ihm am Nachmittag Blut abnimmt, wird man in seiner Haut noch die Abdrücke der Tefillin sehen, er bindet sie so fest, daß das Fleisch zwischen den Riemen anschwillt. Sein Blick ist zu Boden gerichtet, sein Streben gen Himmel, er sagt mir »Guten Morgen«, mit gesenkten Lidern. Vor drei Tagen ist er wegen Fiebers eingeliefert worden, dessen Ursache man bei den Untersuchungen der Krankenkassenärzte nicht gefunden hatte.

Fischman und Taufik hatten sich in ihren Betten aufgerichtet und schauten zu dem Neuen hin, der das Bett an der Tür bekommen hatte. Der Neue war ein großer Mann mit einem dichten grauen Bart, er stellte eine schwarze Tasche mit einem defekten Reißverschluß auf den Tisch, die er mit einer Schnur zugebunden hatte. Die beiden kicherten, als der Mann die Schnur löste und heilige Bücher, einen Gebetsmantel und Tefillin herausnahm. Er sah, daß sie sich amüsierten, zog aber nicht den Vorhang vor und war auch nicht verlegen, und nach einiger Zeit hörten sie auf zu kichern und legten sich wieder hin, als hätten sie verstanden, daß er zu denen gehörte, für die Tefillin lebensnotwendig waren. Als Fischman aufstand, um pinkeln zu gehen, hörte Ostrow auf zu lesen, klappte das Buch zu und ließ einen Finger als Lesezeichen darin. Das Pinkelgeräusch paßte nicht zu den heiligen Schriften, doch andererseits hatte Fischman, der die Klotür einen Spaltbreit offenließ, dabei die »Rettung aus Lebensgefahr« im Blick.

»Ich lasse offen, damit man den Krach hört, wenn ich umfalle«, sagt Fischman. »Glauben Sie mir, Schwester Sohara, mir macht es nichts aus, jetzt zu sterben. Was heißt da jetzt, gestern, mein Leben ist sowieso nichts wert, sogar Brot erlaubt ihr mir nicht zu essen, wegen meinem Zucker, und Frauen? Ich kann schon lange nichts mehr, meine Adern sind verstopft, das alles funktioniert nicht mehr bei mir. Ich kann eine Frau sogar nicht mal mehr betrachten, weil ich wegen meinem Zucker so schlecht sehe. Glauben Sie ja nicht, daß ich die Klotür offenlasse, damit ich gerettet werde, ich will nur nicht, daß ihr die Arbeit habt und die Tür aufbrechen müßt, wenn ich umfalle und die Tür mit meinem Körper versperre.«

Nachmittags um vier, wenn Taufiks Frau kommt, sitzt Fischman im Bett, stellt seine mageren Füße auf den Schemel davor und schaut zu. Sein Diabetes und alle Flüche, mit denen er ihn belegt, können nichts daran ändern, daß Fischman ein Mann ist, der Diabetes beeinträchtigt auch nicht Fischmans Vorstellungskraft, und was dem Auge fehlt, wird von der Phantasie ergänzt. Taufik, dem ein Herzschrittmacher eingesetzt worden ist, trägt einen eigenen prächtigen Pyjama, und alle zwei Tage bringt ihm seine Frau einen frischen zum Wechseln. Punkt vier Uhr klappern ihre Absätze im Flur. »Wenn sie kommt, ist es, als käme die Königin Esther herein«, sagt Fischman. Ihr rundes Gesicht ist geschminkt, ein breiter Ledergürtel trennt die Fülle ihrer Brust vom Bauch, und wenn sie sich vorbeugt, um Taufik einen Kuß auf die rechte Wange zu drücken, kann Fischman sehen, was ihr verrutschender Ausschnitt entblößt, und wenn sie von rechts zu Taufik tritt, sieht er ihren Hintern und prüft dessen Rundungen. An besonders glücklichen Tagen liegt Taufiks Kopf nur auf einem dünnen Kissen, und sie muß sich tief bücken, um ihn zu küssen, dann rutscht ihr Rock bis weit nach oben. »Sogar ihre Unterhosen sind aus Seide, wirklich«, hatte er einmal zu Maurice gesagt. Sie ist viel jünger als Taufik, mit den Schwestern spricht sie Englisch, und mit Taufik und den beiden Söhnen, die sie begleiten, unterhält sie sich auf Arabisch. Beide haben dunkelblondes Haar. Sie sitzen am Bett ihres Vaters und machen den Mund nicht auf, bis sie plötzlich aufstehen, wie ein Mann, und zu dem großen Fenster gehen und nach Osten schauen. Der ältere erklärt dem jüngeren, wem die Häuser dort in den Bergen gehören und wohin die Hänge führen, und wenn ein Streit zwischen ihnen entsteht, achten sie darauf, die Stimmen nicht zu erheben und nicht an das Bett zu stoßen, auf dem Fischman sitzt und sie beobachtet.

Die Frau ordnet sich die Frisur, die sich beim Bücken gelöst hat, dreht sich zu Fischman um und fragt ihn: »How are you?« und lädt ihn ein, sich aus einer Schachtel mit Süßigkeiten zu bedienen.

»Vielen Dank, meine Dame, aber ich darf nicht, ich habe Zucker«, sagt er.

»Sugar, sugar«, erklärt Taufik, und sie sagt: »Aha, I am very sorry« und macht die Schachtel zu. Bis das Abendessen gebracht wird, sitzt sie zwischen Taufiks und Fischmans Bett und unterhält sich mit ihrem Mann. Sie hat ihre vollendeten Beine übereinandergeschlagen, und alle paar Minuten wechselt sie, schlägt das linke Bein über das rechte und umgekehrt. An einem Ort, an dem Freuden selten sind, bieten die Beine einer Frau, wenn sie sich öffnen, einen kleinen Trost.

Wenn sie kommt, klappt Ostrow sein Buch zu und geht zur Synagoge, auch wenn es zur Gebetszeit noch eine Stunde hin ist. Wenn seine Frau und seine Kinder ihn besuchen, geht er mit ihnen hinaus in die Eingangshalle, und dort sitzen sie auf den orangefarbenen Plastikstühlen, die mit Eisenhalterungen verbunden sind. Manchmal schweigt die ganze Reihe, und wenn einer von ihnen spricht, dann so verhalten, als säße er im Wartezimmer eines Arztes und hinter der Tür würde sein Schicksal entschieden. Seit über einem Monat fiebert Ostrow, immer achtunddreißig-fünf, und nachts schwitzt er, aber er macht uns keine Arbeit, er legt sich im voraus einen frischen Pyjama bereit und wechselt auch das nasse Laken selbst, ohne Licht anzumachen, um den Schrittmacher in Taufiks Brust nicht zu beschleunigen oder Fischmans Mäuschen zu stören. So nennt Fischman seinen Schlaf: Mäuschen. Entweder rennt es die ganze Nacht um ihn herum und weicht ihm aus, oder es kommt zu ihm und nagt an seinem Gehirn, daß er lieber ohne es sein würde.

Am Nachmittag fragte Doktor Zurieli, wer frei sei, um ihm bei einer Knochenmarkspunktion bei Schmuel Ostrow zu helfen. Maurice schwieg, er hatte sich schon die Hände gewaschen, sich gekämmt und mit einem Stäbchen die Nägel gereinigt, nun wollte er gerade hinunter in die Kantine gehen. Auch ich schwieg, ich wollte nicht beteiligt sein, wenn es darum ging, die Beweise für Ostrows Schicksal zu erlangen. Ich wollte auch nicht, daß er zusätzlich zu den Schmerzen der Punktion auch noch die Verlegenheit ertragen müsse, daß eine Frau seinen nackten Hintern sah. Aber Maurice war schon hinuntergegangen, also blieb nur ich. Fischman und Taufik verließen das Zimmer, sie ersparten sich den Schrecken, der sie nicht betraf, als könnten sie allein durch ihre Anwesenheit ein ähnliches Schicksal auf sich ziehen.

Ostrow saß in seinem Bett und hörte sich an, was ihm Doktor Zurieli zu der Untersuchung erklärte, er hielt den Blick auf die Knie gesenkt, die er unter der Decke angezogen hatte. Seine grauen Haare und der graue Bart ließen ihn älter erscheinen als seine neunundvierzig Jahre.

Zurieli erkundigte sich, ob er noch Fragen habe, und er rückte sich die Kipa zurecht und sagte: »Nein, keine Fragen, Herr Doktor.«

Folgsam legte er sich so hin, wie ihm gesagt wurde. Er entblößte eine weiße Hüfte, die nie der Sonne ausgesetzt gewesen war und die nun mit dem orangefarbenen Desinfektionsmittel markiert wurde. Doktor Zurieli zog sich sterile Handschuhe über und hielt die Hände hoch, damit nichts an sie herankam, und es war, als dirigierten seine erhobenen Finger den Himmel, denn plötzlich fielen große Tropfen herunter und schlugen gegen die Fensterscheiben. Wenn es bei einer Beerdigung regnet, sagen die Trauernden, daß auch der Himmel weint. Was ist mit den Leuten, die zufällig im Sommer sterben? Haben sie nicht genug Gutes getan, um sich das Weinen des Himmels zu verdienen? Der Regen wurde stärker, aber Zurieli dachte vermutlich nicht an Weinen, er sagte: »Was für ein schöner Regen«, und seine dicken Finger bewegten sich wie auf imaginären Tasten im Takt einer Melodie aus Taufiks Radio.

Ich öffnete die grüne Hülle des sterilen Tabletts, dessen Durchmesser so groß war wie der Teller mit Michaels Lachs. Aber ein Tablett ist bloß ein Tablett, auch wenn das eine eine Delikatesse trägt und das andere dazu dient, um zu einem entscheidenden Urteil zu kommen. Doktor Zurieli bereitete die dicke Nadel vor, und Schmuel Ostrow rührte sich nicht und gab keinen Ton von sich. Nur als die Nadel den Knochen traf, zuckte er, doch er biß sich in die Lippe mit dem Bart und schwieg.

Zurieli zog die Nadel heraus, vergewisserte sich, daß sie leer war, und sagte: »Es tut mir leid, Herr Ostrow, ich muß noch einmal stechen.« Diesmal zuckte Ostrow von der Ferse bis zu den Schultern, er biß sich auf die Unterlippe samt den Barthaaren und unterdrückte einen Schrei.

»Sehr gut«, sagte Zurieli, »ich habe genug Material, vielen Dank für Ihre Mitarbeit, Herr Ostrow.« Und Ostrow schwieg.

Ich drückte einen Tupfer auf die Einstichstelle, und er hielt die Augen geschlossen, bis ich den Tupfer festgeklebt hatte, seine Haut hatte sich zusammengezogen, vielleicht aus Angst, vielleicht auch wegen der Berührung durch fremde Hände. Ein Mann, der nur selten von Frauen berührt worden war, vielleicht waren es in seinem ganzen Leben nur drei gewesen: die Hebamme, die ihn ans Licht der Welt gezogen hatte, seine Mutter und seine Frau. Michael bekommt keine Gänsehaut, wenn er von einer fremden Hand berührt wird, ich habe es nicht gesehen, aber ich bin mir ganz sicher. Ihn haben schon so viele Hände angefaßt, daß ihm die Berührung so selbstverständlich ist wie die seines Oberhemdes. Nur die salzige Meerluft läßt ihn erschauern, daß sich ihm die Haare sträuben.

»Fühl doch«, hatte er gerufen und mir das Gesicht mit dem Wasser gewaschen, das er mit seinen hohlen Händen aus dem Meer geschöpft hatte, so viel Wasser, daß es mir in die Bluse lief und aufrichtete, was sich darunter befand.

»Entschuldigen Sie, Herr Ostrow«, sagte ich und klebte jetzt ein Pflaster über den Mull.

»Wofür entschuldigen Sie sich?« fragte er verlegen.

»Dafür, daß wir Ihnen weh getan haben«, antwortete ich und schämte mich. Zellen von seinem Knochenmark waren jetzt auf dem Weg zum Mikroskop, und ich beschäftigte mich mit Meerwasser, das aus Michaels Händen in meinen BH geflossen war. Ich zog sein Laken glatt und deckte ihn zu, er war fieberheiß und zitterte.

»Soll ich Ihnen eine Tasse Tee bringen, Schmuel?«

»Nein, vielen Dank«, antwortete er, und wieder schämte ich mich. Dieser Mann hielt das, was ich aus schlechtem Gewissen tat, für pure Gutherzigkeit.

Um vier, als Taufiks Frau kam, verließ Schmuel Ostrow sein Bett nicht, er drehte sich nur zur Wand und zog sich die Decke bis zum Hals. Dann, als seine Frau erschien, bat er sie, den Vorhang vorzuziehen. Flüsternd erzählte er ihr, was ihm passiert war, und sie beugte ihren dünnen, faltigen, in einem braunen Kragen steckenden Hals über ihn. Dann nahm sie ein Psalmenbuch aus ihrer Tasche und las ihm vor. Sie trug ein dunkles Kopftuch, manchmal schob sie den Daumen darunter und zog das Tuch wieder über die Ohren, dann wieder stützte sie sich auf und murmelte mit ruhiger Stimme die Abschnitte, dabei wiegte sie sich vor und zurück wie ein ängstlicher Vogel. Auch als ihm das Abendessen gebracht wurde, hörte sie nicht auf, Psalmen zu lesen, sie rutschte nur mit dem Stuhl etwas zur Seite und machte Platz für das Tablett.

Bis die Patienten den Thunfischsalat mit Eiern bekamen, überdeckte nichts im Zimmer das Parfüm von Taufiks Frau. Während der ganzen Zeit ihres Besuchs und noch eine Weile danach hing ihr Duft in der Luft, und Fischman sog ihn tief ein.

Solch ein Parfüm hatte gestern auch in Milkas Wohnzimmer gehangen, lange noch, nachdem Michaels Ex-Frau gegangen war. Vielleicht ist das der Duft, den feine Damen benutzen, und vielleicht ist es nur meine Unwissenheit, daß ich nicht zwischen dem Duft Inats und dem unterscheiden kann, den Frau Taufik verströmt, und beide Düfte riechen wie der Jasmin aus unserem Kibbuz, ein süßer, schwerer Geruch, der durch die Fenster drang und die Frauenabteilung der Synagoge erfüllte.

Gestern war Inat zu Besuch gekommen, und bis heute hat sich ihr Geruch nicht verflüchtigt. Sie saß in Milkas Wohnzimmer, in hohen Stiefeln, die langen Beine übereinandergeschlagen, und ließ ein silbernes Feuerzeug von einer Hand in die andere gleiten. Ihr Gesicht war hell und glatt bis auf die beiden Falten, die sich zu früh um ihren Mund gebildet hatten. Ihr Haar sah feucht aus, als hätte sie es gerade gewaschen, mit seiner dunklen Farbe betonte es ihr weißes Gesicht und die vollen Lippen, die mit einer bordeauxfarbenen Linie umrandet waren.

Schlaff saß Milka ihr gegenüber, die Hände verschlungen, und hörte zu. Inat sprach schnell und ohne Pausen, doch als ich in der Wohnzimmertür erschien, hielt sie inne und musterte mich neugierig.

»Das ist Sohara, die Mutter von Evjatar«, sagte Milka.

»Angenehm, ich bin Inat. Wie gefällt Ihnen unsere Wohnung?«

Unsere, als wären sie und Michael noch eine familiäre Einheit mit gemeinsamem Besitz.

»Sie ist sehr hübsch«, sagte ich.

»Kann ich mal reinschauen?«

»Warum nicht?«

Sie nahm das eine Bein vom anderen und stand auf. Sie war gut gebaut und groß, mindestens so groß wie Michael, ihr enger Minirock bedeckte nur einen schmalen Streifen ihrer dünnen Strumpfhose.

»Ich bin gleich wieder da«, sagte sie zu Milka und folgte mir seufzend. »Ach, wie viele Erinnerungen verbinden mich doch mit diesem Ort.«

»Gute oder schlechte?«

Sie war noch jung gewesen, als sie vor zehn Jahren mit Michael hier eingezogen war. Ich stellte mir vor, wie sie hier in kurzen Hosen herumlief, mit nackten, braungebrannten Beinen, mit jungen Brüsten, die unter einem dünnen T-Shirt hüpften, mit einem nackten Bauch. Durch das Oberlicht in der Schlafzimmerdecke fiel ein heller Fleck auf ihr Laken, und spätabends konnte man den Mond sehen, wie er hinter dem Oberlicht vorüberwanderte. Bis sie diese Wände eines Tages satt hatte und zu ihm sagte: »Entweder diese Wohnung oder ich.« Daraufhin packten sie ihre Sachen und zogen um, nach Tel Aviv.

»Die meisten Erinnerungen sind ganz gut«, sagte sie. »Wir waren jung und verrückt vor Liebe, erst später ist alles zerbrochen. In diesem Zimmer haben wir Chaggai gemacht, aber nachdem er geboren war, haben wir die Kontrolle verloren. Darf ich rauchen?«

Sie steckte sich eine Zigarette an und hielt einen Aschenbecher, das Feuerzeug und die Zigarettenschachtel in den Händen, sie hatte keine Hand frei, um eine Haarlocke zurückzuschieben, die ihr über das Auge fiel. Sie zog an der Zigarette, stieß den Rauch durch die Nasenlöcher aus und sagte: »Als ich im Schwangerschaftsurlaub war, wurde alles unerträglich, diese Wohnung hat mich erstickt. Ich bewundere Sie, daß Sie es hier aushalten. Es ist wie eine Gefängniszelle, man sieht kaum ein Stück Straße vom Fenster aus. Und dazu diese hohe Decke, wie in einer Kirche, ich habe ihm die Hölle heiß gemacht.«

»Wem?« fragte ich.

»Michael.« Sie erzählte, wie er immer häufiger von zu Hause weggeblieben war. »Milka und Mario waren böse auf ihn und kamen, um mir Gesellschaft zu leisten. Sie sind tolle Leute, wirklich.« Sie drückte ihre Zigarette im Aschenbecher aus, die Kippe platzte auf, und Tabakkrümel fielen heraus. Sie stand an die Schlafzimmertür gelehnt und lächelte mich an, doch an ihrem Kinn sah ich ein nervöses Zucken.

»Er bringt Sie um, wenn er sieht, daß Sie etwas auf die blaue Wand gemalt haben«, sagte sie.

»Er hat es schon gesehen.«

»Und?«

»Sie sehen doch, daß ich noch am Leben bin.«

»Ihr Vermieter hat ziemlich viele Macken«, sagte sie. »Aber ich muß zugeben, daß es mir nach so einem Mann schwerfällt, mich mit weniger zufriedenzugeben. Ich sehe nicht schlecht aus, das ist Ihnen bestimmt aufgefallen, es fehlt mir also nicht an Männern, aber wenn man einmal die first class probiert hat, fällt einem der Abstieg schwer.«

Ein Geruch nach Parfüm und Zigarettenrauch folgte ihr durch alle Zimmer. Auch sie wollte, ebenso wie Michael, das Zwergzitronenbäumchen sehen, und als sie sich über die Kloschüssel beugte, um an den Zitronen zu riechen, fiel etwas Asche aus dem Aschenbecher ins Wasser. »Oh, Verzeihung«, sagte sie und drückte die Wasserspülung. Aus dem Toilettenfenster schaute sie hinunter in den Garten und sah Evjatar, der einen Traktor durch den Sand schob.

»Ist das Ihr Junge? Er sieht süß aus. Soweit ich verstanden habe, wächst er ebenfalls ohne Vater auf, nicht wahr?«

»Stimmt«, sagte ich.

Sie verließ die Toilette und steckte sich eine neue Zigarette an. In dem Versuch, die weibliche Solidarität zwischen uns zu bemühen, sagte sie: »Chaggais Vater tut wenigstens seine Pflicht und bezahlt pünktlich den Unterhalt, wie ist es bei Ihnen?«

»Bei mir ist alles in Ordnung«, sagte ich. Sie reagierte auf meinen Ton und stellte keine Fragen mehr. Rauch durch die Nasenlöcher ausstoßend, betrachtete sie die Wände, erinnerte sich, verglich.

»Bestimmt fragen Sie sich, was ich hier tue«, sagte sie, wartete aber eine Antwort nicht ab. »Milka und Mario haben sich mir gegenüber so toll verhalten, daß ich immer herkomme und nach ihnen schaue, wenn ich zufällig mal in Jerusalem bin. Sie sind nicht schuld daran, daß unsere Ehe in die Brüche gegangen ist. Außerdem sind sie Chaggais Großeltern, und er ist verrückt nach ihnen.«

Später erfuhr ich, daß Milkas und Marios Verhalten nicht der einzige Grund für ihren Besuch gewesen war, sie hatte sie auch um ein kleines Darlehen gebeten, weil sie ihre Wohnung renovieren wollte, sie hatte sich auch erkundigt, ob Chaggai an Chanukka zu ihnen kommen könne, man habe ihr einen Gratisflug nach Italien angeboten, und nach all den schlimmen Jahren, die sie hinter sich hatte, wäre es eine Schande, sich solch eine Reise entgehen zu lassen.

Bevor sie wegging, klopfte sie bei uns und sagte: »Auf Wiedersehen, Sohara, schön, daß ich Sie kennengelernt habe. Auf Wiedersehen, Süßer, soll ich Chaggai etwas von dir ausrichten?«

Evjatar schwieg und betrachtete die goldenen Schnallen an ihren Stiefeln, die im Dämmerlicht des Treppenhauses glitzerten. Sie trug einen langen schwarzen Mantel, und trotz der Stunden, die sie schon hier verbracht hatte, sah sie so frisch aus, als wäre sie gerade aus der Dusche gekommen. Ich schaute ihr nach, als sie zu dem Taxi ging, das sie bestellt hatte, als könnte ich dadurch etwas über Michaels Geschmack erfahren, und als hätte Michael nicht gesagt, von ihr könne man nur etwas über seine Fehler lernen.

»Chaggais Mama ist größer als du, und schöner ist sie auch«, sagte Evjatar. »Sie kann durch die Nase rauchen, schade, daß du nicht rauchen kannst.« Er blähte seine kleinen Nüstern und atmete eingebildeten Rauch aus, und er spreizte seine Finger, als hielte er eine imaginäre Zigarette in der Hand.

Dann sprach er wieder über die Fahrt zu Odelia, und ich sagte ihm nicht, daß Chaggai über die Feiertage herkommen würde, ich wollte nicht, daß er die geplante Reise vielleicht abkürzte, und ich unterdrückte mein schlechtes Gewissen, das mir zuflüsterte: Du willst wohl Zeit für dich? Du willst wohl allein sein?

Jawohl, verehrtes Gewissen, und was ist schlecht daran, wenn ich ein paar Tage für mich haben will? Schau doch, diese junge Frau, die gerade hier war, wird nach Italien fliegen, und es kommt ihr gar nicht in den Sinn, auch nur einen Gedanken an ihr Gewissen zu verschwenden.

Evjatar ging zum Fenster, er summte ein Chanukka-Lied vor sich hin. Draußen regnete es, und das Klischee vom weinenden Himmel geisterte mir wieder durch den Kopf. Irgend jemand begräbt gerade einen lieben Toten in Jerusalem und vergleicht die Regentropfen mit seinen Tränen. Aus dem Küchenfenster sah ich die Bougainvillea und die Kürbisse, die vom Regen saubergewaschen wurden. Wenigstens für sie hat der Regen eine lebenswichtige Bedeutung.

Am nächsten Morgen schob Zurieli die Nachricht vom Untersuchungsergebnis hinaus, aber man sah es seinen hochgezogenen Augenbrauen, dem schmalen Mund und den Säcken unter seinen Augen an. Die Assistenten hatten sich um ihn geschart, ebenso Jamima, die Oberschwester, und ich. Auch

Scharona, die Sozialarbeiterin, war gekommen, einen umfangreichen Ordner an den dicken Bauch gedrückt, ihr weißer, offener Kittel wies darauf hin, daß sie nichts mit dem Blut und dem Schweiß der Kranken zu tun hatte, sondern daß sie zu jenen Angestellten gehörte, die sich einen Platz zwischen Kittelschößen und guten Kleidern erobert hatten.

An der Spitze der schweigenden und ernsten Gruppe betrat Doktor Zurieli das Krankenzimmer, in dem Schmuel Ostrow lag, und zog den Vorhang um das Bett herum zu, um seinen Privatbereich abzugrenzen. Schmuel Ostrow saß auf seinem Bett, vor seinem Richter, das Gesicht zu dem Schemel vor ihm gesenkt. Die große Kipa bedeckte seine wirren Haare, über dem Pyjama trug er den gestreiften Morgenrock des Krankenhauses. Fischman und Taufik zogen sich die Decken bis zum Hals und lagen schweigend und bewegungslos da, damit ja kein Knarren eines Bettes die Worte von Doktor Zurieli störte. Diesmal vermied Zurieli jede quälende Verzögerung, er fragte nicht: »Wie geht es Ihnen heute?« oder »Wie haben Sie geschlafen?« – Er zog die Nachricht nicht länger hinaus.

»Wir haben das Ergebnis der Untersuchung des Knochenmarks bekommen, das wir Ihnen gestern abgenommen haben«, sagte er, und die Blicke der Umstehenden wanderten von seinem Mund zu Ostrow und zurück. »Endlich wissen wir, welche Krankheit Sie haben. Sie haben ein Lymphom.«

»Was ist das, ein Lymphom?« fragte Ostrow und hob den Blick nicht von seinem Schemel.

»Eine ernsthafte Erkrankung«, sagte Zurieli. »Aber wir werden sie bekämpfen, wir haben die Mittel dazu.«

»Ist es Krebs?« Jetzt hob Ostrow den Kopf und blickte Zurieli mit dunklen Augen unter struppigen Augenbrauen an.

»Ja«, sagte Zurieli, und Fischman, der bis jetzt die Luft angehalten hatte, stieß einen kurzen, rauhen Huster aus, und Taufik zitterte unter dem Stromschlag, den ihm der Schrittmacher in seiner Brust verpaßt hatte.

Doktor Zurieli wußte, daß die Zukunft den jungen Ärzten, die ihn begleiteten, nicht ersparen würde, ihren Kranken solche Nachrichten zu überbringen, er achtete auf Blicke und Gesten. Die Hände auf dem Rücken verschlungen, den Kopf leicht nach vorn geschoben, beugte er sich zu Ostrow und sagte: »Herr Ostrow, wir werden Ihnen helfen.«

Als er sich wieder aufrichtete, gewahrte er das Mitleid, das Scharona bei solchen Gelegenheiten zeigte, und reagierte ungeduldig. »Das ist es also, was unsere Sozialarbeiterinnen lernen«, hatte er einmal gesagt, als er ihren geöffneten Mund sah, die aufgerissenen Augen und die Nasenflügel, die in einer Mischung aus Mitgefühl und Trauer zitterten.

Doch im Falle Ostrows konnte Scharona vergessen, was sie gelernt hatte, Ostrow schaute weder sie noch die anderen an, er hielt die Eisenstäbe des Bettes umklammert, starrte zu Boden und schwieg. Auch als Zurieli ihm die Möglichkeiten der Chemotherapien erklärte, die in den meisten Fällen zu einer Besserung der Krankheit führten, manchmal sogar zu einer völligen Heilung, fragte er nicht, welche Nebenwirkungen diese Medikamente haben würden und wie seine Chancen stünden. Sein Nacken und sein langer Rücken blieben gebeugt, der Krankenhausmorgenrock spannte über seinen Schultern, eine Naht war aufgeplatzt.

»Wenn Sie etwas brauchen oder wenn Sie Fragen haben, wir sind für Sie da, Herr Ostrow«, sagte Zurieli und legte seine Hand auf die breite Schulter. Ostrow nickte und schlug sich dreimal an die Brust. Einer nach dem anderen löste sich aus der Reihe der Umstehenden, schob den Vorhang zur Seite und folgte Zurieli. Der Vorhang bewegte sich noch ein bißchen, dann hing er still da, man hörte nur noch, wie sich Arme und Beine in den anderen Betten bewegten. Keiner machte den Mund auf.

Erst nachdem der letzte den Raum verlassen hatte, verließ Schmuel Ostrow das Bett, machte seinen Nachttisch auf und nahm seine zusammengefalteten Kleider heraus. Er zog den Vorhang vor, schlüpfte in seine schwarze Hose, das weiße Hemd und den schwarzen Mantel und zog seine schwarzen Schuhe an. Fischman, der das Rascheln der Kleidungsstücke hörte und verstand, was hinter dem Vorhang geschah, schob seine Füße in die Turnschuhe und rannte schwerfällig und erschrocken zum Schwesternzimmer und sagte: »Schwester Sohara, er geht weg, Schmuel Ostrow, er verläßt das Krankenhaus, es geht mich ja nichts an, ich will nur Bescheid sagen, es ist eure Verantwortung, er ist doch krank, dieser Mann.«

Doktor Zurieli und Scharona hörten Fischmans Erschrekken, sie drehten sich um und gingen zu Ostrow zurück, ich folgte ihnen. Wir sahen ihn dastehen, im schwarzen Mantel, den schwarzen Schuhen und mit dem schwarzen Hut auf dem Kopf, unter dem Arm das Päckchen mit dem Gebetsmantel und den Tefillin, auf einmal sah er aufrecht und ehrwürdig aus.

»Wohin wollen Sie gehen, Herr Ostrow?« wollte Doktor Zurieli wissen. Die Erfahrung hatte ihn gelehrt, wohin es manchen im ersten Schock trieb, wenn er gerade gehört hatte, daß er an Krebs litt, nicht selten war das der achte Stock. Zum ersten Mal lachte Ostrow nun, und mir fiel auf, wie fest und engstehend seine weißen Zähne waren und daß er jünger aussah, wenn er lachte.

»Haben Sie geglaubt, ich laufe weg? Aber nein, ich möchte mit dem großen Arzt reden, dann komme ich zurück.«

»Sie können sich beraten, mit wem Sie wollen«, sagte Doktor Zurieli. »Wenn Sie mir den Namen des Arztes sagen, schicke ich ihm die Unterlagen über Ihre Krankheit.«

»Gern«, sagte Ostrow. »Es ist der Heilige, gelobt sei Er.«

»Ah«, sagte Doktor Zurieli. »Und wo treffen Sie ihn?«

»An der Klagemauer«, sagte Ostrow und band die Schnur, die sich gelöst hatte, fester um sein Bündel. Er unterschrieb die Erklärung, daß er das Krankenhaus auf eigenen Wunsch für ein paar Stunden verlassen wolle, verabschiedete sich von Taufik und Fischman und ging, das Bündel fest unter dem Arm, zum Aufzug.

Blaß und schweißnaß kam er zurück, nachdem die Tabletts vom Mittagessen schon eingesammelt waren. Regentropfen glitzerten auf seinem Hut und dem Mantel. Er machte den Vorhang vor, zog sich aus, schlüpfte in seinen Pyjama, legte sich ins Bett und wechselte kein einziges Wort mit seinen beiden Zimmergenossen.

»Wir haben Ihnen das Mittagessen aufgehoben«, sagte ich zu ihm.

»Vielen Dank, ich habe keinen Hunger.«

»Iß doch«, sagte Fischman von seinem Bett aus. »Du wirst viel Kraft brauchen.« Ich stellte ein Glas Tee auf seinen Nachttisch und hörte Maurice schreien: »Sori, Telephon für dich!«

Die Beine wurden mir so schwer auf dem Weg zum Telephon, als hingen Säcke mit Asche an meinen Füßen. Ich hatte ihm das Mittagessen aufgehoben, aber ich fand kein einziges Wort für das, was ihm mitgeteilt worden war. Nun, da das Ergebnis bereits bekannt ist, wird es weniger Worte geben, aber um so mehr Taten. Wir werden das Kopfteil seines Bettes erhöhen, wir werden mehr Zucker in seinen Tee tun, wir werden sein Kissen klopfen, wir werden seine Haut vereisen, bevor wir ihm eine Spritze geben, um den Schmerz zu dämpfen, wir werden in der Küche milchige Leckerbissen für ihn bestellen, und wir werden ihn mit »Sirup« füttern, wenn seine Speiseröhre brennt. Und nachts, wenn wir in sein Zimmer kommen und das Entsetzen in seinen offenen Augen sehen, werden wir erschrecken über das wenige, das wir ihm geben können, und wir werden fragen: »Brauchen Sie etwas?« Und wir werden rennen, als wäre der Teufel hinter uns her, nur um ihm ein Glas Wasser zu holen oder Glyzerin für die Lippen oder ein Pflaster oder irgend etwas anderes.

Der Geruch der Zigarette, die Maurice geraucht hatte, hing noch am Hörer, und ich bekam Lust, ebenfalls zu rauchen. Ich sagte »Hallo« und atmete den Zigarettengeruch ein.

»Guten Tag, Sohara«, sagte Alex. »Ich bin mit meiner Mutter im Krankenhaus, in der Ambulanz. Vielleicht hast du kurz Zeit, uns zu begrüßen?«

»Wie geht es euch?« fragte ich und überlegte, ob ich hinuntergehen sollte oder nicht.

»Ganz gut«, sagte Alex. »Einen Moment, Mutter, ich spreche mit Schwester Sohara, erinnerst du dich an sie? Gleich hör ich dir zu, Mutter, nur noch einen Moment.«

Sein väterlicher Ton beruhigte sie, mich brachte er dazu, nachzugeben. »Ich komme. Wo seid ihr?«

»In der orthopädischen Ambulanz.«

»Das war der Sohn von dieser Steiner, nicht wahr?« fragte Maurice. »Siehst du, daß er für dich schwärmt? Warum hat er mich oder Liat nicht gebeten?«

Ich schaute nicht in den Spiegel und kämmte mich auch nicht, denn zu Alex konnte man kommen wie zu einem Bruder. Ein verblaßter Lippenstift oder wirre Haare würden nichts an seiner Zuneigung ändern, und andere Hoffnungen hegte ich ohnehin nicht.

Sie saßen vor dem Eingang zur orthopädischen Ambulanz. Minna Steiner sah winzig aus, ihr Mantel war bis zum Hals zugeknöpft, über den Hut hatte sie sich ein durchsichtiges Nylontuch gebunden. Zwischen den Knien hielt sie einen Spazierstock, sie stützte die Hände darauf, ihre kurzen Beine baumelten über dem Fußboden. Alex hatte den Arm auf ihre Lehne gelegt, er beugte sich zu ihr und erzählte ihr etwas.

Er bemerkte mich erst, als ich schon vor ihnen stand, und als er mich sah, leuchteten seine grünen Augen auf. Er streckte mir seine große, feste Hand entgegen, und ich ließ meine Hand einen Moment lang in seiner, bevor ich sie seiner Mutter gab.

»Guten Tag, Frau Steiner, wie geht es Ihnen?«

Sie nahm eine dünne Hand vom Knauf und sagte: »Mal so, mal so, jetzt ist es der Rücken, der mir Probleme macht, dann ist es wieder das Herz, was soll ich tun? Und Sie? Entschuldigen Sie, ich habe Ihren Namen vergessen, Sie arbeiten in der Inneren, nicht wahr?«

An diesem traurigen Ort sah Alex mit seinem gebräunten Gesicht seltsam aus. Ich betrachtete ihn. Er war neunundvierzig Jahre alt, genau wie Ostrow, sie waren im selben Jahr geboren. Aber an Ostrow hingen viele Menschen, Alex hatte nur seine alte Mutter. Ostrows Haut, die gestern für die Nadel entblößt worden war, war weiß, Alex hingegen war braungebrannt. Während ich diese Vergleiche anstellte, die mir nichts brachten, nahm Alex den Arm von der Lehne seiner Mutter und schaute mich an.

»Wie geht es Evjatar?« fragte er.

»Er wartet auf Chanukka.«

»Und wie geht es Evjatars Mutter?«

»Im allgemeinen ganz gut.«

»Sie sieht müde oder bedrückt aus«, sagte er und musterte mich prüfend.

»Ja, manchmal gibt es traurige Tage in der Abteilung, und heute ist so einer«, sagte ich, ohne es näher zu erklären. Wenn es mir nicht peinlich gewesen wäre, hätte ich ihn gebeten, meine Hand festzuhalten und mich zu beschützen, denn alles war beängstigend und zerbrechlich. Bald wird Ostrow anders aussehen, seine Wangen und sein Kopf werden kahl sein, er wird lernen, wie es ist, wenn etwas Ganzes in Scherben zerfällt und die Scherben in Splitter. Wäre Alex nicht ebenso schüchtern gewesen wie ich, hätte er mich jetzt umarmt, ich sah es seinen Augen an, daß er es gerne getan hätte.

Minna Steiner starrte auf die Tür. »Was soll das heißen – da bestellt man Leute für halb drei, und dann läßt man sie warten.« Sie stieß mit dem Stock auf, dann umklammerte sie ihn mit ihren nervösen Händen.

»Das ganze Leben lang bezahlt man für die Krankenkasse...«, murrte sie, und da ging die Tür auf und eine Krankenschwester rief laut: »Minna Steiner.«

Die alte Frau rutschte zum Rand der Bank und tastete mit dem Stock über den Boden, bis sie sich auf ihn stützte. Alex schob seinen Arm unter ihren und sagte: »Laß was von dir hören, Sohara. Wenn das Wetter gut ist, fahren wir am Wochenende nach Nizanim.«

Die Schwester stand in der Tür und betrachtete Minna Steiners Füße, als könnte ihr Blick durch die kleinen Stiefel dringen. Alex hob noch einmal grüßend die Hand, dann fiel die Tür hinter ihnen zu. Wäre seine Mutter nicht hiergewesen, hätte ich zu ihm gesagt: Halt mich fest, Alex, laß mich etwas Festes fühlen in dieser Welt.

Ich verzichtete auf den Aufzug und ging zu Fuß hinauf zur Station, um die Zeit zu dehnen. Die letzte Stunde der Schicht war bedrückend und schien viel länger zu dauern als sechzig Minuten. Um vier klapperten die Absätze von Frau Taufik über den Gang, und diesmal saß Fischman nicht aufrecht in seinem Bett. Er lag da und schaute mit seinen vom Diabetes trüben Augen aus dem Fenster, angesteckt von dem Entsetzen, das über Schmuel Ostrows Bett hing. Wenn die Angst in eines der Betten einzieht, sind auf einmal alle einsam und getroffen. In einem oder zwei Tagen wird die Anwesenheit der Angst schon selbstverständlich sein, und Fischman wird nachmittags um vier seine Beine wieder aus dem Bett hängen lassen und sich fragen, welche Seite Frau Taufik wohl wählen wird, um ihren Mann zu küssen.

Am Abend malte Evjatar Chanukka-Kreisel mit seinen brüchigen Pastellkreiden, er hielt die Kreide fest zwischen Daumen und Fingern und malte mit heftigen Strichen.

Das Telephon klingelte, er sprang auf, nahm ab und rief:

»Mama, jemand will mit dir sprechen.« Er ließ den Hörer an der Schnur baumeln, kehrte zu seinen Kreiseln zurück und sagte: »Der Mann hat genauso eine Stimme wie Chaggais Papa.«

Ich nahm den Hörer mit den kleinen Pastellspuren und sagte: »Hallo«, und er erriet es bereits: »Du hast schlechte Laune, stimmt's?«

»Ja, ich hatte einen beschissenen Tag«, sagte ich, und er versprach, noch einmal anzurufen, wenn der Junge schlafe.

Evjatar fragte, wer das gewesen sei.

»Jemand, den du nicht kennst«, sagte ich und erschrak, denn ich hatte ihn bisher noch nie angelogen.

»Was wollte er von dir?«

»Er wollte nur fragen, wie es mir geht.«

»Gehört er zu unserer Familie?«

»Nein.«

Er malte die Spitze seines Kreisels rot an und fragte, was das sei, ein beschissener Tag, dann legte er seine Pastellkreiden wieder in die Schachtel, wiederholte zweimal das Wort beschissen, dann ging er zum Fernseher und rief: »Mama, komm, es gibt Walt Disney!«

Warum hatte ich ihn angelogen? Eine Lüge dem Kind gegenüber gilt im Katalog der Lügen nicht als Katastrophe. Aber warum hatte ich vor ihm verborgen, daß Michael angerufen hatte? Unser Vermieter, mit dem ich in Tel Aviv Fisch gegessen hatte, das war alles. War das alles? War nicht in dem Moment, als ich seine Stimme hörte, ein Teil der Last des Tages von mir abgefallen, und wer außer ihm sah mich so an, wie er es getan hatte, bevor mir einfiel, daß ich sechs Jahre lang mit keinem Mann mehr geschlafen hatte? Sechs Jahre lang war die Frau verschwunden, hatte sich der Mutter unterworfen, und jetzt hob sie den Kopf und log. Ich saß neben Evjatar auf dem Teppich, fuhr mit dem Finger über seine Wirbel, er erschauerte vor Vergnügen und lachte: »Weiter, Mama.« Sein Blick hing gebannt an den Phantasiefiguren, die über den Bildschirm liefen. Wenn der Film zu Ende ist, werde ich ihm sagen, wer angerufen hatte, und er wird fragen: Warum hast du dann gesagt, daß ... Und ich werde mich verteidigen, und am Schluß wird die ganze Rechtfertigung schlimmer sein als die Lüge, so wie ein kleiner Riß in der Kleidung noch schlimmer aussieht, wenn man ihn mit einem groben Flicken repariert. Als die Figuren Walt Disneys verschwunden waren, rieb er sich die Augen und sagte: »Ich gehe schlafen.«

Diesmal bestand ich nicht darauf, daß er sich die Zähne putzte, ich half ihm, den Pyjama anzuziehen. Zitternd vor Kälte kroch er ins Bett und lag auf dem Rücken und schlief ein, wie nur jemand einschlafen kann, dessen Glauben in die Welt noch nicht erschüttert wurde, mit ausgebreiteten Gliedern, das Gesicht offen und nackt.

Michael rief an, wie er es versprochen hatte, und nach dem Gespräch mit ihm hatte die Lüge etwas von ihrem Ausmaß verloren und wurde in die Ecke geschoben, in der unsere Sünden warten. Ich lag im Bett, und Erinnerungsfetzen des Tages mischten sich miteinander: Ostrow setzt seinen schwarzen Hut auf und zieht los, um Gott zu treffen, die Hand von Alex liegt auf der Lehne seiner Mutter, eine dicke Ader wölbt sich an ihrem Hals, seine Hände sind braun und fest, die kleinen Stiefel von Minna Steiner baumeln über dem Boden, und Michael und noch einmal Michael, der die Begierde als ungebetenen Gast hinter sich herzieht.

Wie von selbst kneteten meine Hände die Brüste und glitten hinunter zum Bauch und tiefer. Seit Jahren hatten sie das nicht mehr getan, als wäre dieses Gefühl bei mir, weil es nicht geweckt wurde, erloschen und gestorben. Länger als eine Stunde wälzte ich mich im Bett, und Bruchstücke des Tages schwammen durch meinen Kopf und weigerten sich, zu verschwinden, bis ich endlich einschlief. Im Traum kam Schmuel Ostrow zu mir und schlief mit mir. Er war blaß und verschwitzt, zog seinen Krankenhauspyjama nicht aus und behielt auch den schwarzen Hut auf. Er sagte: »Komm, denn morgen werden wir sterben« und umarmte mich, und ich lag unter ihm, seine weißen Hände auf meinem Rücken, und das Band, das seine Krankenakte zusammenhielt, war um uns beide geschlungen und verband uns.

Das Rasseln des Weckers unterbrach diesen Traum, ich riß die Augen auf, und die Lüge erhob sich ebenfalls und lastete schwer auf mir, im Gegensatz dazu war das Telephongespräch, das ich gestern abend mit Michael geführt hatte, leichter als Watte. Ich stand zu einem traurigen Morgen auf, der Traum, in dem sich mein Verlangen mit dem Mitleid für Ostrow getroffen hatte, erschreckte mich, er war ebenso abstoßend wie anziehend.

Schmuel Ostrow ist ein gerechter Mann, er wußte nichts von dem, was sein Körper heute nacht getan hatte, und ich, wer weiß, in wessen Träumen ich schon aufgetaucht war. Vielleicht sah Minna Steiner in ihren Träumen die Gänse ihres Geburtslandes, wie sie in einem Stall im vierten Stock gackerten, und wie ich, in meiner weißen Tracht, sie in den Fluren zwischen den Stationen hütete.

Evjatar schaute durch die Löcher in der Zypresse zur Straße und sagte: »Heute gibt es keinen Regen«, und ich betrachtete den neuen Tag und beschloß, ihm, falls Michael anrufen sollte, den Hörer hinzuhalten und zu sagen: Da ist Michael, willst du mit ihm sprechen? Aber Michael rief erst an, als Evjatar bereits eingeschlafen war, und je öfter er anrief und um so tiefer in die Nacht sich unsere Gespräche hinzogen, um so mehr kam es mir vor, als würde ich mich mit jedem Wort, das ich in den Hörer sprach, gegen meinen Jungen stellen.

Und als würde das mein Gewissen noch nicht genug belasten, lud die Kindergärtnerin Eltern und Kinder zu einer Feier im Kindergarten ein.

»Und ich habe niemanden, der mit mir geht«, sagte Evjatar,

zog den Ausschnitt seines Pullovers zum Mund und bedeckte damit sein Kinn.

»Ich gehe doch mit dir«, sagte ich.

»Aber du bist eine Mama und kein Papa. Alex soll mitkommen.«

»Aber Alex ist nicht dein Vater, Evjatar, schade um den Pulli, schau nur, du leierst ihn aus.«

»Dann Mario!« rief er und hob sein Kinn aus dem Pulli, der nun vom Hals abstand.

»Auch Mario ist nicht dein Papa. Wenn jemand keinen Vater hat, ist seine Mutter sowohl Mama als auch Papa.«

»Ich will aber nicht!« Er stampfte mit dem Fuß auf, schob die Unterlippe vor und lutschte am Daumen. Ein neuer Tornado wirbelte uns durcheinander. Wenn ich Kindergärtnerin wäre, würde ich den Seelenfrieden eines einzigen Kindes wahren, sogar um den Preis, dreißig andere zu kränken. Aber sie ist nicht schuld, ich war es, die Evjatar zum Schicksal einer halben Familie verurteilt hat, und er erkennt meine Schwäche schon und stampft noch einmal mit dem Fuß auf.

»Dann soll Chaggais Papa mit mir kommen«, verlangte er, sein Daumen drückte gegen die Unterlippe, und Spucke lief ihm herunter.

»Auch Michael ist nicht dein Vater«, sagte ich und wußte, jetzt würde es kommen, endlich würde er wissen wollen, und wer ist mein Vater? Aber er fragte es nicht. Er lutschte nur an seinem Daumen und weinte leise, nicht das Weinen, das ihm Schreie aus der Kehle treibt. Ich wünschte mir schon, er würde ein Gebrüll loslassen, wie er es so gut konnte, um sich selbst auf die Seite derer zu bringen, die anderen etwas schuldig sind, aber sein Weinen klang erstickt und hoffnungslos. Die Rettung kam plötzlich, aus einer völlig unerwarteten Quelle: Odelia rief an, um den Termin für die Chanukka-Reise festzulegen.

»Ja ... ja ... in Ordnung ... gut«, sagte er, und auf seinen verweinten Wangen glitzerten die Spuren seiner Tränen.

»Sori, willst du nicht auch zur ersten Kerze kommen?«

Ich willigte sofort ein und verminderte meine freien Nächte um eine Nacht, ich wußte nicht, was mir größere Angst einflößte: dic leere Zeit, die mich erwartete, oder die Überraschungen, die sich mir vielleicht bieten würden.

Um drei Uhr nachmittags bog der braune Volvo-Kombi in unsere Straße ein. Evjatar setzte seine Kipa auf und schob die Arme in die Riemen seines Rucksacks, und Nachum trank ein Glas Coca-Cola, das ich ihm eingoß, und wartete, bis ich die Rolläden runtergelassen hatte. Mario und Milka kamen heraus, um uns bis zum Auto zu begleiten. Mario schob einen Finger unter Evjatars Schulterriemen und erleichterte ihm so die Last, und Milka zog seinen Jackenkragen unter dem Rucksack hervor und legte ihre Hand auf seine Schulter.

Als der Volvo losfuhr, blieben sie auf dem Gehweg stehen und schauten uns hinterher, sie hatten es nicht eilig, zu dem Schweigen zurückzukehren, das im Haus auf sie wartete. Ich saß mit Evjatar auf dem Rücksitz, und Nachum unterhielt sich mit uns und schaute immer wieder in den Rückspiegel, während er das Auto Richtung Schnellstraße lenkte, und der Fahrtwind, der durch die offenen Fenster drang, bewegte den Haarflaum auf seiner Haut. Ein gelber wolkenloser Abendhimmel spannte sich über Gusch Ezion. Evjatars Augen schossen von Fenster zu Fenster, erfaßten die Berge mit den spitzen Gipfeln, die Autos, die Nachum überholte, Araber, die auf Eseln ritten, eine Schafherde, die von einem Jungen, der etwa so alt war wie er, nach Hause getrieben wurde.

»Mama, beißen ihn die Hammel nicht? Schau, Mama, wie viele Pakete man auf den Esel da geladen hat, wieso bricht er nicht zusammen? Wo schlafen die Schafe heute nacht, Mama? Mama, geht dieser Junge auch in den Kindergarten, oder ist er den ganzen Tag bei den Schafen?«

Es war Nachum, der ihm die meisten Fragen beantwortete und ihm auch erklärte, was er nicht gefragt hatte. Südlich von

Gusch Ezion wurde die Straße schmal, und Nachum griff nun auch mit der linken Hand nach dem Lenkrad, er beugte sich vor und konzentrierte sich auf den Weg. Die Weinstöcke warfen ihr Laub ab, die vertrockneten nackten Ranken klammerten sich an Stacheldraht, Kinder spielten in Regenpfützen, und auf den Balkons hängten Frauen Wäsche auf. Überall spielen Kinder in Regenpfützen, und überall hängen Frauen auf Balkonen Wäsche auf, trotzdem vergewisserte sich Nachum, daß sein Revolver im Halfter steckte, als würden die Unterhemden an der Leine und die Stöcke, mit denen im Morast gestochert wurde, auf einen bösen Plan hindeuten.

»Mama, werden sie auf uns schießen?«

»Nein, warum sollten sie auf uns schießen? Gleich werden sie zum Abendessen gerufen, und dann sagen sie: ›Noch einen Moment‹, und ihre Mutter wird böse und sagt: ›Los, kommt endlich, die Eier werden kalt, wie oft muß ich euch denn noch rufen.‹ Und sie sagen: ›Uff‹, und gehen nach Hause. Was für einen Grund sollten sie haben, auf uns zu schießen?«

»Ihre Eier werden kalt«, sagte Nachum und lachte, dann fügte er hinzu: »Die Armee sorgt hier für Ordnung, früher war das da mal der wilde Westen, aber die Armee hat hier für Ordnung gesorgt, und jetzt ist es vorbei.« Evjatar schaute nach dem Jeep der Armee aus, die hier für Ordnung sorgte, er beobachtete, wie die Jungen im Sand Fußball spielten, und er wußte nicht, ob er sich auf die Armee verlassen sollte oder auf die mütterliche Routine. Noch bevor er sich entscheiden konnte, erstreckten sich vor uns mit grünem Gras bewachsene Felder, Beduinen schwangen Sensen und mähten Futter für ihre Tiere, und in der Ferne waren schon die Häuser der Ansiedlung zu sehen. Ein bewaffneter Wächter am Eingang grüßte Nachum und machte das elektrische Tor für uns auf, und Evjatar beobachtete, wie sich die Gitter vor uns öffneten und hinter uns wieder schlossen. Der Volvo fuhr jetzt langsam den Weg entlang, zu beiden Seiten standen Häuser, an den

Wänden lehnten Kinderfahrräder, auf den Terrassen standen Kinderwagen.

»Sie kommen, sie kommen!« brüllte Naftali, die Hände als Trichter an den Mund gelegt, und eine Kinderschar stürzte aus Odelias Haus. Racheli und Israel standen am Randstein, Moschik und Morja hielten sich an den Händen, er rannte und sie beeilte sich, ihm mit ihren krummen Beinchen zu folgen. Auch Avraham war aus der Tür gekommen, blieb am Rand des Rasens stehen und schaute zum Tor. Als letzte kam Odelia heraus, auf dem Arm ein winziges, rosiges, kahlköpfiges Kind. Odelia lächelte, und alles an ihr lächelte mit.

Sie war dicker geworden nach der Geburt, eine üppige Frau, aber ihre Schritte waren leicht, ihr Gang geschmeidig, und ihre Umarmung war eine Umarmung. Sie küßte mich und Evjatar, und auch in diesem Dämmerlicht leuchteten ihre Augen.

Umringt von seinen Cousins und Cousinen, öffnete Evjatar seinen Rucksack und holte die eingepackten Geschenke heraus, und nach ihrer Größe und ihrer Verpackung wußte er, was für wen war. Die Kinder deuteten auf die Öffnung des Rucksacks, Morja löste mit ihren kleinen, flinken Fingern die Verpackung von einer Stoffpuppe, Naftali zog einen Jeep aus seinem Paket und ließ ihn zwischen den Chanukkaleuchtern herumfahren, bis er an Nachums prächtige Chanukkia stieß und innehielt.

Der Rucksack leerte sich, die Hände hatten sich gefüllt, und das jubelnde Geschrei und die enttäuschten Ausrufe hörten nicht auf, bis Nachum zum Anzünden der Kerzen rief.

Um die Chanukkaleuchter versammelt, achteten die Kinder auf die Ordnung, die Knaben, die schon eine religiöse Pflicht erfüllen mußten, standen im inneren Kreis, die Mädchen hinter ihnen.

Evjatar bekam seine eigene Chanukkia. Zögernd und verlegen wiederholte er den Segensspruch, nachdem Nachum ihn gesagt hatte, und heißes Wachs tropfte von seinen Fingern. Mit zusammengepreßten Lippen ließ er den Rand anschmelzen und drückte die Kerze auf ihren Platz. In zwei Tagen würde er sich schon so geschickt anstellen wie die anderen, er würde schnell und mit der richtigen Intonierung den Segensspruch murmeln und das überflüssige Wachs abwischen. Aus voller Kehle sangen die Kinder das Maos Zur, Nachums Stimme trug sie durch die Freude der alten poetischen Worte, und der Duft der traditionellen Festkrapfen spornte sie an. Zu aufgeregt, um eine ganze Sufgania zu essen, stand Evjatar zwischen ihnen, sein Blick suchte den meinen, um sich zu vergewissern, daß ich auch alles sah, was es zu sehen gab: Mojschik bohrt ein Loch in eine Sufgania und hängt sie an seinen Daumen, Morja leckt den Zucker vom Tablett und pudert damit ihre Nase, Naftali verschlingt schon die vierte Sufgania und streckt bereits die Hand nach der fünften aus.

Je zwei von Odelias Kindern schlafen in einem Zimmer. Für mich hatten Morja und Racheli ihr Zimmer geräumt, und für Evjatar war ein Bett zwischen Naftali und Mojschik aufgestellt worden. Er sprach Nachum das Gebet »Der Engel, der mich vor allem Bösen rettet« nach und legte seine Kipa unter das Kissen. Er schaute nach rechts und sah Naftali mit geschlossenen Augen im Bett liegen, aus seinem offenen Mund drang der Geruch nach Sufganiot, und er schaute nach links und sah Mojschik, der einen Zipfel der Decke umklammerte, seine Augen schlossen und öffneten sich wie bei einer Puppe, und er verstand, daß die gemeinsame Nacht im Zimmer seiner Cousins, die er ebenso ersehnt hatte wie das Fest, etwas ganz und gar Unfeierliches war.

Die Wohnung erschien mir, als ich am nächsten Tag zurückkam, ganz und gar leer, Evjatars Spielsachen bewegten sich nicht, die Zeit lag öde und endlos vor mir, und die Stille war nicht beruhigend. Odelia füllt die Stille mit Kindern und Lärm, und wenn ihre Kinder groß sind, werden sie ihr rothaarige Enkelkinder schenken, und der Lärm ihrer Leibesfrüchte wird sich vervielfältigen und sich fortsetzen und nie aufhören. Bald werden die Bar-Mizwa-Zeremonien beginnen, dann wird sie die Kinder verloben und verheiraten, ein neuer Kreis der Fortpflanzung wird beginnen, und sie wird ihnen all ihre Erfahrung und ihr Wissen zur Verfügung stellen.

Und was ließ sich über Nachum sagen, diesen Mann, dessen Schicksal mit ihrem verbunden war?

Nur daß der Zufall für einen Moment von seiner Blindheit erwacht war und Odelia Nachum beschert hatte. Bloß schade, daß der Zufall bereits wieder blind war, als die Reihe an mich kam. Wenn der Zufall will, zerreißt er eine Plastiktüte, um zwei Menschen zusammenzubringen. Eine Plastiktüte mit Äpfeln, die Odelia in der Hand hielt, als sie zum Studentenwohnheim ging, platzte auf. Nachum lief zwanzig Meter hinter ihr und sah, wie die roten Jonathan über den Rasen kullerten. Er stellte seine Tasche auf den Boden, bückte sich und half ihr, die Äpfel aufzusammeln. »Hier, tu sie doch in meine Tasche«, sagte er. »Ich begleite dich zum Wohnheim.«

»Aber du bist doch auf dem Weg zu einer Vorlesung, oder?« fragte sie und sah kupferrote Haare in seinem Bart aufglänzen.

»Das macht nichts, ich habe noch zehn Minuten, das reicht«, sagte er.

Er begleitete sie zu ihrem Zimmer, und seine Tasche war dick geschwollen von ihren Jonathan. Später, während der Vorlesung, als er das Traktat »Ehebruch« der Mischna aus seiner Tasche holte, roch es nach Äpfeln und erinnerte ihn an ihre Zimmernummer, und er dachte, wenn ihr der Gemüsemann die Äpfel in eine bessere Tüte gepackt hätte, würde sein Traktat jetzt nur nach Papier riechen.

Odelia hält dieses Ereignis nicht für zufällig. »Es ist der Ewige, gelobt sei Er, der die Paare zusammenfügt«, sagt sie, und sie vergißt nicht das Echo, das vierzig Tage vor der Geburt eines

Kindes einen unbekannten Jungen einem unbekannten Mädchen verspricht. Ich sagte einmal zu Odelia, in meinem Fall sei das Echo wohl heiser gewesen und habe keinen Ton herausgebracht. Meine Worte machten Odelia traurig, sie sagte: »Wir verstehen nicht alles, Sori, die Wege des Schöpfers sind wunderbar.«

Während ich noch über die Stimme des Echos nachgrübelte, war die Stimme des Telephons zu hören, und wie üblich war alles offen und vielversprechend, solange ich den Hörer noch nicht aufgenommen hatte, wer weiß, vielleicht platzte in diesem Moment ja meine Plastiktüte. Aber es war nur meine Mutter, die Evjatar und mich zum Schabbat einlud. Obwohl meine acht Tage Freiheit dadurch auf sechs zusammenschmolzen, sagte ich »ja«, und ich beschloß, in den Tagen, die mir noch blieben, keine Fenster zu putzen, keine von Evjatars zerrissenen Jeans zu flicken und keine Suppe zu kochen. In diesen Tagen werde ich lernen, das Leben zu genießen. Denn das wußte ich noch nicht, wie man das Leben genießt, schließlich war das Leben keine Schüssel mit Pistazien, in die man langt und sich nimmt, was man möchte. Und weil ich es nicht wußte, zog ich meine Krankenhausschuhe an, die mit der flachen Doppelsohle, und lief ziellos herum.

Die Kiriat-Wolfson-Türme versperrten den Blick auf den Himmel, aber sie hielten nicht den Wind ab. Er fuhr zwischen ihnen hindurch, traf mich und begleitete mich bis zum Tal des Kreuzes, und erst hinter dem Kloster fand ich vor ihm Schutz und setzte mich auf einen Stein. Die Hühner der Nonnen übertönten mit ihrem Gackern den Wind, das Gackern war wie ein spätes Echo des Gackerns aus den Hühnerställen des Kibbuz, zwischen denen wir uns herumgetrieben hatten, während Schula, die Betreuerin, auf die Kinder achtete, die im Gras herumtobten. Damals wußten wir noch nicht, daß die Spiele im Gras eine Seltenheit in unserem Leben sein würden, wir gingen sehr verschwenderisch damit um. Wir kratzten uns an den Beinen, die von den Brennesseln brannten, bewarfen diejenigen, die wir mochten, mit abgerissenen Blüten und zupften uns die Dornen von den Flanellhosen, überzeugt davon, daß die Welt so war und es keinen Grund gab, daß sie anders sein könnte.

Im obersten Stock des Klosters drückte eine Nonne ihre Stirn an ein Fenster und betrachtete das Tal, das sich vom Westen aus bis zu den Steinen erstreckte, die ihr Leben stützen. Ich winkte ihr grüßend zu, und für einen Moment tauchte eine gelbe, flache Hand im Fenster auf, bewegte sich zögernd und verschwand, zusammen mit der Nonne. Ich hatte keine Möglichkeit, dieses Naschen am Leben vergnüglicher zu machen, deshalb pflückte ich Malven, die in diesem Jahr besonders früh blühten, und auf dem Heimweg riß ich die Kelchblätter aus und aß sie roh, und sie schmeckten nach Gras und Kindheit.

Ich betrat die Wohnung und sah, daß der Anrufbeantworter blinkte. »Ich habe dich gesucht und werde wieder anrufen«, sagte Michael aus dem Kunststoffapparat. Und durch das Küchenfenster sah ich, daß es aus einem Riß in den Wolken hell strahlte, als wäre eine Naht des Firmaments aufgeplatzt und man sähe den Himmel hinter dem Himmel, und bis ich dem Himmel dankte, daß er sich so für mich angestrengt hatte, war die Naht schon wieder geschlossen und der Lichtstrahl verschwunden.

Am Abend kam Michael nach Jerusalem und erwartete mich auf der Treppe zur Cinemathek, an das Metallgeländer gelehnt, in einem modischen Ledermantel mit hochgestelltem Kragen. Es wehte zwar heftig, aber wer schwarzes Leder trägt, macht sich automatisch verdächtig, daß die Kälte nicht der einzige Grund dafür ist, vielleicht hat seine Männlichkeit diese Demonstration nötig, oder vielleicht ist es gerade die Angst, die eine Tarnung braucht. Er zog die Hände aus den Manteltaschen, und seine Finger schlossen sich hinter meinen Schultern. »Guten Abend, Sori.«

Zieh ja nicht irgendwelche Schlüsse aus dieser Umarmung,

Sohara, warnte ich mich, das ist einfach die Art, wie sich die Leute in Tel Aviv begrüßen. An der Kasse gab es noch Karten für »Brücken am Fluß«, ein Melodrama, das die Cinemathek aus ihrem Archiv gezogen hatte, sonst wären die amerikanische Hausfrau und ihr melancholischer Liebhaber für immer im Gefängnis der Videothek eingesperrt geblieben. Aber ich verzieh dem Film in dem Moment seine Süßlichkeit, als Meryl Streep die Hand ausstreckte und Clint Eastwood den Weg zu den Brücken zeigte. Sie setzte sich neben ihn in den Pick-up, und auch wenn die Weiden im Hintergrund nur aus purpurrot angemalter Pappe waren, fuhr ich schon mit diesen beiden zu meinen eigenen Sehnsüchten. Und Meryl Streep, die nicht den üblichen Venusgestalten Hollywoods glich, ließ die Illusion nur ein Viertelächeln von mir entfernt aufleben. Man muß bloß die Lippen zu der Linie verziehen, die Traurigkeit von Freude trennt, man muß die Augen verschleiern und blinzeln, vielleicht ist das der ganze Unterschied zwischen mir und dem Glück. Wer sagt denn, daß ich nicht meinen eigenen Clint Eastwood haben könnte, mit den typischen langen Falten, die sich über seine mageren Wangen ziehen, mit einer silbernen Mähne und mit einem scheußlichen Pick-up? Wenn eine Frau bei ihrem Auto den Stand von Öl und Wasser kontrollieren kann, wenn sie in der Lage ist, Fischman Insulin zu spritzen und einen Kurzschluß zu reparieren, den der Toaster verursacht hat, was könnte sie dann davon abhalten, dieses Lächeln zu erlernen?

Noch bevor sich Eastwoods starke Arme um Meryl Streeps Hüften schlangen, nahm Michael meine Hand, teilte ihre Finger und verschränkte sie mit seinen, so daß sich meine Haut spannte und weh tat, doch ich zog meine Hand nicht aus seiner. Langsam erschlafften meine Finger, und das Blut fing wieder an zu strömen, Michael blies sie an, so sanft, als wären sie Federn, jeden einzelnen, vom kleinen Finger bis zum Daumen und wieder zurück, und der kleine Puls unter den Fingernägeln schlug wie wild. Zum Glück ist Meryl Streeps Schönheit nicht atemberaubend, der Unterschied zwischen ihrem zauberischen Make-up und meinem nackten Gesicht im Neonlicht wird nicht allzu ernüchternd sein. Auch der Ledermantel, den der Mann trägt, der meine Finger mit seiner Wärme angehaucht hat, verringert die Kluft zwischen ihm und dem Mann, der seine Daumen in die Schlaufen seiner Jeans hakt, die eng sein vollendetes Hinterteil umschließen, und der mit seinen stahlgrauen Augen den Horizont betrachtet.

Als das Licht anging, warteten wir darauf, daß die Reihen vor uns den Saal verließen, und beobachteten, wie die Leute sich blinzelnd an das Licht gewöhnten und sich an der Kleidung zupften, die an ihren Schenkeln klebengeblieben war.

»Siehst du«, sagte ich zu ihm, »sogar Meryl Streep hat im letzten Moment gezögert, als man ihr die Tür zur Freiheit aufgemacht hat, und sich zurückgezogen.«

Michael sagte, das sei doch alles Blödsinn, der Regisseur habe sie doch nur zu Hause gelassen, um den Amerikanern einen Gefallen zu tun, die wieder an die familiäre Zelle glaubten, und natürlich auch, um seinem Bankkonto einen Gefallen zu tun.

Die Menschenschlange bewegte sich nur langsam die Treppe hinauf, eine Frau, die vor uns hinaufstieg, sagte zu ihrer Freundin, sie wäre, an Stelle der Heldin, ihrer Liebe bis zum Ende gefolgt. »Im Ernst, gibt es etwas Wichtigeres auf der Welt als Liebe? Und du?«

»Ich hätte es nicht getan«, sagte die andere. »Liebe ist wie eine Rose, erst blüht sie und riecht gut, und dann ist sie auf einmal verwelkt und stinkt. Mir soll keiner was über Liebe erzählen, nach allem, was ich mit dem Kerl erlebt habe, keiner.«

Ich erzählte Michael, wie ich in der Dunkelheit Übungen mit meinen Lippen gemacht hatte, und die beiden Frauen drehten sich um und schauten uns an, dann schauten sie wieder vor sich auf die Stufen und tuschelten miteinander. »Wer weiß, vielleicht würde sich mein Leben ändern, wenn ich so lächeln könnte wie sie«, sagte ich, und Michael lachte, und auch die beiden Frauen lachten.

»Komm, gehen wir was essen«, sagte er, als wir oben ankamen, und wir gingen in das Café, das ich seit jenem Arbeitsgespräch mit Doktor Eran Cohen nicht mehr betreten hatte. Zwei junge Mädchen saßen an dem Tisch, an dem Evjatars Geburt geplant worden war, und tranken Kakao. Während der hundertzwanzig Minuten, die der Film gedauert hatte, vielleicht schon zehn Minuten länger, hatte ich nicht ein einziges Mal an meinen Jungen gedacht. Ruhe hatte sich auf meine Schildwachen gesenkt, doch nun waren sie plötzlich wieder wach und bewegten sich.

»Was ist passiert?« fragte er.

»Nichts.«

»Du kannst dich nicht verstellen, Sori, du hast keine Chance, so lächeln zu lernen wie sie.«

Ich fragte, ob das etwa heißen solle, daß sich mein Leben nie mehr ändern würde, und ich winkte der Kellnerin, bevor ich mich zu dem Bekenntnis hinreißen ließ, daß ich in seiner Gegenwart das dumpfe Gefühl einer Gefahr empfand.

»In Wahrheit will ich gar nicht, daß sich mein Leben ändert«, sagte ich. »Seit Evjatars Geburt sehne ich mich nicht nach einer Veränderung, ich wünsche mir, daß unsere Routine einfach so weitergeht, wie sie ist.«

Michael lachte, zog seinen Mantel aus und hängte ihn über seine Stuhllehne, und sein offener Hemdknopf ließ Brusthaare sehen, die noch nicht grau geworden waren wie seine Schläfen.

»Warum lachst du?« fragte ich.

Im Spiegel, der an der Wand hing, sah ich, was die Feuchtigkeit meinen Haaren angetan hatte, und versuchte, sie mit den Fingern zurechtzuzupfen. Er betrachtete mich und sagte: »gib dir keine Mühe«, und dann fragte er, warum ich rot wurde.

»Bestimmt denkst du jetzt, sie versucht, mir zu gefallen«,

antwortete ich. »Es ist, als hättest du mich beim Nasebohren ertappt, oder ohne Kleider.«

Michael hob meine Hand vom Tisch hoch, strich meine Finger glatt und schlug mir eine weitere kleine Prüfung im Erröten vor. Er schob seine Hand in meinen Ärmel, den ganzen Arm entlang bis zu meiner Schulter, er zupfte an meinem BH-Träger und schob die Finger in meine Achselhöhle, wo sie feucht wurden von meinem Schweiß. Mein Gesicht und meine Ohrläppchen glühten, während die fremden Finger ihre Erforschung fortsetzten, dann glitten sie langsam zurück, strichen meinen Schweiß bis zu meiner Handwurzel, dort hielten sie inne.

»Du bist so durchsichtig wie dieses Fenster«, sagte er. »Wer so erröten kann, hat etwas Reines an sich, du brauchst dich nicht dagegen zu wehren, Kleines.«

Kleines, noch nie hatte mich jemand Kleines genannt, auch nicht, als dieser Ausdruck berechtigt gewesen wäre. Ich lächelte, und diesmal lächelten auch die mißmutigen Schildwachen, und ich zitterte vor Kälte und schwitzte vor Hitze, als wäre ich krank. Michael lachte nicht mehr. Er zog die Brauen zusammen, klopfte mit Daumen und kleinem Finger auf den Tisch. Den arabischen Salat mit Minze und weißem Käse hatte er noch nicht angerührt, auch nicht das frisch gebackene Brot.

»Soll ich dir was sagen, die Routine, die du so pflegst, langweilt dich in Wirklichkeit zu Tode.«

Ich schaute in den Spiegel an der Wand und betrachtete seinen dunklen Nacken. Was weiß dieser hochmütige Mann, dem weiche Haare auf dem Handrücken wachsen und dessen Fingerspitzen so glatt sind, was weiß er schon von einer notwendigen Routine und den eisernen Krallen, die man sich wachsen lassen muß, damit man sie aufrechterhalten kann. Daß ein schlechter Traum in der Nacht genügt, um die Angst ausbrechen zu lassen, oder ein zu guter Traum, um alles zu stören, daß ein blauer Fleck auf dem Schenkel deines Kindes, eine Kränkung, die ihm zugefügt wurde, ein Schauer, der es erfaßte, genügt, um dich völlig durcheinanderzubringen.

»Wenn es Menschen auf der Welt gibt, die bereit sind, solch eine Routine zu ertragen, dann sind das meine Eltern«, sagte er. »Was ist? Warum machst du so ein Gesicht?«

»Weil du zumindest in einem Punkt völlig falsch liegst«, sagte ich. »Bei deinen Eltern.«

»Was weißt du schon von ihnen, was ich nicht längst wüßte?«

Ich dachte nicht zweimal nach, ich fing mit Milka an, als sei sie weder seine Mutter noch meine Nachbarin noch die Frau, die sich um Evjatar kümmerte. »Was ich weiß? Ich weiß, daß deine Mutter alles dafür gäbe, daß ein Mann kommt und ihre Routine zerreißt.«

»Bist du verrückt geworden?« Er lachte, seine Ohren schoben sich nach hinten, er zeigte kräftige Zähne. »Meine Mutter? Hast du nicht bemerkt, wie sie aussieht? Was sie für einen Bauch bekommt? Und dann die braunen und die blauen Kleider, dieser Geruch nach gebratenen Zwiebeln. Sieht so eine Frau aus, die sich nach einem Mann sehnt?«

»So sieht eine Frau aus, die jenseits der Enttäuschung angekommen ist.«

Er fragte, wie ich auf so etwas käme, und sagte: »Schon als ich ein Kind war, hat sie ausgesehen wie ihre eigene Großmutter. Ich wette mit dir, wenn ihr ein Altersbart wächst, wird sie sich nicht die Mühe machen, die Haare zu entfernen, die Sache ist für sie aus, vorbei, seit Jahren schon rührt mein Vater sie nicht mehr an. Sie liegen nebeneinander im Bett wie zwei Kartoffelsäcke.«

Ich sagte, ich hätte mir nichts ausgedacht, und erzählte ihm, wie ich einmal morgens an ihre Tür geklopft hatte, um eine Tüte Milch zurückzugeben, und sie hatte nicht von drinnen gerufen: »Komm rein, Sori«, wie sie es sonst tat. Ich hörte sie zur Tür kommen, aber sie trug nicht ihre üblichen gefütterten Hausschuhe, sondern die Schuhe, die sie anzog, wenn sie zur Jaffo-Straße ging. Sie machte die Tür auf, und im Licht des

Treppenhauses sah ich die dünne Puderschicht auf ihrem Gesicht, auch den Scheitel, der diesmal so gerade gezogen war, daß man ihm ansah, welche Sorgfalt dahintersteckte. Sie bat mich nicht herein, aber von der Tür aus sah ich ein Stück des Wohnzimmers und auf dem Teppich die glänzend geputzten Schuhe von Salomon, dem Nachbarn aus dem ersten Stock. Sie standen dicht nebeneinander, auch seine Knie waren aneinandergedrückt, und auf den Knien lagen seine Hände mit den langen Fingern.

»Was oberhalb der Knie war, konnte ich nicht sehen, weil die Wand mir den Blick verdeckte«, sagte ich. »Es roch nach frischem Kaffee, und es war klar, daß deine Mutter gewußt hatte, er würde kommen, und daß sie ihre Vorbereitungen getroffen hatte, um ihn zu empfangen. Sie nahm mir die Milch aus der Hand, schaute zu Boden und hielt ihre Tür so lange auf, bis ich meine hinter mir geschlossen hatte.«

Ein paar Tage später hörte ich ihre Schuhe, die von der Jaffo-Straße, vom ersten Stock herunterkommen, auch das war zu einer Zeit, in der Mario im Krankenhaus Wasserhähne und Wagen aus Nirosta reparierte.

Michael lachte. »Die geriatrische Abteilung in eurem Gebäude spielt ein bißchen verrückt, oder?« Doch sofort wurde er wieder ernst und schnitt sich ein Stück von dem Brot ab. »Ich glaube es nicht«, sagte er. »Dieser Salomon ist bestimmt nur gekommen, um sie um eine Pilzcreme zu bitten oder darum, daß sie ihm einen Knopf annäht. Wenn irgend etwas an diesem Mann sie anrührt, dann ist es nicht seine Männlichkeit, sondern seine Einsamkeit. Sie nimmt ihn unter ihre Fittiche, so wie sie es mit deinem Evjatar auch macht.«

Dafür braucht man aber keinen Puder«, sagte ich.

Er tauchte das Brot in den Salat und grübelte schweigend über das nach, was ich ihm erzählt hatte. Mir war der Appetit vergangen. Es war ein Fehler gewesen, Milkas Vertrauen zu täuschen und sie zu verraten.

Andererseits hatte ich niemandem versprochen, das, was ich zufällig herausbekommen hatte, als Geheimnis zu bewahren. Und ich würde ihm auf keinen Fall erzählen, was sie vor ein paar Tagen zu mir gesagt hatte, als sie sich nicht länger vor mir zurückzuziehen vermochte. Sie war mit einer neuen Frisur aus der Stadt zurückgekommen, mit einem bläulichen Ton in ihren aschgrauen Haaren, und ihre Aufrichtigkeit hielt sie davor zurück, so zu tun, als wäre alles »ganz normal«. Sie brachte einen Teller Blinzes, die sie für Evjatar gebacken hatte, klopfte an unsere Tür und fragte, ob ich ein paar Minuten Zeit hätte.

Ich bat sie ins Wohnzimmer, sie setzte sich in meinen tiefen Sessel, lehnte sich an den abgeschabten Bezug und sagte: »Er ist ein netter Mann.« Ihr war klar, daß ich wußte, um wen es ging.

»Ja, er ist sehr anständig und höflich«, sagte ich.

»Seine Höflichkeit ist nicht von hier, sie stammt aus Polen, dort ist er geboren«, sagte sie. »Nach dem Krieg sind seine Eltern mit ihm nach Argentinien ausgewandert, dort ist er aufgewachsen. Als sie tot waren, hat er das kleine Erbe genommen, das sie ihm hinterlassen haben, und ist nach Israel gekommen.«

»War er nie verheiratet?«

»Nein. Aber er hatte alle möglichen Freundinnen, er weiß, wie man mit einer Frau spricht.«

Milka wollte keinen Kaffee, sie trank in kleinen Schlucken kaltes Wasser, und ein Lichtstreifen, der durch die Zweige der Zypresse ins Zimmer fiel, wirbelte einen bläulichen Nebel in ihren Haaren auf und ließ sie in ihrer Schwerfälligkeit und in ihren Versuchen, die Zeichen der Zeit zu vertuschen, herzergreifend aussehen.

»Ich kenne mich mit Argentiniern aus«, sagte sie. »Auch Mario kommt von dort, aber Mario sagt, nur weil ihn seine Eltern in Argentinien gemacht haben, ist er doch nicht irgend jemandem etwas schuldig, nur weil der einen argentinischen Paß hat. Mario hat was gegen ihn.«

»Vielleicht möchtest du doch eine Tasse Kaffee?« schlug ich vor. Ich fragte nicht weiter nach Salomon, sie würde mir ohnehin nicht mehr sagen, als sie vorhatte zu sagen. Sie stellte das Glas auf den Tisch, legte die Hände auf den Bauch und sagte zum Schluß das, womit sie angefangen hatte: »Aber er ist ein netter Mann.« Sie goß sich noch einmal Wasser ein und fuhr fort: »Ich habe die Blinzes mit Quark und Vanille gefüllt, der Junge ißt das gern.« Sie stand auf, ging zum Küchenfenster und beobachtete Evjatar, der die Blätter der Kürbispflanzen hochbog und die Erde in ihren Pflanzmulden mit seinem Traktor aufgrub.

»Es wird dieses Jahr viele Granatäpfel geben, wir müssen sie rechtzeitig pflücken«, sagte sie und trat vom Fenster weg. Sie kippte die Blinzes in eine Schüssel, nahm ihren Teller mit den Fetträndern und ging. Am nächsten Tag, als ich sie die Treppe herunterkommen sah, war sie nicht verlegen wegen ihrer Jaffo-Straßen-Schuhe, mit langsamen, gemessenen Schritten kam sie weiter die Stufen herunter.

Wenn sie zu ihm hinaufgeht, wird oben ein Fenster geschlossen, und manchmal hängt eine Bahn des violetten Vorhangs heraus, eingeklemmt zwischen Fenster und Fensterstock. Und wenn sie von ihm weggeht, wird das Fenster geöffnet, und der Vorhang bläht sich gegen die Regenrinne.

Doch davon erzählte ich Michael nichts. Er verschlang seinen Salat gierig, ohne besonders darauf zu achten, was er aß. Seine Zähne zermalmten das Grünzeug,und innerhalb kürzester Zeit war sein Teller leer. Dann nagte er die schwarzen Oliven bis auf den Kern ab und sagte: »Ich glaube nicht, daß sie miteinander schlafen, er ist ein gebrochener Mensch, und bei ihr ist der Docht erloschen und kalt.«

Seine Finger zogen Bahnen durch seine Haare und teilten sie, er machte einen weiteren Knopf seines Hemdes auf und goß sich das letzte Wasser aus dem Krug ein. Er hob seine verschwitzte Hand, um der Kellnerin zu winken, und bis sie kam, fragte er: »Und wo ist mein Vater bei dieser ganzen Geschichte?«

»Dein Vater? Bei der Arbeit, er kümmert sich im Krankenhaus um die verstopften Abflüsse.«

Die Hitze öffnete die Poren seiner Gesichtshaut, Schweißtropfen traten aus. Rot und fast häßlich, goß er sich von dem frischen Wasser nach, das die Kellnerin gebracht hatte, und sagte: »Ältere Frauen, bei denen die Sache zu Ende ist, ekeln sich sogar vor einem Paar, das sich auf der Straße küßt, sie empfinden keinerlei nostalgische Gefühle, es ist, als wären sie froh, das Ganze endlich hinter sich zu haben.«

»Woher weißt du das?« fragte ich. »Hörst du dir etwa bei der WIZO Vorträge über die Libido im Seniorenalter an?« Ich erzählte ihm von alten Frauen, die ins Krankenhaus eingewiesen werden und sich die Lippen anmalen, wenn sie vom Flur her die Ärzte hören, ich erzählte ihm sogar von einer Frau, die ihre Beschwerden mit kindlicher Stimme vorbrachte und ihren Kopf mit den dünnen grauen Haaren hin und her bewegte, als erwartete sie, daß sich ihre Haut durch ein Wunder glättete und das junge Mädchen hervorkäme, das sie vor siebzig Jahren gewesen war. Und nachdem der Arzt ihre Brust hochgehoben und das Stethoskop angelegt hatte, bat sie: »Doktor, könnten Sie mir bitte helfen?« und sie drehte ihm ihren mageren Rücken zu, damit er ihr den Büstenhalter zuhakte.

Michael lächelte nicht.

»Du hast recht«, beantwortete ich sein Schweigen. »Wir werden schließlich auch mal alt und kratzen mit den Fingernägeln die Reste von Kraft und Schönheit zusammen, um zu überleben.«

Er schwieg und war weit weg, offenbar hatte er keine Lust, sich auf dieses traurige Gespräch einzulassen, und ich sagte auch nichts mehr. Nach einer Weile goß er sich noch einmal Wasser nach, lächelte und sagte: »An dem Tag, an dem meine Mutter sich aufmacht, um zu ihrem Clint Eastwood zu gehen, wird sie nicht auf den Dachboden gehen müssen, um einen Koffer herunterzuholen. Es wird reichen, daß sie ihre Kleider in eine Waschwanne packt und sechzehn Stufen treppauf geht.«

»Vielleicht braucht man das Bett nicht mehr, wenn man so alt ist«, sagte ich. »Was wissen wir schon, vielleicht hören sie sich nur gegenseitig zu, nachdem sie beide immer nur Stille gehört haben.«

»Wieso denn das?« fragte er, bezahlte bei der Kellnerin die Rechnung und schaute zu, wie ich meinen Mantel anzog und aus Versehen ein Knopfloch übersprang.

»Du hast dich um einen Knopf geirrt«, sagte er, er erhob sich, machte die letzten drei Knöpfe auf und knöpfte sie neu zu.

»Wenn du mir erzählt hättest, daß mein Vater sich von seiner Nachbarin provozieren läßt, dann hätte ich das verstanden, das ist eine ganz andere Geschichte.« Er machte die Knöpfe noch einmal auf und knöpfte sie wieder zu, ohne auf die Leute am Nachbartisch zu achten, die uns neugierig anstarrten. Dann hängte er sich seinen Ledermantel über die Schulter, und wir gingen hinaus. Ich sagte, sein Mantel sei einmal ein Tier gewesen, das von einem Jäger gejagt wurde, aber er lächelte nur und meinte: »Eines ist sicher, in seiner jetzigen Metamorphose leidet es weder unter einem Mangel an Nahrung noch an der Gier nach einem Weibchen.«

Das Eisengeländer war kalt und feucht. Michael machte den Mund weit auf und atmete die kühle Luft ein, er warf seinen Mantel in die Luft und fing ihn wieder auf, er packte mich um die Hüfte und hob mich eine Stufe hinauf, dann nahm er mich an der Hand und rannte, mich hinterherziehend, die Treppe hoch.

Der Wind war stärker geworden, er drang uns in Mund und Nase und ließ uns keuchen. Ich bekam keine Luft, blieb stehen und hustete, er klopfte mir auf den Rücken.

Über uns schwamm der alte Mond eines Monatsendes, er

hing über dem Hinnomtal, es sah aus, als versuchte er, höher zu steigen, und der Davidsturm zeigte ihm den Weg und diente ihm als Krücke.

Wir stiegen in den Toyota, Michael griff mit beiden Händen nach dem Lenkrad, spitzte die Lippen, als wollte er pfeifen, pfiff aber nicht. Die Straßenlaterne malte seine Hände gelblich und erinnerte mich an die Hand, die für einen Moment im Klosterfenster aufgetaucht war und gewinkt hatte, bevor sie wieder verschwunden war.

Die Ampeln hatten ihre Arbeit schon eingestellt, sie blinkten gelb. Es war dunkel in Rehavia, die alten Bäume verdunkelten die Straßen von oben, und die vermoosten abgefallenen Blätter vertieften die Schwärze von unten. Nebel hing über den niedrigen Häusern der Straße und verdeckte die hohen.

Fünfzig Meter vor unserem Haus blieb er stehen und machte den Motor nicht aus.

»Die Prostata meines Vaters zwingt ihn dazu, jede Stunde pinkeln zu gehen, er könnte den Toyota unter dem Badezimmerfenster entdecken«, sagte er, ohne zu lächeln. Eine Minute verging und noch eine, bis er meine Hand nahm, seinen Mund zu den Fingern senkte und ernst und düster die Straße entlangschaute.

Mit ausgeschalteten Scheinwerfern blieb das Auto dort stehen, bis ich die fünfzig Meter bis zum Tor zurückgelegt hatte, und als ich in den Hof trat, glitt das Scheinwerferlicht über die Straße und verschwand.

Die Zypressen lehnten sich an unsere schmalen schwarzen Fenster, Milkas Miniaturzedern glänzten silbrig, auch das Eisengitter zum Schuhabstreifen schimmerte feucht.

Ich hatte zwei Nachrichten auf dem Anrufbeantworter, die erste war von Evjatar. Seine Stimme klang kindlich und klar: »Mama, ich habe beim Trendelspiel gegen Naftali gewonnen.«

Die zweite Nachricht war ebenfalls von Evjatar: »Mama ... Mama? Beim zweiten Spiel hat Naftali gewonnen.« Wieder und wieder hörte ich den Anrufbeantworter ab, vielleicht würde ich seiner Stimme eine weitere Information entnehmen können, dem Tonfall, den Pausen zwischen den Worten.

Hoffentlich hatte Odelia daran gedacht, noch einmal nach den schlafenden Kindern zu schauen, hoffentlich hatte sie seine herausgestreckten nackten Füße bemerkt und sie zugedeckt.

Ich ging ins Bett und hörte, wie Mario seine Wasserspülung betätigte und das Wasser durch die Rohre herunterlief, dann hörte ich, wie er zu seinem Bett zurücktappte, draußen, von den Kürbissen her, war ein abgerissenes Heulen zu hören, eine Tür fiel ins Schloß.

Fünftes Kapitel

Er saß auf den niedrigen Ziegelsteinen und ritzte mit einem gekrümmten Stöckchen Linien in den Sand, den Kopf zwischen den Knien, die Haare so schwarz und glänzend wie die seiner Mutter. Als er keine Lust mehr hatte, zertrat er das Stöckchen, warf mit Kieselsteinen nach den Wassertropfen, die aus dem Hahn fielen, klappte die Knie auseinander und schlug sie zusammen. Er sah mich herauskommen und zur Wäscheleine gehen und hörte nicht auf, mit Steinchen auf die Wassertropfen zu zielen.

»Wie geht es dir, Chaggai?« rief ich ihm von der Wäscheleine aus zu und hängte den Rock auf, den ich bei Odelia getragen hatte.

»Ganz gut.«

»Wie gefällt es dir in Jerusalem?«

»Ganz gut.«

Milka schaute aus dem Küchenfenster und bedeutete mir pantomimisch: Der Junge hat schlechte Laune.

»Wie lange bleibst du hier?«

»Bis meine Mutter und Enrico aus Italien zurückkommen.« Er holte aus und versuchte, die Wassertropfen zu treffen, die vom Wind hergeweht wurden, und ein Sperling pickte mit dem Schnabel in den feuchten Stellen vor dem Wasserhahn.

»Wer ist Enrico?« fragte ich.

»Ihr Freund.«

»Wenn du willst, kannst du zu mir kommen und mit Evjatars Sachen spielen.«

Er hob das Gesicht zu mir, ohne etwas zu sagen. Er kniff die Augen gegen die Sonne zu, dann senkte er den Kopf zu den Knien, als suchte er etwas auf der Erde.

Milka stand am Fenster und machte mir Zeichen mit der Hand: Ja, sprich mit ihm, vielleicht hast du Erfolg. Aber Chaggai gehört nicht zu jenen, denen man nur mitfühlend die Hand auf die Schulter legen muß, um sie mit der Welt zu versöhnen, sein Zorn läßt sich auch nicht mit ein bißchen Geschwätz besänftigen. Seine Laune wird sich, wenn überhaupt, nur bessern, wenn Mario ihm einen alten Schraubenzieher von der Arbeit mitbringt oder wenn er mit dem Stein eine zufällig vorbeikommende Katze trifft, die sich dann jaulend und hinkend verzieht. Das Fenster im ersten Stock war offen, der armselige, weiche Vorhang hing schlaff auf das Fensterbrett, zweimal tauchte Salomon am Fenster auf, schaute in den Garten hinunter und verschwand.

»Kommt er am Schabbat zurück?« fragte Chaggai.

»Wer?«

»Evjatar.«

»Nein, am Schabbat sind wir bei seiner Großmutter im Kibbuz.«

Er rieb einen spitzen Stein an seiner Schuhsohle und wetzte ihn an den Nähten. Er hielt den Stein fest in der Hand und bewegte ihn hin und her, bis die Sohle sich löste.

Michael wird außer dem Unterhalt, den er ihr gibt, auch ein paar Schuhe bezahlen müssen, wenn sie mit ihrem Enrico aus Italien zurückkommt. Der Junge, dem seine Eltern die Familie zerstört haben, sitzt im Sand und wiederholt die Zerrissenheit seiner Welt an seinen Schuhen. Ich betrachtete ihn und dachte an Evjatar, der von Anfang an in eine mangelhafte Welt geboren worden war, einer liegt im Streit mit der Welt, der andere erleidet einen ständigen Mangel. Die Hand, die die Nähte an den Schuhen zerstörte, wurde schneller, das Schulterblatt bewegte sich, der Kopf beugte sich über die Schuhe, und die Haare hüpften. Ich betrachtete den Flaum auf seinen Schultern, der von der Sonne vergoldet wurde, und die geröteten Ohren, und beherrschte mich, um ihn nicht zu berühren, und ich fragte mich, was schlimmer war, wenn man vom Vater getrennt wurde oder von vornherein keinen hatte. Ich trat zu ihm, bis mein Schatten auf seine Beine fiel.

»Ich koche mir jetzt einen Kaffee«, sagte ich. »Wenn du Lust hast, bist du eingeladen.« Ich kippte das Wasser, das in der Wanne zurückgeblieben war, über die Kürbisse. Erfreut darüber, daß ich ihm den Kaffee von Erwachsenen angeboten hatte, hörte er auf, seinen Schuh mit dem Stein zu bearbeiten. Er erhob sich, klopfte sich den Sand aus den Kleidern und folgte mir.

Ich stellte ihm eine ebenso große Tasse hin wie mir und tat auch die gleiche Menge Pulverkaffee hinein. Er süßte ihn mit zwei vollen Löffelchen Zucker, hob die heiße Tasse und stellte sie sofort wieder auf den Tisch, hielt seine Finger gegen das Licht, ob Brandwunden zu sehen waren, und blies sie an. Sehr, sehr vorsichtig berührte er das Porzellan, trank einen kleinen Schluck, verzog das Gesicht und nahm noch einen Löffel Zucker. Ich bot ihm keinen Kakao an, auch kein Coca-Cola, ich sagte auch nicht: Wenn er dir nicht schmeckt, laß ihn einfach stehen. Denn mehr als alles andere wollte er groß sein, dafür würde er den Kaffee bis auf den letzten Tropfen trinken, selbst wenn er hinterher zur Toilette rennen und die Bitterkeit erbrechen würde. Er wußte, daß das richtige Leben dann anfängt, wenn man sich rasiert und bitteren Kaffee trinkt. Wie groß die Spanne ist, die ihn noch vom richtigen Leben trennt, ist an der Rückwand des Hauses zu sehen, wo Mario seine Größe mit einem Bleistift anzeichnet. Dort zieht er seine Schuhe aus und reckt sich, und Mario legt ein Dreieck an Kopf und Wand und markiert mit einem Strich seine Größe. Und damit sich Chaggai die Größe durch Ehrlichkeit verdient und sich nicht auf die Zehenspitzen stellt, nimmt auch Mario die Wahrheit sehr ernst und hält sich an genaue Angaben: »Ein halber Zentimeter«, oder »zwei Millimeter«, oder »kein Unterschied, was ist los, hast du diese Woche nichts gegessen?« Und Chaggai hört es und häuft sich seinen Teller voller Pasta, kippt Soße darüber und sagt: »Großvater, morgen mußt du mich noch mal messen.«

Mario lacht dann und sagt: »Gut, am besten stellen wir den Teller mit Pasta auf deinen Kopf und messen dich gleich.«

Chaggai kämpfte mit dem Kaffee und trank ihn, als wäre er eine Medizin, er saß mir gegenüber, auf Evjatars Stuhl, und seine Schultern, kräftiger als Evjatars, waren so breit wie die Lehne.

»Was willst du während der Zeit machen, die du hier verbringst?« fragte ich.

»Ich gehe mit Großvater ins Kino, in einen Film über richtige Verbrecher.« Er zerbrach einen Keks und hob die Krümel auf. Seine Finger waren wie Michaels, er hatte auch die langen, geraden Unterarme seines Vaters geerbt. Er pickte die Krümel mit den Fingerspitzen auf und leckte sie ab, dann nahm er wieder einen Schluck, aber er hatte die Tasse noch nicht einmal halb geleert.

»Der Kaffee ist nicht mehr frisch«, sagte ich und schob meine Tasse von mir weg.

Mit den Fingerspitzen schob er seine Tasse in die Mitte des Tischs, ohne zu zeigen, wie erleichtert er sich fühlte.

»Ich werde jetzt Kartoffeln schälen, du kannst mir helfen oder mit Evjatars Sachen spielen«, schlug ich vor.

Diesmal riskierte er nichts, er ging zu Evjatars Zimmer und spielte mit kleinen Metallautos, er fuhr mit ihnen herum und stieß Motorgeräusche aus, er hupte und bremste quietschend. Ich hätte ihn über seine Mutter ausfragen können, über Enrico und seinen Vater, aber ich beherrschte mich. Vielleicht wird es mir jemand vergelten und Evjatar vor einem neugierigen Erwachsenen schützen, vielleicht passiert aber auch das Gegenteil, und meine Sünden werden sorgsam registriert, meine guten Taten aber bekommt die Welt umsonst? Während ich noch über den Lauf der Welt nachgrübelte, rief Michael an und wunderte sich überhaupt nicht, daß sein Sohn bei mir war.

»Wir haben den gleichen Geschmack«, sagte er. »Er ißt Omelett mit Knoblauch genauso gern wie ich.«

»Willst du mit ihm sprechen?«

Chaggai rannte zum Telephon, er bewegte einen Betonmischer über die Wand, hörte Michael zu und sagte dann: »Also wann, ich will nicht am Schabbat, du sollst am Schabbat kommen, mir ist langweilig.«

Er hielt den Betonmischer an und stampfte mit dem Fuß auf. »Nein, ich will nicht, Mama hat es gesagt, ja, wirklich, sie hat es gesagt.«

Ich ließ sie allein und ging hinaus, um den Saum des Rocks, den ich aufgehängt hatte, auszudrücken, und als ich zurückkam, hatte Chaggai schon aufgelegt. Er sammelte die Autos ein, legte sie in eine Schublade und sagte: »Ich gehe«, dann machte er unsere Tür auf. Ich hörte, wie er Milkas Tür aufriß und sie hinter sich zuknallte. Sein Weinen drang aus ihrem Küchenfenster zu meinem, auch Marios beherrschte Worte drangen von einer Küche in die andere, ebenso Lachen und Schimpfen und Überredungsversuche, bis das Weinen aufhörte und nur noch Milkas Husten zu hören war und daß jemand sich die Nase putzte.

Am Schabbat, als der Volvo-Kombi vor dem Haus hielt, saß Chaggai auf dem Betonrand des Entwässerungslochs und sah, wie Evjatar mit seinem Rucksack und der gehäkelten Kipa durch das Tor kam.

»Bist du fromm geworden?« fragte er kichernd, stand auf und schob die Hand zwischen Evjatars Haare und die Kipa, die sich von der Klammer löste, herunterfiel und auf einer Miniaturzeder landete. Evjatar bückte sich mit dem Rucksack auf dem Rücken und hob sie auf, und Chaggai riß sie ihm aus der Hand und warf sie in die Luft, als wäre sie eine Diskusscheibe. Die Kipa taumelte über den Rasen, er rannte lachend hinter ihr her, bis er Nachum sah, der ihn beobachtete, sein Lachen verzerrte sich und wurde zu einem verlegenen Kichern. Dann setzte er sich wieder auf den Betonrand und schwieg.

Nachum hob die Kipa auf, blies den Schmutz weg und hielt sie Evjatar hin, und Evjatar packte sie und sagte: »Du Dummkopf« zu Chaggai, dann ging er ins Haus, und Chaggai folgte ihm.

Nachum trank seine Coca-Cola und sagte, ich solle im Kibbuz einen schönen Gruß sagen. Bevor er ging, kontrollierte er noch den Öl- und Wasserstand von meinem Fiat. Zu Evjatar sagte er: »Es war schön mit dir«, er umarmte ihn und strich ihm über den unbedeckten Kopf, und während der ganzen Zeit, bis er ging, wandte Chaggai den Blick nicht von seiner Waffe.

»Dein Onkel hat einen richtigen Revolver«, sagte er. »Wenn ich groß bin, will ich auch einen haben.«

»Und wen willst du umbringen?« fragte Evjatar.

»Räuber und Verbrecher. Bestimmt kaufe ich mir so einen, warte, ich frage meinen Großvater, wieviel Geld so ein Revolver kostet.«

Endlich hatte Evjatar einen Moment Ruhe vor der Autorität Naftalis und vor der Männlichkeit Chaggais, er drückte seinen Kopf in meinen Schoß und stupste seine Lippen an meine Hand wie ein junger Hund.

»Odelia hat einen dickeren Bauch als du, deswegen haben sie so viele Babys.«

»Und weil sie Nachum hat«, sagte ich und bedauerte es sofort. Wozu etwas wecken, das von selbst aufwachen würde, wenn die Zeit gekommen war?

»Vielleicht ist Nachum damit einverstanden, für eine Weile dir zu gehören, dann könnten wir auch noch Kinder bekommen.« Er bog die Schultern zurück, schaute mich von unten an, um zu sehen, wie ich auf seinen Vorschlag reagierte.

»Nachum gehört nur Odelia, bei uns gibt es das nicht, daß ein Mann zwei Frauen hat.«

»Stimmt nicht«, rief er, und sein Kopf drückte sich gegen meinen Bauch. »Nachum hat von Abraham Avinu erzählt, der hatte Sara und Hagar, und auch Jakob hatte zwei Frauen.«

Er zupfte am Saum meines Pullovers und sagte: »Klar, daß es so was gibt.« Als ich ihm erklärt hatte, daß es früher so gewesen war, heute aber jeder Mann nur eine Frau habe, sagte er: »Schade« – und betrachtete im Küchenfenster meinen Rock, der für einen Moment vom Wind hochgeweht wurde, bevor er wieder hinuntersank. Sein Kopf drückte sich an meinen Bauch, und ich spürte ein Zittern in den Hüften. Was wäre, wenn meine Schwester mir ihren Mann überließe? Wie würden sich die roten, krausen Haare anfühlen, die in Nachums Nacken wuchsen, auf der Brust und an Stellen unterhalb der Brust, und wie weich war der kleine Bauch, der sich über seinem Gürtel wölbte, wie schmeckte sein Speichel, sein Schweiß? Und was war mit seinen Händen, die daran gewöhnt waren, Odelias schwere Glieder zu halten, wie würden sie einen knochigen Rücken und mittelgroße Brüste berühren, wie ich sie habe, und einen Körper, der weder vollendet noch deformiert ist, ein Körper, der nichts von dem hat, an das er gewöhnt ist, und auch nichts, vor dem man unwillkürlich zurückweicht?

»Das ist nicht fair«, sagte Evjatar und stellte sich auf die Zehenspitzen, um den Wiedehopf zu sehen, der sich auf der Wäsche niedergelassen hatte und seine Flügel über meinem Rock ausbreitete. »Sie haben einen Vater und viele Geschwister und wir gar nichts.«

Er befreite sich aus meiner Umarmung und stieg auf einen Stuhl, um den Wiedehopf zu beobachten, der seine Krone aufgerichtet hatte und einen dünnen Fuß auf der Wäscheleine hochzog, bis sich der Rock aufbauschte und ihn erschreckte. Er flog zum Wasserhahn und pickte dort, den Kopf zum Wasser gebogen, ein paar Tropfen auf.

»Auch wenn es heute so was nicht mehr gibt«, sagte er, »sie könnte dir doch trotzdem Nachum für eine Weile ausleihen, oder? Odelia ist doch immer mit allem einverstanden, Nachum kann in deinem Zimmer schlafen, dein Bett ist breit genug, Naftali hat mir schon alles erklärt, ich weiß genau, wie man ein Baby macht, das ist überhaupt kein Problem, du mußt nur mehr essen, weil dein Bauch zu dünn ist, du hast nicht genug Platz für ein Baby.«

Chaggai kam zurück und rettete mich vor dem Ende des Gesprächs. Ich nahm das Thema auch nicht mehr auf, als Evjatar und ich allein waren, im Fiat, auf dem Weg zum Kibbuz.

Während des ganzen Wegs fuhr Evjatar mit seinen kleinen Autos auf dem Rücksitz herum und erzählte mir, was er mit Odelias Kindern erlebt hatte, er sagte mir die Segenssprüche auf, die er gelernt hatte, für den Genuß von Brot, fürs Händewaschen und für das Anzünden der Chanukkakerzen, und auch das Gebet vor dem Schlafengehen. Am Abend wiederholte er alles vor meiner Mutter und wiegte sich dabei vor und zurück, und sie lächelte säuerlich und sagte: »Was für eine schnelle Auffassungsgabe er hat, aber was soll man machen, ein Kind blickt die Stirn seiner Mutter an und beschließt, ob es Gott preisen oder verachten soll.«

Ich sagte, Gott sei ziemlich schlecht dran, wenn er von den Stirnen der Mütter abhinge, und sie antwortete: »Fang nicht damit an, Sori, wir haben einen Schabbat vor uns. Komm, verderben wir ihn uns nicht mit solchen Streitereien.«

Über zwanzig Jahre war es nun her, über die Hälfte meines Lebens, und sie hatte sich immer noch nicht damit abgefunden. Als ich den Kibbuz verließ, habe ich zugleich das Joch Gottes zurückgelassen. Die Schuld dafür gab sie sich selbst und dem Kibbuz, doch die Trauer trug sie allein, nie hatte sie versucht, mich zu überreden, zur Religion zurückzukehren, denn ein Fohlen, das durch das Gatter gebrochen war, ließ sich nicht überreden. Ihr Kummer war groß und drückend, und auch Odelias doppelte Frömmigkeit brachte ihr keinen Trost.

Eine Woge aus weißen Hemden strömte aus der Synagogentür und kam uns entgegen, als wir abends zum Speisesaal gingen. Wer mich im Licht der Straßenlaterne erkannte, drückte meine Hand und fragte, wie es mir gehe, ob ich noch im Krankenhaus arbeite und wie alt der Junge sei.

Näher kam der Frager dem Gefragten nicht, und schon tauchte der nächste Frager auf und erlöste den Gefragten aus der Verlegenheit dieser Fragen, schlug mit der Hand nach einer Schnake, die vom Licht angelockt wurde, und fragte, wie es mir gehe. Später, im Neonlicht des Speisesaals, werden sie feststellen, ob ich zu- oder abgenommen habe, ob es mir gutgeht oder schlecht, und sie werden ihr Urteil über mein Glück fällen. Wenn ich einen Einfluß auf dieses Urteil nehmen möchte, muß ich vermeiden, schwarze oder braune Kleidung zu tragen, auch keine karierten oder gestreiften Sachen, denn die würden mich älter aussehen lassen und zeigen, daß mir ein einsames Alter bevorstand. Ich muß etwas Rotes oder Lilafarbenes tragen, damit meine Wangen röter wirken und ich blühend aussehe.

Evjatar ging zwischen mir und meiner Mutter, er hielt den Blick auf die roten Steine gesenkt, mit denen der Weg zum Speisesaal gepflastert war. Selbst als Gerschon aus Odelias Klasse kam, mit der Hand Evjatars Kinn anhob und ihn prüfend betrachtete, reagierte er nicht. Auch Gerschon fragte, wie es mir gehe und wie das Leben in Jerusalem sei, und nach ihm kam Schula, meine ehemalige Betreuerin, die in ein Kleid aus grobem schwarzem Leinen gepreßt war und älter und dicker aussah, als sie war. »Ich erinnere mich noch, was für Zöpfe du hattest, als du so klein warst wie er«, sagte sie, und ich versuchte, mich an meine Zöpfe zu erinnern, doch ich sah nur Odelias dicke Zöpfe vor mir.

»Weißt du, daß ich die Betreuerin von deiner Mama war?« fragte sie. Evjatar sagte nichts, er hob den Kopf, um die Schleiereule zu betrachten, die in der Krone des Feigenbaums hockte, aber Schula beugte sich über ihn, und ihre wirren, grauen Haare verdeckten ihm den Himmel.

Wir gingen in einer Schlange zum Speisesaal, der trockene Arm meiner Mutter rieb an meinem rechten Arm, und Evjatars kleine Hand ruhte in meiner Linken.

Über sechs Jahre war es her, daß ich mit einem dicken Bauch hier aufgetaucht war und die Ordnung der Welt durcheinandergebracht hatte. Manche fragten erstaunt: »Sie . . . Ist sie schwanger?«, und andere, die Bescheid wußten, antworteten: »Ja, sie ist schwanger! So ist es, das Schicksal eines Menschen liegt in Gottes Hand.« Kochawa aus Odelias Gruppe sagte: »Alle Achtung!« Und Schosch, die schon über fünfzig war, betrachtete meinen Bauch durch ihre Brillengläser und sagte: »Schade, daß ich nicht rechtzeitig Verstand genug hatte.« Die Einsamkeit hatte ihr schon tiefe Falten von den Mundwinkeln zum Kinn gezogen. Niemand verzichtete darauf, seine Meinung zu meiner Schwangerschaft zu verkünden, aber sogar die Konservativsten zeigten mir gegenüber eine gewisse Toleranz: Unverheiratet und kinderlos, wer darf sie verurteilen?

Männer, die mit mir in der Klasse gewesen waren, fragten, wie es mir gehe, und wagten es nicht, ihre Blicke tiefer als bis zu meinem Hals sinken zu lassen, nur Schlomi starrte auf meine Brüste und meinen Bauch und fragte: »Du entwickelst dich immer noch, was?« Jahrelang hatte er mir den Hof gemacht, auch als er schon mit Ilana verheiratet war, rief er mich im Schwesternheim an: »Ich bin in der Stadt aufgehalten worden, kannst du mir vielleicht einen Platz zum Schlafen organisieren?« Manchmal kam er ohne Ankündigung zu mir, zog seine Sandalen aus, setzte sich auf mein Bett, knackte Kürbiskerne und schaute mich an, in der Hoffnung, ich würde ihn erhören. Ein einziges Mal schloß er die Zimmertür zu, legte die Arme um mich und preßte sich an mich. »Hau ab, Schlomi!« rief ich, riß mich los und warf seine Sandalen aus meinem Fenster im sechsten Stock nach unten. Die Sandalen versanken in den Disteln, die das Schwesternheim umgaben und die am Ende jenes Sommers verbrannt wurden.

Jetzt ging er mit Ilana in der Reihe, sie hatte sich bei ihm eingehängt: kurze, weiße Finger mit durchsichtigen Fingernägeln, die Hand einer Frau, die in der Kleiderkammer Knöpfe annäht.

Wir gingen hinter ihnen und achteten auf den korrekten Abstand zwischen ihren Schuhen und unseren und mußten mit niemandem sprechen. Drinnen, im Licht, werde ich keine Wahl haben: Man wird mich fragen, ich werde antworten und mich gezwungen fühlen, meinerseits Fragen zu stellen und auf das zu reagieren, was man mir antworten wird. Erst als wir die Becken zum Händewaschen erreicht hatten, entdeckte Schlomi mich, erst dort sah er mich, als er in den großen Spiegel schaute, und streckte mir die Hand entgegen. Er hielt seinen Blick nicht zurück, er war gewöhnt, den Frauen, mit denen er sprach, auf die Blusenknöpfe zu schauen. Nach ein paar nichtssagenden Worten betraten wir den großen Speisesaal, und ich wußte, daß jetzt auf jeder der blassen Rosen, die auf mein Kleid gedruckt waren, Blicke ruhten.

Meine Mutter führte uns zum Tisch mit dem kinderlosen Ehepaar Neumann. Sie schaute sich um, dann holte sie eingelegtes Gemüse und Brötchen und zählte Evjatar alles auf, was die Küche zu bieten hatte. »Willst du Pfannkuchen? Eine Frikadelle? Fischstäbchen? Eine Bratwurst?« Bis jemand auf die Holztür schlug und alle aufstanden. Jemand sagte »Ruhe«, und Nachman aus der Schlosserei sprach den Segen über den Wein.

Nach dem Essen reihten wir uns wieder in die Schlange ein und wurden von ihr verschluckt, in den Feigenbäumen raschelten Nachtvögel, Evjatar hielt meine Hand fest, er schaute hinauf zu den Bäumen, und Mondlicht fiel auf sein Gesicht. Als wir in der Wohnung meiner Mutter angelangt waren, half sie ihm aus dem Mantel und sagte: »Komm, ich bringe dir Schachspielen bei.« Sie stellte die weißen Figuren vor ihn auf das Brett und erklärte ihm, daß die Bauern weniger wert waren als der König. Er stützte das Kinn in die Hand und interessierte sich vor allem für das Schicksal der Pferde. Ich saß neben ihnen, aber das Schicksal des Königs und seines Gefolges interessierte mich weniger als Ilanas weiße Hand auf Schlomis Arm.

Zwei und zwei, männlich und weiblich, Mann und Frau, auch Evjatar hatte bereits herausgefunden, daß die Welt in Paare aufgeteilt war, so hatte Noah sie in seine Arche gebracht, Mann und Frau, männlich und weiblich. Wenn ich es wirklich wollte, könnte ich meinem Kind eine geordnete Welt bieten: Ich könnte zum Beispiel Alex heiraten und es noch schaffen, ihm den ersehnten Bruder oder die ersehnte Schwester zu schenken. Dann könnte auch ich mich bei dem Mann einhängen, der neben mir geht, und mit ihm ein Paar bilden. Evjatar wird mal zu meiner Rechten hüpfen, mal zu seiner Linken, und alle Menschen, die uns begegneten, würden lächeln, und wenn sie meinen Bauch sähen, würde ihr Lächeln noch breiter werden.

Warum eigentlich nicht? Wer sagt denn, daß alle Männer, die jetzt hier im Kibbuz über ihren Zeitungen einschlafen oder Tee trinken oder rülpsen, daß man die Hühnersuppe riecht, genau die Prinzen sind, auf die ihre Frauen in ihren Träumen gewartet haben? Die Frauen haben einfach rechtzeitig kapiert, daß die Welt eine Arche Noah ist, und wenn man sich zwischen Sintflut oder einem Kompromiß entscheiden mußte, haben sie sich für den Kompromiß entschieden. Und wer sagt denn, daß alle Frauen, die ihre geschwollenen Beine jetzt auf den Hocker stellen, den man ihnen in der Schreinerei gemacht hat, und Pistazien essen und nicht die Kalorien zählen, genau die Prinzessinnen sind, von denen ihre Männer geträumt hatten? Was unterscheidet mich denn von ihnen? Nichts. Kaum etwas. Und ich benehme mich, als verdiente ich ein anderes Schicksal, als hätte ich unter all den Männern, die ich kennengelernt habe, nie den Einen gefunden. Sechs Jahre hatte ich mit keinem Mann geschlafen, ich hatte es schon vergessen, bis Michael kam und mich daran erinnerte. Aber Michael ist nicht geeignet für die Arche, auch nicht für das Gesetz des Zwei und Zwei, von der sie beherrscht wird.

Ein Bauer, der vom Feld genommen worden war, fiel um, Evjatar stellte ihn wieder auf, in eine Reihe mit den anderen Gefallenen, da hörte er dumpfe Schläge hinter sich.

Generationen von riesigen Nachtfaltern prallen gegen das Fliegengitter vor dem Fenster, und er fürchtet sich vor den armseligen Feinden, die seinen König und seine Königin angreifen.

»Safta, ist das Fenster zu?«

»Natürlich ist das Fenster zu, es hat nur drei Grad draußen, frierst du?«

»Nein, ich friere nicht«, sagte er und hörte einen Flügel flattern und einen blassen Kopf gegen das Gitter schlagen.

»Mama, schau bitte nach, ob das Fenster wirklich zu ist, ich will nicht, daß sie reinkommen.«

»Hier, das Pferd darf zwei Felder vorwärts und eins seitwärts springen.« Meine Mutter brachte ihm die Zugmöglichkeiten der verschiedenen Figuren bei. Ich betrachtete das Brett und überlegte, warum ausgerechnet der König, der doch mehr wert ist als alle anderen, nur so kurze Schritte machen darf. So viele Aufpasser hat der König, und seine Freiheit besteht nur in einem Umkreis von einem Feld. Das Brett ist wie das Leben: In der Schabbatzeitung ist ein Bild des Ministerpräsidenten und seiner Frau, sie sitzen am Strand und werden von fünf bewaffneten Männern umringt, die ihnen nur fünf schmale Sichtspalten zum Meer freilassen, und fünf Sonnenbrillen mit dunklen, geschliffenen Gläsern sehen aus unmittelbarer Nähe die rasierten Beine der Ehefrau und die Schweißtropfen unter ihren Achseln.

Schlomi knackt jetzt Kürbiskerne, und Ilana wischt mit ihren weißen Händen die Schalen zusammen. Ihre guten Tage sind von Jahresbeginn an im Kalender angestrichen, und sie sind darauf vorbereitet, sich an den Festen zu freuen, die Moses am Berg Sinai genannt worden sind, dazu an den Feiertagen des Kibbuz, an den Jahrestagen der Firma, an der Bar Mizwa ihres Sohnes und an ihrem Hochzeitstag, alles vorauszusehen und alles zu seiner Zeit.

Meine Mutter bohrte mit einem Zahnstocher in den Zähnen und schlug vor, wir sollten Tee trinken, und während sie Evjatars weißen Turm über das Brett zog und ihr schwarzes Pferd schlug, ging ich in die Küche. Alles war wie immer, die Gläser mit den eingravierten Ähren, der Samowar mit den eingedellten Metallfüßen, die dicke Schweißnaht am Wasserhahn.

Das Budget meiner Mutter sammelt sich auf ihrem Konto an, und sie hebt nur sparsam etwas ab, um das Leben der Dinge zu verlängern, die ihr dienen. Nun, da die Ideologie im Schwinden ist, bleibt ihr nur noch die Askese und die Armut, die sie zu einem Wert erhoben hat.

Ich gab Teebeutel in die Gläser und bewegte sie am Faden auf und ab, und die Gedanken an Askese brachten mich zu der Schnur, mit der Schmuel Ostrows Tasche zugebunden war, die Tasche, die seine geistige Nahrung enthielt, und Schmuel Ostrow löste die Knoten und achtete nicht darauf, daß Fischman und Taufik grinsten, so daß man ihre Zähne sah. Auch Ostrow trauert an den Trauertagen, die im Kalender vorgegeben sind, aber er hat noch eigene Leiden, die nicht geschrieben stehen, und vielleicht hat er sogar überraschende Freudentage. Doch Ostrow gehört nicht hierher, ich war schließlich hergekommen, um mich vom Krankenhaus mit all seinen Patienten zu erholen. Trotzdem hatte Schmuel Ostrow im Traum mit mir geschlafen und gesagt: Komm, denn morgen werden wir sterben, und als ich aufwachte, waren da die Panik und Scherben der Lust.

Die Nachtfalter hörten nicht auf, mit ihren Köpfen gegen das Gitter zu prallen, und Evjatar las schon mit meiner Mutter das Gebet vor dem Schlafengehen. Sie erklärte ihm, was das bedeutete, »mögen sie sich mitten im Land wie Fische vermehren«, und versprach, morgen mit ihm zu den Fischteichen zu gehen. Er rieb sich die Augen und starrte hinüber zu seinem König, der allein auf dem Schachbrett stand und nur noch von einem armseligen weißen Bauern bewacht wurde. Draußen spannten die Nachtfalter ihre Flügel und flogen gegen die Rolläden, durch deren Ritzen Licht fiel, und Evjatar zog sich die Decke bis über die Ohren und schlief ein, und im Schlaf stieß er aus: »Naftali, nein, Naftali, nein.«

Meine Mutter beugte sich über ihn, in ihrem grünen Flanellnachthemd, und betrachtete seine murmelnden Lippen. »Wie sehr dieser Junge an seinem Cousin hängt«, sagte sie. »Siehst du jetzt, daß man letztlich niemanden hat als die Familie? Hoffentlich bleibt eure schwesterliche Beziehung so, wie sie ist, obwohl ihr doch so verschieden seid.« Sie nahm eine Schlaftablette, deutete auf die Schabbatuhr, derzufolge das Licht gleich ausgehen würde, und sagte: »So ist es. Was gibt es außer der Familie? Nichts, gar nichts.« Sie ging in ihr Zimmer, und ich hörte, wie die Bettfedern unter ihrem Gewicht knarrten.

Ich legte mich auf das Lager, das sie mir auf dem aufgeklappten Sofa hergerichtet hatte, tastete nach Evjatars warmer, schlaffer Hand und hielt sie fest.

Ich träumte von Fischen und plätscherndem Wasser, bis der Druck meiner vollen Blase mich weckte. Barfuß ging ich zur Toilette, aus dem Zimmer meiner Mutter drang leichtes

Schnarchen, Frösche quakten im Bewässerungskanal, Schreckschüsse vertrieben die Vögel von den Fischteichen, und die fluoreszierenden Zeiger der Uhr vertilgten die Zeit, Stück für Stück.

Ein paar Meter vor seinem Kindergarten zog Evjatar seine Hand aus meiner. Er drehte die Riemen seiner Vespertasche um das Handgelenk, stieß mit dem Ellenbogen gegen das Tor, aber es gab nicht nach, erst als er es mit seinen schweren Winterschuhen auftrat. Er ging langsam hinein, blinzelte gegen die Sonne, die über den Dachrand stieß. Acht Tage lang war er nicht hier gewesen, und auf den Fliesen zwischen den Torpfosten kauerte die bekannte Routine. Als er sich die Füße auf der Kokosmatte abtrat, hob er die Hand zum Abschied, er winkte mir nicht zu und senkte die Hand nicht, er breitete seine Finger nicht aus und machte keine Faust, es war, als hätte er mitten in der Bewegung innegehalten.

Auf dem Heimweg kaufte ich beim Gemüsehändler Maiskolben, die ich ihm zum Mittagessen kochen wollte. Im Lebensmittelgeschäft kaufte ich zwei gelbe Milchpuddings, die am Gaumen zerschmelzen. Meine Mutter sagt immer, diese Leckerbissen verursachen einen doppelten Schaden: Sie zerstören sowohl die Zähne als auch die Persönlichkeit. Sie weiß nicht, daß diese Leckerbissen mit Vanillegeschmack die Fähigkeit besitzen, den Eintritt ins Haus zu versüßen. Ich ging die Narzissen-Straße hinunter, es war ein heller Wintertag, die Sonne war fern, kalt und hochmütig, der Horizont von einem blassen Blau. Ich weiß mit absoluter Gewißheit, daß Evjatars Augen jetzt traurig sind. Er baut einen Traktor aus Legosteinen und erzählt jemandem von Naftali, und plötzlich wird mir klar, daß diesem Jungen die Traurigkeit vorbestimmt ist. Wie naiv war ich gewesen, als ich dachte, für sein Glück sorgen zu können, wer kann schon für das Glück eines Kindes sorgen? Wer kann denn wissen, wie dick die Schutzschicht über den Nerven seines Kindes sein wird? Als ich zu Hause ankam, blieb ich bei der Pappel stehen, die ihre Zweige in unseren Garten hängen ließ.

Sie stand da, nackt, aufrecht und abgesondert, mit weißer, glänzender Rinde.

»Schau dir dieses Blatt an«, hatte ich am Ende des Sommers zu Evjatar gesagt und auf ein Blatt gedeutet, das sich im Wind bewegte. Evjatar hatte gleichgültig zugeschaut, wie es sich im Wind drehte. Ich hatte keine Ahnung, warum es sich ganz allein im Wind bewegte, ob es daran lag, in welchem Winkel es am Zweig angewachsen war oder ob es einfach anders beschaffen war. Evjatar lernte, es zu erkennen, und betrachtete es jeden Tag, und als die Pappel anfing, ihre Blätter abzuwerfen, fragte er, wann es wohl an der Reihe sein würde. Ich hatte angenommen, es würde zu den ersten gehören, die fielen, aber ich irrte mich, der Wind ließ es am Zweig hängen.

Wir sahen nicht, wann es wirklich abfiel und wohin der Wind es trug. Eines Tages ging Evjatar zum Fenster und rief: »Es ist weg!« Er lief hinaus, um es unter den ans Geländer gewehten Blättern zu suchen, er bückte sich und wühlte in ihnen herum.

»Vielleicht ist es das da«, sagte ich und deutete auf ein Blatt, das auf den Gehweg gefallen war. Es war trocken und rissig, mit verzweigten Adern wie ein Spitzengeflecht, eine eingeritzte Karte der Winde, die es getroffen hatten.

Die Maiskolben wurden weich in dem sprudelnden Wasser, warme Luft drang aus der Küche und breitete sich im Garten aus. Die doppelten Laken, die Milka zum Trocknen aufgehängt hatte, hingen schwer und gespannt bis aufs Gras herunter, Salomons violetter Vorhang schwang leicht gegen die Regenrinne, ohne sich aufzublähen. Es war ruhig, die Existenz der Vorhänge, des Grases und der Laken war selbstverständlich, auch die der Glasscherben, die im Gras glitzerten, und der zerquetschten Kürbisblätter, die sich an den Zaun drängten.

Ich kochte zum ersten Mal Mais, seit Evjatar zwei Schneidezähne ausgefallen waren, und er roch es schon an der Tür. Er kam herein und betrachtete die gelben Maiskolben im Topf, aus dem Dampf zur Decke hochstieg. Als der Mais auf seinem Teller lag, berührte er ihn, um zu prüfen, wie heiß er war, dann streute er Salz darüber und schlug seine spitzen Milchzähne hinein. Nach ein paar Bissen legte er den Kolben mit den kahlen Stellen, die er inzwischen bekommen hatte, zurück und sagte: »Genug.« Er verzog den Mund und zeigte sein rotes, geschwollenes Zahnfleisch. Er ging zum Fenster, legte seine Unterarme auf das Fensterbrett und sagte: »Wir müssen schon die Bäume beschneiden«, dabei deutete er auf die Zypressen, an denen harte, noch unreife Zapfen gewachsen waren.

Er hatte die Stirn an das Fliegengitter gedrückt, die Finger seiner rechten Hand berührten die Finger seiner linken, und als ich seine Handgelenke betrachtete, die so traurig auf dem Fensterbrett lagen, zog er die Hände zurück, um sich Legosteine aus dem Haufen zu suchen, und der Kummer folgte ihm vom Fenster bis zum Teppich.

Am Nachmittag saß eine neue Patientin im Rollstuhl vor dem Aufnahmeraum, ihr Mann stand daneben und beugte sich über den Griff. Ich bezog das Bett, das für sie bestimmt war, als ich zum Telephon gerufen wurde.

»Der Junge ist nicht in Ordnung«, sagte Milka. »Er hat Kopfweh. Ich habe ihm eine Tablette gegeben, aber ... Wir machen, was du sagst, du bist die Mutter und du bist Krankenschwester.«

»Laß die Tablette erst mal wirken«, schlug ich vor und fühlte mich aus irgendeinem Grund erleichtert, als ich hörte, daß er auch Fieber hatte. Bestimmt war es ein Infekt, ein Virus, dagegen konnte man etwas machen. Alles war mir recht, nur nicht diese Traurigkeit, die sich nicht einordnen ließ.

Die neue Patientin bat, ich solle das Kopfteil des Bettes höher stellen, und fragte, wann es Abendessen gebe, und ihr Mann zog die Augenbrauen zusammen und sagte ernst: »Ganz salzlos, Schwester, sie darf kein Salz essen.« Als ob diese durchsichtigen Körner, die den faden Geschmack der Suppe vertreiben, den Keim zur Katastrophe bergen würden.

»All ihre Probleme rühren nur daher, daß sie nicht auf das Salz aufgepaßt hat.«

»Doch, ich habe aufgepaßt, nur einmal . . .«

»Nein, hast du nicht«, sagte er und drückte seine Fäuste auf die Lehne des Rollstuhls, der nun leer war. »Wenn du aufgepaßt hättest, wäre dieses ganze Durcheinander jetzt nicht nötig gewesen.«

»Ich habe dir doch gesagt, daß ich aufgepaßt habe«, sagte sie, und ihr Gesicht verzog sich zum Weinen.

Nicht alle sind wie Schmuel Ostrow, dachte ich. Es gibt Leute, die einen Krankenhauspyjama anziehen und damit alle Hemmungen abwerfen, es ist ihnen egal, ob eine Schwester sie bei Peinlichkeiten beobachtet, sie sieht ja ohnehin die Ausscheidungen, was macht es da schon aus, ob diese körperlicher oder seelischer Natur sind.

»Ich kenne dich sehr gut, ich weiß, daß du dieses Tamtam liebst, und deswegen ißt du Salz, und schwupps! hast du hohen Blutdruck und Schmerzen in der Brust. Tun Sie mir einen Gefallen, Schwester, nur salzloses Essen.«

Es war ihnen anzumerken, daß sie diese Diskussion um das Salz schon oft genug geführt hatten, daß sie es zu Pulver zerrieben hatten, daß sie seiner längst überdrüssig waren und es losgelassen hatten, nur die Anwesenheit einer medizinischen Autorität blies dem Ärger wieder Leben ein, ballte das salzige Pulver zu Brocken und gab ihm seine Existenz als Wurzel allen Übels zurück.

Es dauerte keine Stunde, da rief Milka wieder an. »Sori, er ist ganz apathisch, du solltest heimkommen.«

Ich wartete nicht, bis die Scheibe des Fiat klar wurde, und als die Scheibenwischer den Tau weggewischt hatten, bog ich schon auf die Straße ein. Er ist so selten krank, normalerweise läuft ihm die Nase nur vom Weinen, er leidet nicht unter ständigen Erkältungen wie Odelias Kinder, die das ganze Jahr über laufende Nasen haben.

Ein mit Steinen beladener Lastwagen fuhr vor mir, langsam und schwerfällig stieg er zur Kreuzung hinauf, es gab keine Möglichkeit, ihn zu überholen. Beruhige dich, sagte ich zu mir, sei dankbar, daß es sich nur um Bakterien oder einen Virus handelt, nicht um diese Traurigkeit, die du ihm so eilig vorhergesagt hast. Virusinfektionen schwächen Kinder zwar, aber andererseits erholen sie sich außerordentlich schnell. Sie sind krank, und ihre Körper sind schlaff wie leere Strümpfe, und ihr Zwerchfell ist eingefallen, aber man braucht ihnen nur ein bißchen Antibiotika zu geben, und schon sind sie wieder voller Leben.

In der Bar-Ilan-Straße eilten Toraschüler zum Abendgebet, ihre Hüte gegen den Wind festhaltend. Die Füße der Menschen auf dem Weg nach Hause beeilten sich, um bei der Ampel schneller über die Straße zu kommen: schwarze Schuhe, darüber Knöchel in dicken Strümpfen und Mantelsäume, verschwanden in Steinhäusern, an deren Wänden Plakate klebten, die zur Heiligung des Schabbat aufriefen, zur Entsagung und zum Dienst an Gott. Auch oben auf dem Hügel bildeten die Autos eine dichte, langsame Schlange. Ich drückte auf die Hupe, wie um allen mitzuteilen, daß Evjatar krank war und sie mir den Weg freimachen sollten. Vielleicht hatte er schon das Bewußtsein verloren, ich hoffte, Milka würde nicht vergessen zu kontrollieren, ob er atmete. Ein erhobener Finger wurde warnend aus dem Auto neben mir gestreckt: Warum hupst du wie eine Bekloppte, merkst du nicht, daß das ein Stau ist? Vielleicht sollte ich den Fiat einfach auf der Straße stehenlassen und zu Fuß weiterrennen? Und was ist mit dem Krankenwagen, der gerade vom Binyane-ha-Umma herkommt, mit Warnlicht und Sirene, vielleicht haben ihn Milka und Mario für Evjatar bestellt. Auch wenn er in die Agrippas-Straße eingebogen ist, kann das bedeuten, daß er den Stau umfahren und sich unserem Haus von Osten her nähern will. Mein Schwesternkittel war feucht und klebrig. Ich machte ein Fenster auf. Beruhige dich, befahl ich mir laut, du hast schon so viele kranke Kinder in deinem Leben gesehen, nicht wahr? So sind sie, wie Vögel, einen Moment lang schweigen sie, dann toben sie wieder herum. Der Sacher-Park war dunkel, Stille ging von ihm aus, er wurde von der Stille verschluckt, die Straßenlaternen warfen zitternde gelbe Lichtflecken auf die Bäume. »Nur ohne Salz«, hatte dieser Idiot geschrien, als würde die Welt davon abhängen. Diese beiden Dummköpfe hatten mit diesem Salz aufeinander eingeschlagen, und als ich das Zimmer verließ, waren sie plötzlich still geworden. Ich hatte sie vom Flur aus beobachtet. Er nahm die Fragebögen von der Verwaltung und machte sich daran, sie auszufüllen, und seine Frau, die Hände über der Brust gefaltet, das Kinn auf ihrem fetten Doppelkinn, wartete auf das Abendessen, die erste Abwechslung, die sie an diesem Ort erwartete.

Langsam, ganz langsam löste sich der Stau auf, Autos bewegten sich, und auch in der Kehle löste sich etwas. Kinder verfügen über eine wunderbare Fähigkeit zur Rekonvaleszenz, und dieser Blick, mit dem er die Zypresse betrachtet hat, und die Hände, die auf dem Fensterbrett gelegen haben, und das Schweigen, das sich auf ihn gesenkt hat, das alles ist nicht auf schlechte Laune zurückzuführen, auch nicht auf Kellerräume der Seele, zu denen ich keinen Schlüssel besitze – das alles sind nur Bakterien oder Viren, die man behandeln kann. Gleich wird die Ampel umschalten, ich werde nach links abbiegen und in einer halben Minute zu Hause sein. Ein schwaches Licht kam vom Kreuzkloster herüber, die Nonnen waschen sich jetzt die Hände, ziehen im Dunkeln die Kleider glatt und gehen zu

Bett, und in ihrem Hühnerstall setzen sich die Hühner nebeneinander auf die Stangen und machen die Augen zu.

Milkas Wohnungstür stand offen, damit ich schneller eintreten konnte. Evjatar lag auf dem Bett, das einmal Michael gehört hatte, er hatte die Beine fest zusammengepreßt, auf seiner Stirn lag ein gefaltetes, nasses Küchenhandtuch. Mario stand über ihn gebeugt, die Hand auf dem Tuch, und sein Fingerstumpf war so starr gereckt, daß es aussah, als wolle er sich um das Glied, das ihm fehlte, verlängern. Evjatar atmete schnell und flach. Seine Wangen glühten, seine Haut war heiß und gespannt.

»Mir tut der Kopf weh«, stöhnte er, und Mario tauchte das Handtuch in die Schüssel, drückte es aus und legte es wieder auf seine Stirn.

»Ich schlage vor, daß wir einen Krankenwagen rufen«, sagte er.

»Egal, wieviel das kostet«, sagte Milka. »Er ist ausgetrocknet, er braucht eine Infusion, er hat nichts getrunken und sich zweimal erbrochen.« Sie ging in die Küche, kam mit einem Glas Wasser zurück und sagte: »Trink, Sori, du mußt. Schau nur, wie verschwitzt du bist. Nicht, daß du auch noch austrocknest.«

Mario hielt mit der einen Hand das Handtuch, mit der anderen Evjatars Hand, er sagte: »Gleich, gleich.« Sein Bauch senkte sich vor, seine Brust war rot geworden, er atmete schwer.

Die Sanitäter des Magen David Adom öffneten den Krankenwagen, und Mario half ihnen, Evjatar hineinzutragen. Er stöhnte, Mario wechselte das Handtuch gegen ein anderes und stieg dann mit ins Auto.

Milka stand auf dem Gehweg und rang die Hände, und die Sirene zerschnitt die Stille. Salomons Kopf verdunkelte sein Fenster, der Krankenwagen fuhr los. Das blendende Licht flackerte in den Fenstern, Autos wichen zum Straßenrand aus, das rote Licht stieg die Straße hinauf, die nach Kirjat-ha-Juval führte, erschreckte die Wohnviertel und fuhr dann die gewundene Asphaltstraße nach Ejn Kerem hinunter.

»Baruch ata elohejnu hamozi lechem min ha-arez ... Naftali ... Naftali ...«

»Er phantasiert«, sagte ich, und Mario nahm meine Hand und umfing sie warm und fest. »Gleich sind wir da«, sagte er und drückte meine Finger. Evjatar wiederholte laut Naftalis Namen und den Segen vor dem Brotgenuß, und als er aus dem Krankenwagen hinausgehoben wurde in die kalte Luft, murmelte er: »Mario, ich will ... Mario, bring mir ...«, und Mario sagte: »Ja, mein Junge, ja, mein Junge«, und schnaufte, »Ja, mein Junge, ja, mein Junge«, als hinge Evjatars Leben von diesem »Ja, mein Junge« ab. Erst als ich den Eigengeschmack des Blutes spürte, merkte ich, wie tief ich mir auf die Lippe gebissen hatte. Ich saugte an der verletzten Lippe und betete tonlos.

Laß ihn nicht sterben, Gott, eine teure Schwangerschaft, nannte man ihn, als er noch in meinem Bauch war, vor sechs Jahren und neun Tagen, du hast ihn damals nicht vernichtet, deshalb bitte ich dich, Gott ...

»Du kannst dich anstrengen, soviel du willst, du wirst nie im Leben eine Atheistin werden«, hatte meine Mutter einmal zu mir gesagt. »Du wirst sehen, sobald du in Not gerätst, wirst du dich an ihn wenden, so ist das nun mal. Wer einmal seinen Gott hatte, kann ihn nicht ablegen, auch wenn du glaubst, du hättest es geschafft. Du wirst es schon noch merken.«

Die Schwester in der Aufnahme sah meinen Schwesternkittel und verkündete: »Ein Sohn vom Personal.« Dann wandte sie sich an Mario. »Und Sie, sind Sie der Vater oder der Großvater?« fragte sie, nachdem sie uns gemustert und entschieden hatte, daß ich alt genug war, um seine Frau sein zu können. Mario stützte sich mit den Ellenbogen auf die Schaltertheke und sagte: »Ich bin ein Nachbar.«

»Und was ist mit dem Vater des Jungen, ist er beim Reservedienst oder was?«

»Im Moment ist nur der Zustand des Jungen wichtig«, sagte Mario, seine Hand auf der Theke ballte sich zur Faust, eine Ader trat hervor. Seine Brust unter dem offenen Hemdknopf war so rot und verschwitzt wie seine Schultern und sein Nacken.

»Ich bin auch vom Personal«, sagte er und zog das Zauberwort hervor, das die Bürokratie in die Knie zwang. Das grelle Neonlicht in der Aufnahme tat Evjatar weh, und Mario legte ihm die Hand über die Augen, um sie abzuschirmen. Schon kamen zwei Schwestern und fuhren die Pritsche zu einer der Untersuchungskabinen, die mit grünen Wandschirmen abgeteilt waren.

»Warten Sie einen Moment draußen«, wurde uns gesagt.

»Ich bin Krankenschwester«, sagte ich und ging nicht hinaus, Mario wich zurück. Der Wandschirm wurde beiseitegeschoben, und Evjatar wurde in ein Bett gelegt. Schlaff und hilflos blieb er so liegen, wie man ihn hingelegt hatte, und in dem Zwischenraum zwischen dem Wandschirm und dem Boden war Marios rechter Schuh zu sehen, der rhythmisch auf den Boden klopfte. Die Schwester stellte ihren rechten Fuß auf das Pedal des Bettes, beugte sich über den Nachttisch und füllte den Anamnesebogen aus.

»Name des Vaters?«

»Er hat keinen Vater.«

»Krankheit oder Krieg?« fragte sie, als wären Krankheit oder Krieg die einzigen Gründe für ein Kind, keinen Vater zu haben.

»Ich bin alleinerziehende Mutter«, sagte ich.

Sie sagte »ach so«, kaute an ihrem Stift und betrachtete ratlos den Bogen, dann schrieb sie ein oder zwei Wörter hinein. »Ich habe keine Wahl, Sie verstehen das bestimmt, daß manche Sachen erblich sind, ich muß Sie deshalb fragen, ob Sie etwas von erblich bedingten Krankheiten beim Vater des Jungen wissen.«

»Es sind keine Erbkrankheiten bekannt«, sagte ich, obwohl ich Doktor Eran Cohen nie nach der Geschichte seiner DNA gefragt hatte, ich verließ mich darauf, daß diejenigen, die seinen Samen in Reagenzgläser abfüllten, alles Notwendige kontrolliert hatten. Mario wollte nicht Ohrenzeuge des Gesprächs sein und entfernte sich von dem Wandschirm. Mir tat dieser gute Mann leid, ich bedauerte das Schweigen, das zwischen ihm und Milka entstanden war, mir taten seine Hände leid, die sich mit dem stinkenden Schlamm in den Tiefen der Abwässer beschäftigen mußten, mir tat Milka leid, die ihre Haare blau tönte und mit ihren Jaffo-Straßen-Schuhen hinaufging in den ersten Stock.

»Nicht den Bauern umwerfen, nur den Turm . . .«, sagte Evjatar, der in seinen Phantasien seinen König schützte. Die Schwester hatte die Anweisung, sofort sein Fieber zu senken, und sie kam mit feuchten Tüchern zurück, die sie auf ihn legte. Der Wandschirm war wieder offen, und Mario stellte sich ans Kopfende, mit seiner großen Hand deckte er Evjatars Augen ab, ohne ihn wirklich zu berühren. Was treibt diese Hand dazu, über der kleinen Stirn zu schweben? Ist es die Brüderlichkeit einer geheimen Einsamkeit, die den alten Mann und das Kind verbindet? Mitleid mit einem Jungen, der keinen Vater hat? Die Erinnerung an eine ferne Vaterschaft, an Michaels Bauchschmerzen, an Windpocken?

Evjatar stöhnte, und ich fragte die Schwester, ob sie nicht übertrieben mit ihrer Unbekümmertheit und wann ein Arzt komme.

»Regen Sie sich nicht auf«, sagte sie und drückte mit dem Daumenballen auf den Kugelschreiber, so daß er dauernd auf und zu klickte. »Es ist wichtig, erst einmal das Fieber zu senken, der Arzt wird bald kommen.« Sie legte den Stift hin, zupfte sich ein paar Haare aus dem Knoten und wiegte den Kopf hin und her.

Evjatar stützte sich auf die Ellenbogen und verzog den Mund, und bevor er das Nichts, das er im Magen hatte, erbrechen konnte, rannte ich zur Abstellkammer, um eine Schüssel zu holen.

An der Flurecke tauchte ein weißer Kittel vor mir auf und versperrte mir den Weg, und als ich einen Schritt nach rechts machte, tat er dasselbe, und wir standen uns gegenüber.

»Sohara, was machst du hier? Arbeitest du jetzt in unserer Station?«

Der Kittel stand offen, so wie damals, aber er war gestärkt und sah weniger nachlässig aus. Die Finger, mit denen er zu seinem Kragen griff und ihn umklappte, waren dieselben: gut geformt, mit gerade geschnittenen Fingernägeln und einem schmalen weißen Streifen zwischen Nagel und Fleisch, ein Finger war gelblich, entweder von Nikotin oder von Desinfektionsmitteln. Er sah breitschultriger und kräftiger aus als früher.

»Ach, Doktor Cohen, mein Sohn, er erbricht, ich brauche eine Schüssel.«

Er richtete den Kopf auf und schob ihn etwas nach hinten, als wiche er vor einem Gegenstand zurück, der ihn zu schlagen drohte, er starrte mich mit glasigen Augen an.

»Was ... was ist mit ihm?« stammelte er, drehte sich um, folgte mir zur Abstellkammer und half mir, zwei fest ineinandergeschobene Nirostaschalen voneinander zu lösen.

»Ihm ist übel, und er hat Kopfschmerzen.«

Er begleitete mich durch den Flur, und die Nirostaschale baumelte zwischen uns und streifte ihn kurz am Oberschenkel. In der Nähe der Wandschirme steckte er die Hände in die Kitteltaschen, starrte zu Boden und schob seine Unterlippe vor, aber der Eindruck wurde durch sein Doppelkinn gemildert. »Ich bin heute der diensthabende Internist, ich bin da, wenn du etwas brauchst«, sagte er und blieb mitten im Flur stehen.

Ich gab ihm keine Antwort, ich rannte zu Evjatars Bett, die Nirostaschale schlug gegen die Wand und ließ die Schwester erstarren, und ihre Hand, mit der sie ihre Haare zusammenhielt.

»Doktor Cohen, die Blutsenkung von Bett acht ist gekommen«, rief sie vom Schwesternzimmer aus.

Ich hörte nicht, ob er ihr antwortete, ich sah auch nicht, ob er sich dem Bett Nummer acht zuwandte oder ob er stehenblieb. Mario wischte Reste von Erbrochenem von Evjatars Lippen, auf dem Fußboden war eine kleine, durchsichtige Pfütze.

»Du mußt unbedingt was trinken, Sori«, sagte er, »sonst kippst du um.«

Ich schaffte es nicht, das Glas mit Wasser, das er mir hinhielt, an den Mund zu führen, aber er ließ nicht locker. »Du mußt.«

»Wenn nicht sofort ein Doktor kommt ...«, fing ich an, aber dann hielt ich inne. Evjatar war jetzt bei Bewußtsein, die feuchten Tücher hatten sein Fieber eingesaugt.

»Mama, was ist das hier, wo sind wir?« fragte er mit leiser, erschöpfter Stimme.

»Das ist ein Krankenhaus. Du hattest hohes Fieber, deshalb haben wir dich hergebracht.«

»Was tun sie hier mit mir?« Er schaute sich um und sah, daß vor seinem abgeteilten Bett weiße Kittel vorbeieilten. »Tun sie mir weh?« fragte er.

Ich hielt seine Hand und fühlte seinen schnellen Puls.

Mein Junge liegt im Bett Nummer zwei, er kneift die Augen gegen das Licht zu und schiebt die Lippen vor, und der Mann, der ihm diese Lippen vererbt hat, untersucht sechs Betten weiter einen Kranken, und der, der diese Ereignisse zusammengefügt hat, schaut von oben zu und lacht.

»Evjatar Schila?« fragte ein dünner, langer Arzt hinter meinem Rücken, und Evjatars voller Name klang kalt und fremd aus seinem Mund. Eines Tages wird Evjatar groß sein und in langen Fluren herumlaufen, zu denen ihn sein Schicksal führt, und er wird seinen Namen aus dem Mund von Fremden hören, die ihn von schmalen Bürokratenschaltern aus ansprechen, diese Fremden werden irgendwelche Erwägungen anstellen, aber sie werden ihn sofort vergessen, wenn er ihrem Schalter den Rücken zuwendet.

»Sind Sie die Mutter?« fragte der Arzt.

»Ja.«

Er schaute Mario an. »Und Sie?«

»Ein Nachbar«, sagte Mario und nahm seine Hand von Evjatars Bett. Die Haare auf seinem Unterarm waren feucht, und auf seinem Hemd hatte sich um seinen Nabel herum ein nasser Schweißfleck gebildet.

»Es kann nur einer von Ihnen hierbleiben«, sagte der Arzt und blätterte in seinen Papieren, und Mario trat zum Wandschirm und sagte: »Ich setze mich in den Flur.«

»Fahr nach Hause, Mario, du hast morgen einen langen Arbeitstag vor dir«, sagte ich.

»Machen Sie die Sache draußen miteinander ab«, sagte der Arzt und hob Evjatars Decke hoch. Er sah, wie Evjatar vor dem Weiß des Kittels und dem hellen Glanz, den er abstrahlte, zurückschrak, deshalb machte er das Neonlicht aus und eine Wandlampe an und zog ihren Arm so zu sich, daß ein gelber Lichtfleck auf Evjatars nackte Brust fiel.

»Vermutlich eine Meningitis«, sagte er, als er festgestellt hatte, daß Evjatars Nacken steif war. »Wir müssen einige Untersuchungen machen, dann werden wir wissen, ob es sich um eine bakterielle oder eine viröse Infektion handelt, einstweilen Isolierung und Flüssigkeit.«

Evjatar, erschöpft und teilnahmslos, fragte nicht, was eine Meningitis ist und was Isolierung bedeutet. Die Stimmen um ihn hoben und senkten sich, die grünen Wandschirme wurden bewegt, fremde Leute warfen ihren Schatten auf ihn, Hände in Gummihandschuhen nahmen seinen Arm und stachen ihn in die Vene. Er schrie »au« und folgte den Tropfen, die durch das durchsichtige Röhrchen liefen, das mit seiner Vene verbunden war.

Der Neurologe gab seine Anweisungen im Schwesternzimmer und verschwand hinter anderen Wandschirmen. Mario kam vom Flur zurück, wich einem schmutzigen Verband aus, den jemand von seinem Bein abwickelte, machte eine Handbewegung und fragte wortlos: »Nun, was hat er gesagt?«

»Mama, warum kommt Mario mit uns?« fragte Evjatar. Die Flüssigkeit, die in seine Venen lief, wirkte weiter und ließ ihn lebhafter werden. »Mama, das nervt mich, was sie mir da reingesteckt haben, nimm's raus, wann gehen wir nach Hause?«

Der Krankenhauspyjama war aus grobem, abgewetztem Stoff, Hunderte von Malen ausgekocht, und in dem klaffenden Spalt zwischen zwei Knöpfen konnte man sehen, wie sich Evjatars Zwerchfell hob und senkte. Mit geübter Hand schob ein Pfleger das Bett durch die Flure und brachte es zur Kinderstation, und Mario und ich hielten das Bett an beiden Seiten fest, als würde es sich ohne unsere Unterstützung in diesen endlosen Korridoren verirren und sein Ziel nicht erreichen. Evjatars Augen blieben geschlossen, das Schütteln tat ihm weh, auch das Licht und die Dunkelheit und das Rattern des Aufzugs.

»Hast du gesehen, was für ein tolles Fahrzeug du bekommen hast? Was Besonderes und ganz umsonst.« Der Sanitäter lachte und fuhr etwas langsamer.

Mario fügte sich den Isolationsbedingungen und küßte ihn nicht, er legte ihm nur die Hand auf die magere Schulter und sagte: »Gute Besserung, Junge«, dann drehte er sich um. »Milka kann dich morgen ablösen, damit du auch ein bißchen schläfst«, sagte er, bevor er auf den Flur ging. »Wir rufen morgen früh an.«

Auf Zehenspitzen, als wolle er keinen Schlafenden wecken, ging er zum Aufzug, warf einen bärenförmigen Schatten auf die Wand, der Zwischenraum zwischen seinen Schenkeln wurde größer, er achtete nicht darauf, daß es niemanden gab, dessen Schlaf geschützt werden mußte, denn Evjatar hatte ein Zimmer ganz am Ende des Flurs bekommen, eines der Zimmer, die mit einem Fenster zum Flur versehen sind und in die man Kinder legt, die wegen ihrer Krankheit von anderen isoliert werden müssen. Sie drücken ihre Nasen dann an die Scheibe, um zu sehen, wer kommt, um ihnen weh zu tun, und wer kommt, um es ihnen leichter zu machen. Evjatar schlief, und ich saß in dem Sessel, der zum Schlafen ausgezogen war, doch ich legte mich nicht zurück, weil die Lehne zu hoch war, als daß ich dann hätte sehen können, wie sich seine Brust beim Atmen hob und senkte. Ich wickelte mich in die abgewetzte Wolldecke, von der nur Gott wußte, wie viele Kranke sich schon in sie gehüllt und wieviel Angst sie schon bedeckt hatte und welche Schrecken jene empfunden hatten, die am Bett ihrer Lieben gesessen hatten, immer in Strümpfen, immer bereit, sofort aufzuspringen.

Gehirnhautentzündung, hatte der Neurologe gesagt. Drei Häute umgeben das Gehirn, und ich hatte nicht gefragt, welche von ihnen das Virus für seinen Angriff gewählt hatte. Mittags, nach dem Mais, hatte alles nach Traurigkeit und Schwermut ausgesehen, dann war die Nachricht mit dem Fieber gekommen, die Erleichterung, aber die Erleichterung hatte nicht angehalten, denn da gab es die Übelkeit und das Erbrechen, und als wäre das nicht genug des Schreckens, meldete sich auch der ständige Begleiter, im Schatten zwar, aber anwesend, und überblickte alles kalt und mit bohrenden Augen: das Gewissen. Ich wünschte mir ein Kind, um nicht einsam und kinderlos zu sein, ich wollte meine Existenz in der Welt fortsetzen, als wäre meine Existenz für die Welt so wichtig und notwendig. Ich wollte auch nicht auf eine Schwangerschaft und eine Geburt verzichten, ich wollte meine Weiblichkeit verwirklichen, meine Mütterlichkeit und was alles dazugehört. Ich, ich und noch einmal ich, als wäre ich das Zentrum des Kosmos. Und was ist mit dem Menschen, den ich für mich in die Welt gesetzt habe? Der Mensch, dem ich keine Ruhe versprechen kann, noch nicht einmal, daß seine Existenz erträglich sein wird. Evjatar wachte auf, schlief wieder ein, immer abwechselnd, und im Fenster verdunkelte sich das Tal von Ejn Kerem, und einzelne Lichter leuchteten auf. Auch hier sind, wie in meinem Krankenhaus, die Flure mit Neonlampen erleuchtet, die nie ausgehen, immer ist in diesen Fluren das Scheppern von Nirostaschalen zu hören, das Knirschen von Rädern, das Geräusch von Gummisohlen unter weißen Sandalen, das Piepen von Monitoren, die den Puls oder die Tropfen einer Infusion zählen und bei Abweichungen warnen.

»Ich bewundere dich dafür, daß du an solch einem Ort arbeitest«, hatte Michael einmal zu mir gesagt, er hatte meine Hand genommen und sie betrachtet. »Was für eine schöne Hand, hart, rauh, sie faßt das Leben an.«

»Ich fasse auch Tote an«, hatte ich geantwortet. Er hatte geschluckt, nicht gewußt, was er sagen sollte, und sein Griff war schlaff geworden.

Michael, wer hat an dich gedacht in diesen Stunden, in denen Evjatar am Rand der Bewußtlosigkeit war? Wenn es auch nur einen Hauch von Trost an diesem Abend gibt, so ist es die Tatsache, daß die Mutter über die Frau gesiegt hat.

In einem der Zimmer weinte ein Kind, Evjatar bewegte sich auf seinem Lager, machte die Augen auf und wieder zu. Der Aufzug kam, hielt an, die Tür ging auf.

Schritte waren im Flur zu hören, zögernd, gemessen: nicht energisch, nicht fest. Die Schöße seines weißen Kittels leuchteten auf im Licht, das durch die Tür fiel.

»Sohara?«

»Ja?«

Seine Hände wühlten in seinen Taschen, in den Dingen, die er mit sich trug: eine Lampe, ein Lineal, ein Stethoskop.

Ich zog mir die Decke vom Körper, stand auf und ging zu ihm in den Flur.

»Nun, gibt es eine Diagnose?« fragte er.

»Meningitis.«

»Aha.«

Seine Gestalt spiegelte sich im Fenster, sie hing in der Dunkelheit über dem Tal. Er schwieg wie damals im Hotel, nachdem wir miteinander geschlafen hatten, als er keine Worte wußte, die zur Situation gepaßt hätten, er hatte nur »Bye« gesagt und war gegangen.

»Hast du schon was gegessen?«

»Nein, ich habe keinen Hunger.«

»Was anderes?«

»Was heißt das, was anderes?«

»Brauchst du irgend etwas?«

»Nein.«

Wir hatten uns nichts anderes zu sagen, aber der Doktor stand noch immer da, der Tür zugewandt, als könnte jeden Augenblick jemand kommen. Evjatars Stöhnen drang heraus auf den Flur, die Hand des Arztes ballte sich in der Tasche und hörte auf herumzuwühlen.

»Ich habe ihn nie gesehen ... Es liegt an dir, ob du es erlaubst.«

Ich gab ihm keine Antwort, ich bedeutete ihm nur mit einer Handbewegung, daß er tun solle, was er wolle, und seine Schuhe bewegten sich in dem hellen Flur auf das dunkle Zimmer zu. Auf der Schwelle blieb er stehen, legte die Hände an den Türstock.

Ich weiß nicht, wie lange der Doktor seinen Sohn betrachtet hat, der in der Dunkelheit schlief, aber als er die Hände schließlich sinken ließ, lösten sich meine Zähne von der Unterlippe. Der Doktor schaute aus dem Fenster, und sein Adamsapfel bewegte sich auf und ab.

»Bei der Beleuchtung ist es schwer, etwas zu sehen«, sagte er.

Nun, da er mit seinem Körper die Tür nicht mehr versperrte, fiel schwaches Licht auf Evjatars Bett, man sah ihn auf dem Rücken liegen, seine spitzen Ellenbogen ragten aus den Ärmeln, er hatte die Hände zum Schutz gegen das Licht über die Augen gelegt. Der Doktor betrachtete ihn, wollte etwas zu mir sagen und sah, daß mir Blut aus der Lippe lief, er ging ins Zimmer und nahm ein Stück Zellstoff von der Rolle, die an der Wand hing.

Diese Bewegung weckte Evjatar auf, er nahm die Hände vom Gesicht und legte sie auf das Laken wie die Hände des Gekreuzigten, sein Gesicht war nun offen zu sehen, der Doktor betrachtete es, und seine Hand erstarrte in der Luft, mit dem Zellstoff in der Hand.

»Nimm, deine Lippe blutet«, sagte er zu mir und bewegte sich nicht, bis sein Piepser fiepte und ihn in den Flur zurückbrachte. Er schaltete das Gerät aus und dachte nach, dann sagte er: »Ich muß zur Notaufnahme ... Ich wünsche euch eine gute Nacht, Sohara.«

Er legte mir zögernd die Hand auf die Schulter, dann drehte er sich um, machte einen Schritt, blieb stehen und wandte mir das Gesicht nicht zu, als er fragte: »Wie heißt er?«

»Evjatar.«

Er sagte nichts und ging weiter, aber nicht zum Aufzug, ich hörte, wie die Tür zum Treppenhaus auf- und wieder zugemacht wurde. Er hatte sieben Stockwerke zu gehen, achtundneunzig Stufen bis zur Notaufnahme, ungefähr vier Minuten.

Noch bevor es wirklich Morgen war, wurde Evjatar wach. Er setzte sich im Bett auf, fragte, wie lange wir hierbleiben müßten und was man mit ihm tun würde. Vorsichtig, wegen der Kanüle in seiner Vene, drehte er sich zum Fenster über seinem Bett und schaute hinaus in die Dämmerung, die das Tal einhüllte.

»Am Himmel sind Wolken, man sieht nichts«, sagte er.

Blaß und wach schaute er sich im Zimmer um und musterte die Bilder, die Leute gestiftet hatten, die vorher hier gelegen hatten. Er zählte die Schwäne, die auf dem Bild ihm gegenüber schwammen, kam durcheinander und fing aufs neue an zu zählen. In dem großen Bett und mit dem weiten Pyjama sah er zart und zerbrechlich aus, als hätten ihn die Stunden, die er hier verbracht hatte, kleiner gemacht. Ich umarmte ihn, und er erwiderte meine Umarmung.

»Mama, ich bin sicher, daß das wieder vorbeigeht«, sagte er, als Reaktion auf meinen Schrecken, der sich von meinen Händen auf ihn übertrug.

»Wie geht es dir heute morgen?«

»Der Kopf tut mir noch ein bißchen weh.« Er runzelte die Stirn und betrachtete die Tropfen, die durch das Röhrchen flossen und in seinem Arm verschwanden.

Um acht Uhr waren die Schritte von Milkas Jaffo-Straßen-Schuhen im Flur zu hören, ein langsames Auftreten, dann ein dumpfer Ton vom flachen Absatz, dicht hintereinander. Auch Evjatar erkannte die Schritte, und noch bevor sie in der Tür auftauchte, sagte er: »Milka kommt.«

Sie stellte zwei Plastiktüten auf den Boden und umarmte ihn, dann machte sie eine der Tüten auf und holte zwei seiner Puzzlespiele heraus und Popcorn, das sie heute morgen für ihn gekauft hatte. Sie atmete schwer, als wäre sie die ganzen achtundneunzig Stufen zu Fuß hochgegangen, zog ihren Mantel aus, setzte sich an sein Kopfende und legte ihre vor Kälte geschwollene Hand auf seine. Ihre bläulichen Haare mit dem weißen Ansatz waren vom Wind hochgeweht.

»Geh nach Hause und schlaf, Sori, ich bleibe jetzt da. Du hast bestimmt nichts gegessen.« Sie nahm eine dritte Tüte heraus, öffnete sie, holte ein Fladenbrot mit Rührei heraus und reichte es mir.

»Mario ist wie verrückt, er hat die ganze Nacht nicht geschlafen, so hat er sich noch nicht mal angestellt, als Michael noch klein war, ich habe ihm versprochen, ihn sofort nach meiner Ankunft anzurufen und ihm zu sagen, wie es geht.«

»Ich werde ihn anrufen«, sagte ich, und sie nickte und strich mit dem Finger über das Pflaster, mit dem die Infusionsnadel in Evjatars Arm festgehalten wurde.

Mario murmelte ein schweres »Hallo« und schnaufte. Er war

ans Telephon gerufen worden, als er gerade in gebückter Haltung ein Abflußrohr reparierte. »Wie geht es ihm?« fragte er kurzatmig, und als er von der Besserung seines Zustands hörte, sagte er: »Gott sei Dank. Ich weiß nicht, was ich sagen soll, paß gut auf ihn auf, Sori, und auch auf dich selbst.«

»Ich passe auf uns beide auf, Mario.«

»Er soll nur gesund sein, der Junge. Noch nie habe ich ihn so gesehen. Sag ihm gute Besserung.« Und dann sagte er noch zweimal: »Gott möge ihn beschützen«, bevor er zu seinem verstopften Rohr zurückkehrte.

Die drei öffentlichen Telephone waren jetzt nicht mehr so begehrt, die Mütter liefen mit Handys im Eingangsbereich herum, die Bank stand mir ganz allein zur Verfügung. Hätte mir jemand eine Zigarette angeboten, hätte ich sie gerne genommen, als würde sich mit der Zigarette auch etwas von der drückenden Last in Rauch auflösen.

Ich könnte hinuntergehen in die Cafeteria und jemand um eine Zigarette bitten, aber ich hatte keine Kraft für die zufälligen Begegnungen, die einen in der Cafeteria erwarten mochten. Ich blieb auf der Bank sitzen, und die nächtlichen Alpträume bedrängten mich und schlossen mich ein. Und wenn das Virus lebensgefährlich war? Vielleicht war die Besserung ja nur vorübergehend? Schließlich war ich mehr als einmal Zeugin davon gewesen, wie ein Kranker vor dem letzten Zusammenbrechen noch einmal auflebte. Ich sah die Telephone vor mir, schweigende Metallkästen. Neuer Schweiß mischte sich mit dem Schweiß von gestern, der von meinem Schwesternkittel aufgesaugt worden war und ihn hart gemacht hatte, und die Erkenntnis, daß dieser Junge der Sinn meines Lebens war, das einzige, das zählte, traf mich scharf und schneidend. Und wenn ihm Schlimmes bevorstand? Welche Last hatte ich ihm auferlegt? Und mit welchem Recht weist man jemandem das Schicksal zu, für einen anderen Menschen Sinn des Lebens zu sein?

Odelia wunderte sich, daß ich sie so früh am Morgen anrief, und nachdem sie die Worte »Evjatar« und »Gehirnhautentzündung« gehört hatte, brachte sie nur ein »Hmm« heraus, sie schwieg und überließ sich ihrem Schrecken. Und als sie sprach, hörte man ihrer Stimme an, daß sie dem Weinen nahe war. »Sori, du regst dich immer auf, wenn man den Ewigen, gelobt sei Er, erwähnt, aber wisse, die Rettung des Herrn ist wie ein Lidschlag.«

Acht Kinder hat Odelia, jedes von ihnen trägt ein Achtel der Last, und wenn man noch Gott und Nachum hinzufügt, wird die Last des Lebenssinns, die jedes zu tragen hat, noch kleiner. Aber Evjatar, der gezwungen ist, die ganze Last allein zu tragen, fühlt bereits das Gewicht, das auf ihn drückt.

»Mama, es geht vorbei, mir tut nur die Stirn noch ein bißchen weh«, hatte er gesagt und es auf sich genommen, meine Angst zu besänftigen.

Eines der Telephone klingelte, jemand suchte jemanden, ich nahm nicht ab. Ich saß weiter da, bis das Klingeln aufhörte und ich das ewige Schuldgefühl hinter meinem Muttersein haßte. Armselig und müde erinnerte ich mich daran, daß nichts vorbei war, Evjatar war erst sechs, es lag an mir, einiges zu ändern. Wer sagt denn, daß ich ihm schade, wenn ich mich in einen Mann verliebe? Vielleicht wird ein neuer Sinn des Lebens entstehen, zwischen ihm und dem Mann, der mich liebt, und er wird frei sein, zu weinen und aus voller Kehle über die Schmerzen in seinem Kopf und über alles, was ihm weh tut, zu klagen. In all den Stunden, in denen sich das Virus zwischen seinen Gehirnhäuten bewegte, hatte ich kein einziges Mal an Michael gedacht, und nun, da ich mich an ihn erinnerte, schob meine Hand wie von selbst die Telephonkarte in den Schlitz und wählte seine Handynummer. Ich sagte ihm, von wo aus ich anrief und was mit Evjatar los war, und da war die Telephonkarte leer, und das Freizeichen war zu hören.

Ich machte mich auf den Weg zu Milka und Evjatar, und

durch die großen Flurfenster sah ich, daß sich der Dunst bis auf eine große Wolke über Ejn Kerem auflöste und das Tal sichtbar wurde. Zwei Schwestern kamen mir entgegen, sie betrachteten meinen zerknitterten Schwesternkittel und fragten, ob ich etwas suche.

»Ich bin die Mutter des Jungen aus Nummer zehn«, sagte ich, und sie sagten: »Ach ja, der Kleine mit der Meningitis«, und gingen weiter. Milka war es schon gelungen, seine Haare zu kämmen. Ihre Hand lag auf dem Bett, und Evjatar fuhr mit seinem Sattelschlepper über ihren Ärmel, den Arm entlang bis zum Handgelenk. Als er mich sah, hörte er auf und sagte: »Mama, es war ein Doktor da.«

»War schon Visite?«

»Nein«, sagte Milka, »nur ein Arzt ist hereingekommen und hat gefragt, ob ich die Großmutter sei und wo du bist.«

»Er hat mich nicht untersucht«, sagte Evjatar, fuhr mit seinem Auto über Milkas Arm Richtung Ellenbogen, bis es sich vom Arm löste und auf die Bettdecke fiel.

»Er hat ihn nur angeschaut«, fügte Milka hinzu.

»Wie hat dieser Doktor ausgesehen?«

»Ein kräftiger Mann mit kurzen, glatten Haaren, ich habe nicht darauf geachtet, was auf seinem Schild stand«, sagte sie. »Er ist zwei Minuten da stehengeblieben, vielleicht auch drei, er hat ihn nicht angerührt, er hat ihn nur betrachtet.«

Milka nahm den Sattelschlepper und ließ ihn über eine Falte in der Bettdecke fahren. Ihr Wollkleid war eng an den Armen und spannte sich über ihren Oberschenkeln, und ihre runden Knie zeichneten sich unter dem Stoff ab.

»Das ist ein öffentlicher Raum«, sagte ich. »Jeder Doktor kann hereinkommen, sich umschauen und wieder gehen, ohne irgend jemandem Rechenschaft ablegen zu müssen.«

Sechs Jahre lang war Evjatars Existenz für ihn wie Staub gewesen, und plötzlich treibt ihn die Neugier sieben Stockwerke nach oben, als wäre Evjatar mit dem Virus, das sich in seiner

Gehirnhaut eingenistet hatte, mehr wert als Evjatar ohne Virus. Und mit dem Sieg über das Virus würde auch seine Neugier verschwinden wie die dicke Wolke, die jetzt über dem Tal liegt. Wir werden in unsere Mietwohnung in der Diskin-Straße zurückkehren, und der Doktor wird Überstunden in der Station für Innere Medizin machen und darauf lauern, stellvertretender Chefarzt zu werden. Und bis der Posten frei ist, wird er an wichtige medizinische Zeitschriften Artikel darüber schikken, wie man Sodbrennen oder Gase bei Verdauungsstörungen behandeln kann, und er wird ungeduldig darauf warten, seinen Namen auf Hochglanzpapier gedruckt zu sehen.

Ein Arzt und eine Ärztin betraten das Zimmer und legten Evjatars Krankenblatt auf das Bett. Sie lächelten ihn an und fragten, wie es ihm gehe, und sie forderten weder mich noch Milka auf, hinauszugehen.

Der Arzt setzte sich auf den Bettrand, hob den Sattelschlepper hoch und fragte Evjatar, ob er schon mal mit einem richtigen Sattelschlepper gefahren sei. Evjatar sagte: »Mit einem Sattelschlepper noch nicht, aber mit einem richtigen Jeep.«

»Ich bin mit einem Sattelschlepper gefahren, als ich bei der Armee war«, sagte der Arzt. »Das war, als würde man auf dem Rücken eines Ungeheuers sitzen.« Er wandte sich an die Ärztin: »Und du?«

Sie lachte und sagte: »Nein, ich habe Angst, ich will mich nicht auf den Rücken eines Ungeheuers setzen.«

»Was tut dir weh, Evjatar?« fragte der Arzt.

»Der Kopf.«

»Tut er sehr weh?«

»Ja.«

»Dürfen wir dich mal untersuchen?«

»Ja«, sagte Evjatar. Er betrachtete das Hämmerchen, das aus der Kitteltasche des Arztes schaute, preßte die Beine unter der Decke zusammen und lag angespannt da.

Sie zogen seine Decke weg. Die Ärztin knöpfte ihm den Pyjama auf. Evjatars nackte Brust zog sich zusammen, unter seiner Haut zeigte sich die Landkarte der Adern. Er gehorchte und machte den Mund auf, damit ihm der Arzt mit Hilfe des Spachtels in den Hals schauen konnte, er atmete tief, als das Stethoskop runde Flecken in sein Fleisch drückte, aber er konnte den Nacken nicht vorbeugen. »Es geht nicht«, sagte er.

Der Arzt nahm seine Hand. »Hör zu, Evjatar, du hast Bakterien im Körper, die dir Kopfschmerzen machen, und um zu wissen, was für eine Art von Bakterien es sind, müssen wir dir ein paar Tropfen aus dem Rücken nehmen.«

Evjatar schaute mich hilfesuchend an, zog die Hand mit der Infusion näher zu sich, als würde ihm das helfen.

»Wir möchten eine Rückenmarkspunktion machen«, sagte die Ärztin und bat mich, das Formular zu unterschreiben. Ich hatte noch nicht unterschrieben, da kam schon eine Schwester mit einem Tablett und den Instrumenten.

Evjatar sah die Vorbereitungen und sagte: »Mama, geh nicht weg.«

Die Schwester beschäftigte sich schon mit der Verpackung des sterilen Tabletts. Milka nahm ihre Tasche, und wir gingen hinaus. Die Tür schloß sich hinter uns, und Evjatar blieb mit den dreien allein, die mit einer Nadel zwischen seine Wirbel stechen würden. Milka betrachtete den Rauch, der aus einem Schornstein des Krankenhauses aufstieg, und als sein erster Schrei zu hören war, tastete sie nach meiner Hand. Beim zweiten Schrei drückte sie meine Hand und sagte: »Deine Lippe blutet.« Sie zog ein Papiertaschentuch aus der Tasche und hielt es mir hin. Als die Tür aufging, war aus Evjatars Schreien ein jämmerliches Weinen geworden, es war ihm peinlich, aber er konnte nicht aufhören.

Der Arzt hielt seine Hand und sagte: »Es ging nicht anders, Evjatar, wir müssen wissen, was für Erreger es sind, damit wir sie besiegen können.«

Die Hand, die Evjatars Hand hielt, war dieselbe, die ihm weh getan hatte, aber Evjatar zog seine Hand nicht weg, er sah aus, als wolle er sie lange so halten. Ich sah seine kleine Hand in der großen, männlichen, etwas in mir wurde wütend. Sanft und langsam befreite sich der Arzt und sagte: »Ich habe dir ein Beruhigungsmittel gegeben, schlaf ein bißchen, und wenn du aufwachst, geht es dir besser.«

Die Schwester hob Spritzenhüllen vom Boden auf, und noch bevor die drei hinausgegangen waren, war Evjatar eingeschlafen, er stieß noch ein paar jammernde Töne aus, auf seinen Wangen zeigte sich eine leichte Röte.

Am Nachmittag kam Mario auf Zehenspitzen herein, zart und schwerfällig wie eine alte Ballerina, mit einer Handbewegung wollte er wissen, wie es Evjatar ging, und der Fingerstumpf war wie der Punkt unter dem Fragezeichen, das seine Hand malte. Kurz nach ihm kam Odelia, und Mario machte den Platz neben dem Bett frei, er wich vor ihren Ausmaßen und der Würde zurück, die sie ausstrahlte. Sie küßte Evjatar in der Luft über der Stirn, und Evjatar drückte seine Fäuste auf die Augen und fragte: »Mama, warum sind alle gekommen? Ich habe heute doch keinen Geburtstag.«

»Natürlich hast du Geburtstag«, sagte Mario. »Weißt du etwa nicht, daß du neu geboren bist?« Wäre Odelia nicht dagewesen, hätte er ihm auf die Schulter geklopft und gesagt: Oh, Junge, Junge, aber so löste er sich von der Wand und sagte nur noch einmal: »Natürlich ist das dein Geburtstag, herzlichen Glückwunsch und alles Gute.«

»Amen«, sagte Odelia und gab Evjatar ein Bild, das Naftali für ihn gemalt hatte, mit einem Jeep und der Unterschrift: »Gute Besserung, Naftali.«

Alle Besucher Evjatars waren einhellig der Meinung, daß ich Ruhe brauchte, sie bezogen auch Evjatar in ihre Entscheidung ein. Folgsam ging ich mit Milka hinunter zum Taxistand und ließ ihn in der Obhut Marios und Odelias zurück. Sie wird nicht aufhören, sich um ihn zu bemühen, und Mario wird ihr die Arena überlassen und ihre Bewegungen mit den Augen verfolgen, diese weibliche Silhouette, die sich vorbeugt, um das Laken glattzustreichen, und sich aufrichtet, um die Decke auszuschütteln, und sich über das Kind neigt, um den Pyjama richtig zuzuknöpfen oder um ihm den Schweiß abzuwischen.

Diese üppige körperliche und seelische Mütterlichkeit, diese Brüste, schwer von Schweiß und Milch, werden ihn fühlen lassen, daß er ein Mann ist. Er wird den Duft aus ihren Achselhöhlen riechen, ihre vollen Arme sehen, ihren gewölbten Bauch unter dem Kleid, unter dem sich ein harter Nabel abzeichnet. Mario wird sich die Haare auf der Brust kratzen, und alle möglichen »Wenns« und »Falls« des Lebens werden ihm durch den Kopf gehen, das unklare Gefühl, etwas versäumt zu haben, und ein unterdrückter Seufzer wird in ihm aufsteigen.

Der Geruch nach Blumenkohl und in Öl gebratenen Kartoffeln hing im Flur, als ich zurückkam, dampfende Nirostakessel wurden zu den Abteilungen geschoben. Evjatar schlief, Mario saß an der Wand, und Odelia schälte eine Orange, zerteilte sie und hielt ihm ein Stück hin. Er machte mir seinen Stuhl frei, aß die Orange im Stehen, und Saft tropfte auf seinen Pullover und wurde von der Wolle aufgesogen. Odelia hatte schon die Schlüssel ihres Volvo aus der Tasche genommen und küßte Evjatar auf die Stirn, und Mario verbeugte sich vor ihr, und der Saft rann ihm über das Kinn. Sie legte zwei Finger auf den Mund und berührte die Mesusa, dann ging sie.

»Soll ich dir einen Kaffee bringen, Sori?«

»Ja, bitte, Mario.«

Der Schatten, den Odelias Handlungen werfen, erstickt den Keim der Großzügigkeit in ihren Nächsten. Mario würde nicht das Gefühl haben, daß der Tag für irgend jemanden von Nutzen war, wäre er nun nicht hinunter zur Cafeteria gegangen und hätte mir ein Stück Hefekuchen und Kaffee gebracht. Danach ging auch er, und das Knirschen der Rollwägen und das Klappern von Schöpfkellen in den Kesseln verschluckten seine Schritte. Evjatar wachte auf, schaute sich um, hob den Sattelschlepper vom Laken, drehte ihn um und sagte: »Das stimmt nicht, was der Doktor gesagt hat, das ist nicht der Rücken von einem Ungeheuer.«

»Was macht dein Kopf? Tut er schlimmer weh als heute morgen oder weniger?«

»Weiß ich nicht.«

Seine Haare waren feucht und klebten ihm an der Stirn. Er verzog den Mund, als er das Essen roch, das ihm gebracht wurde, und kämpfte gegen den Brechreiz. O mein Kopf, mein Kopf, sagt der Sohn der Sunamiterin und stirbt. Dreißig Jahre lang habe ich diese Geschichte nicht mehr gelesen, und nun, da sie in mir auftaucht, erinnere ich mich wörtlich an sie. Er legte seinen Mund auf des Kindes Mund und seine Augen auf dessen Augen und seine Hände auf dessen Hände, bis der Knabe siebenmal nieste und die Augen auftat. Aber ich war keine Sunamiterin, und die Elischas sind schon von dieser Welt verschwunden, und sogar einen Gehasi zur Heilung gibt es nicht mehr. Die Rettung des Herrn ist wie ein Lidschlag, hatte Odelia gesagt, aber das Auge ist schon matt und das Lid schwer geworden. Aus den Nachbarzimmern war das Lachen und Schreien von Zeichentrick-Figuren aus dem Fernseher zu hören, wir machten unseren Fernseher nicht an, weil Evjatar sagte, daß ihn der Lärm störe. Er ließ sein Auto über die Zudecke fahren, und als er sah, daß Doktor Cohen in der Tür stand, zog er die Schultern hoch und deckte sich zu.

»Mama, ich will nicht, daß sie mir noch mal diese Untersuchung machen.«

»Niemand will dich jetzt untersuchen, ich bin nur gekommen, um zu sehen, wie es dir geht.« So sehr sich der Doktor auch bemühte, sanft zu sprechen, die Worte klangen trocken und kühl und waren nicht dazu angetan, Evjatars Zutrauen zu wecken.

»Mama, sie sollen mir nichts machen.«

»Sie werden dir nichts machen«, versprach ich und legte meine Hand auf seine heiße Stirn.

Ich hatte keine Lust, dem Doktor seinen Besuch leichter zu machen, aber die Aussicht, einen Rat oder irgendeine wichtige Information zu bekommen, brachte mich dazu, meine Abneigung zu überwinden.

Ich erzählte ihm von der Rückenmarkspunktion und von Evjatars Fieber, das jetzt wieder stieg, und er hörte mir von der Tür aus zu und trat nicht ein.

Evjatar beobachtete gespannt die Hand des Doktors, die aus seiner Tasche kam, einen Moment lang auf dem Türstock ruhte und dann in die Tasche zurückkehrte.

Ich machte es dem Doktor nicht leichter, ich hielt jedes Wort zurück, es blieb ihm also nichts übrig, als zu sagen: »Sorg dafür, daß sein Fieber runtergeht, Sohara, dir als Schwester brauche ich nicht zu sagen, wie gefährlich Fieber für Kinder ist.«

»Ich habe ihm zwei Zäpfchen gegeben«, sagte ich und machte am Waschbecken ein Tuch naß. Evjatar ließ mich nicht aus den Augen. Eine Minute verstrich und noch eine, bis der Doktor sich vom Türstock löste und zum Bett trat.

»Wenn du mir deine Hand gibst«, sagte er, »werde ich raten, wieviel Fieber du hast.«

Zögernd bewegte sich Evjatars Hand unter der Decke, bis sie herauskam. Er legte sie ausgebreitet auf das Bettgestell. Der Ärmel war hochgerutscht, nackt lag die Hand auf dem Metall. Doktor Cohen umschloß das kleine Handgelenk und legte vier Finger auf den Puls, in diesem Griff sah Evjatars Hand dünn und hilflos aus, seine Finger waren eine verkleinerte Kopie der Finger, die sie hielten.

Der Doktor hielt die Hand länger, als es zum Pulsfühlen nötig gewesen wäre, bis er die kleine Hand losließ und den Ärmel herunterzog.

»Nun, wieviel Fieber habe ich?« fragte Evjatar.

»Ach, ich schaffe es nicht, richtig zu raten«, antwortete der Doktor verwirrt und stand auf. »Nun denn, gute Besserung, Evjatar«, sagte er von der Tür aus, dann ging er.

»Doktor Cohen«, rief ich ihm im Flur nach. »Sagt Ihnen die Zahl eins, drei, zwei, sechs etwas?«

»Der dreizehnte Stock, nicht wahr?« fragte er mit dem Rücken zu mir und blieb stehen, und sein Spiegelbild, das von der Fensterscheibe zurückgeworfen wurde, hing über dem dunklen Krankenhausgarten.

»Man muß es nicht übertreiben, Meningitis ist kein Schicksalsschlag, das geht vorbei«, sagte er und fügte nach einer Pause hinzu: »Ja, ich erinnere mich, es war nicht nur der dreizehnte Stock, auch die Zimmernummer war eine Verdoppelung der Zahl dreizehn. Aber ich habe ja schon gesagt, Sohara, das geht vorbei.«

»Ja, ja, es geht vorbei«, wiederholte ich seine Worte wie ein Echo und schaute diesem siebenunddreißigjährigen Mann nach, der ein Doppelkinn hatte und den Gesichtsausdruck eines Mannes in mittlerem Alter, nur die Verlegenheit verlieh ihm noch einen Hauch seiner Jugend. Dieser Mann war ein Fremder gewesen, als er mit mir geschlafen hatte, und er war ein Fremder geblieben, auch wenn Evjatars Hände eine vollendete Nachbildung seiner Hände waren.

Abends stand Michael plötzlich in der Tür.

»Kaum spricht man von ihm, kommt er auch schon«, sagte ich, stand aus dem Sessel auf und ging mit ihm hinaus in den Flur.

»Wer spricht?« fragte er und küßte mich auf die Wange.

Seine Wange war kühl und glattrasiert, der Hals warm, und sein Duft weckte Sehnsucht in mir, ich erinnerte mich nicht mehr, wann ich je so nahe an einem Menschen gestanden hatte, wann hatte ich das Zwerchfell eines anderen berührt, wann hatten die Arme eines Mannes um meine Schultern gelegen.

Laß es zu, sagte ich zu mir, dränge nicht, was bedeutet es schon, wenn es länger dauert, so begrüßt man sich offenbar in Tel Aviv.

Evjatar schlief mit dem Gesicht zur Wand, und Michael betrachtete ihn von der Tür aus, das Licht vom Flur fiel auf eine Hälfte seines Gesichts. Ein Mann kommt und will wissen, wie es mir geht, und ich sehe Schlimmes voraus, jemand kommt, um es mir leichter zu machen, und mein Geist ist auf Katastrophen vorbereitet und geht zum professionellen Seher der Bibel, um sich Prophezeiungen zu holen.

»Was sagen die Ärzte?« fragte er.

»Daß es vorbeigeht. Daß es eine Meningitis ist, kein Schicksalsschlag.«

Wir gingen zum Flurfenster und schauten hinaus in die Dunkelheit, die Ejn Kerem bedeckte. Gelbes Licht flackerte auf und bewegte sich im Wind, dichter Dunst lag um das Krankenhaus, dessen Mauern die Schmerzen und die Traurigkeiten beherbergten, die von Krankheitserregern herrührten, von Schicksalen. Michael kaute an einem Fingernagel und betrachtete die Lichter auf der gewundenen Straße.

Seit wann kaut er an den Nägeln? Seine Fingernägel sind wie die von Doktor Cohen, gerade geschnitten und mit einem weißen Streifen zwischen Nagel und Kuppe.

»Ein Krankenhaus kann einen in Depressionen stürzen, ich bewundere dich, daß du an solch einem Ort arbeiten kannst«, sagte er.

»Was gibt es da zu bewundern, ich werde dafür bezahlt.«

»Du wirst dafür bezahlt, daß du Laken wechselst und Aspirin austeilst. Aber niemand bezahlt dich dafür, daß du dem Tod Auge in Auge auf dem Flur gegenüberstehst.«

»Ich bin in guter Gesellschaft«, sagte ich. »Auch die Totengräber werden nur für das Loch bezahlt, das sie in die Erde graben. Und überhaupt, warum sollte man jemanden für den Tod bezahlen, schließlich bekommt man ihn am Ende sowieso umsonst.«

Michael mochte meine Spitzfindigkeiten nicht, er fuhr sich gereizt durch die Haare und sagte: »Ich weiß nicht, ich hätte jedenfalls kein Arzt sein können.«

»Dann ist es ja gut, daß du dich für High-Tech entschieden hast. Computer beklagen sich nicht, sie haben keine Körperausscheidungen, und sie sind geruchsfrei.«

Mit vorgesackten Schultern und hochgeschlagenem Mantelkragen schaute er hinaus in die Dunkelheit, als habe er Angst, das zu sehen, was auf dieser Seite des Fensters war. Am Morgen wird er zu seiner Firma gehen, er wird sich ein Schild am Hemd befestigen und seinen Tag mit der Vervollkommnung von Silikonprodukten verbringen, er wird seine Produkte an zwölfjährige Mädchen im Fernen Osten schicken, damit sie sie zu Goldfäden spinnen und einen Teller Reis dafür bekommen.

»Glaub mir, Sohara, wenn morgen ein Virus all unsere Programme befällt, wirst du mich nicht unter den Trauernden finden.«

Er kratzte mit dem Fingernagel einen Fleck von der Fensterscheibe und sagte: »Ich weiß nicht, ich bin für Ad-hoc-Herausforderungen gemacht, solche, die sich, wenn ich aufstehe und gehe, nicht nach mir sehnen und ich mich nicht nach ihnen.«

»Und was ist mit Frauen?«

Er lachte, nahm den Finger von der Scheibe, legte seinen Arm um meine Schulter und sagte: »Ach, hör auf, ich verstehe nicht, wie wir zu so einem Gespräch gekommen sind.«

Der Wind öffnete das Fenster einen Spaltbreit, ein Windstoß

fuhr herein, scharf und kalt, sein Hemdkragen zitterte, und die Haut an seinem Hals zog sich zusammen.

»Mach den Mund auf«, sagte er, in seiner Tasche wühlend. Er zog ein Bonbon heraus, wickelte es auf, legte es mir auf die Zunge und hielt mir dann den Mund mit den Fingern zu. Das Bonbon war warm und weich von den vielen Stunden, die es so nah an seinen Lenden verbracht hatte.

»Laß es dir schmecken, du siehst aus, als hättest du eine Woche lang nicht geschlafen.«

»Ja, ich war sicher, das Ende der Welt wäre gekommen.«

Meine gerupfte Gestalt, die sich im Fenster spiegelte, sah müde und armselig aus, mit dunklen Rändern unter den Augen und schlaff und wirr herunterhängenden Haaren. Der Rauch aus dem Schornstein fabrizierte eine Mondfinsternis am Himmel, Tränen glänzten auf der Scheibe und rannen an ihr herunter. Michaels Brust war hart und gerade, seine Hemdknöpfe rieben an meinem Kinn, seine warme Haut roch nach guter Seife. Meine Wange lag an seiner Schulter, das Bonbon drückte an mein Zahnfleisch, und ich weinte, wie ich seit sechs Jahren nicht mehr geweint hatte, und zu dem letzten Kummer kamen Splitter anderer Leiden, solche, die sich benennen ließen, und andere ohne Namen. Ich weinte über Evjatar und mich und über Ostrow, und es war mir egal, daß das Bonbon mir das Zahnfleisch aufriß. Wieder stieß der Wind gegen das Fenster, vergrößerte den Spalt, kalte Luft drang herein und ließ die Tür zufallen. Evjatar schrie: »Mama!«, und ich löste mich von Michael und rannte zu ihm.

»Mama, wohin bist du gegangen?«

»Nirgendwohin, ich war mit Michael im Flur, wir wollten dich nicht stören.«

»Mama, was hast du gegessen?«

»Ein Honigbonbon.«

Evjatar gähnte und fragte nicht weiter. Ich legte meine Hand auf seine Stirn, und er sagte: »Deine Hand ist schrecklich kalt«, dann drehte er sich zur Wand und schlief ein, ohne Michael anzusehen, der in der Tür stand. Michael schaute zu, wie ich Evjatars Fuß unter die Decke schob und sie glattstrich, ich kontrollierte, ob die Infusionsflüssigkeit gleichmäßig tropfte, ob das Fenster geschlossen und die Bremse des Bettes angezogen war.

»Ich muß mich für die Heulerei entschuldigen«, sagte ich.

»Wenn du mich fragst, dann ist es das Beste, was dir heute passiert ist«, sagte er, nahm zwei Tassen vom Waschbecken, ging hinaus auf den Flur und fragte zwei Frauen, die dort saßen und Kürbiskerne aßen, wo die Küche sei, und sie standen auf und führten ihn hin.

Er kam zurück, balancierte zwei Tassen Kaffee auf einem Tablett wie ein Kellner, und wir setzten uns auf die Plastikstühle neben der Tür zu Evjatars Zimmer und tranken. Der Mond hing über dem Krankenhausschornstein wie eine abgeschossene Kugel, Michael betrachtete ihn, während er über seinen Kaffee blies, um ihn zu kühlen.

»Dieser Mond sieht aus wie ein O oder wie ein umgekehrtes Ausrufezeichen«, sagte er und lachte. »Ich weiß nicht, wie ich auf diese Idee gekommen bin, Grammatik war nie meine starke Seite.«

Er verglich mit Buchstaben, ich mit Waffen, und der Mond, ein gleichgültiges Beispiel, stieg höher und schickte sein kaltes weißes Licht herunter.

Wir schwiegen. Ich erzählte ihm nicht, was an diesem Tag alles passiert war, und er versuchte nicht, mich noch mehr zu trösten, als er es ohnehin schon tat, und trotzdem hatte er den ganzen Weg von Tel Aviv bis zu diesem Flur zurückgelegt, um auf einem Plastikstuhl zu sitzen und mit mir Kaffee zu trinken.

»Danke, daß du gekommen bist«, sagte ich, und seine Hand legte sich schwer und warm auf meine, und ich wußte nicht, ob die Wärme seine natürliche Wärme war oder von der Tasse stammte. Fast hätte ich wieder angefangen zu weinen, aber ich verschluckte die Tränen.

Bevor er ging, spülte er die Tassen aus und stellte sie umgedreht auf den Beckenrand.

»Wenn du jetzt nicht einschläfst, wirst du zusammenbrechen«, sagte er, rieb seine Wange an meiner, und das Weinen hielt sich zurück, nur die Anzeichen waren schon zu spüren.

»Geh«, sagte ich zu ihm, »es ist schon spät«, und er ging mit aufrechten Schritten, drehte sich nur noch einmal um und winkte mir zum Abschied zu. Die Frauen saßen mit untergeschlagenen Beinen da, sie boten ihm Kürbiskerne aus den Tüten an, die sie zwischen den Knien hielten, er bedankte sich, lehnte mit einer Handbewegung ab und ging weiter.

Inzwischen hatte sich der Mond entfernt, der Schornstein ragte nun leer und einsam zum Himmel, weißer Dunst bedeckte den Garten.

Evjatar hob die Hand und bewegte sie in der Luft, als kämpfte er im Schlaf mit einem Bazillus. »Haut für Haut! Und alles, was ein Mann hat, läßt er für sein Leben«, hat Satan Gott bei Hiob geantwortet. Und ich beugte mich über mein Kind und fragte mich, warum mir ausgerechnet diese Worte einfielen.

Sechstes Kapitel

Fünf Tage vergingen, bis Evjatar es schaffte, den Nacken vorzubeugen und ihn nach hinten zu neigen, zustimmend zu nicken oder energisch den Kopf zu schütteln, am sechsten Tag wurde er nach Hause entlassen, und am Tag darauf rief der Doktor an.

»Dieser Junge wird mein einziger Nachkomme sein«, sagte er.

»Was soll das heißen?«

Seine Stimme war heiser, das Wort »Nachkomme« kam aus seinem Mund, als wäre es von seinen Zähnen zerkratzt. Er hätte ihn auch »Sproß meiner Lenden« oder seinen »Erstgeborenen« nennen können, wenn sein Samen nicht über das ganze Land verstreut gewesen wäre.

»Ich werde keine anderen Kinder haben, sie kann keine Kinder bekommen.«

»Und was ist mit den Samenspenden?« fragte ich, obwohl ich wußte, daß das seine Not, keine Kinder zu haben, nicht linderte.

»Vernichtet«, sagte er. »Nach sechs Jahren wird alles vernichtet.«

Ich fragte nicht, wer »sie« war, auch nicht, warum die Medizin, die so viele Probleme von ungewollter Kinderlosigkeit lösen kann, für sie keine Heilung bot, doch plötzlich sah ich seine Hand vor mir, wie er sie auf Evjatars Schulter gelegt hatte, in der Halle, als wir dabei waren, das Krankenhaus zu verlassen, zwischen Leuten, die ankamen, und anderen, die weggingen, der Dunst ihres Atems traf unsere Gesichter. Diese Hand, die sich um Evjatars Arm geschlossen hatte, bekam auf einmal eine Bedeutung, und was erst eher beiläufig ausgesehen hatte, wollte jetzt ernst genommen werden. Evjatar hatte die großen Finger akzeptiert, die sich noch nicht einmal ganz ausstrecken mußten, um seinen Arm zu umfassen. Blaß und mager, mit schlaff herunterhängenden Jeans und einem Pullover, der an dem dünnen Hals zu weit aussah, wehrte er sich nicht gegen die Hand, die ihn anfaßte, als wäre er an etwas beteiligt, was er nicht verstand, vielleicht glaubte er ja auch, daß sich Ärzte so von ihren Patienten verabschieden, wenn es ihnen bessergeht. Groß und verwirrt stand der Doktor über ihm, und draußen, ein paar Schritte von der Tür entfernt, glänzten Regenpfützen in Asphaltlöchern, ein Windstoß fuhr durch die offene Tür in Evjatars Haare.

»Vielleicht geht ihr da weg, das ist kein Platz zum Rumstehen, entschuldigen Sie, Doktor, aber das ist ein Eingang, ich muß sehen, wer kommt und wer geht«, hatte der Wachmann gesagt. »Sie nehmen es mir doch nicht übel, Doktor, oder?«

Wir waren hinaus auf den Gehweg gegangen, die Luft war kalt, und ich sah, wie Evjatar eine Gänsehaut am Hals bekam.

»Zieh deine Jacke an«, hatte der Doktor gesagt und ihm geholfen, in die Ärmel zu schlüpfen. Evjatar zog den Reißverschluß bis zum Kinn hoch und setzte sich auch die Mütze auf, und sein Gesicht sah klein und dünn aus.

»Gute Besserung«, hatte der Doktor gesagt, Evjatar schwieg, steckte die Hände in die schrägen Jackentaschen. Dann war ein Taxi gekommen, und seine quietschenden Bremsen verschluckten das »Auf Wiedersehen«, das der Doktor sagte. Die Taxitür ging auf, Krücken fuchtelten suchend über den Gehweg.

»Es ist sehr kalt, komm«, sagte ich und zog ihn hinter mir her, und er betrachtete die Krücken und die Beine, die dazwischen hinschlurften, bis sie hinter dem Doktor verschwunden waren. Er war dort stehengeblieben und hatte uns nachgeschaut, die Hände auf die Ohren gelegt, und der Wind hatte seinen Kittel gegen seine Beine geschlagen.

Ich wußte nicht, wozu sein Anruf gut sein sollte, hatte er etwa vor, seine Vaterschaft aufzudecken und sie auszuleben? Oder wollte er mir nur mitteilen, daß Evjatars Wert gestiegen war und daß ich noch besser auf ihn aufpassen sollte, als ich es ohnehin schon tat, denn auf ihm allein lag die Aufgabe, die Existenz des Doktors in der Welt fortzusetzen.

»Es tut mir leid zu hören, daß ihr keine Kinder haben werdet«, sagte ich.

»Ich wollte dich um Erlaubnis bitten, ihn manchmal zu treffen«, sagte er, und ich schwieg. Ich erinnerte mich an den Ärmel, der hochgerutscht war, als er die Hand ausstreckte, um das Geld zu nehmen, damals, vor sechs Jahren. Ein schwaches Licht war auf sein Handgelenk gefallen, als er den Geldschein packte, und ich hatte mein Becken gegen das Bett gedrückt und das Gesicht von S. J. Agnon betrachtet, das auf dem Schein abgedruckt war und das im Licht durchsichtig wurde.

»Wozu? Ich habe nicht vor, ihm Probleme zu schaffen und ihn irgendwelcher Geheimnistuerei auszusetzen.«

»Warum soll das Probleme schaffen, ich werde ein Freund von euch sein, der ihn im Krankenhaus behandelt hat, das ist alles.« Ich gab keine Antwort, ich hatte keine Lust, über das Wie, Wo und Wann zu sprechen, sein Ton reichte mir, um vorauszusehen, daß das plötzliche Interesse an seinem Sohn wieder abflauen würde. Ich gab widerwillig nach und sagte, aber bei allem, was passieren würde, müsse Evjatars Wohl im Vordergrund stehen.

»Natürlich, selbstverständlich«, sagte er.

Evjatars Wohl, weiß überhaupt jemand, was das ist? Nur der

Nebel ist noch diffuser als diese Aussage. Einhundertsieben Schekel habe ich ihm für seinen Samen bezahlt, ich habe ihn für Geld gekauft, ich schulde ihm nichts, und jede Sorge ist überflüssig.

In seiner Eile hatte der Doktor vergessen zu fragen, wie es Evjatar gehe, und da er nicht gefragt hatte, erzählte ich ihm nicht, wie wunderbar er sich erholte. Am ersten Tag nach seiner Rückkehr war er verloren zwischen seinen Spielsachen herumgelaufen, er war in den Garten gegangen und gleich zurückgekommen, er hatte Milka und Mario besucht, aber nur sehr kurz, er hatte durch die Öffnungen in den Zypressen geschaut, die Staubkörner betrachtet, die im Sonnenlicht tanzten, und die Augen zugekniffen, weil ihm das Licht noch immer unangenehm war, er hatte offenbar nicht gewußt, auf wen oder was er seine Aufmerksamkeit richten sollte, als habe er plötzlich verstanden, daß die Existenz der Dinge nicht selbstverständlich ist und daß man das, was man mag, festhalten muß, solange es noch da ist. Nach einem Tag hatte er sich beruhigt, er fühlte sich wieder sicher, da seine Umgebung Bestand haben würde, nur der Heißhunger, der ihn plötzlich befallen hatte, hörte nicht auf. Er öffnete den Kühlschrank, verschlang dicke Brotscheiben, Kekse, Bananen, untersuchte den Küchenschrank und fragte immer wieder, was es zum Essen gab.

»Sehr gut, daß er wieder sein normales Gewicht bekommt«, sagte Milka.

»Du solltest sagen, unberufen«, sagte Mario und klopfte dreimal auf das Holzbrett. Er und Milka sahen in seiner Krankheit eine wunderbare zweite Möglichkeit, die ihnen das Schicksal bot, nachdem ihre kleine Tochter an Gehirnhautentzündung erkrankt war. Evjatars Schlaffheit, verursacht durch die Krankheit, machte jetzt einer lebhaften Aktivität Platz, wach und neugierig lief er durch die Zimmer, gespannt reagierte er auf alles, wenn das Telephon klingelte, wenn draußen jemand vorbeiging oder wenn sich einer auf dem Eisengitter die Schuhe abtrat, wenn eine Tür zugeschlagen wurde, ein Auto hupte, in der Ferne jemand schrie oder lachte. Er sammelte alle Geräusche, er warf sich im Bett herum und murmelte: »Infusion ... Rückenmarkspunktion ... Isolierung ... Biskuits ... Gehirnhaut ...« Er nahm die Worte, die zu seiner Krankheit gehörten, in seinen Wortschatz auf. Wenn er eingeschlafen war, atmete er tief und mit langen Abständen zwischen den Atemzügen, und stundenlang lag er da, ohne sich zu bewegen. Mehr als einmal beugte ich mich über ihn, um mich zu versichern, daß er lebte. Keine Ärzte werden sich in unser Leben drängen, mein Kind, versprach ich ihm, ich habe ihm Geld dafür bezahlt, damit du nur mir gehörst.

»Wie geht es Ihrem Sohn, Schwester Sohara?« fragte Fischman und verbarg den dünnen Rauchfaden, der von der Zigarette aufstieg, die er vor einer Sekunde ausgemacht hatte. »Jemand hat gesagt, er sei in Lebensgefahr gewesen, er möge gesund sein, Schwester Sohara, das haben Sie nicht verdient.«

Er wollte mich nicht zusätzlich bekümmern, er versteckte mit seinem Rücken den Aschenbecher und verließ sich darauf, daß der Luftzug den Rauch vertrieb.

»Mein Junge ist Gott sei Dank wieder gesund geworden, Fischman, und wie geht es Ihnen?«

»Gott sei Dank wegen Ihres Jungen, aber meinetwegen nicht. Warum sollte ich mich bei ihm bedanken, wenn er mir das antut? Die ganze Zeit ist mein Zucker auf vierhundert, und die Beine? Von mir aus kann sie mir der Orthopäde gleich abschneiden, das ist kein Leben, Schwester Sohara, hoffentlich müssen Sie nie so etwas durchmachen. Dabei habe ich nie einer Fliege was zuleide getan, warum tut er mir das an, warum soll ich Gott sei Dank sagen? Sollen ihm doch die danken, die zum Wintersport in die Schweiz fahren.«

Sein Pyjama war Fischman zu groß, auch nachdem er vier

Knoten in die Gürtelschnur gemacht hatte, rutschte ihm die Hose bis auf die mageren Hüften. Seine Turnschuhe waren zu breit und zu lang für seine Füße, er hatte sie mit Watte ausgestopft, und die Schuhspitzen zeigten nach rechts und nach links, wie die Schuhe von Charlie Chaplin. Fischmans Leiden steckten in seinen Strümpfen, er nahm sie mit zur Toilette, auf den Flur, in die Stationsküche, zu dem Fenster, von dem aus man den Sonnenaufgang, und zu jenem, von wo aus man den Sonnenuntergang sehen konnte. Er begleitete mich zur Station, als wollte er meine Ankunft verkünden, wobei er seinen rechten Fuß nachzog, nur mit der halben Sohle auftrat und die andere Hälfte in der Luft hielt.

Zusätzlich zu der Last durch die Zuckerkrankheit litt er auch daran, daß die Ärzte es geschafft hatten, den Rhythmus von Taufiks Herzschlag zu stabilisieren, und daß sie ihn nun nach Hause schicken wollen. Heute kommt Frau Taufik zum letzten Mal in die Station, und wenn sie sich nicht wegen der Krankheit ihres Mannes allzusehr aufregt, wird sie Fischman fragen: How are you? Und vielleicht wird sie noch eine Weile zwischen den Betten sitzen und ihre Beine übereinanderschlagen und dann das obere wieder unter das untere schieben und umgekehrt.

Der schwarze Rock, den Frau Taufik diesmal trug, war enger als die früheren, der Schlitz an seiner Rückseite zeigte eine hübsche Mulde in ihrer Kniekehle und schwellendes, rundes, weiches Fleisch da, wo der Oberschenkel anfing. Und die Bluse? Sogar Fischman, dessen Augen durch die Zuckerkrankheit gelitten hatten, konnte sehen, wie sparsam sie zugeschnitten war und wie eng sie sich über der Fülle darunter spannte. Er saß auf seinem Bett und betrachtete die Pracht, die sich seinen Blicken darbot, und als sie sich zu ihm wandte und ihn fragte: »How are you?«, sagte er: »Bad, bad, madam Taufik«, und sie sagte: »O, I am very sorry.«

Bis Taufik sich hinter dem Wandschirm Hose, Hemd und

Jackett angezogen hatte, saß sie zwischen den Betten und bewegte ihre Beine aufs angenehmste, und ihr Fleisch drückte sich gegen den Stoff, der es umhüllte, als habe es Lust, sich zu befreien und sich endlich Fischman zu zeigen. Fischmans Mund stand offen, er hatte die Augen zugekniffen, um das Blickfeld zu fokussieren, und Frau Taufik betrachtete den viel zu großen Pyjama und die verknotete Schnur, und als ihr Blick zu den Schuhen kam und den dünnen Knöcheln, legte sie ihre Hand auf seine, die neben seinen Beinen lag. Fischmans Finger zitterten unter ihrem goldenen Ring, und ein vergessenes Gefühl stieg durch seine verkalkten Adern bis zu seinem Herzen und von dort zu den Augenhöhlen, große Tränen traten in seine Augen und blieben dort stehen, ohne über seine Wangen zu rollen. Taufiks Frau sah es und nahm ihre Hand nicht weg, bis der Wandschirm zur Seite geschoben wurde und Taufik auftauchte und seinen Kragen über dem Jackett glattzog.

»I wish you the best«, sagte sie, und er saß noch immer auf dem Bett, die Hand auf dem Laken, und nun zog sich eine feuchte, glänzende Spur über seine Wange. Einen Moment noch hallte das Echo ihrer Absätze im Flur, dann war es still. Fischman blieb sitzen, ließ die Hand, wo sie war, und hielt das Wunder fest, damit es nicht verschwand.

Ostrow schlief hinter seinem Wandschirm. Als er aufwachte, war Taufiks Bett schon frisch bezogen, bereit für den nächsten Patienten. Seit er mit der Chemotherapie angefangen hatte, schloß er seinen Wandschirm und blieb für sich, sei es, um Fischman die Grimassen zu ersparen, die er wegen der Übelkeit zog, oder weil er mehr Zeit brauchte, um mit sich selbst und mit seinem Gott sein Leben zu betrachten, vielleicht auch, um sich an den letzten Ort zu gewöhnen, an dem er für immer allein sein würde.

»Taufik ist nach Hause gegangen«, sagte Fischman, als er hörte, wie Ostrows Füße nach seinen Hausschuhen tasteten. »Er wünscht dir noch gute Besserung.«

»Danke«, sagte Ostrow.

»Heute war seine Frau am allerschönsten«, sagte Fischman, bereit, seinen Gefühlsüberschwang mit ihm zu teilen, obwohl ihm klar war, daß Ostrow mit diesem Gefühl wohl nichts zu tun hatte.

»Du bist fromm, deshalb sage ich dir, daß sie heute wirklich wie Königin Esther ausgesehen hat.«

Ostrow lächelte in seinen Bart und sagte: »Und er wie der Jude Mordechai?«

»Wie Hamman, der Böse«, sagte Fischman. »Er ist ein Araber, sie wollen uns alle ins Meer jagen.«

Ostrow wollte die nationalen Neigungen Taufiks und seiner Glaubensbrüder nicht diskutieren, er sagte: »Auch Jitzchak und Ismael sind beide Söhne unseres Vaters Abraham, und alle sind Kinder Gottes.«

»Stimmt, ich sage ja nichts, es gibt auch Gute unter ihnen«, sagte Fischman und dachte, daß Frau Taufik eine späte Nachfahrin von Hagar sei, und er wiederholte seine Verallgemeinerung: »Es gibt viele Gute unter ihnen, seine Frau, zum Beispiel, glaub mir, sie hat das Herz einer Jüdin.«

Ostrow antwortete nicht, er hob das Handtuch hoch, das auf dem Kissen lag, wegen der Haare, die er verlor, um es über dem Klobecken auszuschütteln, er befestigte seine Kipa auf den dünner werdenden Haaren und fuhr sich mit der Hand durch den ebenfalls dünneren Bart.

»Wir haben uns solche Sorgen um dich und um Evjatar gemacht«, sagte Maurice und betrachtete prüfend mein Gesicht und meinen Körper, als suche er nach Spuren, die Evjatars Krankheit hinterlassen hatte. »Schade, daß es auf der Station heute soviel Arbeit gibt, du hättest dir ein bißchen Ruhe verdient. Willst du einen Kaffee?«

Maurice wollte mir etwas Gutes tun, aber das Licht am Türstock von Nummer drei blinkte und zwang ihn, hinzueilen. Sein Pflegekittel ist zu eng, seit Jahren versucht er keine Diät mehr, schon um zehn Uhr morgens verschlingt er eine Scheibe Brot nach der anderen, als könnten die Margarinebrote das Loch in seiner Seele stopfen. Zu früh hatte das Leben das Stoppschild vor ihm aufgestellt und ihn gezwungen, einen Beruf zu ergreifen, mit dem er sich sobald wie möglich ernähren konnte.

Eine neunundzwanzigjährige Frau lag in Zimmer drei, vergiftet von schmutzigem Wasser, das sie in der judäischen Wüste getrunken hatte, und Maurice war ganz aufgeregt. Wenn, was selten genug ist, eine junge Patientin in unserer Station landet, reagiert Maurice sehnsüchtig und unruhig, und die Jugend der Kranken reicht aus, sie zu einer Schönheit zu machen im Vergleich zum Alter und den zerfallenden Körpern, mit denen wir es Tag für Tag zu tun haben.

»Toll«, sagte er, »toll.« Er lächelte, als er aus Zimmer drei zurückkam. »Annabelle, was heißt das, Annabelle? Der Name paßt so gut zu ihr, auch wenn ich ihn nicht verstehe. Man sieht einen Menschen, hört seinen Namen und weiß sofort, ob er paßt oder nicht.«

»Und wie ist es mit meinem Namen?« fragte ich.

»Um die Wahrheit zu sagen, am Anfang habe ich nicht geglaubt, daß du Sohara heißt, Aschkenasim nennen ihre Töchter nicht Sohara, aber jetzt denke ich, daß der Name genau zu dir paßt. Vielleicht erkläre ich es dir mal, aber nicht heute.« Auch Michael hatte gesagt, daß er es mir mal erklären würde, und auch er hatte gesagt, daß es Dinge gab, die man nicht übereilen sollte. Wann wirst du es mir erklären, Michael? Jetzt wissen wir doch schon, daß wir nichts übersprungen haben und nichts vorgezogen.

Seit Evjatar angefangen hatte, gut zu essen und wie früher mit seinem Traktor zwischen unseren Kürbisgewächsen herumzufahren, drängte sich Michael immer wieder in meine Gedanken, es waren Kleinigkeiten, die in mir auftauchten: der Geruch nach Seife an seinem Hals, das warme Bonbon, das er in der Tasche gehabt hatte, so nah an seinen Lenden, der Fleck, den er von der Scheibe gekratzt hatte, die Handbewegung, mit der er die angebotenen Kürbiskerne abgelehnt hatte, der Vergleich, der ihm zum Mond eingefallen war.

Während Ostrow seine Haare in der Kloschüssel hinunterspülte, wechselte ich seine Bettwäsche. Auch die Brusthaare gingen ihm aus, nur in seiner Seele hatten sich die Chemikalien noch nicht festgesetzt, die ihm die Ärzte ins Blut fließen ließen. Aber was weiß ich eigentlich? Vielleicht ist die Ruhe nur eine dünne Haut über Strudeln? Vielleicht zerreißt er hinter dem vorgeschobenen Wandschirm das Laken mit den Zähnen und hebt die Fäuste zum Himmel, vielleicht weint er, vielleicht lacht er und verspottet den Todesengel, der zwischen den Betten herumgeht und denjenigen markiert, den er als nächsten holen wird. Neben dem Waschbecken wartete er geduldig, bis ich fertig war, sagte »vielen Dank« und blieb stehen, bis ich an ihm vorbeigegangen war, wobei er die Arme vor der Brust kreuzte und sich zusammenzog, damit ich nicht aus Versehen an ihn stieß.

Doktor Zurieli hatte ihm vorgeschlagen, zum Scheret-Institut zu gehen, aber er hatte es abgelehnt. »Hier bin ich näher an zu Hause, es ist leichter für meine Frau und meine Kinder«, hatte er gesagt. »Und es wird sowieso das geschehen, was der Heilige, gelobt sei Er, entscheidet. Was spielt es für eine Rolle, ob der Behälter mit der Infusion an einem Ständer im Scheret-Institut hängt oder hier auf dem Har ha-Zofim?«

Ich ging aus dem Zimmer, das Lied »Männer weinen in der Nacht« ging mir durch den Kopf, ich summte es vor mich hin.

»Ein Dummkopf, der dieses Lied geschrieben hat«, sagte Maurice. »Ich weine nicht in der Nacht, ich glaube nicht an Tränen.«

»Versuch's mal, Maurice«, sagte ich, »vielleicht merkst du, daß es das Beste ist, was dir passieren kann.«

Nun summte auch Maurice das »Männer weinen in der Nacht«, und er war energisch und fröhlich. Die plötzlich bei uns aufgetauchte Jugend ließ eine unerwartete Erregung aufkommen, die hier im allgemeinen nicht zu finden war.

Die Sonne war schon hinter dem Französischen Hügel verschwunden, rote Streifen fielen durch den Flur und über die Rollwägen und verkündeten das Ende der Schicht. Ich spritzte destilliertes Wasser in Antibiotika, und Michael mischte sich mit den Millilitern, die ich zählte, ich zählte noch einmal, und wieder Michael, bis sich das Pulver im Wasser auflöste und ich erneut die Namen der Patienten auf den Spritzen kontrollieren mußte, weil Michael sich wieder eingemischt hatte. Sosehr der Kopf auch versucht, etwas zu leugnen, der Körper führt ein eigenes Leben, und das Fleisch erinnert sich. Sechs Jahre habe ich mit keinem Mann geschlafen, alle Zellen meiner Haut haben sich erneuert, auch die Haare und die Nägel, und das Wasser, aus dem siebzig Prozent des menschlichen Körpers bestehen, ist verdampft und erneuert, woran also hat sich die Erinnerung festgemacht?

Schon seit zwei Tagen war Evjatar aufgekratzt, als hätte das Virus, das sich zwischen seinen Gehirnhäuten herumgetrieben hatte, auf einen Schalter gedrückt und verborgene Vitalität freigesetzt, und es war, als habe mich dieses Genesungssyndrom angesteckt. Ich wußte zwar nicht, was von diesem Sturm zurückbleiben würde, wenn er sich gelegt hatte, aber einstweilen erfüllte er mich so mit Adrenalin, daß es mir sogar schwerfiel, ein Stück Brot zu essen. Und bevor es mir leid tun konnte, wählte ich seine Nummer.

»Hallo?« sagte er und schluckte etwas hinunter.

»Ich bin's.«

»Sori? Das glaube ich nicht.«

Ich erzählte ihm von den Antibiotika, die ich seinetwegen durcheinandergebracht und in den Mülleimer geworfen hatte. Ich konnte es kaum fassen, daß ich es war, die diese Worte aussprach, und daß meine Stimme fest und sicher war und nicht verschämt.

»Kommst du heute abend nach Tel Aviv?« fragte er und kaute schon nicht mehr.

»Ich komme.«

Evjatar sah, daß ich meinen grauen Rock anzog, und packte sich Puzzles und Autos zusammen, um sie in sein glückliches Exil bei Mario und Milka mitzunehmen. Er fragte noch nicht einmal, wohin ich gehen wolle oder wann ich wiederkäme. Er packte auch seinen Pyjama und seine Zahnbürste ein, gewöhnt an die Wanderungen, die ihm sein Status als Einzelkind einer alleinerziehenden Mutter auferlegt.

Ich hingegen war an nichts gewöhnt. Ich wußte nicht, was ich anziehen sollte und ob ein Seitenscheitel mir besser stand als ein Mittelscheitel und ob der silberne Lippenstift, den ich von der Station zum Geburtstag bekommen hatte, zu mir paßte oder nicht.

»Das macht dich geheimnisvoll«, hatte Orna gesagt. »Gib her, ich zeig's dir.« Sie hatte den Silberstift herausgedreht und mir einen kühlen Mund gemalt, der fettig und schal schmeckte, und sie hatte gesagt, das sei genau das, was ich brauche.

»Ohne Lippenstift sieht man dich und weiß sofort, wer und was du bist«, hatte sie gesagt. »Aber wenn du ein bißchen davon aufträgst, ist man sich nicht mehr so sicher.«

»Und was ist gut daran, wenn man denkt, ich wäre eine andere, und dann die Wahrheit herausfindet?« fragte ich.

»Das macht neugierig, man wird dich wieder und wieder sehen wollen, bis man es weiß.«

»Und wenn man es weiß?«

»Das kommt darauf an.«

Sie drehte den Silberstift wieder zurück, machte ihn zu und sagte: »Was ich dir sagen will, Sori, es wäre besser, wenn du aufhörst, soviel zu fragen, und statt dessen tust, was man dir sagt.«

»Sie wird den Stift nie im Leben benutzen, ich kenne sie doch«, hatte Maurice gesagt. »Meine Frau schmiert sich das Zeug tonnenweise drauf, bis man glaubt, sie hätte Aluminiumpapier auf dem Mund, weil sie so glänzt.«

Maurice täuschte sich. Zu Ehren von Tel Aviv malte ich mir dieses fettige Silberzeug auf die Lippen, das meiste würde ohnehin schon verschwunden sein, wenn ich ankam, es wird höchstens ein blasser Schimmer zurückbleiben, wie wenn man sich mit der feuchten Zunge die Lippen geleckt hat. Ich wählte die grünliche Bluse mit den olivfarbenen länglichen Knöpfen. Weitere Anstrengungen hielt ich für überflüssig, ich kannte die Tricks, mit denen sich all diese Frauen herausputzten, die Michael schon getroffen hatte und noch treffen würde, ohnehin nicht. Er hatte schon die unterschiedlichsten Deos gerochen, er hatte blasses Make-up weggeküßt, er hatte parfümierte Zöpfe gelöst. Diesmal würde er eine Netto-Frau bekommen, ohne Zusatz, wie die anämischen Hühner, die die Patienten am Schabbat bekommen.

Mein kleiner Fiat erstaunte mich, als er seinen Weg durch die Natavei Ayalon fand, nach links abbog und hinauffuhr zur Arlossorow und weiter bis zur Ecke Nordau-Straße, gegenüber dem Grand Beach Hotel, so nah am Meer, daß man die Brandung hören konnte. »Ich wohne im obersten Stock, drücke auf die Nummer zwölf der Sprechanlage.« Ich fragte mich, ob der Bauherr Angst vor der Zahl dreizehn gehabt hatte, denn wenn man den Schutzkeller zu den Stockwerken dazuzählte, wohnte Michael eigentlich im dreizehnten Stock.

Der Knopf mit der Zahl zwölf war so grau und rund wie die anderen Knöpfe, trotzdem schien es mir einfacher zu sein, einen Knopf mit der Zahl sieben oder zehn zu drücken. Der Finger hielt über der Zwölf inne, zeigte einen nicht polierten

Fingernagel, schob sich zwischen die Zähne, spielte mit dem glänzenden Lippenstift, dann erst näherte er sich dem grauen Plastik und berührte es, ohne zu drücken. Im Treppenhaus ging das Licht an, jemand kam mit einem Mülleimer herunter. Ich tat, als wartete ich auf etwas, ich bückte mich zu meinem Schnürsenkel und pfiff »Männer weinen in der Nacht« vor mich hin, und derjenige, der mit dem Mülleimer heruntergekommen war, war bereits wieder auf dem Rückweg. Aus einem Strauch schaute mich eine Katze mit ihren leuchtenden Augen an. Was willst du, sagte ich zu ihr, und sie spitzte die Ohren und richtete den Schwanz auf. Als ich die Hand hob, erschrak sie, und als ich auf den grauen Knopf drückte, machte sie einen Satz zur Mülltonne. Der Finger hinterließ einen silbernen Fleck auf dem Knopf, die Tür summte, und statt sie aufzudrücken, zog ich an ihr, und da war der gnädige Moment schon vorbei, die Tür ließ sich schon nicht mehr öffnen. Doch sofort ging der Summer wieder, und ich drückte die Tür auf und trat ins Haus. Der Aufzug sank herunter, öffnete sich, schloß seine Tür hinter mir und brachte mich mit viel Lärm zum zwölften Stock. Michael stand an der Tür und war viel zu herausgeputzt, zu sehr gewaschen, zu sehr gekämmt.

»Bist du so blaß, oder liegt das nur an der Farbe der Bluse?« fragte er und hielt mir die Hand hin.

»Das liegt am Lippenstift«, sagte ich. »Man hat mir einen silbernen Lippenstift geschenkt, damit ich geheimnisvoller aussehe, aber statt dessen macht er mich nur blaß.«

Er lachte. »Gut, dann wischen wir ihn weg.« Er zog mich an sich und küßte mich auf den Mund, und weil unsere Münder so fest aufeinanderlagen, konnte ich mich wegen des schalen Geschmacks meiner Lippen nicht entschuldigen. Meine Tasche fiel hinunter, und ihr Inhalt verstreute sich auf dem Boden, aber Michael hatte warme, volle Lippen, und sechs Jahre waren wie ein Tag, und plötzlich reagierte mein Körper und war bereit. Er machte das Licht aus, und der Boden schwankte auf dem Weg, den wir vom Eingang zum Bett zurücklegten. »Gut, daß du gekommen bist«, sagte er, und die Worte machten mein Ohrläppchen feucht, er verfing sich zuerst mit den länglichen, olivfarbenen Knöpfen meiner Bluse, aber dann kam er zu mir, erregt und glühend. Ich sagte Worte zu ihm, von denen ich nicht gewußt hatte, daß ich sie aussprechen konnte, und er sagte Worte zu mir, die noch nie jemand zu mir gesagt hatte. Danach lag sein Arm in ganzer Länge auf mir, schwer und warm teilte er meine Brüste, eine lag auf der einen, die andere auf der anderen Seite, und das Fenster wurde von einem schwarzen Himmel ausgefüllt, an dem nur ein einziger Stern leuchtete.

Wir schwiegen, die Melodie von »Das Tote Meer, das blaue, wird sich sanft bewegen« drang durch die Wand, Michael zog eine Decke über uns beide und umarmte mich darunter, sein Arm ist höher als mein Kinn, er verdeckt mir den Blick auf den Himmel. Die Decke umhüllt uns, und wir schweigen und sind zu klug, um uns Dinge zu versprechen, Fehlgeburten, die leicht aus solchen Momenten entstehen, und aus der Wand summte es uns entgegen: »... die gelbe Erde wird unter der Sonne glühen.«

Michaels Achselhaare kitzelten mich am Hals, und mein Lachen hörte sich fremd und billig an, als gehörte es nicht zu mir, aber ich konnte nicht aufhören. Auch Michael lachte. Die Haut an seinen Fußsohlen war rauh, er rieb an meinem Unterschenkel. Ein Flugzeug flog tief über das Haus, und die Zimmerdecke zitterte.

»Ich wußte, daß das passieren würde«, sagte er. »In dem Moment, als du mir die Tür aufgemacht hast, in deinen abgerissenen Hosen und den Holzlatschen, da wußte ich es. Wäre da nicht dein Sohn gewesen, hätte ich dir damals schon gesagt, komm mit ins Bett, es stand zwischen uns wie dicke Luft.«

Ich wollte, daß Michael weitersprach, mir selbst fiel nichts ein, nichts Intelligentes oder Romantisches, noch nicht mal etwas Klischeehaftes wie im Kino. Der einzige Stern war im Dreieck von Michaels abgewinkeltem Arm gefangen, zwischen Oberarm und Unterarm, seine Brust war kühl und feucht, und aus irgendwelchen Gründen waren auch meine Augen feucht. Maurice glaubt nicht an Tränen, er hat recht, warum sollte man an sie glauben? Woran sollte man überhaupt glauben? Michael berührte mit dem Finger meine Lippen, fuhr ihre Umrisse nach, mein Kinn drückte in seine Halsbeuge, und ich wußte nicht, wessen Herztöne es waren, die ich hörte, seine oder meine, sein warmer Knöchel lag auf meinem Bein, die Decke hüllte uns ein, und die Zukunft mit ihrer Kälte und ihrem Zynismus blieb draußen.

Bis Michael die Lampe über dem Bett anknipste, hatte ich das Zimmer nicht gesehen, in das er mich gebracht hatte, auch nicht das Bett, in dem wir lagen. Nun machte er sie an, und ich sah, wie groß es war, ich sah den dünnen Vorhang vor dem Fenster, das zum Meer ging, zwei langhaarige Teppiche und ein Regal mit Platten und Büchern. Er stand auf, ging nackt zur Wohnungstür und holte meinen Rock, der dort liegengeblieben war. Als er zurückkam, trug er ihn über dem Arm wie ein Kellner die Serviette.

Ich betrachtete sein lachendes Gesicht, seine nackte Brust, ich betrachtete die Breite und Länge des Doppelbettes, und einen Moment lang flackerte Angst in mir auf, Neid auf eine verborgene Zukunft machte meine Bewegungen eilig und ungeschickt. Ich zog meine Strümpfe verkehrt herum an, als würde mich jemand antreiben, der Reißverschluß meines Rocks verhakte sich in der Unterhose, und Michael sagte: »Laß mich.« Er löste die Unterhose aus den Reißverschlußzähnen und fragte: »Was ist los?«, dann zog auch er sich die Unterhose an, fuhr mit jedem Bein in die dafür vorgesehene Öffnung, drückte sein Glied in den festen Stoff, fragte noch einmal: »Was ist los?« und hob mein Kinn an, als wäre ich ein Kind.

»Nichts, gar nichts.«

Er fragte nicht weiter, er knöpfte nur seine Jeans zu und sagte: »Komm, essen wir was«, und sein warmes, offenes Lächeln verstärkte meine Unruhe.

Spargel, Karotten, Pinienkerne, Quark, gelber und orangefarbener Schnittkäse, wie man ihn in Delikateßgeschäften kauft.

Die Teller und Tassen paßten zusammen, sie waren von einem tiefen Grün, auch die Servietten waren grün. »Er liebt das gute Leben«, hatte Mario über ihn gesagt, und die Spargel sahen aus, als wären sie Ausrufezeichen hinter seinen Worten. Wir tranken aus Kelchen, und ich sah in seinen Pupillen den Wasserhahn, verkleinert und verdoppelt.

»Wir wissen beide nicht mehr als das, was wir jetzt haben«, sagte er, »also laß es uns nehmen, wie es ist«, und die Karotte, die er in den Mund gesteckt hatte, knirschte laut zwischen seinen Zähnen.

»Du hast recht«, sagte ich und füllte meinen Kelch mit Wein. Er nahm ein Stück Käse und fütterte mich.

»Weißt du, wie viele Jahre ich mit niemandem geschlafen habe?« Ich hob die Hände, streckte fünf Finger der rechten aus und den Daumen der linken.

Er betrachtete meine nackten Finger, die unlackierten Nägel, die vom Desinfektionsmittel angefressene Nagelhaut und sagte: »Florence Nightingale, nicht nur Krankenschwester, sondern auch Nonne, und trotzdem so begabt im Bett.«

»Man sagt, es sei wie Radfahren«, meinte ich. »Wenn man es einmal gelernt hat, kann man es immer.«

Er lachte, nahm einen Schluck Wein und sagte: »Wenn es wie Radfahren ist, ein Glück, daß deine Bremsen kaputtgegangen sind.« Ich knabberte an einem Nagel, und er nahm mir meinen Finger aus dem Mund und küßte den feuchten Nagel.

»Wenn mir etwas geschieht, das zu gut ist, bekomme ich Angst«, sagte ich, und es war, als spräche eine andere Frau aus mir.

»Du brauchst keine Angst zu haben«, sagte er, und seine Erfahrung bewahrte ihn davor, Versprechungen zu machen. Er schob die Lippen vor, als zöge er an einer Zigarette, formte einen Kreis und sagte nach einer Weile: »Komm, laß uns runter zum Meer gehen.«

Wer geht schon in einer Januarnacht zum Meer? Ein Fischer, der sein Brot damit verdient, jemand, der seinen Hund ausführt, eben Menschen, die es tun müssen. Michael war weder Fischer noch besaß er einen Hund. Der Himmel war schwarz und öde, der einzige Stern blinkte verzweifelt. Das Meer toste, hohe Wellen schlugen ans Ufer und zogen sich zurück, die Brandung warf Schaumkronen auf den Sand und spülte sie wieder weg. Michael hob eine Schildkröte auf und warf sie zurück ins Wasser, ohne zu sehen, wohin die Wellen sie trugen.

»Schau dir dieses verrückte Meer an«, sagte er und legte die Arme um mich. »Es hört nicht auf zu bumsen.« Er hob seine Hand, als wollte er das Wasser schlagen oder seine Verzweiflung kundtun, dann öffnete er seinen Mantel und zog mich darunter und küßte mich.

Wir lagen auf dem feuchten Sand, der Stern hob und senkte sich, und Michael war verrückt und wild.

»Florence Nightingale, was wird sein?« Er atmete schwer, und er fuhr mir mit dem Finger über die Wange, sein Fingernagel kratzte eine dünne Linie in meine Haut.

»Man spricht nicht über das, was sein wird«, sagte ich, als würde das, was passieren sollte, nicht ohnehin passieren, ohne daß wir es verhindern können.

Die Leuchtschrift des Grand Beach malte einen roten Streifen ins Wasser, ein Scheinwerfer warf eine blasse Lichtgarbe ins Meer, die aufleuchtete und erlosch. Michael hielt meine Hand auf seinem nackten Knie, ein hartes Knie, kalt und glatt, mit Haaren oberhalb und unterhalb.

Er sah nachdenklich aus, ich fragte nicht, woran er dachte,

ich dachte an gar nichts. Ich schob meine Hand unter seine warme Kniekehle, und er schloß sie zwischen Ober- und Unterschenkel ein und schaute über das Wasser. Dann stand er nackt vor dem Meer und pinkelte hinein wie ein kleiner Junge, dem sein Pinkeln noch nicht unanständig oder ungehörig vorkommt.

Wie Evjatar, der mich jeden Tag gerufen hatte, damit ich sah, wie orange sein Pipi von den Medikamenten geworden war, er hatte sich über die Kloschüssel gebeugt, die Hose war ihm bis auf die Knöchel gerutscht, so wartete er darauf, welchen Eindruck die Farbe auf mich machte. Und zwei Tage nachdem er aufgehört hatte, die Medikamente zu nehmen, rief er mich, um mir zu zeigen, daß sein Pipi nicht mehr orange war.

Wir verließen das Meer und gingen zurück. Der Sand rieselte körnig und kalt von unseren Schuhen, aus den Unterhosen, aus den Haaren. Michael gab mir ein Handtuch, und ich ging unter seine Dusche, ich sah dort ein Gummi und ein Band, um die Haare zusammenzubinden. Was willst du, schimpfte ich mich lautlos, man hat dir nichts versprochen.

Stimmt, niemand hat mir etwas versprochen. Ich seifte mich mit der Seife ein, die Michael diesen Duft verliehen hatte, als er zu mir ins Krankenhaus kam, als alles noch fremd war.

Das Wasser strömte heiß aus dem Duschkopf, der Sand wurde von mir abgespült, weiße Blasen bildeten sich über dem Abfluß, ballten sich zusammen und lösten sich auf. Der Badezimmerspiegel zeigte mich ganz, und das Licht fiel auf die Rundungen meines Körpers wie auf die Vertiefungen. Ich trocknete mich ab, und eine gelbe Sonne, die auf das Handtuch gedruckt war, bedeckte meinen Bauch. »Siehst du?« sagte ich zum Spiegel, »auch Sohara hat eine Sonne im Bauch, man kann ein Buch über sie schreiben.«

»Du bist verliebt, Sohara«, sagte die Frau, die vor mir im Spiegel stand.

»Na und«, sagte ich und streckte ihr die Zunge raus. Meine

Zunge berührte den Spiegel, und ein runder Fleck blieb zurück, bis ich ihn mit einem Stück Klopapier abwischte. Du bist verliebt, Sohara, Gott möge dich beschützen. Du bist so vorsichtig gewesen, und jetzt ist es doch passiert. Aber mach dir keine Sorgen, so wie es kommt, vergeht es auch wieder. Dieser Zustand ist wie ein Fieberanfall, am Anfang glühst du, dann tut es dir weh, und am Schluß wird alles wieder, wie es einmal war.

Ich hängte die Sonne auf und zog mich an, dazu schüttelte ich über der Kloschüssel den Sand aus meiner grünen Bluse. Michael war in der Küche und telephonierte, als ich das Badezimmer verließ. Ich ging ins Wohnzimmer, um mir Traurigkeit zu ersparen, und hörte Bruchstücke des Gesprächs: »Am Freitag, da bin ich mir nicht sicher, Schabbat ist in Ordnung ... Sag mir Bescheid, wenn ich nicht da bin, übers Handy ... okay ...« Er legte den Hörer auf, pfiff etwas, füllte den Wasserkessel und fragte, was für einen Kaffee ich wolle.

»Nes mit zwei Stück Zucker.«

»Zwei Stück Zucker?«

»Warum nicht, ich habe in den letzten Stunden nicht gerade wenig Kalorien verbraucht.«

Er lachte. »Wenn es danach ginge, könntest du ein Kilo essen.«

Wir tranken den Kaffee im Stehen, mit großen Schlucken, seine große Wanduhr zeigte fünf Minuten nach eins.

»Du könntest hier schlafen«, sagte er.

»Florence Nightingale muß morgen arbeiten«, antwortete ich und suchte meine Sachen. Er begleitete mich hinunter, im Aufzug umarmte er mich, und ein paar Sandkörner fielen aus seiner Ohrmuschel auf meine Schulter. Ich fragte nicht, wem das Haargummi und das Band gehörten, ich fragte auch nicht, wer die Frau war, die ihm vor Schabbat Bescheid geben sollte, was sprach dagegen, daß es seine Ex-Frau gewesen war?

Er bückte sich, schob seinen Kopf durch das Fenster des Fiat und sagte: »Ich werde schlecht einschlafen können.« Ich fuhr los, und er blieb auf dem Gehweg stehen. Ich wendete mit einem Bogen und sah, daß er zum Wasser hinunterging, die Hände in den Taschen, der Wind blies ihm die Jacke gegen die Rippen. Ich hatte die Stadt noch nicht verlassen, da hörte ich schon das Lied von den Männern, die nachts weinen, als hätte die Melodie während der Stunden, die ich mit Michael verbrachte, im Auto gesessen und auf mich gewartet.

Die Straße war still und leer, ich fuhr durch die Nacht, und die Männer fuhren mit mir und weinten, und jeder Nerv und jeder Zahn und jede Haarwurzel weinten mit und freuten sich, Florence Nightingale ist verliebt, niemand kann ihr das wegnehmen, was sie gehabt hat, es ist ein Teil von ihr, ein Schatz, und sie hat bekanntermaßen nicht allzu viele Schätze. Ich fuhr wie ein Halbwüchsiger, der sich das Auto seines Vaters geliehen hat und seinen Kassettenrekorder so laut stellt, daß die Musik an den Autos um ihn herum abprallt. Als ich in Jerusalem ankam, sang ich noch immer, die Worte stiegen aus meiner Kehle, als wären sie ein Mantra, von dem das Glück abhängt.

Noch bevor ich im Bett lag, bog das Müllauto in unsere Straße ein. Geh schlafen, Florence Nightingale, gleich ist es Morgen, morgen wirst du vierundzwanzig Laken wechseln und vierundzwanzig Kissen beziehen müssen. Die Schwestern von der Nachtschicht sehen in den Ostfenstern schon einen schmalen, blassen Streifen in der Dunkelheit, Milka schläft jetzt ein, Mario ist bereits aufgestanden, die Müllmänner heben die Tonne schon hoch und schleppen sie zur Rambam-Straße, und im zwölften Stock des Hauses in der Nordau-Straße wird noch immer »Das Tote Meer, das blaue« gespielt, vielleicht auch nicht mehr, und es ist gut, daß ich vorläufig keinen Grund habe, den Schutzraum zu den Stockwerken hinzuzuzählen.

Als Doktor Cohen mich am nächsten Tag auf der Station anrief, fragte er: »Sohara, erinnerst du dich, was wir abgesprochen haben?« Ich sagte: »Nein«, denn nach der Nacht mit Michael erinnerte ich mich kaum an meinen Namen, ich hatte sogar vergessen, Evjatar seine Vitamine zu geben. Aber er schien sie nicht mehr zu brauchen, die Menge an Nahrung, die er in sich hineinschaufelte, stand in keinem Verhältnis zu seinem kleinen Magen.

Doch im nächsten Moment fiel mir schon wieder ein, was wir »abgesprochen« hatten, und ich dachte, oj, da steigt eine dunkle Wolke über dem Meer auf. Liat hätte gefragt, wie ich auf diese Formulierung gekommen sei, wie sie es getan hatte, als sie mich mal sagen gehört hatte: »Ach, weh mir! Ich muß vergehen vor den Würgern.«

»Was hast du gesagt? Nein, echt, Sori, hast du dir das ausgedacht, oder ist es aus der Bibel?«

»Aus der Bibel.«

»Wieso eigentlich, du bist doch nicht fromm?«

Ich sagte, die Bibel sei nicht nur für Fromme, und sie rieb sich die Fingernägel, blies darüber und sagte: »Für mich ist das Türkisch, diese Sprüche, wie hast du gesagt, ich muß vergehen vor den Bürgern?«

»Ja, so was Ähnliches.«

Sie lächelte. »Sehr originell«, und ich ging, um einer Patientin mit einem von Osteoporose krummen Rücken von der Kloschüssel zu helfen.

»Also, was ist mit unserer Absprache?« fragte Doktor Cohen, und ich antwortete, daß nur er gesprochen hatte, ich hatte lediglich zugehört.

»Wo kann ich ihn sehen?«

Wir verabredeten uns zu einem Treffen zu dritt, in einem Café, und er sagte schon »Auf Wiedersehen« und wollte auflegen, da hielt ich ihn zurück. »Nur einen Moment, Eran«, sagte ich, ohne seinen Nachnamen hinzuzufügen und ohne die Anrede Doktor. »Nur damit es zu keinem Mißverständnis kommt, der Handel zwischen uns beiden ist vorbei, ich habe bezahlt, was wir abgemacht hatten, und damit ist es erledigt. Alles andere ist nur eine Frage des guten Willens, und ich bestimme die Bedingungen.«

»Ich habe nichts anderes erwartet«, sagte er.

»Erinnerst du dich an den Arzt, der raten wollte, wieviel Fieber du hast und der deine Hand gehalten hat?« fragte ich Evjatar.

»Ja, aber er hat gar nichts erraten«, sagte er mit einem Blick auf sein Handgelenk, das der Doktor gehalten hatte.

»Wir werden ihn heute in einem Café treffen.«

Er zog die Schultern hoch. »Ich bleibe bei Milka, ich hab keine Lust zu gehen.«

»Er will sehen, wie gut du dich erholt hast.«

»Will er mich untersuchen?« fragte er mit noch immer hochgezogenen Schultern.

»Nein, man untersucht doch niemanden in einem Café.«

Nach einigem Überreden gab Evjatar nach und packte ein Malheft und Pastellkreiden ein, um für die Langeweile, die ihn erwartete, gerüstet zu sein. Ohne die Wolke, auf der ich mich in den letzten Tagen bewegte, hätte ich zu Doktor Cohen gesagt, daß ich ihm nichts schuldig sei und daß ich einen Vertrag besaß, der das bestätigte, aber es war schwer, auf einem Vertrag zu bestehen, wenn die Füße den Boden nicht berühren, wenn man weniger wiegt als eine Feder und wenn man im Himmel schwebt oder wenigstens im zwölften Stock.

Evjatar lief im Zickzack über den Randstein, mit schräggesetzten Füßen, wie ein Akrobat auf dem Seil. Die Bäume in der Narzissen-Straße hatten noch nicht ausgeschlagen, aber im vollen Nachmittagslicht sahen die leeren Zweige vielversprechend aus. Meine Beinmuskeln waren noch verspannt davon, daß ich Michaels Becken umklammert hatte, es war ein angenehmer Schmerz. Evjatar fragte, was das für ein Lied sei, das ich summte, und ich sang ihm laut vor: »Und so einfach ist das Leben, man darf es ergreifen und man darf lieben.«

»Natürlich darf man lieben, die Polizei hat es nicht verboten«, sagte er und lachte.

Er hat keine Ahnung, wie hart und böse die Polizei ist, die ich in meinem Schädel sitzen habe, aber diesmal habe ich sie nicht um die Erlaubnis zu lieben gefragt.

An einem Tisch im Schatten des Balkons saß der Doktor und blätterte in einer Zeitschrift. Er hörte den Kies unter unseren Schuhen knirschen, stand auf und schaute uns entgegen, als wir die Stufen heraufkamen. Evjatar, noch immer lichtempfindlich, hatte die Hand schützend über die Augen gelegt und erkannte den Doktor in seinem grünkarierten Hemd nicht. Es gab keinen weißen Kittel und kein Stethoskop, die seiner Erinnerung nachgeholfen hätten.

»Ich sehe, daß du wieder gesund bist«, sagte der Doktor, und Evjatar fragte nicht, wie dieser fremde Mann etwas über seine Krankheit wissen konnte. Er starrte in den Schatten der Pergola und schwieg. Zuerst erinnerte sich die Hand. Verlegen senkte er den Kopf, als der Doktor ihm die Hand hinhielt, bis die Kellnerin kam und ihn befreite, sie nahm ihn mit hinein zur Kühltheke, damit er sich ein Stück Kuchen aussuchen konnte.

Er entschied sich für Käsekuchen und Mousse au chocolat und hinterließ seine Fingerabdrücke an der Theke. Als er zurückkam, setzte er sich zwischen mich und den Doktor. Beide, er und der Doktor, legten das Kinn in die aufgestützten Hände, und bei beiden berührte der linke kleine Finger die Nase.

Zugunsten des Doktors muß man sagen, daß er nicht versuchte, Evjatar zu bestechen. Er hatte ihm nichts mitgebracht und wandte keine der Taktiken an, die Erwachsene benutzen, um Kinder reinzulegen. Er hatte tatsächlich nichts an sich, was Evjatar besonders angezogen oder begeistert hätte. Nachdem Evjatar die Käseschicht gegessen und ein schweres, klebriges Teigdreieck zurückgelassen hatte, vertilgte er die Mousse, kratzte die Schale mit dem Löffel aus, schob das leere Geschirr weg und sagte: »Mir ist langweilig.«

»Willst du malen?«

Er zog sein Malheft und die Kreiden aus der Plastiktüte. Er malte das Dach eines Feuerwehrautos rot an, das Wasser, das aus den Schläuchen spritzte, wurde blau, und dabei schlug er mit dem Fuß gegen das Tischbein und ließ den Kaffee des Doktors erzittern.

Dieser lächelte. »He, du bringst meine Tasse zum Wackeln.«

Evjatar hörte auf, aber kurz darauf hatte er es schon vergessen und trat wieder nach dem Tischbein. Der Doktor, der seine Kaffeetasse festhalten wollte, stieß mit dem Ellenbogen Evjatars Teller vom Tisch. Das Teigdreieck klebte am Tischbein, und Splitter des Tellers hatten sich auf der Terrasse verstreut, oder sie waren über die Stufen gesprungen und lagen nun im Hof.

Evjatar schaute zu, wie die Kellnerin die Glasscherben zusammenfegte, betrachtete das grüne Gefunkel, schob seinen Kopf unter den Tisch und zeigte ihr, daß da noch eine Scherbe lag, und dort auch, und er vergaß, daß der Tisch über ihm war und schlug sich den Kopf an. Die Kaffeetasse des Doktors kippte um, ein grauer Sturzbach ergoß sich über den Boden und versickerte in den Ritzen einer zerbrochenen Fliese. Der Doktor, dessen Hose auch etwas von dem Kaffee abbekommen hatte, war bestimmt zu dem Schluß gekommen, daß ich den Jungen schlecht erzog. Das Lachen, das aus mir herausbrach, machte die Reihe der Ungehörigkeiten meines Sohnes nicht besser, auch nicht den Schaden an des Doktors Hose. Es sah aus, als würden die plötzlichen Vatergefühle ertrinken, noch bevor die Kaffeepfütze in den Rissen verschwunden war. Evjatar kam erschrocken unter dem Tisch hervor, sah, daß ich lachte, und war gekränkt. Mit lautem Getöse schob er seinen Stuhl vom Tisch, ging hinunter in den Hof und warf mit Steinchen vom Kiesweg nach Spatzen, die Brotreste aufpickten.

»Ihr Sohn ist ein ganz schöner Rabauke«, sagte die Kellnerin zum Doktor, als er hinausging, um die Flecken aus seiner Hose zu waschen. Der Doktor korrigierte sie nicht. Als er zurückkam, hatte er einen großen, runden Fleck auf dem Knie.

»Das erschreckt mich nicht«, sagte er und betrachtete Evjatar. »Es kann nichts schaden, wenn er auch ein paar Rabauken-Gene hat.«

Ich bestätigte das nicht, noch widersprach ich ihm, ich sagte auch nicht, daß Evjatar noch nicht wieder der alte war, körperlich hatte er sich zwar erholt, aber er fand noch immer keine Ruhe. Evjatar wühlte im Kies, zog einen Graben und ließ eingebildete Panzer darin fahren, zerstörte die Spur wieder mit seinem Schuh und rief: »Mama, wann gehen wir endlich heim? Ich mag nicht mehr.«

Die Kellnerin breitete eine frische Decke über den Tisch, legte neue Gedecke hin und sagte: »Euer Sohn ist wohl sehr erschrocken, der Ärmste.«

»Ich bin nur ihr Kind«, schrie Evjatar von der Grube aus, die er sich im Hof gegraben hatte, und ließ fünf Steinchen auf der Handfläche springen.

»Ach so«, sagte die Kellnerin und schielte erstaunt von mir zum Doktor.

Der Doktor legte den einen Arm auf die Stuhllehne, den anderen auf den Tisch und schaute Evjatar zu, wie er seine fünf Steine springen ließ und vergeblich versuchte, sie wieder zu fangen. Er stand auf, ging zu ihm hinunter, kauerte sich zu ihm und ließ Kieselsteine auf seiner breiten Hand springen, und Evjatar schaute mit undurchdringlichem Gesicht zu und schob die Unterlippe auf die Art vor, die ihm in den Genen lag.

Es dauerte ein paar Minuten, bis der Doktor verstand, daß sein kindisches Benehmen die Wand zwischen ihnen nicht einriß. Er stand auf, wischte sich die schmutzige Hand an der Hose ab und sagte: »Du mußt nur genug üben, dann schaffst du das auch.«

»Ich brauche dieses Spiel nicht«, verkündete Evjatar seinem Erzeuger. Es war ihm deutlich anzumerken, daß er keine Lust hatte hierzusein.

Der Doktor schlug sich den Staub aus der Hose und kam zum Tisch zurück. Er trank schweigend, und ich betrachtete den bläulichen Schimmer der Zypressenzapfen und den Schatten, den die alten Stämme warfen. Mein Junge war gekränkt und wütend, sein Vater betrachtete ihn verwirrt, und ich bewunderte den goldenen Nachmittag und dachte an Michaels Arm, der warm und schwer zwischen meinen Brüsten gelegen hatte. Die Kellnerin räumte das leere Geschirr ab, und Evjatar kam auf die Terrasse, ritt auf dem Geländer, umschlang von dort meinen Rücken und sagte zu ihr: »Ich bin nur ihr Sohn.« Er rächte sich für den langweiligen Nachmittag, zu dem ihn dieser Freund der Familie gezwungen hatte.

Kein Muskel rührte sich im Gesicht des Doktors. Er nahm eine Zigarette heraus, und Evjatar sah zu, wie die Flamme aus dem Feuerzeug sprang und den Tabak anzündete, dann beobachtete er, wie sich der Rauch im Wind auflöste.

»Schau nur«, sagte der Doktor nach einem Blick auf die Rechnung, die die Kellnerin vor ihn hingelegt hatte. Einhundertsieben Schekel kostete das, was wir verzehrt hatten. »Die Zahl ist jedenfalls sympathischer als dreizehn«, stellte er fest, legte zehn Schekel für die Kellnerin hin und suchte in seiner Tasche nach weiteren drei Schekel.

Evjatar stand schon am Tor, er hielt ein Stöckchen zwischen Daumen und Zeigefinger und tat, als wäre es eine Zigarette, er stieß imaginären Rauch durch die Nasenlöcher aus und tippte unsichtbare Asche ab. Bis wir zum Tor kamen, war er schon losgerannt, die Narzissen-Straße hinunter, und als ihm der Doktor zum Abschied zuwinkte, winkte er ihm mit dem Stöckchen zurück, glücklich über seine Freiheit. Ich nahm die Hände nicht aus der Manteltasche, nickte ihm einen flüchtigen Abschiedsgruß zu und war froh, daß wir uns nach diesem Zusammentreffen so fremd geblieben waren wie zuvor, in mir regte sich kein Gefühl für diesen Mann, für den der Samen, den er mir vor sechs Jahren gab, nicht mehr gewesen war als ein Haar, das er sich ausgerissen hatte, oder ein abgeschnittener Fingernagel.

Als er mich ein paar Tage danach in der Klinik anrief, wurde mir klar, daß seine väterlichen Gefühle dauerhafter waren, als ich angenommen hatte. Er war stur und geduldig, mit dieser Ausdauer hatte er auch seine medizinischen Prüfungen erfolgreich hinter sich gebracht, sie würde ihm schließlich das Schildchen »stellvertretender Chefarzt« auf seinem Kittel einbringen. Bevor er Evjatar zu einem weiteren Ziel seiner Hartnäckigkeit machen konnte, sagte ich, ich hätte nicht die Absicht, meinen Sohn zu bedrängen, um seine Vatergefühle zu befriedigen, für die es sonst keine Möglichkeit der Befriedigung gab.

»Wenn deine Frau nicht diese Probleme hätte, hättest du heute schon einen Sohn, und Evjatar hätte dich nicht mehr interessiert als der Staub, den du von den Scheiben deines Volkswagens wischst.«

»Ich weiß nicht, was wäre, wenn ...«, sagte er, und ich unterbrach ihn und fragte, ob seine Frau von der Existenz dieses Kindes wisse.

»Ja«, antwortete er. »Sie würde ihn auch gerne kennenlernen, wenn du einverstanden bist.«

Beide zusammen in ihrer Kinderlosigkeit schienen mir weniger gefährlich zu sein, ich fühlte mich erleichtert und stimmte zu, daß sie uns besuchen könnten, vorausgesetzt, daß Evjatar nicht zu einem Versuchskaninchen gemacht würde; ich wollte es ihm überlassen, ob er mit ihnen im Wohnzimmer sitzen, oder zu den Kürbissen gehen oder Mario und Milka besuchen oder einfach schlafen gehen wollte.

Kein Tag verging, da klingelte das Telephon.

»Sohara? Hier ist Atalja, die Frau von Doktor Cohen.« Ihre Stimme klang so zerbrechlich, als könne sie auf dem Weg durch das Telephonkabel zerfallen. »Geht es am Schabbat?« fragte sie.

Ich sagte, das sei möglich, doch nachdem Michael angekündigt hatte, daß er am Schabbat kommen wolle, rief ich bei ihnen an und sagte ab. Ihr »Schade« war erstickt und zerbrochen und zog mich in ihre Traurigkeit hinein.

Am Schabbat stand Evjatar früh auf, als drängte ihn jemand, er verpaßte ein Knopfloch, als er sein Hemd zuknöpfte, mit offenen Schnürsenkeln und wirren Haaren ging er hinaus, um auf Chaggai zu warten. Die Straße war leer und grau, der Gehweg naß. Er schlug die Arme um die Rippen, sprang mit seinen kalten Füßen auf, rieb seine Hände aneinander, wölbte sie um den Mund und blies sie warm, er stellte sich auf die Zehenspitzen und schaute hinüber zur Kreuzung, ging die Straße hinunter und kam auf dem Gehweg zurück, setzte sich auf die Mauer und schlug mit seinen Absätzen gegen die Steine. Er versuchte, einen geschmeidigen Zweig der Pappel abzubrechen, aber es gelang ihm nicht, er pfiff der Katze, konnte sie aber nicht aus ihrer Gleichgültigkeit wecken. Nach einer Viertelstunde kam er wieder ins Haus, mit blaugefrorenen Händen. Er bat um nichts, er ging in sein Zimmer und lief dort auf und ab, sehr ruhig und sehr allein.

»Willst du etwas spielen?«

Er wollte Schach spielen, aber mit dem ersten Bauern, den er verlor, verlor er auch gleich die Geduld. Er ging zum Fenster und stützte sich auf, verschränkte seine Finger und stand dort wie ein alter Mann, der gegen Abend auf die Straße hinunterschaut.

Milka bestand darauf, in den Zoo zu gehen, trotz der Kälte. »Wenn den Affen nichts passiert, passiert uns auch nichts.«

Michael lachte. »Meine Mutter mag es, unsere Vorfahren als Beispiel anzuführen.« Er trug den Ledermantel, den er an dem Tag getragen hatten, als wir »Brücken am Fluß« gesehen hatten, und die Jeans, deren Knöpfe ich kaum aufbekommen hatte, als wir am Meer gewesen waren.

»Kommt ihr ohne uns mit ihnen zurecht?« fragte er mit einer Kinnbewegung zu den Kindern.

»Natürlich«, sagte Mario, der die belegten Brote einpackte. »Für Sori ist es besser, wenn sie sich ausruht. Und du brauchst auch nicht mitzukommen, wenn du keine Lust hast.«

Evjatar, zu aufgeregt, um darunter zu leiden, daß ich nicht mitging, zweifelte nicht an den Wunderdingen, die Chaggai ihm versprochen hatte. »Du wirst sehen, ich schaffe es, die Affen zu dressieren. Ich sage zu einem Affen, was er tun soll, und er wird es tun«, sagte Chaggai und genoß die Bewunderung für seine Kunststücke, noch bevor er sie ausgeführt hatte. Mario bestellte ein Taxi. Seit er seinen Subaru verkauft hatte, hatte er kein Auto mehr. Er sagte, es lohne nicht, ein Auto nur für den Machane Jehuda zu halten, als wäre dieser Markt die Grenze aller Entfernungen und als hingen die Kleiderbügel in den Marktständen direkt am Horizont. »Für das Geld, das wir für Benzin und die Versicherung und die Steuer ausgeben, können wir uns leicht zehnmal im Monat ein Taxi leisten«, hatte er gesagt, und Milka hatte geschwiegen, es schien, als wären auch ihre Sehnsüchte schon abgegriffen und die Entfernungen geschrumpft. Seit er seinen Subaru nicht mehr hat, um dessen Pflege er sich kümmern konnte, bewässert er den Garten doppelt, und die Bougainvillea dankt es ihm mit einem prachtvollen Blütendach über den Gasbehältern.

Ein Taxi kam und holte sie, und Michael schloß die Wohnung seiner Eltern ab und trat bei mir ein, ohne anzuklopfen. Er umarmte mich im Flur und führte mich, gefangen zwischen seinen ledernen Armen, zum Schlafzimmer. Die Fische, die ich an die blaue Wand gemalt hatte, standen mit aufgerissenen Augen da, ein Lichtstreifen fiel aus dem Oberlicht auf das Bett, und im Spiegel sah man Michaels nackten Schatten, der sich bewegte, und meine Nacktheit auch.

»Schau nur, wie schön wir sind«, sagte er und lag mit mir in dem Zimmer, in dem er einmal mit seiner Frau geschlafen und sie geschwängert hatte. Die Decke war die gleiche Decke, wenn man auf dem Rücken lag, konnte man die feinen Risse im Verputz sehen, auch Inat hatte sie gesehen, wenn sie auf dem Rücken lag, mit dem Gesicht nach oben.

»Um die Wahrheit zu sagen, ich habe auf den Schabbat gewartet«, sagte er, und es war mir egal, daß mein Rücken knochig und meine Brüste alt waren und mein Bauch nicht mehr flach, die Sonne würde jetzt in ihrem ganzen Glanz erscheinen und mit uns ins Bett gehen und jede Pore und jede Haarwurzel wecken, und wenn alle Wände voller Spiegel wären und Michael mit mir schliefe, in jedem einzelnen Spiegel, wäre es egal, was Inat an der Decke gesehen hatte oder nicht, Hauptsache, der Schabbat war gekommen und Michael hatte auf ihn gewartet.

Als die vier aus dem Zoo zurückkamen, stellte sich heraus, daß die Affen Charakter hatten. Die Affen hatten Chaggai nicht gehorcht und sich nicht dressieren lassen, und Evjatar verstand, daß er ihm zuviel Kredit gegeben hatte.

»Es war ihnen nur zu kalt«, erklärte Chaggai. »Du wirst sehen, an einem heißen Tag kann ich sie wie nichts dressieren.« Und Evjatar, der noch nie gehört hatte, daß immer der Boden schief ist, wenn Tänzer stolpern, glaubte ihm auch diesmal.

Er kam in die Wohnung und erzählte mir etwas, aber ich konnte mich nicht konzentrieren und ihm zuhören.

»Weißt du jetzt, warum es nachher von dort geflohen ist?« fragte er.

»Was ist geflohen?«

»Das Zebra! Uff, ich erzähle dir was, und du hörst nicht zu.«

»Ich habe an etwas anderes gedacht, es tut mir leid, erzähl es mir noch einmal.« Und er erzählte mir von einem Zebra, das etwas Komisches getan hatte oder dem man etwas Komisches getan hatte, und ich verstand nicht, um was es ging.

»Warum ist es in deinem Zimmer so unordentlich?« fragte er, ging hinter mir her durch die Zimmer, sah die zerwühlten Laken und das Kissen, das auf dem Schrank gelandet war.

»Ich wollte gerade aufräumen.

»Und warum liegt deine Zudecke auf dem Boden?«

Und warum hast du so große Augen, und warum sind deine Zähne ...

Ich glättete das Laken und breitete die Flickendecke darüber, die ich einmal auf dem Beduinenmarkt gekauft hatte, und Evjatar schaute zu, merkte, wie zerstreut ich war, und zog sich zurück. Noch nie hatte er meine Aufmerksamkeit mit jemandem teilen müssen.

Ich umarmte ihn und hielt inne, man muß sich nicht entschuldigen und es nicht bedauern, es ist erlaubt zu lieben, denn die Dinge sind schön und einfach.

Mario hängte einen Basketballkorb im Garten auf, über dem Badezimmerfenster, und Michael ging mit den Jungen hinaus, um Ballwerfen zu trainieren. Chaggai sprang in die Höhe und warf daneben, und Evjatar sprang auch, und seine Hosen rutschten herunter, sein dünner Bauch war zu sehen und ein weißer Streifen von den Unterhosen. Der Ball trudelte in der Luft und sank in den Korb, und Michael sagte: »Bravo!« und klatschte.

»Man sieht deine Unterhose«, kicherte Chaggai, und man

konnte sehen, daß seine Schneidezähne gerade nachwuchsen. Er nahm ihm den Ball ab, sprang und warf, und der Ball traf das Badezimmerfenster, drückte eine Delle in das Fliegengitter und rollte dann bis zum Granatapfelbaum.

»Komm, probier es noch mal, so, nicht mit Kraft.« Michael erklärte ihm, wie man den Körper spannte und die Arme hochhob, die Handgelenke nach hinten, und wie man dann den Ball in einem leichten Bogen warf. Mario fegte die Blätter zusammen, die von der Bougainvillea abgefallen waren, und schaute zu, wie die Kinder immer wieder danebenwarfen. Er hob den Besenstiel ein ganzes Stück über den Strich an der Tür, der Chaggais Größe markierte, und sagte: »Wenn du viele Nudeln ißt, wirst du so groß und kannst in der A-Mannschaft spielen.«

Chaggai betrachtete den Abstand zwischen seinem letzten Strich und der Besenbürste und kicherte. Die Möglichkeit, den Besen zu erreichen, lag in weiter Ferne, sein Großvater würde viele, viele Schaufeln mit abgefallenen Blättern füllen, bis sein Kopf in die Nähe der Bürste kam.

Die Sonne hatte die Ostseite der Diskin-Straße schon verlassen, doch sie leckte noch mit ihren Strahlen die Vorhänge und Samtsofas in den Türmen der Kiriat Wolfson. Auch das Licht ist nicht gerecht verteilt. Für die Bewohner von Kiriat Wolfson dauert die Dämmerung länger als für die Leute, die in den niedrigen Häusern wohnen, denn dort senkt sich die Nacht auf einmal nieder, der Morgen der Wolfsons hingegen zögert sich hinaus, er drängt sie nicht, aufzustehen, Streifen um Streifen färbt er ihnen die Vorhänge rosa.

Michael war allein im dunkler werdenden Garten und warf den Ball in den Korb, als hätten ihn seine Eltern vor vielen Jahren dort unter dem Korb vergessen und er würde seither werfen und werfen und mit jedem Sprung wachsen. Ich betrachtete ihn vom Fenster der Toilette aus, seine Stimme drang durch das Fliegengitter, er schimpfte mit sich selbst, er lobte sich, er fluchte: »Shit, was für ein Idiot ... du bist gut, Michael … was ist mit dir, du knochiger Esel …« Jahrelang hatte er in diesem Garten herumgetobt, er hatte Kürbisse aufgeschlagen, er hatte sich an die Pfosten der Wäscheleine gehängt und über dem Gras geschaukelt, er hatte Milkas gefüllte Paprika gerochen und in den Fenstern im zweiten Stock gesehen, daß neue Vorhänge angebracht wurden, er hatte die Unterhosen gesehen, die an der Leine trockneten und mit jedem Wechsel der Bewohner größer wurden. Ich machte die Tür nicht zu, er sollte nicht hören, wie das Schloß zuschnappte, und ging hinaus. Er ließ den Ball neben dem Wasserhahn aufspringen und bemerkte mich erst, als ich ihn ihm unter der Hand wegfing.

Wir küßten uns neben den Gasballons, ich hatte meine Hände unter sein Hemd geschoben, sein Bauch und seine Brust waren verschwitzt und salzig.

Ohne die Schildwache, die in meinem Kopf saß und störte, hätte ich zu ihm gesagt: Ich liebe dich. Aber ich sagte es nicht, ich behielt auch die anderen geheimen Worte für mich und flüsterte sie ihm nicht ins Ohr, damit keine plötzliche Angst auf das Glück fiel und es vertrieb.

»Papa, wo bist du?« schrie Chaggai und erschreckte meine Hände, so daß sie sich schnell aus seinem Hemd zurückzogen. Michael atmete tief und blies mir Luft an den Hals, er küßte mein Ohrläppchen und ging hinein in Milkas Küche, und ich ging in meine Küche. Evjatar fragte, wo ich gewesen sei.

»Ich war einen Moment draußen, nach der Wäsche sehen.«

»Das war kein Moment.«

»Ich habe nicht auf die Uhr geschaut, Evjatar. Hast du Hunger?«

Er hatte keinen Hunger, und ich haßte mich dafür, daß ich ihm Essen angeboten hatte, um ihn abzulenken, und fragte ihn, ob er mir noch einmal von diesem Zebra erzählten wolle, doch er sagte: »Ich habe dir schon zweimal von dem Zebra erzählt, hast du keine Ohren?«

Erschöpft zog er seinen Pyjama an, setzte sich auf sein Bett und zog die Räder von seinem Lego-Lastwagen herunter.

»Chaggais Mutter heiratet einen Mann, der Enrico heißt«, sagte er.

»Wann?«

»Weiß ich nicht, Chaggai hat gesagt, daß dieser Mann ihm Geld und Geschenke bringt, und er hat auch versprochen, daß er ihn mitnimmt ins Ausland. Jetzt bekommt Chaggai zwei Väter.« Er warf die Räder in die Lego-Kiste, fuhr mit dem Autogerippe über seinen Pyjama und sagte: »Das ist ungerecht.« Er wehrte sich und schüttelte die Hand ab, die ich auf seine Schulter legte, doch gleich tat ihm sein Widerstand leid, er gab nach, als hätte er verstanden, daß das ungerechte Schicksal nicht vor Kindern haltmacht. Wenn Chaggai zwei Väter bekam, würde seine Mutter auch zwei Ehemänner haben.

Ich fuhr ihm über die Wirbelsäule und dachte: Gut, daß er sich wehrt, er soll nur kein Mitleid mit mir haben. Wenn er eingeschlafen ist, werde ich meine Liebe zur Ordnung rufen und mit ihr diskutieren, sie wird mir, wie sie es immer tut, das bekannte Argument entgegenhalten: Laß nicht zu, daß dieser Junge zum einzigen Sinn deines Lebens wird, das ist nicht richtig. Liebe einen Mann, laß dich lieben, dann verteilt sich das Gewicht.

Du hast recht, sage ich zu ihr, zu meiner Liebe, aber was ist mit der Heimlichkeit, mit den kleinen Lügen, der mangelnden Aufmerksamkeit beim Zuhören, dem glückhaften Rausch und den Depressionen, welche Verwirrungen bringt das alles in sein Leben?

Die Liebe wird ihre Füße auf den Glastisch im Wohnzimmer legen, mich teilnehmend anschauen und sagen: Diese mitleidigen Mütter, der Himmel bewahre uns vor ihnen, sie halten ihre Kinder am Kragen, bis sie ersticken. In ein oder zwei Jahren wird er ein kleiner Erwachsener sein, vorlaut, mißtrauisch, zurückgezogen, nachdenklich und streng. Und wenn er älter wird und die Liebe trifft, wird er seinen Psychologen anrufen, damit er ihm erklärt, was das ist.

Die Liebe wird warten, was ich darauf zu antworten habe, und ich werde keine Antwort wissen, meine Logik ist wie ein Flickenteppich, der über mein Gehirn gelegt wurde.

»Enrico«, sagte Evjatar vor sich hin. Dieser fremdländische Name oder das Glück, das Chaggai hatte, verzauberte ihn. »Glaubst du, daß wir auch mal ins Ausland fahren?« fragte er.

»Ja, wenn wir genug Geld gespart haben, fahren wir.«

»Mit dem Flugzeug oder mit dem Schiff?«

»Was hältst du von Fahrrädern?«

»Aber Chaggai hat gesagt, man muß übers Meer. Kannst du radfahren?«

»Ich hab's mal gekonnt, und wer es einmal gekonnt hat, verlernt es nie, nur am Anfang wackelt man und fällt um, aber dann erinnert man sich gleich wieder und kann fahren.«

Er warf die Lego-Steine in die Kiste und legte sich im Bett zurück. Ich deckte ihn zu, und er zog sich die Decke bis zum Kinn und sagte: »Dann fahren wir nach Amerika, gut?« Er starrte hinauf zur Decke und phantasierte laut über unsere geplante Reise, und noch bevor unser Flugzeug in der Zauberwüste landete, war er eingeschlafen, und im Schlaf sagt er »Amerika« und »Enrico«, bis er sich mit dem Gesicht zur Wand drehte und die Beine zum Bauch zog, wie ein Embryo.

Am nächsten Morgen wagte ich nicht, ihm zu erzählen, daß Odelia am Ende des Sommers einen neuen Bruder oder eine neue Schwester für Naftali auf die Welt bringen würde, auch ohne diese Nachricht litt Evjatar schon genug unter der Ungerechtigkeit.

»Sori, rate mal«, hatte sie gestern abend gesagt.

»Wie üblich?« fragte ich.

Sie lachte. »Ja.«

»Herzlichen Glückwunsch.«

»Das Glück wird, so Gott will, Ende des Sommers kommen.«

»Auch das ist wie üblich«, sagte ich, und sie lachte und fragte: »Was ist wie üblich, das ›so Gott will‹ oder das Ende des Sommers?«

»Beides«, sagte ich, und sie lachte noch einmal, aber ich lachte nicht. Ich konnte nicht lachen, als ich daran dachte, daß mit jedem neuen Kind, das sie auf die Welt brachte, ein neuer Knick in der Seele meines Kindes entstehen würde.

»Wozu nimmst du diese Gläser aus dem Schrank?« wollte Evjatar wissen, als er sah, wie ich in der Küche auf einem Stuhl stand und im Hochschrank nach den Keramikbechern tastete, die uns von einer Wohnung in die nächste begleitet hatten und noch eingepackt waren, weil wir sie nicht benutzt hatten.

»Für die Gäste, die wir heute abend bekommen werden«, sagte ich.

Er zerrte an seinem Pullover und fragte, wer kommen würde.

»Dieser Doktor, den wir im Café getroffen haben, und seine Frau.«

»Wieso kommen sie?«

»Sie wollen uns besuchen.«

»Mir egal«, sagte er und zog aus lauter Verwirrung seinen Pulli so weit nach unten, daß der Saum aufging. Er lief hinaus in den Garten, und als er zurückkam, hatte er alles vergessen. Später, als angeklopft wurde und er die Tür aufmachte und die beiden sah, senkte er die Augen. Auf der Schwelle standen große, breite Stiefel weit auseinander, daneben braune Schuhe eng zusammen.

Sie sah aus, wie sie sich angehört hatte, dünn und zerbrechlich, durchsichtig, mit blonden, im Nacken zusammengehaltenen Haaren.

»Sehr angenehm, ich bin Atalja«, flüsterte sie, als hätte sie Angst, jemanden aufzuwecken. Neben ihr sah der Doktor aus, als wäre er seit unserem letzten Zusammentreffen noch größer und breiter geworden. Sie zog ihren Mantel aus und setzte sich auf die Sesselkante, ihre rechte Hand hielt die linke, zusammengeballte.

Evjatar ging, obwohl sie ja seinetwegen gekommen waren, in sein Zimmer und kippte die Teile des kompliziertesten Puzzles auf den Boden, das er besaß. Wenn ihn die Geduld nicht verließ, würden ihn die Besucher bis zum Abend nicht sehen, allein für den Himmel dieses Puzzles muß man die blauen Teile stundenlang suchen.

Der Doktor fragte, was ich jetzt in der Klinik mache und ob Zurieli noch Leiter der Abteilung sei, und sie trank den Tee in winzigen Schlucken und hielt ansonsten die Hände fest an die Sessellehnen geklammert. Zu schnell hatten sich die Fragen erschöpft, und bis man sich neue ausgedacht hatte, hörte man Hüsteln und Niesen und das leise Klirren von kleinen Löffeln.

»Was arbeiten Sie?« wagte ich zu fragen.

»Ich bin Doktorandin in der Abteilung für Genetik«, sagte sie.

Die Abteilung für Genetik, dachte ich, und schon kamen mir drei Fragen, die ich ihr stellen könnte, erstens über das Klonen der Gene beim Schaf Dolly, zweitens über monozygotische Zwillinge, und drittens über das Gen, das für die cystische Fibrose verantwortlich war, Fragen, die dem Gespräch ein Thema geben und es mindestens noch eine Stunde am Leben erhalten konnten, obwohl natürlich alles von der Ausführlichkeit ihrer Antworten abhing.

Doch bevor ich mich noch dem Schaf Dolly nähern konnte, ließ ich es auch schon wieder in meinen Gedanken zurück, denn Evjatar rief: »Mama, komm doch mal.« Ich ging zu ihm, ließ die beiden allein im Wohnzimmer zurück. Nun konnten sie in aller Ruhe ihre Sitzpositionen ändern, sie konnten sich Blicke zuwerfen und die spartanische Möblierung und die wenigen Accessoires begutachten.

»Was für Kekse hast du ihnen angeboten?« fragte Evjatar.

»Komm und schau selbst.«

»Nein, ich will nicht.« Ich versuchte nicht, ihn zu überreden, aber sein Bauch drängte ihn, er folgte mir zum Wohnzimmer. Das Kinn an die Brust gedrückt, betrachtete er den Tisch, wobei er einen Blick auf das Sofa vermied. Die Doktorandin der Genetik entdeckte natürlich sofort seine genetisch bedingten Erbteile, die ihr vertraut waren, und falls sie seine Hände bemerkte, die seinen Pullover am Saum herumrollten, konnte sie weitere Übereinstimmungen der Gene feststellen.

Sie beugte sich zu ihm und sagte: »Ich heiße Atalja, und du?«

Er gab ihr keine Antwort, nahm eine Handvoll Pistazien, obwohl er sie nicht knacken konnte, weil er nun die Hand voll hatte.

»Leg sie hierher, dann kannst du sie aufmachen«, sagte der Doktor und hielt ihm den Unterteller seiner Tasse hin. Evjatar ließ die Pistazien auf den Unterteller fallen, machte die Schale von einer ab und aß sie. Die Frau des Doktors saß auf der Sesselkante, in der rechten Hand hielt sie die Tasse, die andere lag auf ihrem Bein.

Vielleicht dachte sie gerade an eine genetische Versuchsreihe, vielleicht entfernte sie die Gene, die Evjatar von mir geerbt hatte, fügte statt dessen ihre eigenen hinzu und stellte sich vor, wie er aussehen würde, wenn sie ihn mit dem Doktor bekommen hätte. Hätte jener Samen ein Ei von ihr getroffen, hätte Evjatar vielleicht blaue Augen und dunkelblonde Haare gehabt, er wäre höflich gewesen und hätte »sehr angenehm« gesagt, »sehr angenehm, ich heiße so und so«. Sein Gesicht hätte einen ernsthaften, vernünftigen Ausdruck gehabt, das wahrscheinliche Ergebnis einer genetischen Mischung zwischen einem Arzt und einer Doktorandin der Genetik.

Evjatar ließ die Pistazien in Ruhe und ging zurück in sein

Zimmer, der Doktor fragte ihn nicht um Erlaubnis, er folgte ihm einfach. Er setzte sich neben ihn vor das Puzzle und zog mit seinen Fingern, die geübt waren, Venen zu finden, Stücke vom Himmel aus dem Haufen. Gemeinsam bauten sie die Wölbung und suchten in den Puzzleteilen, vier gleiche Hände, zwei in Small und zwei in X-Large, wühlten zusammen in dem zerschnittenen Himmel, um ihn zusammenzusetzen.

Ich fragte sie nicht, was sie dazu bewegt hatte, zu kommen, und sie erzählte es mir nicht, sie war so in sich selbst versunken, daß sie das Schweigen nicht störte, das zwischen uns entstand. Nur das Rascheln der Puzzleteile und das Wasser, das durch Salomons Rohre rauschte, störten die Stille. Dann kam der Doktor ins Wohnzimmer zurück, und Evjatar rief ihm nach: »Ich hab noch zwei Stücke vom Dach gefunden!«

»Prima«, sagte der Doktor.

»Jetzt suche ich das Auge von der Katze«, rief er.

Atalja lächelte, es war ein Lächeln, das aussah, als hätte es leicht zu einem Weinen werden können, aber sie beherrschte es rechtzeitig und stand auf, um zu gehen. Der Doktor erhob sich ebenfalls, er legte eine Hand auf ihre Schulter und sagte: »Vielen Dank, Sohara.«

Evjatar hörte, daß sie im Begriff waren, sich zu verabschieden, er kam ins Wohnzimmer und sah außerordentlich zufrieden aus.

»Ich heiße Evjatar«, sagte er zu ihr.

»Ein sehr schöner Name«, sagte sie, und ihre Stimme war weich wie ein Windhauch.

»Und mein Familienname ist Schila«, sagte er und zog sich die Ärmel über die Hände.

»Auch das ist ein sehr schöner Name.« Sie sah aus, als könnte sie im nächsten Augenblick zusammenbrechen und zu Boden sinken. Der Doktor sagte »auf Wiedersehen« und hielt Evjatar die Hand in, Evjatar gab ihm die linke und steckte den Daumen der rechten in den Mund. Das »Auf Wiedersehen«, das sie sagte, war so fern und so hingehaucht, daß sie es vielleicht gar nicht gesagt hatte, daß es nur die Berührung der Zypresse an der Fensterscheibe war.

Sie ging als erste hinaus, und er folgte ihr, die Hände an ihre Hüfte gelegt, wie um sie zu halten. Evjatar schaute ihnen nach, machte absichtslos ihr »Auf Wiedersehen« nach, leise und mit zusammengepreßten Lippen, und dann versuchte er es noch einmal. Als sie die Tür geschlossen hatten, fragte er: »Warum redet diese Frau so leise?«, und dann sagte er: »Tu diese Tassen doch nicht mehr oben in den Schrank, dann brauchst du nicht mehr auf den Stuhl zu steigen, wenn sie wiederkommen.«

Milka ließ ihre Haare wieder in diesem bläulichen Ton färben, der Friseur glättete die Wirbel und rasierte die überflüssigen Nackenhaare aus, der Schuster reparierte ihr den abgegangenen Absatz, und sie fügte ihrer Garderobe einen Pullover hinzu, der die Farbe einer Santa-Rosa-Pflaume hatte. Wegen der Kälte war Salomons Fenster geschlossen, und man konnte nicht wissen, ob er allein war oder nicht, aber am Klappern der Absätze auf den Treppenstufen konnte man es erraten. Doch vielleicht waren die Verschönerungen, die Milka ihren Haaren und ihrer Garderobe hatte angedeihen lassen, ja gar nicht für Salomon bestimmt, sondern galten dem erwarteten Besuch des zukünftigen Stiefvaters ihres Enkels.

Als sie vom Fenster aus das prächtige Auto sah, sagte sie: »Ich mag keine schwarzen Autos.«

Die silbernen Zweige der Pappel spiegelten sich in dem glänzenden Schwarz und verschwanden, als die Türen aufgingen. Chaggai sprang vom Rücksitz und rannte ins Haus, Inat stieg vom Beifahrersitz, in einem schwarzen Mantel und mit einem Samtbarett auf dem Kopf, ihre schwarzen Stiefel machten sie um über zehn Zentimeter größer, als Gott sie ohnehin schon geschaffen hatte. Auch Enrico gab sich nicht mit seiner natürlichen Größe zufrieden, er trug hochhackige Cowboystiefel zu einem langen Regenmantel, und von der Zigarre, die er im Mund hatte, stieg eine Rauchfahne auf, bis er sie auf den Gehweg fallen ließ und sie mit dem Fuß austrat. Dann pickte er mit den Fingern ein Blatt vom Autodach, betrachtete prüfend den Ostteil der Straße, dann den Westteil, stieß mit den Absätzen ein paarmal auf den Gehweg, wie um Schmutz abzustreifen, und bot Inat dann den Arm.

Milka sah sie durch das Tor kommen und legte die Spitzenservietten gerade hin. Sie zog ihren pflaumenfarbenen Pullover über den Bauch, schlug noch einmal auf ein Sofakissen, deutete mit ihrem Kinn zum Fenster und sagte: »Schaut nur, wie ein Paar von der Mafia.«

Während sie vom Auto zur Tür gingen, ging ich das kurze Stück zwischen unseren Wohnungen zu mir, Evjatar blieb dort, um zu sehen, wer dieser Mann war, der die Schlüssel für Amerika in den Händen hielt. Kurz darauf kam er ganz aufgeregt zu mir: »Mama, sie wollen, daß du kommst, Inat möchte, daß Enrico dich kennenlernt.« Ich hatte offenbar nichts aus früheren peinlichen Situationen gelernt, ich ging mit denselben Latschen hin, mit denen ich damals Michael empfangen hatte. Enrico erhob sich aus dem Sessel, in dem er gesessen hatte, doch da er von mir erst nur die Latschen sah, verzichtete er auf die Anstrengung und sank sofort wieder in den weichen Bezug zurück und hielt mir nur eine schlaffe Hand hin, und nachdem ich sie gedrückt hatte, drehte er an seinem Ring, wie um sich zu vergewissern, daß er nicht von einer Hand in die andere gewandert war.

»Darf ich vorstellen, das ist Enrico«, sagte Inat, ihre Haut glänzte, ihre dunkelroten Lippen waren geöffnet und zeigten ihre makellosen Zähne.

»Sehr angenehm«, sagte ich, obwohl es mir überhaupt nicht angenehm war.

»Das ist die Mutter von diesem süßen Jungen da«, sagte sie zu ihm. »Sie ist Krankenschwester.«

»Eine diplomierte Krankenschwester?« wollte Enrico wissen, und sie warf mir einen fragenden Blick zu und wunderte sich offenbar über sich selbst, daß sie mich nicht selbst schon danach gefragt hatte.

»Natürlich ist sie diplomiert, sie ist eine halbe Ärztin«, sagte Milka.

Milka machte ein Gesicht, als habe sie schon alles erfahren, was ihr dieser Besuch bieten konnte, und als warte sie jetzt nur noch darauf, daß die angemessene Zeit vorbeiging. Sie hatte die Hände offen im Schoß liegen, sie schlüpfte aus einem Schuh, ließ ihn mit dem Absatz an ihrem nackten großen Zeh baumeln. Enrico stieß Rauch aus seinen übergroßen Nüstern, eine Wolke stieg hinauf zum Leuchter und zur Zimmerdecke. Er hatte einen roten Hals und schüttere, schwarze Haare, in denen der Kamm weiße Rinnen hinterlassen hatte.

»Enrico importiert Lederwaren«, sagte Inat. »Er hat drei große Schuhgeschäfte in Italien und einen großen Laden in der Dizengoff.«

Diese wichtige Information machte mir klar, wie sehr meine Latschen zu seinem mangelnden Interesse an mir beigetragen hatten, wenn sie nicht gar zu einer eindeutigen Abneigung geführt hatten. Er blies sich ein bißchen Asche vom Pullover und fragte, ob er noch so einen starken Kaffee haben könne.

»Selbstverständlich«, sagte Milka und freute sich, in die Küche verschwinden zu können.

»Sie und der Junge wohnen in der Wohnung, in der ich mal mit meinem ersten Mann gewohnt habe«, sagte Inat, zu Enrico gewandt. Dann lächelte sie mir zu. »Sohara, wenn du erlaubst, gehen wir schnell in deine Wohnung, ich würde Enrico gern zeigen, wie ich in meinem ersten Leben war.«

»Bitte«, sagte ich. Sie standen auf, und ich sah, daß sein Pullover ein bißchen zu eng für seinen Bauch war und daß ihm dünne graue Haare aus den Ohren wuchsen. Ich machte die Wohnungstür auf, und sie gingen vor mir hinein, sein Körper füllte den ganzen Flur aus.

»Schau, dieses Zitronenbäumchen«, sagte sie. »Mein erster Mann hat es von irgendeiner früheren Geliebten bekommen. So seltsam, das arme Zitronenbäumchen hat gehalten, unsere Ehe nicht.« Enrico warf einen Blick auf das Zitronenbäumchen, betrachtete die Toilette und sagte: »Solche Armaturen gab es in Italien im Zweiten Weltkrieg, meine Großmutter hatte so was.« Er lachte und schlug mit der Faust auf den Knopf, ein dünner Wasserstrahl sprang vom Rand der Schüssel in die Mitte, und Enricos Lachen mischte sich mit dem Geräusch der Spülung. Er drehte an seinem Ring, als er die Toilette verließ, und griff nach dem Reißverschluß seiner Hose und strich von unten nach oben darüber. Sie gingen in mein Schlafzimmer, und als sie ihm etwas ins Ohr flüsterte, lachten beide laut.

Fast mitleidig betrachtete er die Flickendecke, die über mein Doppelbett gebreitet war.

»Siehst du diese blaue Wand? Mein erster Mann hat nicht erlaubt, daß man sie überstreicht, für ihn war das Blau ein Symbol für irgendwas. Es ist kompliziert zu erklären, aber du verstehst bestimmt, daß er ein Spinner war.«

Enrico betrachtete die Decke, die nur getüncht war, er betrachtete auch die Fensterstöcke, von denen die Farbe abblätterte, und meine Arbeitsschuhe, die weit voneinander entfernt vor dem Bett lungerten.

»Ausländisches Fabrikat?« fragte er und hob einen Schuh hoch, drehte ihn um, betrachtete die Sohle und sagte: »Das paßt zu Küchen und Krankenhäusern, eine gegossene Sohle.« Er bückte sich, um den Schuh zurückzustellen, ließ ihn aber auf halber Strecke fallen, der Schuh landete umgedreht auf dem Boden, mit dem Bauch nach oben. Inat hatte die Arme vor der Brust überkreuzt, sie atmete tief und seufzte, vielleicht fuhr ihr ein Hauch von Erinnerung an ihre Nächte mit Michael durch den Kopf. Sie schaute Enrico an, möglicherweise brachte sie dieser Ort dazu, ihn zu vergleichen, ihr Blick wanderte von seinem Kopf über den Nacken zum Bauch und den gepolsterten Hüften, und als sie zu den elliptischen Spitzen seiner Schuhe kam, erinnerte sie sich an den Reichtum, den er versprach, und beruhigte sich. Und Enrico, mit dem Instinkt eines Schuhverkäufers, schob seinen Stiefel neben meinen umgedrehten Schuh. Seine Stiefelspitze kitzelte meinen Schuh, dessen Zunge aus dem aufgerissenen Maul hing, als wollte er schreien.

»Verstehst du jetzt, warum ich hier klaustrophobische Gefühle hatte?« fragte sie ihn, und er brummte. Er legte seine Hand auf ihre Schulter, drückte seine dicken Finger um ihren Hals und brummte wieder, und als er seine Hände wegnahm, hatte sie rote Flecken am Hals.

Chaggai fütterte Evjatar mit Geschichten über die Reisen, die ihm bevorstanden, und über den ganzen Luxus, der ihn in Zukunft erwartete, und als Beweis dafür zog er ein kleines Computerspiel aus der Tasche, drückte auf Knöpfe und ließ Gestalten über den kleinen Bildschirm laufen und andere umbringen, wie elektronische Heuschrecken fielen sie übereinander her.

»Enrico hat mir dieses Spiel geschenkt«, sagte er, und Evjatar, so nah bei Chaggai, daß sich ihre Köpfe berührten, starrte die Figuren an und bat, auch einmal auf die Knöpfe drücken zu dürfen. Chaggai ließ es großzügig zu, er tat, als wäre dieses Spiel nichts im Vergleich zu dem Schatz, der ihn erwartete.

Als sie gegangen waren, zog Milka die Schuhe aus, tauschte den neuen Pullover gegen ihren alten, sammelte ohne Freundlichkeit das Geschirr ein, das sie auf dem Wohnzimmertisch zurückgelassen hatten, und sagte: »Diese ganze Geschichte wird noch nicht mal von Purim bis Pessach halten, und je schneller sie aufhört, um so besser ist es für Chaggai. Aber was kann ich schon tun?«

Als Mario von der Arbeit zurückkam, sagte sie zu ihm: »Wenn der Junge von der ganzen Geschichte auch nur ein Paar neue Schuhe bekommt, dann brauchst du mich nicht mehr Milka zu nennen.«

Mario konnte damals nicht wissen, daß er sie weiter Milka nennen konnte, denn für Chaggai brachte die ganze Geschichte noch nicht mal ein Paar Badeschuhe.

»Chaggai hat Glück«, sagte Evjatar am Abend. Ich konnte mich nicht beherrschen und fragte: »Würdest du wollen, daß ich einen Mann wie Enrico heirate?«

Er kratzte sich an der Nase, dachte nach und sagte: »Aber ich würde schon gern nach Amerika fahren, und ich hätte auch gern so einen Game-boy.«

Mir blieb von dem ganzen Besuch nur das Zitronenbäumchen und sein Geruch. Wer war die Frau, an die sich Michael immer erinnerte, wenn er hierherkam, warum versichert er sich, daß diese Erinnerung Licht und Luft hat und gegossen wird? Ich betrachtete das Zitronenbäumchen, als könnte ich etwas von ihm erfahren: Seine Früchte waren blaß, die Poren wie Nadelstiche, der Stamm zwergenhaft klein, ein Stück armseliges Leben, doch es atmete und blühte. Aber ich erfuhr nichts von ihm, nichts über das Leben, nichts über die Frau, die das Bäumchen als Geschenk für Michael ausgesucht hatte. Ich steckte einen Finger in die Erde und lockerte sie, ich gab ihm Wasser, ich wischte den Staub von den Blättern, und ich nannte es »Liebling«.

»Willst du ein bißchen spazierengehen?« schlug ich Evjatar vor.

»Aber draußen ist es dunkel«, antwortete er. Im Fenster stand ein schwarzer Himmel mit blinkenden Sternen.

»Na und«, sagte ich und dachte, daß es uns beiden guttun würde, die Wohnung ein bißchen zu verlassen, in der sich während der letzten Stunden alle möglichen guten und weniger guten Eindrücke festgesetzt hatten. Er zog seine Jacke an und setzte eine Wollmütze auf den Kopf, es reichte, die Erinnerung an das Virus zu erwähnen, und schon beteiligte er sich bereitwillig an allem, was mit Anziehen, Zuknöpfen, Aufpassen und Vorsicht zu tun hatte.

Die Straße war leer. Der wolkenbedeckte Himmel verbarg den Mond, die Straßenlampen schwankten im Wind. Wir sprachen über die Bewegung der Erdkugel und über das Mondlicht, und Evjatar fragte, wieso wir eigentlich nicht runterfielen, wenn die Erde sich doch drehte. Zur Sicherheit nahm er meine Hand, ein Spaziergang über eine sich drehende Welt schien ihm in der Dunkelheit zu gefährlich. Wir gingen hinunter ins Tal des Kreuzes, die Klosterwände erhoben sich hoch und dunkel über das Tal. Ein schwaches Licht drang aus den Fenstern der oberen Stockwerke, und für einen Moment zeigte sich eine dunkle Gestalt an einem der Fenster und verschwand wieder. Evjatar drückte sich an mich, und ich erzählte ihm von den Nonnen, die dort lebten, daß sie nie heirateten und keine Kinder hatten.

»Wenn du mich nicht bekommen hättest, hättest du auch dort leben können, weil du nicht geheiratet hast«, sagte er. »Aber Großmutter und Odelia hätten sie nicht genommen.«

Ich erklärte ihm, daß es noch andere Dinge gab, die mich von den Bewohnerinnen des Klosters unterschieden, und er fragte: »Und was ist mit Jungen, die nicht heiraten? Haben sie auch so einen Platz?«

Ich sagte, daß es bei Juden keine Klöster gebe, deshalb sei es besser, einfach zu heiraten, und er sagte »gut« und sah erleichtert aus.

Wir gingen die Straße hinauf, er hatte schon vergessen, daß sich die Erde drehte, und ließ meine Hand los. Links von uns bewegten sich die Olivenbäume, die bis über die Straße hingen, ein leichter Sprühregen hatte angefangen. Evjatar zog sich die Mütze über die Ohren, und als der erste Donner zu hören war, wollte er nach Hause und griff wieder nach meiner Hand. Bis wir zu Hause ankamen, war aus dem Sprühregen ein Wolkenbruch geworden. Evjatar keuchte, seine Hand drückte meine, und auch als wir bereits auf dem Fußabtreter standen, hatte er Angst, mich loszulassen.

Die Frau, die Alex Steiner im Rollstuhl fuhr, war dünner als die Minna Steiner, an die wir uns erinnerten, ihre Augen waren leer, ihr Gesicht starr und weiß.

»Sie ist in einer Hypoglykämie, sie hat sich in der Insulindosierung geirrt«, sagte Maurice, der von der Notaufnahme über ihre Ankunft und ihren Zustand informiert worden war, und hängte einen Beutel Glukose an den Infusionsständer. Wir legten sie in das Zimmer, das dem Schwesternzimmer gegenüberlag, damit wir sie besser beobachten konnten. Alex stellte ihr ein Glas für ihr Gebiß hin, räumte ihre Sachen in ihre Schublade, er schloß die Seitenwände des Bettes, stellte ihre Hausschuhe unter ihren Nachttisch und hängte ein sauberes Handtuch an den Haken.

»Wir haben uns lange nicht mehr gesehen oder miteinander gesprochen«, sagte er zu mir, ohne jeden Vorwurf in der Stimme.

»Stimmt, sehr lange«, sagte ich, und mir fiel nichts ein, womit ich das lange Schweigen zwischen uns hätte rechtfertigen können. Jetzt, im Winter, war er nicht mehr so braun, seine Schläfen waren grauer geworden, das Braun in seinen Augen war stärker als das Grün. Er zeigte die Einfachheit und Gradlinigkeit eines Menschen, für den jedes Unkraut wichtig ist, der den Wert von Gräsern und Pflanzen kennt und das Leben der Kriechtiere, die in ihrem Schutz geboren werden und sterben. Er fragte nach Evjatar, und ich erzählte ihm, was mit seiner Gehirnhaut passiert war und daß er im Krankenhaus gelegen hatte. Er bedauerte es und schwieg.

Als die Schicht zu Ende war, gingen wir zusammen zum Parkplatz hinunter. Er ging hinter mir, die Schlüssel seines Jeeps klimperten in seiner Hand. Die Sträucher glänzten vom letzten Regen, dicke Wolken zogen über das Krankenhaus bis hin zum christlichen Friedhof, und durch eine Lücke war der Mond zu sehen.

Alex legte seine Hand auf das nasse Dach des Fiat und sagte: »Ich habe oft an dich gedacht.«

Ich schwieg. Er betrachtete eine Wolke, die sich vor den Mond schob, nahm seine Hand vom Fiat, trocknete sie an seiner Jacke ab und legte sie mir dann auf die Schulter. Sie war schwer und drückend.

»Wir sind beide schon zu alt, Sohara«, sagte er. »Es ist überflüssig, um den heißen Brei herumzureden, du gefällst mir.«

Die Hand auf meiner Schulter schien ihr Gewicht an den Mond weiterzugeben, ohne an Schwere zu verlieren. Der Mond war voll, aufgeblasen und bedrückend, und statt Alex anzuschauen, starrte ich in das übertriebene Licht und sagte: »Alex, ich habe jemanden.«

Er nahm seine Hand von mir und legte sie wieder auf das Autodach, ließ den Blick zu einer Felge sinken und sagte: »Ich verstehe.«

Ich erschrak vor dem, was ich gesagt hatte, und wollte die Worte zurücknehmen, wieso habe ich gesagt, ich hätte jemanden, was ich habe, ist so vergänglich wie die Nadeln der Kiefer, unter der wir stehen. Bei vollem Verstand und großmäulig verderbe ich das, was ich mit Michael habe, etwas, das ich noch nicht einmal Liebe zu nennen wage, und bis zu dieser Minute habe ich mich vor geheimen Worten gehütet, und plötzlich ist da das »Ich habe jemanden«.

Die Sorge, was diese Worte mir und Michael antun könnten, mischte sich mit der Sorge um diesen Mann, der nun mit einem

Finger einen Streifen über das Fiatdach zog, Wasser tropfte herunter auf die Scheibe. Wenn mich jemand gefragt hätte, warum ausgerechnet Michael, hätte ich keine Antwort gewußt. Sechs Jahre hatte ich mit keinem Mann geschlafen, und mein Körper hatte sich bereits an diesen Mangel gewöhnt, auch die Seele, beide hatten alles vergessen und bedauerten nichts mehr. Und dann war Michael aufgetaucht und hatte das Vergessen zerstört, und auf einmal gab es keine Zelle meines Körpers, die sich nicht erinnerte. Alex' nasse Fingernägel glänzten für einen Moment auf, als der Mond hinter den aufgetürmten Wolken verschwand. Ich betrachtete seine abgetretenen Schuhe, die herabhängenden Schnürsenkel, den Saum seiner Jeans, und ich wußte, wie schwer diese Füße auf dem Weg von meinem Fiat zu seinem Jeep sein würden.

Am nächsten Morgen, als Minna Steiner wieder zu sich kam und herumnörgelte, erkannte sie mich und sagte: »Sie sind doch diejenige, die wir mal beim Orthopäden getroffen haben, nicht wahr? Glauben Sie, daß er mir auch nur ein bißchen geholfen hat? Nichts, da bezahle ich ein Vermögen in die Krankenkasse und was bekomme ich? Einen Nebbich, das ist es, was ich von ihnen bekomme.«

Ich half ihr beim Waschen und verzieh ihr den ganzen Zorn, den sie über den Schwestern ausschüttete, über den Ärzten, dem Krankenhaus, dem Labor, der Küche, über der Sozialversicherung, über dem Gesundheitsminister und über dem Ministerpräsidenten. Einen einzigen Sohn hatte diese Frau, und ich hatte ihn gestern abend zurückgewiesen. »Einen schönen Gruß an Evjatar«, hatte er gesagt, die Finger fest um den Autoschlüssel geklammert, und war gegangen.

»Einzelsohn« hatten ihn einst die Schwiegertöchter von Frau Perlman genannt und ihm zugenickt. Wenn in dreißig Jahren eine Frau meinen Einzelsohn abweisen wird, werde ich hoffentlich nicht mehr wissen, was rechts und links ist. Ich bemühe mich sehr, die Chancen meines Sohnes in der Welt zu verbessern. Ein Beweis: Ich habe mich in jemanden verliebt und meine Lebensfreude gesteigert, und selbst wenn ich diese Freude nicht bewahren kann, im Moment ist sie da, und er ist Zeuge.

Und warum habe ich gesagt, die Kiefernnadeln wären vergänglich? Vor einer Stunde hat der Regen sie gegen das große Fenster der Station geschlagen und sie an das Glas gepeitscht, und nun, nachdem der Regen aufgehört hat, hängen die Nadeln grün und heil und schwer vom Wasser an den Zweigen.

Auch Ostrow findet in der Natur den Beweis für etwas, schon seit über einer halben Stunde beobachtet er den Wind und den Regen, und jetzt betrachtet er die abgerissenen Blätter, die in der Gosse den Hang hinuntergeschwemmt werden.

»Ist draußen was passiert, daß ihr so hinausstarrt?« fragte Liat.

»Wer ist ›ihr‹?« fragte ich zurück.

»Du und Ostrow.«

»Nein, was Ostrow sieht, ist nicht das, was ich sehe«, antwortete ich. Hätte sie einen Moment innegehalten, wäre ihr aufgefallen, daß ich die Kiefernnadeln betrachtete, die dem Wind zwischen Himmel und Erde getrotzt hatten, und Ostrow betrachtete das, was zur Erde zurückgekehrt war.

Siebtes Kapitel

Inat und Enrico heirateten Mitte Februar. Auf der Einladung, die sie an Milka und Mario schickten, hatte Inat handschriftlich hinzugefügt, daß auch der Junge der Nachbarin eingeladen sei. Milka rieb das goldene Rosenrelief auf der Karte mit dem Finger und kontrollierte, ob Goldstaub vom Papier abging, dann drehte sie die Einladung um und rieb sie auch von innen und von hinten, als wäre Zukünftiges in diesem Papier verborgen.

»Er hat viel Geld«, sagte sie und schwieg, und Mario, der daran gewöhnt war, Gummidichtungen festzudrücken, drückte seine Finger gegen das Rosenrelief, dann legte Milka die Einladung unter die Kasse für Spenden zum Kampf gegen Krebs, zusammen mit den noch offenen Rechnungen für die Immobiliensteuer, für Wasser und Telephon. Hätte Evjatar gewußt, daß bei Zweithochzeiten die Zahl der Gäste begrenzt ist und sie sehr sorgfältig ausgewählt werden, wäre er stolz gewesen auf die Ehre, die ihm zuteil wurde. Aber bei uns gab es keine Zweithochzeiten, woher sollte er wissen, daß zweite Hochzeiten im allgemeinen bescheidener sind? Denn der Bräutigam und die Braut sind beherrschter, ihre Erwartungen ausgewogener, und sie bringen als Mitgift ihre Erfahrung in die Ehe ein, sie wissen bereits, daß das, was als ewig dauernd bezeichnet wird, ebenso leicht zerbricht wie andere Dinge auch.

Er war aufgeregt, die Hochzeiten, die er erlebt hatte, hätte man an Marios lädierter Hand abzählen können, und man wäre nur bis zum Stumpf gekommen. Er war drei, als die Tochter des Cousins meines Vaters geheiratet hat, und er war noch keine dreieinhalb, als sie sich wieder scheiden ließ. Er erinnert sich nicht, wie hübsch er ausgesehen hat bei der Hochzeit, und auch nicht, welche Blicke uns entferntere Verwandte zugeworfen hatten. Sie tuschelten miteinander und schauten immer wieder zu ihm hin, sie strichen ihm die Haare aus dem Gesicht und suchten eine Antwort in seinen Gesichtszügen.

So vollendet und makellos die Hochzeit unserer Verwandten war, so häßlich und unangenehm war die nachfolgende Scheidung. Den Mann, der all ihre Sinne eroberte, traf sie im zweiten Monat ihrer Ehe, und wäre das Schicksal nicht blind gewesen, hätte es dafür gesorgt, daß er ihr sechzig Tage vorher über den Weg gelaufen wäre. Ihre Mutter, die sah, wie die Liebe ihre Augen aufleuchten und der Kummer sie wieder stumpf werden ließ, sagte: »Wenn es so ist, dann trenne dich gleich, bevor du verrückt wirst und bevor du ein Kind bekommst«, und ihre Tochter hörte auf sie.

Zur zweiten Hochzeit waren wir nicht eingeladen worden, sie fand im Hof des Rabbinats mit ausgewählten Gästen statt. Die Mutter der Braut hatte gesagt, man müsse dran denken, daß so, wie jetzt hier im Hof zwei sehr glückliche Menschen stünden, an anderer Stelle jemand stünde, der armselig und bedauernswert sei.

Die zweite Hochzeit, an der er teilgenommen hatte, war Ornas Hochzeit gewesen. Als der Krach der Kapelle anfing, suchte er Schutz in meinen Rockfalten, und als er sich daran gewöhnt hatte, ließ er sich von meinen Mitarbeitern verwöhnen. Maurice nahm ihn auf seine Knie, Jamima brachte ihm Süßigkeiten, und sogar Doktor Zurieli strich ihm zweimal über den Kopf. Ja'el, die noch schöner war als sonst, zog ihn in den Kreis der Tanzenden, und er hopste dort zwischen Ja'els Füßen und denen eines Mannes, der sich ihr gegenüber bewegte, herum, stampfte mit den Füßen und versuchte, den Takt zu halten.

Die dritte Hochzeit war die von Nachums Tante, in Bnei Brak. Um eine gute Tat zu tun, hatte die Tante auch seine entfernteren Verwandten eingeladen. Ohne Odelias Drängen hätte ich mich mit einem schriftlichen Glückwunsch aus der Affäre gezogen, aber Odelia erhoffte immer Großes von solchen Freudentagen: Wenn man schon keinen Bräutigam für mich finden würde, würde man mich wenigstens zurück auf den richtigen Weg bringen. Die Erhebung der Seele und die wahre Freude, so sagte sie, könne den Funken anfachen, der, da sei sie sicher, noch immer in mir glühe, man brauche nur ein bißchen Wind. Ich sagte nicht, daß die Seele keine Musikanten brauche, um sich zu erheben, und falls in mir irgendein Funke glühe, so genüge eine Schnur wie die, mit der Ostrow seine Tasche zuband, um ihn auflodern zu lassen.

Bei jener Hochzeit damals saßen die Gäste nach Männern und Frauen getrennt, und Evjatar war umgeben von Frauen aller Altersgruppen. Dieser Überfluß verwirrte ihn, er klammerte sich an mich. Odelia wollte ihn hinter die Trennwand bringen, zu Nachum und Naftali, doch sie kam sofort wieder mit ihm zurück. Die Hunderte von schwarzen Hosenbeinen, die über seinem Kopf stampften, hatten ihn erschreckt.

Nun war er zur Hochzeit von Inat und Enrico eingeladen, ganz allein, er suchte die Tischdecke und die Servietten aus, die wir für das Paar kauften, und er schrieb auf ein sauberes Blatt das »Viel Glück« ab, das ich ihm vorgeschrieben hatte, und fügte seinen Namen hinzu, den er schon längst schreiben konnte. Sorgfältig hängte er die schwarze Hose, die er trug, wenn er den Schabbat bei Odelia verbrachte, über die Stuhllehne, unter den Stuhl stellte er nebeneinander die geputzten Schuhe, in die er die Strümpfe gesteckt hatte.

»Schade, daß du nicht mitkommst«, sagte er, als er seine Kleidung vorbereitet hatte und nun auch seine Seele vorbereiten wollte.

»Warum ist das schade? Du wirst dich mit Mario und Milka und Chaggai gut amüsieren.«

»Aber du bleibst hier allein.«

Bis sie kamen, um ihn zu holen, hüpfte er um mich herum.

»Mama, schau mal!« und: »Mama, hör mal!«, »Mama, weißt du, daß ...«, als wollte er mich für die leeren Stunden entschädigen, die mich erwarteten, und dabei quälte er mich unabsichtlich mit dem Syndrom des einzigen Sohnes, der viel zu früh Verantwortung übernimmt.

Um Viertel nach sechs stand Milka in der Tür, in dem schwarzen Kostüm, das sie bei besonderen Ereignissen trug. Der gerade gezogene Scheitel, die Eidechsenbrosche an ihrem Revers und das zarte Rot, mit dem sie ihre Lippen angemalt hatte, ließen sie so feierlich aussehen, daß sogar Salomon, der vom Einkaufen zurückkam, alles vergaß und verwirrt im Eingang stehenblieb und sie anstarrte. Milka warf ihm einen offenen Blick zu und sagte: »Wir gehen zur Hochzeit.«

»Oh, schön, schön«, sagte er und betrat das Treppenhaus. Er ging an ihr vorbei und roch ihr Deodorant, und das Baguette, das er trug, schlug gegen die Wand und ließ Brösel auf die Treppe fallen. Mario trug das weiße Hemd, das er vor zehn Jahren bei der Hochzeit von Inat und Michael getragen hatte, und Milkas Gewohnheit, Kleidungsstücke immer etwas zu groß zu kaufen, hatte sich wieder einmal bewährt. Falls es einmal Luft zwischen Mario und seinem Hemd gegeben hatte, so war das vorbei, jetzt klebte es eng an seinem Körper, und die kühle Abendluft konnte sich nicht dazwischendrängen.

Als Evjatar den Reißverschluß seiner Jacke hochgezogen hatte und schon an der Tür stand und keine Zeit mehr für Fragen hatte, sagte ich ihm, daß ich heute abend auch etwas vorhätte und sehr spät nach Hause kommen würde.

Auch er sagte zweimal »Schön«, einmal, weil er bei Milka

schlafen sollte, und einmal, weil ihm die Last abgenommen worden war und ich nicht allein bleiben würde.

Ein Taxi kam, um sie nach Tel Aviv zu fahren. Evjatar in seiner festlichen Kleidung, zwischen Milka und Mario, das Geschenk unter dem Arm, den Kopf gebeugt wegen des Regens, wich den schlammigen Pfützen in den Bewässerungsmulden der Miniaturzedern aus, um seine Schuhe nicht schmutzig zu machen. Milka in ihrem großen Mantel, der das teure Kostüm umhüllte, und in den Schuhen, die ihr der Schuster repariert hatte, spannte einen Schirm auf und nahm Evjatars Hand. Ich ging mit hinaus, um mich zu verabschieden, und aus dem ersten Stock wurden sie von einem weiteren Augenpaar durch den Regen begleitet. Später sah Salomon, der noch immer am Fenster stand, wie mein Fiat losfuhr und wie unter den Reifen nasse Blätter zur Seite flogen.

Salomon wird weiter in den leeren Abend starren, Schatten werden ihn täuschen, die starren Augen der Eidechse, die Milka an ihrem Revers befestigt hat, werden ihm zublinzeln, und ihr Deodorant wird der Geruch des Abends sein. Die beiden Wohnungen unter seiner sind jetzt leer, und das Echo seiner Schritte klingt vom Fußboden zu ihm zurück, klar wie das Tropfen des Wasserhahns im Badezimmer und das Brummen des Kühlschranks.

Michael war ebenfalls zur Hochzeit seiner Ex-Frau eingeladen, aber er ging nicht hin. Er sagte, er habe Inat schon einmal als Braut gesehen, und was Enrico angehe, so könne er sich nicht vorstellen, daß der Hochzeitsanzug eine Änderung seiner Persönlichkeit bewirke.

Diesmal zögerte mein Finger nicht über dem Knopf der Gegensprechanlage, und mein Ellenbogen hatte nicht vergessen, daß man die Tür beim Summton nach innen drücken mußte.

Michael küßte meinen Hals und sagte, er liebe den Geruch,

weil es mein eigener sei, keiner aus der Parfümerie, er habe genug von all den Cremes, den Lidschatten, den Pudern und was es sonst noch an chemischen Geheimnissen gab. Nicht daß meine Haut immun gegen die Zeit war, auch meine Haare und mein Körper nicht, aber ich strengte mich nicht an. Kein Make-up würde bestimmen, wie lange das, was zwischen uns war, lebte und wann es starb.

Wir fuhren mit seinem Toyota zu jenem Fischrestaurant mit dem großen Fenster zum Meer, in dem ein ausgestopfter Hai mit hohlen Augen den Speisenden zuschaut und bunte Glühbirnen orangefarbene Flecken auf die Schwelle werfen. Michael wischte ein paar Wassertropfen von seinem Mantel und hängte ihn über den Stuhl, dann half er mir beim Ausziehen und schob mir eine Haarsträhne hinter das Ohr.

»Jetzt sagt er ihr, daß sie ihm nach der Religion Moses' und Israels geheiligt sei, und küßt sie mit seinem großen Mund«, sagte er und setzte sich, und auch ich setzte mich, und auf dem Tisch, zwischen Salz und Senf, saßen Inat und Enrico.

»Sein Mund ekelt sie an, ich kenne sie, aber die italienischen Schuhe werden sie daran erinnern, welchen Preis sie für diese Küsse bekommt. Und wenn ihr das einfällt, selbst wenn der Schuh sie am Zeh drückt und ihr eine Blase macht, wird sie ihren Mund weit aufmachen und ihm erlauben, daß er seine ganze Zunge reinschiebt.«

»Bist du etwa wütend oder eifersüchtig oder was?«

»Eifersüchtig?« Er verschränkte seine Hände im Nacken und lachte, und seine Ellenbogen bewegten sich vor und zurück. »Ich kenne die Ware sehr gut, die er sich einhandelt, und ich glaube, daß ich auch genau weiß, was sie bekommt, aber wer die Zeche bezahlen muß, ist Chaggai. Es macht mich ganz verrückt, wenn ich daran denke, welche Szenen der Junge sehen wird, was für eine armselige Vorstellung von dem Verhältnis zwischen Mann und Frau er haben wird, nach all dem Mist, mit dem ihn das Leben sowieso schon gefüttert hat.«

Michael schaute zum Fenster, in dem sich nicht nur die anderen Gäste spiegelten, sondern auch der Haifisch. Noch immer hatte er die Hände im Nacken verschränkt, er schob seine Ellenbogen näher zusammen, so daß seine Wangen schmaler wurden, dann hob er sie an die Schläfen und sagte: »Wir machen Kinder und lassen sie im Stich. Ich habe zu ihr gesagt, überlege dir genau, was du tust, und sie hat gesagt: Ich sehe nicht, was Chaggai bei der Sache verlieren könnte, ich glaube, er kann nur gewinnen.« Seine Ellenbogen öffneten und schlossen sich, bis er einem Kellner, der hinter uns stand, in die Rippen stieß.

Diesmal vertiefte sich Michael nicht in die Speisekarte, es schien, als kümmere ihn die Frage, was auf dem Teller landen würde, weniger als alles andere. Ich bestellte mir die bekannte Seezunge, und während der Kellner notierte, was wir essen und trinken wollten, überlegte ich, daß wir, wenn ich Michael heiraten würde, Chaggai zu uns nehmen und heilen könnten, was noch zu heilen war, und bis Michael Wodka und Grapefruitsaft bestellte, war mir klargeworden, daß dieser Junge genug vergängliche Hochzeiten erlebt hatte, jede weitere würde seine Verwundung nur noch schlimmer machen.

Die Blitze in Michaels Augen waren erloschen, er blickte mich schweigend an, und ich schaute ihn an und schwieg ebenfalls, und die Erwartungen, die ich in diesen Abend gesetzt hatte, erfüllten sich einstweilen nicht. Wir waren beide über vierzig, und unsere Mißerfolge begleiteten uns überallhin, manchmal blähten sie sich plötzlich auf und verbargen vor unseren Augen, was noch nicht zerstört war. Bevor der Wodka verhüllte, was schieflief, und den Abend golden anmalte, in der Farbe des Saftes, mit dem er sich mischte, sagte ich: »Ich habe dir mal eine Frage gestellt, und du hast gesagt, es gäbe Dinge, die dürfe man nicht überspringen. Jetzt frage ich dich wieder.«

»Ich erinnere mich, du hast gefragt, ob ich Probleme habe.«

»Eine dumme Frage, ich weiß, aber dein Leben sieht mir so

voller Möglichkeiten aus, im Vergleich zu meinem kleinen Leben, ich habe gedacht, du wärst dem ziemlich nahe, was man Glück nennt.« Er lächelte, strich mit dem Finger über den Salzstreuer und sagte: »Probleme? Ich selbst bin für mich das größte Problem, mit allen anderen Problemen komme ich zurecht.«

Schweigen herrschte, bis der Kellner die Gläser und die Teller auf den Tisch gestellt hatte, Michael goß sich Wodka ein und vermischte ihn mit Grapefruitsaft, nahm aber keinen Schluck.

»Was fehlt mir denn, kannst du mir das sagen? Ich arbeite in einer erfolgreichen Firma, ich habe Verantwortung und Autorität, andere Menschen sind abhängig von meiner Meinung, ich habe mehr Geld, als ich brauche, dasselbe gilt für Frauen, und bei allem, was ich habe, bin ich nicht glücklicher als mein Vater, der die Scheiße aus den verstopften Abflüssen des Krankenhauses holt. Eine einfache Existenz, die nichts in der Welt bewirkt. Ich weiß es nicht, vielleicht bewirken ja nur Mozarts oder Shakespeares und noch ein paar andere Miniaturen Gottes etwas in der Welt, und all die anderen? Sie können nur wünschen, daß sie heil nach Hause kommen und daß im Haus jemand auf sie wartet, das ist alles. Nur wenn du diese Wahrheit ganz fest in deinem Kopf behältst, kannst du von Glück reden.«

Er nahm einen Schluck Wodka, öffnete einen Knopf seines Hemdes und schwieg. Ich hatte keine Ahnung, ob Glück nur für die großen schöpferischen Menschen bestimmt war, und was es war, das die Welt bewegte und was nicht, ich hatte auch keine Beweise für das seltene und kleine Glück, das ich da und dort traf, also sagte ich: »Heute morgen habe ich jemanden versorgt, der seine beiden Augen und seine Gliedmaßen dafür hingegeben hätte, nach Hause zurückkehren zu dürfen.«

»Also wirklich«, sagte er und schlug den Salzstreuer auf den Tisch, der diensthabende Unglücksrabe, dessen Unglück mir die Proportion meines Problems klarmachen soll? Das ist ein Klischee, Sori, das tröstet überhaupt nicht.« Ich sagte nicht, daß Ostrow keineswegs der diensthabende Unglücksrabe war, sondern jemand, der genau wußte, woher er kam und wohin er ging, aber anders als Michael glaubte er nicht, daß ihm zwischen dem Tropfen, aus dem er entstanden war, und den Würmern, die ihn erwarteten, etwas Besonderes zustand.

Mir wurde warm, ich öffnete ebenfalls einen Knopf meiner Bluse und sagte: »Klischee, sagst du? Manchmal beginnt ein Klischee mit einer Wahrheit.«

Ich machte einen weiteren Knopf auf und schob meine Ärmel bis zum Ellenbogen hinauf.

»Du bist schön, wenn du zornig bist«, sagte er, und unter seinem Blick wurde ich noch röter, als ich es wegen der Hitze ohnehin schon war.

»Schön, daß du noch erröten kannst«, sagte er, und die braunen Flecken in seinen Augen glitzerten.

»Was ist daran schön?« fragte ich und ließ meinen Zorn an der Seezunge aus und teilte sie der Breite nach in Streifen.

»Trink«, sagte er und gab mir von seinem Wodka. Ich trank, das Zeug schmeckte mir nicht, doch ich trank weiter, um meinen Durst zu stillen. Wir sprachen nicht mehr über die Probleme, die wir hatten, und über das Glück, das uns fehlte, Inat und Enrico verschwanden vom Tisch, zusammen mit den Fischgräten und den Olivenkernen, und die Last wurde plötzlich leichter, als hätte jemand einem anderen etwas versprochen.

»Komm, gehen wir zum Wasser«, sagte er, schob seinen Stuhl zurück und stand auf.

Das Meer klatschte mit schwarzen Wellen an die Mole, mit dem Wind schlug uns Regen entgegen. Michael umarmte mich, wir küßten uns, ich leckte Wodka und salzigen Regen von seinen Lippen, und wir legten uns ans Meer. Wer hat sich die Formulierung »Liebe machen« ausgedacht? Liebe ist nicht etwas, was wir machen, Liebe passiert uns wie Erschrecken und Lachen, wir müssen ihr nur gehorchen. Und wir gehorchten ihr nach Kräften auf dem nassen Sand, und der wilde Wind wehte über uns und kühlte uns und den kalten, groben Sand, der in den Haaren klebte und in jede Pore drang und Haut an Haut scheuern ließ, und der Regen machte uns naß, und ein Blitz ließ Michaels nackte Beine aufleuchten, und ein Donner rollte von einem Ende der Welt zum anderen. Wir ließen die Kleider im Sand liegen und liefen ins Wasser. Eine Wellenwand erhob sich über uns, und Michael hielt mich fest, damit ich nicht weggeschwemmt wurde, und ich wagte nicht, ihm zu sagen, daß ich ihn liebte, mir kam nur ein heiseres und abgerissenes »großer Gott« aus dem Mund. Aber Michael, den ich nicht gewarnt hatte, sagte etwas, und der Lärm der Wellen übertönte ihn und verschluckte seine Worte und bewahrte sie vorläufig im Verborgenen. Bis wir aus dem Wasser kamen, hatte das Meer Michaels Unterhose geklaut, morgen würde sie in Cäsarea oder in Akko angeschwemmt werden, oder das Meer behielt sie, damit sie mit den Wellen auf und ab schwamm und noch lange nach ihrem Ende unsere Liebe bezeugte.

»Endlich ist dieses Ungeheuer neidisch auf mich«, sagte Michael lachend und betrachtete das Wasser, als würde irgendwo ein Stück weißer Stoff aufleuchten. Unsere Kleider waren naß, sandig und schwer. Auf dem Weg zum Auto pfiff er »Yesterday« von den Beatles, er pfiff auch noch, als wir im Auto saßen, und er öffnete das Fenster trotz dem Regen, der die Sitzpolster naß spritzte.

Wir fuhren zu seiner Wohnung, und es war mir egal, daß in seinem Badezimmer Haargummis und Klammern lagen, er hatte gesagt, was er gesagt hatte, und auch wenn es nur in jenem Moment wahr gewesen war, war es doch gut, daß es diesen Moment gegeben hatte. Ich blieb zum Schlafen bei ihm und pries meine beschränkte Phantasie, die mir nichts von dem vorgaukelte, was in diesem Bett vor dieser Nacht gewesen sein mochte.

»Chaggais Mama hat ausgesehen wie Schneewittchen, ich habe noch nie so eine schöne Mama gesehen«, sagte Evjatar am nächsten Morgen.

»Und wie war Enrico?«

»Weiß ich nicht.« Er kratzte sich am Ohr und wußte nicht, was er über den Bräutigam sagen könnte. Und Milka, die meine Frage gehört hatte, hob ihre Hand und ließ sie mit einer verächtlichen Bewegung sinken.

»Ein Truthahn, das war er«, rief Mario aus der Küche und kam zur Tür, ein Brotmesser in der Hand. Er blies die Wangen auf, bis sie fast platzten und die Adern an seinem Hals anschwollen, und Evjatar lachte. »Chaggai hat gesagt, Enricos Anzug wäre im Ausland genäht und mit dem Flugzeug zu ihm geschickt worden«, sagte er.

»Ta-ta-ta, ich kenne einen Schneider am Machane-Jehuda-Markt, der hätte den Anzug schöner genäht und mit festerem Faden, und er hätte ihn mit dem Fahrrad zu ihm nach Hause gebracht.« Mario hob die Hand mit dem Messer und deutete in Richtung des Markts.

»Na ja, auch der ausländische Faden wird halten«, sagte Milka. »Man kann nur hoffen, daß diese Ehe so hält wie der Faden.« Sie preßte die Lippen zusammen, der Scheitel, der ihre Haare teilte, war krumm gezogen. Sie zog tief die Luft ein, und der Seufzer, den sie ausstieß, war lang genug, um in die Vergangenheit zu reichen und die Zukunft zu meinen.

Noch während wir uns mit dem Faden von Enricos Anzug beschäftigten, tauchten schon neue Fäden in unserem Leben auf, die unsere Aufmerksamkeit verlangten.

Odelia rief an und bat mich, mit ihr einkaufen zu gehen, sie brauche etwas zum Anziehen. »Mir paßt nichts mehr, Zofias Schwangerschaft habe ich noch irgendwie mit meinen alten Sachen rumgekriegt, aber jetzt sind schon alle Nähte geplatzt.«

Da sie kommen würde, war es sinnlos, ihre Schwangerschaft länger vor Evjatar zu verheimlichen. Ich erzählte ihm also, daß Odelia nach Jerusalem komme, weil sie ein Kleid kaufen wolle. Sie sei schwanger, und nichts würde ihr mehr passen.

»Schon wieder?« fragte Evjatar, und aus Mitleid mit mir unterdrückte er die Worte: »Das ist ungerecht«. Sein Schweigen war allerdings lauter als die hundert Male »Das ist ungerecht«, die er mir hätte entgegenschleudern können.

»Nun, was sagst du dazu?«

»Nichts«, sagte er, verstand aber, daß sein Schweigen mich nicht weniger bedrückte, deshalb suchte er nach irgend etwas und sagte: »Mario kann doch mit ihr zum Machane Jehuda gehen, damit ihr der Schneider ein Kleid mit sehr feste Nähten näht.«

»Das ist eine gute Idee«, sagte ich. »Das werden wir ihr vorschlagen.«

Meine Mutter, die eingeladen war, den Schabbat bei Odelia zu verbringen, kam etwas früher und würde an dem Einkauf teilnehmen. Am Donnerstagnachmittag kamen beide kurz nacheinander an. Evjatar stand am Fenster und wartete auf die Gäste, und als er die Stiefel meiner Mutter auf dem Kies knirschen hörte, rannte er zur Tür und traf sie an der Treppe. Sie hatte zwei Taschen dabei, die große enthielt die Kleider, die sie am Schabbat tragen würde, bei Odelia, in der anderen Tasche waren die Geschenke, die sie für ihre Enkel gekauft hatte, und da sie alles ordentlich gepackt hatte, lag Evjatars Geschenk ganz oben auf dem Haufen. Es waren ein Pinsel, sechs Wasserfarben und ein Heft mit den Umrissen von Buchstaben, die man mit Farbe ausmalen mußte. Bevor sie den Reißverschluß zuzog, sah Evjatar noch die acht anderen Geschenkpäckchen.

»Wenn du die Buchstaben schon kannst, wirst du es in der ersten Klasse leichter haben«, sagte sie, vernünftig, wie sie nun mal war.

»Aber ich kenne die Buchstaben schon«, sagte Evjatar. »Schau, das ist ein G.« Er deutete auf ein G, das auf den Bauch einer Giraffe gemalt war.

»Sehr gut, Evjatar«, sagte sie in einem Ton, der geeignet war, seine Ohren an den Ton der Schule zu gewöhnen.

Bis Odelia kam, wollte meine Mutter wissen, was es bei uns Neues gab und was sich geändert hatte.

»Diese Zypresse verdeckt das ganze Fenster«, sagte sie. »Dabei ist die Luft hier sowieso nicht besonders gut. Andrerseits, wenn du sie wegmachst, hast du die Straße gleich in der Wohnung. Ein Fenster in der Südwand würde sich lohnen, ich schlage vor, daß du mal mit deinem Vermieter sprichst, so ein Fenster erhöht den Wert der Wohnung.«

Meine Mutter, die sich mit Bautechnik ungefähr so gut auskannte wie mit Aeronautik, lief zwischen den beiden Zimmern hin und her, maß die Höhe der Decke und die Dicke der Wände, klopfte gegen den Verputz und gegen die Türstöcke.

»Er ist reich, nicht wahr?«

»Wer?«

»Dein Vermieter.«

»Ja, er hat mehr Geld, als er braucht«, sagte ich.

»Nun, wieviel wird es schon kosten, ein Fenster in diese Wand zu schlagen? Was für ein Typ ist er, kann man mit ihm reden?«

»Man kann auch mit ihm schweigen«, rutschte es mir heraus. Sie drehte den Kopf von der Wand zu mir und fragte: »Was soll das heißen?«

»Nur ein Witz.«

»Wenn du willst, könnten wir ihn jetzt anrufen, und ich erkläre ihm meine Idee mit dem Fenster. Er kann ruhig wissen, daß du eine Mutter hast und nicht allein auf der Welt bist, man behandelt dich anders, wenn man weiß, daß du jemanden im Rücken hast.«

Sie kann sich nicht vorstellen, daß mein Vermieter weiß, daß ich einen Rücken habe, er kennt ihn sogar aus der Nähe, von seinem Ansatz bis zu den Schulterblättern.

Sie wünschte sich so sehr, mir zu helfen, und das Mittel, das ihr zur Verfügung stand, waren Ratschläge, Geld hatte sie noch nie besessen. Ich legte ihr zögernd meine Hand auf den Nacken und sagte »danke«, dann ließ ich die Hand auf ihre Schulter rutschen. Sie machte sich klein, sie war an solche zärtlichen Berührungen nicht gewöhnt, geduckt und verwirrt überließ sie sich meiner Hand und rührte sich nicht. Da klopfte Odelia, und sie vergaß das Fenster in der Südwand.

Meine Mutter wollte ihr aufmachen, sie trafen auf der Schwelle zusammen. Das Freudengeschrei ließ Milkas Tür einen Spaltbreit aufgehen, die Verlegenheit schloß sie wieder. Odelias Hände waren so warm, als wäre sie nicht gerade von draußen hereingekommen, sie küßte Evjatar auf die Wange und sagte: »Vielleicht kommst du mit, um den Schabbat bei uns zu verbringen?« Er wischte sich den Kuß von der Wange und ging zum Flur, blieb an der Toilette stehen und spähte nach ihrem Bauch.

Auch als wir Kaffee tranken, warf Evjatar immer wieder einen Blick auf ihren Bauch, auch meiner Mutter fiel das auf, sie sagte es laut, und Evjatar schwieg.

»Bist du sicher, daß du im vierten Monat bist? Hast du untersuchen lassen, ob das Baby nicht zu groß ist? Weißt du, zum Beispiel bei Zuckerkranken kommt es vor, daß die Babys zu groß werden, und wenn ich daran denke, daß der ganze Frühling und der Sommer noch vor dir liegen ...«

Odelia lachte, Falten bildeten sich um ihre Augen und verschärften die Falten zwischen ihren Nasenflügeln und dem Mund. »Wenn Er eine Schwangerschaft schenkt, schenkt Er auch die Kraft, sie zu ertragen«, sagte sie und deutete mit dem Daumen nach oben. Evjatar verfolgte die Bewegung des Daumens, sah, daß er auf den Schimmel an der Decke deutete, und senkte die Augen wieder auf ihren Bauch. Von dort wanderte sein Blick zu mir und zurück zu Odelia. Ernsthaft und nachdenklich griff er mit der Hand in die Tischmitte und schob mir die Kekse, die Bananen und den Zucker zu, dann ging er hinaus, um für die Kürbisse Schutzrinnen zu graben, und wir unterhielten uns über kleine Kinder und tranken Kaffee, anschließend gingen wir zur Jaffo-Straße, um ein Kleid auszusuchen.

Meine Mutter lobte Viskose, ein Stoff, der gut war für alle Jahreszeiten, der Winter sei ohnehin bald vorbei, außerdem lohne es sich, ein Kleid zu kaufen, das Odelia nicht nur während der Schwangerschaft tragen könne, sie hoffe, daß diese Schwangerschaft die Reihe von Odelias Schwangerschaften beende, schließlich wurde sie nicht jünger, auch ihr Körper nicht. Sie glaubte auch an den Vorteil, den eine ungerade Anzahl Kinder mit sich brachte, wenn Odelia sich also nicht mit neun zufriedengeben wolle, wäre es günstig, noch zwei Kinder zu bekommen.

Odelia quetschte sich in die enge Umkleidekabine, zog ihr altes, zerschlissenes Kleid aus und schlüpfte in karierte, gestreifte oder einfarbige Viskosezelte, manche verbargen ihre Brüste und ihren Bauch, andere betonten sie. Odelia ging vor dem Spiegel auf und ab, meine Mutter zog an einem Ärmel, glättete einen Kragen und prüfte, ob der Stoff mit dem wachsenden Embryo noch mithalten konnte. Ich wurde gebeten, die Kleider ebenfalls anzuprobieren, um zu zeigen, wie sie in der Zeit zwischen den Schwangerschaften aussehen würden.

»An dir hängt alles wie an einem Kleiderständer«, entschied meine Mutter und probierte selbst die Kleider an, um zu sehen, ob sie Odelia auch später passen würden, wenn sie ein paar Jahre älter und etwas faltiger wäre.

Mein Dünnsein bewahrte mich davor, weiter als Modell zu fungieren, sie probierten Kleider an, die sowohl zu einem schwangeren Bauch als auch zu den Jahren jenseits der Fruchtbarkeit paßten. Die Zeit zwischen den Schwangerschaften interessierte Odelia nicht besonders, sie vertraute dem, der die

Nackten bekleidet. »Es wird schon gut sein, erst soll diese Schwangerschaft vorbeigehen, dann wird Gott helfen.«

Am frühen Abend luden wir die neuen Kleider und die beiden Taschen meiner Mutter in den Volvo, außerdem Evjatars Rucksack. Die Dämmerung hatte den Himmel violett gefärbt, auch auf der Westseite von Kiriat Wolfson verschwand das Licht, die Luft war trocken und kalt. Evjatar hüpfte auf dem Gehweg auf und ab, um sich warm zu machen, er warf einen imaginären Ball in die leeren Zweige der Pappel. Er fragte Odelia, ob sie einen Revolver habe, und sie sagte, sie habe keinen, aber er solle sich keine Sorgen machen, mit Gottes Hilfe würden sie sicher ankommen. Beide Frauen setzten sich vorn ins Auto, Evjatar auf den Rücksitz, so daß er zwischen ihren Köpfen hindurchsehen konnte. Bis der Volvo sich in Bewegung setzte, stand die Mondsichel schon über unserer Straße und verströmte ihr blasses Licht gleichmäßig in alle Richtungen.

Vom Küchenfenster aus sah ich seinen Traktor neben den Kürbissen liegen, der unvollendete Graben hatte einen Streifen im Sand hinterlassen, dann vereinte die Dunkelheit den Traktor mit den Pflanzen und den Stiefelspuren des Traktorfahrers. Der saß nun hinter seiner Großmutter und seiner Tante, hörte zu, wie sie sich über Schwangerschaften und Geburten unterhielten, und sah durch das Fenster weiße, schöne Häuser und armselige Hütten und fragte nicht, warum das so war, er hatte schon gelernt, daß die Dinge nicht gerecht verteilt waren in der Welt. Ich rief Michael nicht an, um ihm zu sagen, daß ich heute abend frei von Verantwortung war, denn dieser Abend war nicht frei. Die Mütterlichkeit, armselig und vernachlässigt, verfolgte mich. Ich versuchte, ihr auszuweichen, ich schmierte mir Brote mit Erdnußmus und aß vier Scheiben, ich aß auch die beiden Milchspeisen, die Evjatar nicht gegessen hatte, und ich tauchte Kekse in Kaffee. Mein Zwerchfell schwoll an und tat mir weh, aber ich hörte nicht auf, bis ich auch seine Erdnußflips vertilgt hatte. Wäre Evjatar dabeigewesen, hätte er sich über den Heißhunger gefreut, der mich plötzlich ergriffen hatte, und gedacht, daß die Chancen für meinen Bauch dadurch wachsen würden, und wenn ich jetzt die Viskosekleider anprobiert hätte, wäre ich nicht disqualifiziert worden. Ich spülte das Geschirr, und die ganze Zeit saß mir die Mütterlichkeit im Nacken. Ich hatte den Hahn noch nicht zugedreht, da fiel sie über mich her und warf mir vor, daß das Gleichgewicht des Glücks in diesem Haus gestört war und daß ich mir eine zu große Portion nahm und daß der Preis für meine Liebe zu meinem Jungen gering war im Vergleich zum Kummer und zur Depression, die ihm auferlegt würde, wenn diese Liebe endete, und daß die Wahrheit in diesem Haus einmal gegenseitig gewesen war, jetzt aber einseitig war, einer war gerade und offen, der andere verbarg etwas, spielte etwas vor, verheimlichte etwas, und wo waren die großen Deklarationen geblieben, daß die Frau sich immer der Mutter unterordnen würde?

Ich saß zwischen Kühlschrank und Spülbecken und antwortete der Mütterlichkeit in meinem Nacken sehr laut, damit auch ich hörte, was ich zu sagen hatte, und mich vielleicht überzeugte: »Dieser Junge wird gesünder sein, wenn ich nicht ganz und gar von ihm abhängig bin. Und außerdem, weiß irgend jemand genau, was das Gleichgewicht des Glücks wirklich ist? Ist es das, was bleibt, wenn man die Freude vom Leid trennt?«

Das Telephon klingelte, und ich freute mich, daß ich von meinem Platz zwischen Kühlschrank und Spüle aufstehen konnte, um zu antworten, auch wenn es sich nur um eine statistische Befragung handeln sollte oder um jemanden, der sich verwählt hatte, aber es war Evjatar.

»Mama, weißt du, was Naftali hat? Drei Küken!«

»Drei Küken? Möchtest du, daß wir auch welche haben?«

» Ja!«

»Gut, nächste Woche kaufen wir sie.«

Hahaha, kicherte die Mütterlichkeit, ich habe dich erschreckt, nicht wahr? Jetzt wirst du rennen und ihm Küken kaufen, und wenn er Truthähne möchte, dann kaufst du Truthähne, oder sogar Zebras, wenn es sein muß.

»Du irrst dich, meine Dame, ich wünschte, du hättest recht«, sagte ich laut zu ihr. »Wann verstehst du endlich, daß genau das sein Problem ist, daß er um nichts bittet.«

Die Mütterlichkeit antwortete mir nicht, und wieder klingelte das Telephon. »Mir fehlt jemand, der morgen die Abendschicht übernehmen kann«, sagte Jamima. »Ich weiß, daß es Schabbatabend ist, Sori, aber vielleicht kannst du trotzdem?« Ich sagte, ich könne den Dienst übernehmen, und nahm auch den kommenden Abend aus meiner Liste der verantwortungsfreien Abende, nicht weil ich nicht gern mit Michael zusammengewesen wäre, im Gegenteil, ich wünschte es mir mehr als alles andere, aber die Angst davor, daß unserer Beziehung nur eine gewisse Anzahl von Treffen vergönnt sein könnte, brachte mich dazu, mit diesen Treffen sehr sparsam umzugehen, um das Ende hinauszuschieben, damit es nicht zu früh kam.

Simona schob in einer Wolke aus Dampf und dem Geruch nach Hühnersuppe den Essenswagen vor sich her. Sie blieb mit dem Kessel vor dem Schwesternzimmer stehen, putzte mit einem Kittelzipfel ihre Lesebrille sauber, die Brille, die sie beim Optiker bestellt hatte, nur um einmal am Tag die Liste der Kranken mit Diätkost lesen zu können und einmal im Monat ihren Gehaltsstreifen.

»Abendessen, wer kann, soll aufstehen«, verkündete sie, ohne eine Pause zwischen den Wörtern zu machen.

Betten knarrten, Füße tasteten nach Hausschuhen und schlurften dann zum Speisesaal. Einer nach dem anderen kam, manche knöpften noch den Pyjama zu und banden sich den

Gürtel um den Morgenrock, zogen einen Strumpf hoch, und Simona beobachtete sie über ihre Brille hinweg.

Ostrow kam nicht zu Tisch, nicht weil er zu schwach dazu gewesen wäre, sondern weil die Sonne noch am Horizont stand und die Zeit zum Empfang des Schabbat noch nicht gekommen war. Vom Fenster seines Zimmers aus blickt er über die judäische Wüste, er sieht die Bergrücken und erkennt an der Länge ihrer Schatten die Uhrzeit. Ostrow ist schon kahl, er hat auch keinen Bart mehr, die dichten Augenbrauen sind verschwunden und haben über seinen Augen Bögen aus verdickter Haut zurückgelassen, sein Gesicht sieht kleiner aus, die Augen scheinen größer geworden zu sein.

Zu Ehren des Schabbat hatte er ein weißes Hemd angezogen, er stopfte es in seine Pyjamahose und band die Kordel fest. Er beobachtete, wie Licht und Farbe verschwanden und die Dunkelheit zunahm. Er band noch einmal die Hosenschnur fester, die sich gelockert hatte, holte sein Gebetbuch heraus und sang laut: »Kommt, laßt uns dem Ewigen jubeln, jauchzen dem Fels unserer Hilfe.« Simona stellte ein Tablett vor ihn hin und ging, wie sie gekommen war, auf Zehenspitzen hinaus, einer doppelten Ehrfurcht gehorchend: Ehrfurcht vor seinem Beten und Ehrfurcht vor seiner Krankheit. »Gott möge ihm helfen«, sagte sie leise zu sich, nahm die Äpfel, die nicht gegessen worden waren, und stapelte die leeren Tabletts auf dem Wagen.

»Auf, mein Freund, der Braut entgegen, den Schabbat wollen wir empfangen.« Er sang mit leiser Stimme in seinem Zimmer, und ich sang tonlos mit: »Komme in Frieden, Krone des Gatten, in Freude und Frohlocken.« Zwei Sanitäter fuhren ein leeres Bett den Flur entlang, sie blieben neben Ja'el stehen und lachten mit ihr. Einer legte den Arm um ihre Schulter, sie wand sich gespielt kokett, um sich zu befreien, die Sanitäter griffen wieder nach dem Bett und gingen weiter, und der Flur füllte sich mit dem Geräusch knarrender Räder und quietschender Scharniere.

Die Fenster waren schon dunkel, und Ostrow begrüßte die Engel. »Friede sei mit euch, dienende Engel.« Wieso schmolz nicht das Herz der Engel bei seinem Lied?

»Euer Kommen sei zum Frieden, Engel des Friedens.«

Segnet ihn, sage ich zu den Engeln, was macht es euch schon aus, was habt ihr denn zu tun, als vom Himmel in die Atmosphäre herabzuschweben und wieder zurück, wenn ihr wieder oben ankommt, wird er stärker sein. Wer bin ich schon, um euch Vorschriften zu machen, nur eine Krankenschwester, aber auch eine Krankenschwester kann die Anwältin ihres Patienten sein, sie kann seinem Richter das eine oder andere erzählen, was den Urteilsspruch vielleicht ändert.

Seit vielen Jahren schon habe ich den Segen über den Wein nicht mehr gesprochen, die Engel wissen das, aber nun, da ich hörte, wie Ostrow den Korken aus der Flasche zog, nahm ich einen Plastikbecher und ging zu ihm und sagte: »Sprechen Sie den Segen auch für mich.«

Den Wein, ebenso wie den Kelch, hat Ostrow von zu Hause mitgebracht. Er sprach den Segen, und etwas Wein lief über den Kelchrand und tropfte auf seine Finger. Bevor er einen Schluck nahm, goß er mir ebenfalls etwas in meinen Plastikbecher, und der Schatten seines kahlen Kopfes warf einen vollendeten Kreis auf die Wand. Ich wünschte ihm »Schabbat Schalom« und ließ ihn allein mit seinem Tablett und dem kalt gewordenen Essen. Wer weiß, vielleicht standen die Gott dienenden Engel um sein Bett, probierten von dem bescheidenen Huhn und von der Suppe, rümpften ihre Nasen und sagten, es sei wirklich Zeit, etwas für ihn zu tun. Wenn es nicht das Mitleid war, das die Engel dazu brachte, sich für Ostrow einzusetzen, würde es vielleicht ihr Magen sein.

Ja'el und Orna saßen im Schwesternzimmer und unterhielten sich über Mädchen, die nachgaben, und über andere, die nicht nachgaben, und welche von den Männern bevorzugt würden. Ja'el brachte ein Beispiel aus einem Film, den sie gesehen hatte, oder aus ihrem Leben, und Orna sagte: »Du hast recht.« Sie fragte mich nach meiner Meinung, aber ich hatte keine. Ich trank einen Kaffee und dachte an Kostoglotov bei Solženicyn, der seine Bitterkeit in der Krebsstation herauskotzt. Ein Haufen Knochen, bei dem das Zwerchfell wegen der Krankheit schon am Rücken klebt, und zwischen Bestrahlungen und der Angst entstehen zarte Verbindungen zwischen ihm und der Ärztin oder der Schwester oder beiden. Eine der Schwestern hieß Sveja, aber ich weiß nicht mehr, welche. Nicht daß ich mich in Ostrow verliebt hätte oder er sich in mich, ich interessierte ihn nicht mehr als alle anderen Personen in weißen Kitteln, die ihn berührten, ihm weh taten, ihm Versprechungen machten oder gleichgültig oder amüsiert an ihm vorbeigingen, so daß er den Luftzug spürte. Aber Ostrow gehört zu den Menschen, von denen man angerührt wird. Ich weiß nicht, warum das so ist, es gibt keinen Grund dafür, bestimmt nichts, auf das man den Finger legen könnte, ich habe noch nie ein wirkliches Gespräch mit ihm geführt, ich habe nie mit ihm gelacht, ich habe ihm nie die Hand gehalten, unsere Blicke haben sich noch nie zufällig getroffen. Es gibt nur diese bittere Sehnsucht, dieses dumpfe Gefühl zwischen Zwerchfell und Rippen.

Am Morgen drang die Sonne in schmalen horizontalen Streifen in mein Zimmer, fiel auf meine Daumennägel und ließ sie durchsichtig erscheinen. Die Vögel flatterten auf der Regenrinne, schwirrten zur Wäscheleine und zurück und zwitscherten wie verrückt.

Noch bevor die Sonne die untersten Stockwerke der Wolfson-Türme erreicht hatte, kam der Toyota an. Erst stieg Chaggai aus, in einem Kordmantel mit Lederkragen und Lederbesatz, er warf die Haare zurück, schob die Hände in die Manteltaschen, verzog den Mund und streckte der Katze, die ihren

Pelz in der Sonne wärmte, die Zunge raus. Die Katze richtete den Schwanz auf, erhob sich und legte sich wieder hin.

Nachdem sie gefrühstückt hatten, mit in Kaffee getunkten Hörnchen, ging Chaggai mit seinen Großeltern ins Kino des Industriezentrums von Talpiot, wo auch am Schabbat Filme vorgeführt wurden.

»Du hast gesagt, daß man Radfahren nicht verlernt«, sagte Michael und holte zwei Fahrräder aus dem Schuppen, Marios und eines, das ihm früher gehört hatte. Er pumpte sie auf, kontrollierte die Ketten, die Bremsen und die Pedale und sagte: »Nun, was meinst du?«

»Daß man Radfahren nicht vergißt, nehme ich nicht zurück.«

Er krempelte die Hosenbeine seiner Jeans hoch, nahm einen kleinen Rucksack auf den Rücken und sah, wie ich schwankend vom Granatapfelbaum zu den Kürbissen fuhr und neben dem Wasserhahn das Gleichgewicht verlor und umkippte. Mein Knie war verdreckt, und Michael lachte, dann lehnte er das Rad an die Wand und kam, um mir zu helfen, doch da war ich schon wieder aufgestiegen, fuhr an den Miniaturzedern vorbei und wußte plötzlich wieder alles. Ich bog in die Straße ein, und wäre da nicht die Ampel an der Ruppin-Kreuzung gewesen, hätte er mich auf Marios verrostetem und quietschendem Fahrrad nicht eingeholt.

Nebeneinander fuhren wir die Ruppin-Straße hinauf, und einer hörte des anderen Atem. Auch wenn wir an Ampeln anhielten, sprachen wir nicht, jeder war in sich versunken und zwang sich zu nichts in den Pausen, die uns durch das rote Licht aufgezwungen waren. Bis wir im Wald ankamen, hatten wir kein Wort miteinander gewechselt. Ich habe keine Ahnung, woran er dachte, als er hinter mir herfuhr, ich dachte an nichts Besonderes und schaute mich nicht um. Und nicht die Lehre aus Frau Lots Schicksal hielt mich davon ab, ich hatte meine eigene Lehre, die ich damals gelernt hatte, als ich mit Odelias

Fahrrad zwischen den Fischweihern herumgefahren war und Schlomi mit seinem tollen Rad plötzlich aus dem Nichts aufgetaucht war.

Damals trat ich in die Pedale, um zu fliehen, und als ich den Kopf drehte, um zu sehen, wie meine Chancen standen, verlor ich die Herrschaft über das Fahrrad, am Schluß berührte mein Vorderrad Schlomis Rad, und beide stürzten wir in die Papyrusstauden, und er, größer und schwerer als ich, lag auf mir, ich konnte seinen Atem riechen, die Gurken, die es zum Mittagessen gegeben hatte.

»Laß mich aufstehen«, sagte ich.

»Warum?« fragte er. Ein abgebrochener Papyrus hatte mich an Hals und Wange zerkratzt, und Schlomi drückte mich in die trockenen Stengel und sagte: »Ich bin nicht schuld, wir sind deinetwegen gestürzt.«

»Laß mich endlich aufstehen, du Dummkopf!« schrie ich.

»Ich werde dir zeigen, wer hier ein Dummkopf ist.« Er drückte mich mit seinen harten Knien in den Papyrus, quetschte mit seinen Ellenbogen meine Brust und näherte sich meinem Mund mit seinem, mit all den Gurken, die er mittags gegessen hatte, und erst, als er sah, wie ich anfing zu kotzen, stand er erschrocken auf, hob sein Fahrrad auf und floh. Ich erbrach mich in den Papyrus, stand auf und brach Stengel ab, um das Erbrochene zu bedecken, ich wischte mir über die blutigen Kratzer an Hals und Wange. Ich hob Odelias verbogenes Rad hoch und schob es bis zum Kibbuz und hoffte, ich würde weinen können, laut und lange, ohne einen der Fischer zu treffen, denn ich wußte, Menschen wollen trösten, sie verstehen nicht, daß man sich von dem Druck dieses Weinens nur befreien kann, wenn man es auslebt.

Odelia war wütend und fragte, wer mir erlaubt hätte, ihr Fahrrad zu nehmen, aber nachdem sie die Kratzer gesehen hatte, sagte sie, Gott habe mich genug gestraft, sie werde kein Wort mehr darüber verlieren. Sie hielt ihr Versprechen, sie erwähnte das verbogene Rad nie mehr, nicht in all unseren Streitigkeiten, die wir danach noch hatten. Als Avram von der Schreinerei sie fragte, wie sie es geschafft habe, das Rad so zu verbiegen, antwortete sie: »Ach, egal«, sie verließ sich auf Gott, der für jedes Vergehen das rechte Maß an Strafe fand.

Wir hielten am westlichen Rand des Jerusalem-Waldes an, legten die Räder auf die Erde, setzten uns auf eine Terrasse und schauten hinunter ins Tal, in dem die ersten Mandelbäume blühten. Michael holte aus seinem Rucksack geschnittene Karotten, Zwiebeln und Salatblätter, außerdem Käse, eine Flasche Wein und geschnittenes Schwarzbrot. Er goß den Wein in Einwegbecher, stieß mit dem einen Plastikbecher an den anderen und sagte: »Cheers!«

»Warum ›cheers‹? Komm, sagen wir den Kiddusch«, sagte ich. »Heute ist Schabbat.«

»Ich weiß den Segen nicht auswendig, aber ich kann auf der Stelle etwas improvisieren«, sagte er, lachte und räusperte sich.

»Ich weiß ihn auswendig«, sagte ich, stand auf und sprach den Kiddusch, den Ostrow gestern abend gesprochen hatte, in seinem Tonfall und in seinem Rhythmus, und Michael hörte auf zu lachen und wurde ernst, er hob sein Glas, stand auf und verdeckte einen Mandelbaum, der auf dem Bergrücken wuchs.

»Wieso erinnerst du dich?« fragte er, trank und schenkte sich nach.

Ich erzählte ihm von dem Patienten, der gestern abend den Kiddusch gesprochen und mich wieder daran erinnert hatte. Ich sagte ihm nicht, daß der Kiddusch eigentlich zum Abend gehörte, zum Empfang des Schabbats, der Morgen hatte seinen eigenen Kiddusch, ich nahm an, daß auch Gott, der von mir nicht so oft etwas bekam, die Sache nicht so wichtig nahm.

Bis wir die Karotten und den Salat gegessen hatten, hatte weißer Dunst den Himmel bezogen und das Licht gedämpft.

Michael stellte seinen Becher auf einen Stein, hielt einen Olivenkern hoch, zielte in den Becher und traf. Er aß noch ein paar Oliven, um seine Geschosse zu vermehren, und trank seinen Wein aus dem Becher, auf dessen Grund Olivenkerne lagen.

Wir küßten uns nicht, wir sprachen nicht über kommende Tage, auch nicht über viel anderes, eigentlich unterhielten wir uns über gar nichts, wir sagten nur Dinge wie: »Das Fahrrad müßte geölt werden« und: »Schau mal dort, den Mandelbaum.« Es herrschte eine träge, beiläufige Ruhe, die keiner von uns stören wollte.

»So, die Oliven sind alle«, sagte er und schob die Hand in den Rucksack und wühlte, bis er ein kleines Ledersäckchen herauszog und sagte: »Das ist für dich.« Er löste das Band, und zwei Opalohrringe fielen auf meine Hand und spiegelten grünliches Licht.

»Für mich?« sagte ich, und dann brachte ich keinen Ton mehr heraus.

»Gib her«, sagte er, stellte sich über mich, befestigte die goldenen Anhänger an meinen Ohren und trat zurück, um das Ergebnis zu betrachten. Dann hob er Marios Fahrrad hoch, das sehr alt aussah, und stellte es vor mich hin, und ich wußte, daß es an meinen Ohrläppchen jetzt smaragden aufblitzte.

»Sie sind schön wie die Augen von Elizabeth Taylor«, sagte ich und küßte ihn nicht, er sollte den Kuß nicht mit dem Geschenk verbinden, denn die Lust, ihn zu küssen, stammte nicht von den Ohrringen, nur von den Händen, die meine Ohrläppchen berührt und meine Schulter gestreichelt hatten.

Als wir zu Hause ankamen, sah ich, daß an Milkas Mandelbäumchen die ersten blassen, zerknitterten Blüten aufgegangen waren.

»Schau nur«, sagte ich, »das alles ist in den wenigen Stunden passiert, die wir nicht hier waren.«

»Wieso, das war schon am Morgen, es ist dir nur nicht aufgefallen.« Er brachte die Räder wieder in den Schuppen, dann blieb er neben dem Mandelbäumchen stehen, betrachtete die Blüten und roch an einem Zweig. Eine Biene kreiste über ihm, er hob die Hand, um sie zu vertreiben, und kniff in eine Blüte und roch an seinen Fingern.

Wer wird mich verurteilen, weil ich dreißig-, fünfzig- oder hundertmal zum Badezimmerspiegel ging, um die grünen Augen zu bewundern, die an meinen Ohren hingen, und den Opalschimmer, der im Licht der Vierzig-Watt-Birne von ihnen ausging.

Milka nahm einen Karpfen aus, als ich hinüberging, um eine Zwiebel zurückzugeben. Sie hob kurz die Augen, und als sie den Blick wieder zu dem Fisch senken wollte, entdeckte sie die Ohrringe.

»Opal«, sagte sie, und Blut spritzte aus dem Karpfen auf das Messer.

»Leg die Zwiebel in die Schüssel«, sagte sie, warf einen heimlichen Blick auf die Ohrringe und schlug mit ihren blutverschmierten Fingern dreimal auf das Schneidebrett, dann packte sie den Karpfen am Schwanz und nahm seine Eingeweide heraus.

»Oh, Mama, was für schöne Ohrringe hast du gekauft!« rief Evjatar am nächsten Morgen. »Wie die Augen von der Katze, die in den Kürbissen Junge gekriegt hat.« Er drehte mein Ohrläppchen vor und zurück, verzaubert von dem Schimmer der Steine. Und ich trug die Ohrringe den ganzen Tag, erst als ich zur Arbeit ging, nahm ich sie ab, die Patientinnen wissen ohnehin, daß sie nicht so gut aussehen wie Gesunde, man muß diesen Unterschied nicht noch betonen.

Der Winter kam innerhalb der nächsten zwei Tage zurück. Ein Hagel zerstörte die wenigen schon offenen Mandelblüten und schlug Löcher in die noch unreifen Kürbisse. Milka lief hinaus, um die Wäsche zu retten, ein Laken blähte sich im Wind und wand sich um sie wie ein Leichenhemd. Salomon stand hinter dem Vorhang seines Fensters und beobachtete sie. Auch Evjatar stand am Fenster und sah, wie die Hagelkörner auf seinen Traktor schlugen und die Furche füllten, die er gegraben hatte, und von Milkas Kopf absprangen. Als der Hagel aufhörte, fragte er, wer das gewesen sei, der vorhin angerufen habe.

»Doktor Cohen.«

»Kommt er uns besuchen?«

»Möchtest du das?«

»Er kann gut Puzzleteile finden ... Was ist, kommt er oder nicht?«

»Das hängt davon ab, was du sagst.«

»Ist mir egal«, sagte er, kletterte auf den hohen Küchenhocker und rollte den Saum des Pullovers über den Mittelfinger. »Ich bin doch schon wieder ganz gesund, warum will er kommen?«

»Evjatar, du machst ein Kleid aus deinem Pullover. Er hat keine eigenen Kinder, und weil er dich jetzt kennt, möchte er gern ein Freund von dir sein.«

Er fragte, warum sie keine Kinder hatten und ob auch seine Frau mitkommen wolle. Er dachte nach und sagte schließlich, er kenne keine Kinder, die einen erwachsenen Freund hätten, doch dann fing es wieder an zu hageln, und er wechselte das Thema.

Odelia, die von ihm erfahren hatte, daß ein Doktor aus dem Krankenhaus zu Besuch gekommen war, um zu sehen, wie es ihm ging, hatte gesagt: »Das ist erstaunlich, Sori, siehst du, es gibt noch gute Menschen, was heißt Menschen, Engel!«

Meine Mutter war weniger begeistert und meinte, bestimmt mache er irgendeine Forschungsarbeit über Gehirnhautentzündung. »Alles auf der Welt dient bestimmten Interessen, Sori, alles, außer der Beziehung zwischen Eltern und Kindern.«

Ich schwieg, ich wußte nicht viel über bestimmte Interessen, auch nicht über Engel, und was ich über die Beziehung zwischen Eltern und Kindern wußte, konnte ich nicht sagen.

Milka erinnerte sich an ihn, von jenem Morgen im Krankenhaus, als er in der Tür gestanden und Evjatar betrachtet hatte, ohne ihn zu berühren, und sie machte sich ihre eigenen Gedanken über seine Absichten. »Schon damals hatte er etwas Seltsames an sich«, sagte sie. »Merk dir, Sori, auch Ärzte und Abgeordnete und Minister und sogar Rabbiner können anormal sein, du sollst die beiden lieber nicht allein lassen.«

Auch Mario war beunruhigt. Sein Verantwortungsgefühl brachte ihn dazu, an unsere Tür zu klopfen und einen Blick auf den Doktor zu werfen, der mit Evjatar auf dem Teppich hockte und mit ihm in Puzzleteilen wühlte. Der Doktor richtete sich nach den Bedingungen, die ich gestellt hatte: Er kam nie überraschend, die Abstände zwischen seinen Besuchen waren nie kürzer als zehn Tage, und nie machte er Evjatar gegenüber eine Bemerkung, daß es sich um etwas anderes handeln könnte als um Freundschaft. Und weil er phantasielos war und von Natur aus eher trocken und kühl, zeigte Evjatar ihm gegenüber nur eine begrenzte Sympathie. Und was die Zukunft betraf? Die Gegenwart war aufwühlend und fordernd genug, wer wollte da schon an die Zukunft denken.

Am fünfzehnten Schewat, dem Tag der Bäume, nahm Evjatar einen Kasuarinensetzling mit in den Kindergarten, um ihn im Garten einzupflanzen, und am Abend war Vollmond. Michael sagte, bei Vollmond spiele das Meer verrückt.

»Du mußt es dir selbst anschauen, damit du das verstehst«, sagte er.

»Schau nur, das Gelb ist wie bei einem Spiegelei«, sagte Evjatar, und das Fenstergitter warf Streifen auf seine Stirn. Ein orangefarbener Eidotter, schwer und reif, hing über den Dächern, zum Bersten voll, er wird Mühe haben hochzusteigen, und wenn er an der Antenne vom Polizeigebäude hängenbleibt, wird sein Inhalt auslaufen, eine glühende Lava wird Jerusalem bedecken, wird die Stadt mit Orange überziehen und dann erstarren.

»Im Kindergarten haben sie gesagt, daß man zum Mond auch Lewana sagen kann, die Weiße«, sagte Evjatar. »Ich finde, man sollte ihn die Gelbe nennen.« Auf dem Schuppendach stand eine Katze und jammerte, ihre Augen sahen aus wie die Opalohrringe, die ich bekommen hatte. »Bestimmt denkt sie, das ist ein Ei und will daran lecken«, sagte er. Doch es sah eher aus, als wäre die Katze vor dem großen Auge erschrocken, das sich über ihr öffnete, strahlend und nur einen Sprung weit von ihr entfernt.

Bis ich Jerusalem hinter mir gelassen hatte, befand sich der fette Kreis schon außerhalb der Reichweite der Katzen. Dann bog ich nach Westen ab, und eine ganze Weile sah ich ihn nicht, nur die Kiefernstämme, die nach dem Brand im Sommer übriggeblieben waren, leuchteten silbern in einem seltsamen Licht. Als ich die Kreuzung Latrun erreicht hatte, schien der Mond härter und weißer.

Wegen des stürmischen Meeres trug Michael ein türkisfarbenes Hemd mit Schulterklappen, Steppnähten und einem Stehkragen, dazu helle Jeans mit einem Ledergürtel, er sah herausgeputzt und jung aus, auch seine Haare glänzten, als hätte er sie geölt. Ich stand neben ihm und hatte das Gefühl, kein bißchen jünger als meine zweiundvierzig Jahre alt zu sein, im Gegenteil, mir war, als hätten mich die zukünftigen Jahre schon angesprungen.

Die Kordhose und die Angorabluse, die ich trug, sahen aus

wie aus dem Schlußverkauf, und meine etwas abgetragenen, festen Schuhe wie eine orthopädische Lösung für Plattfüße.

»Was für ein schöner Mann«, sagte ich. Es machte mich unbeholfen und hart, daß er sich so herausgeputzt hatte.

»Für dich«, sagte er. Er lachte, kniff in mein Ohrläppchen, und Liz Taylor machte ihm schöne Augen.

»Opal«, sagte ich und genoß den Namen des Steins, von dem ich vor diesen Ohrringen nicht gewußt hatte, daß es ihn gab.

Michael umarmte mich, und ich war froh, daß er mich ins Wohnzimmer führte und nicht ins Schlafzimmer. Ein einziges Mal hatten wir auf dem großen Bett, das er sich speziell hatte anfertigen lassen, miteinander geschlafen. Vom Wohnzimmer aus sah ich die Fransen des Überwurfs, der es bedeckte, mehr wollte ich nicht sehen, ich hoffte, wir würden gleich zum Meer gehen und, wenn überhaupt, dort miteinander schlafen.

Ja, die Matratze ist federnd und weich, paradiesisch und kingsize, aber alles, was ich von Michael nicht wissen will, ereignet sich auf dieser Matratze, und zu meinem Glück liebt dieser Mann, der sich eine weiche Matratze gekauft hat, auch den harten Sand. Im Sand bleiben Abdrücke nicht zurück, die Körner, auf denen man heute liegt, sind morgen verweht oder weggeschwemmt, es ist ein anderer Sand.

Um Mitternacht, als der Mond über dem Grand Beach Hotel stand, gingen wir zum Strand. Er hatte eine Flasche Cognac in der Jackentasche und einen Korkenzieher in der Hosentasche.

»Prost, Mensch«, schrie er dem Meer zu und hielt die Flasche an den Mund und trank und gab auch mir zu trinken, so wie man einem Kind die Flasche gibt. Die Flüssigkeit rann durch meine Kehle in den Bauch und stieg mir ins Gehirn, und zum Glück steckt das Gehirn in einem Schädelknochen, der alle Verrücktheiten fest umschließt. Hoch über dem Meer stand die Scheibe des Mondes, ziseliertes Silber, und die Wellen brachen, wurden zerschmettert und beruhigten sich wieder, Lichtfunken flackerten auf und erloschen, und die Lippen wurden kalt und brannten. Michael war naß und salzig, sein Mund mit den vollen Lippen war warm, seine Rippen hart. Wenn jetzt die Polizei käme oder der Religionsminister oder der Ministerpräsident oder sogar meine Mutter und Odelia, sie könnten das, was da am Strand mit uns passiert, nicht aufhalten, da, wo das Wasser steigt und uns mit seinem Schaum bedeckt und weiße Spuren auf unseren umschlungenen Beinen hinterläßt.

Wir waren dort, bis der Mond ganz oben stand und das Meer ruhig wurde und sich zurückzog. Michael lief barfuß herum, er hob Muscheln und Krebsgehäuse auf, und bevor es wirklich Morgen wurde, zogen wir unsere Jacken an und gingen zum Auto.

Zitternd vor Kälte stieg ich ein, Wasser rann vom Dach über die Scheiben, und Michael stand noch draußen und schaute über das Meer, als wartete er darauf, daß auch seine Seele kommen und einsteigen würde, aber sie wollte nicht, sie sammelte da und dort die Reste der Gefühle ein.

»Es war zu schön«, sagte ich.

Die Scheinwerfer des Toyota warfen Streifen über das Meer, Seeschwalben stießen herab.

»Warum ›zu schön‹?«

»Weil man sagt, daß alles einen Höhepunkt hat, vielleicht haben wir unsere Wasserscheide heute erreicht.«

Michael verzog das Gesicht, drehte das Lenkrad und fuhr die Straße hinauf und fragte, was dieser Begriff aus der Topographie mit dem zu tun habe, was zwischen uns und in dieser Nacht war, und er sagte, alles, was man abmessen oder abwiegen könne, sei ein schlechtes Beispiel für die Liebe. Nichts war ihm mehr von der nächtlichen Wildheit anzusehen, seine Wangen waren eingefallen und rauh und unrasiert, die Haare dünn, und unter den Augen hatte er dunkle Ringe. Ich hatte jede Falte seines Körpers berührt, jeden Finger-, jeden Zehennagel, jede Wölbung, jede Spalte, ich hatte seinen Schweiß und seinen

Speichel geschmeckt, trotzdem hatte ich nichts von dem erfahren, was unter der Haut lag, vielleicht war alles nur Lust und sonst nichts?

»Es sieht aus, als könnten wir nicht mehr viel mehr bekommen, als das, was wir hatten«, sagte ich, und gleich tat es mir leid. Warum mußte ich in die Zukunft schauen, warum mußte ich Dinge prophezeien, und was war falsch daran, wenn es nur Lust war, ohnehin war alles auf das Jetzt und das Hier beschränkt, ich hatte das nicht angestrebt, es war einfach passiert.

Er fragte, ob ich dasselbe auch über Musik gesagt hätte. »Bei Musik kannst du doch immer noch mehr empfinden als vorher, nicht wahr?«

Ein Zeitungslieferant mit Schirmmütze und Schal legte ein zusammengeschnürtes Bündel auf die Schwelle eines geschlossenen Ladens, stieg auf seine Vespa und fuhr weiter, ein Bäcker legte einen Packen Fladenbrot vor ein Restaurant, und ein Mann stand neben seinem Hund, der sich in die Bewässerungsgrube eines Baums gelegt hatte. Tel Aviv war häßlich im Morgengrauen, es war, als würde die Stadt aus einem bösen Traum erwachen, die Gehwege waren schmutzig, der Dunst grau und trüb, und der Himmel hing tief und drückend über den Dächern. Es tat mir leid, daß wir das Meer nicht verlassen hatten, bevor die Nacht zu Ende war. Michael schwieg und fuhr mit der linken Hand, sein rechter Arm lag auf meiner Schulter und streichelte meinen Hals, er bog sogar einhändig in die Nordau-Straße ein.

Auf der Rückfahrt nach Jerusalem bewegte ich mich zur Radiomusik, klopfte den Takt auf das Lenkrad und drehte das Radio so laut wie möglich. Der Lärm klopfte mir in den Schläfen und drang durch Haut und Knochen und erschreckte meine Gedanken so sehr, daß sie in alle Winde davonstoben.

Ich betrat den Garten genau in dem Moment, als Mario aus dem Haus kam, wir trafen uns am Fußabstreifer. Mario ging los, um verstopfte Abflüsse in Ordnung zu bringen, und ich würde meine müden Glieder strecken. Er sagte »Guten Morgen« und fragte nichts, er warf mir nur einen schnellen Blick zu, dann schaute er zu Boden. Vielleicht weil er mir angesehen hatte, daß ich von der Liebe kam, vielleicht auch wegen der Opalanhänger, die an meinen Ohren leuchteten. Vor dem Haus wartete der Transit des Krankenhauses mit laufendem Motor auf ihn, der Fahrer rauchte, ein Sanitäter und eine Küchenhilfe dösten auf dem Rücksitz. Ich ging ins Haus und hatte trotz der Worte, die Michael über Musik gesagt hatte, das Gefühl, als gäbe es einen Höhepunkt der Liebe, von dem aus man den Hang hinunterschauen kann. Und vielleicht ist alles nur Lust, bald wird sich der Körper daran gewöhnen, genug haben und der Sache überdrüssig sein. Erstes Morgenlicht fiel auf mein Bett, man sah noch deutlich, wo ich mich gestern abend vor meiner Fahrt hingesetzt hatte, um meine Schuhe mit den flachen Absätzen und den breiten Kappen anzuziehen.

Weiß jemand, was Glück ist? Manchmal sind es drei Küken. Die Kiste, die Mario vor Evjatar hinstellte, hatte einmal zehn Flaschen Coca-Cola enthalten, die Seitenwände bestanden aus Holzbrettern mit fingerbreiten Zwischenräumen. Evjatar zog die Kiste bis zu seinen Stuhlbeinen, rieb seine Knie an dem Holz und konnte vor Aufregung seine Suppe nicht essen. Er hatte die Beine unter sich gezogen, hielt den Löffel hoch und maß die Größe der ersehnten Küken in der Luft, etwas Suppe tropfte vom Löffel, und ein Stück Petersilie blieb an seinem Arm hängen, und bis er geplant hatte, wie er die Kiste einrichten würde, das Haus für die Küken, die wir bald kaufen würden, überzog bereits eine dünne, erstarrte Suppenhaut den Löffel, und die Petersilie war getrocknet und abgefallen.

Wir gingen zum Geflügelstand auf dem Machane-Jehuda-Markt, wo sich Hühner und anderes Geflügel in engen Käfigen zusammendrängen und wo sich die Lebenszeit auf die Spanne zwischen dem Käfigriegel und dem Messer des Metzgers beschränkt und durch eine Handbewegung des Käufers bestimmt wird. Aber die Hühner waren fröhlich und sehnsüchtig, denn wer mit zum Markt genommen worden war, mußte nicht mehr zurück. Sie krähten und hüpften sich gegenseitig auf den Füßen herum. In einem Gitterkäfig piepsten zwei Tage alte Küken, gelb und flaumig, mit blassen Kugelaugen und pulsierenden Bäuchen. Evjatar beugte sich über den Käfig, seine Wangen brannten, und seine Augen hingen an den Geschöpfchen, die sich ängstlich und frierend aneinanderdrückten.

Der Verkäufer, ein magerer, armseliger Mann, saß über die Theke gebeugt, das Kinn in die Hand gestützt, und drängte uns nicht. Die leuchtenden Augen Evjatars, der sich von Sekunde zu Sekunde mehr begeisterte, hatten ihm schon gezeigt, daß er gute Aussichten auf ein Geschäft hatte.

Er kam hinter der Theke hervor und legte ihm die Hand auf die Schulter. »Siehst du, wie schön sie sind?«

Evjatar schüttelte die Hand ab.

»Sie gehören zu einer gesunden, starken Sorte, sie sterben nicht nach einem Tag wie Fliegen, sie haben die Seele von Hunden, sie können sechs Jahre leben, sogar sieben, bis man sie schlachtet. Los, zeigt euch.« Er bewegte den Käfig, und der atmende Haufen zerfiel in gelbe Küken, die erschrocken und piepsend nach allen Seiten hüpften, sich dann aber sofort wieder zusammendrängten.

»Warum nur drei, meine Dame, ist das etwa ein Preis? So ein netter Junge verdient zehn. Na gut, wie Sie wollen, ich diskutiere nicht, jeder, der bei mir kauft, kommt wieder, aber ich habe nicht immer welche von dieser Sorte. Manchmal kommt auch eine Sendung Krepelchen, die schnell draufgehen.« Er öffnete den Riegel, schob seinen langen Arm hinein und nahm drei Küken hoch. Sie flatterten in seiner großen Hand. »Ruhe, ihr Rabauken«, schimpfte er, packte sie in eine leere Schuhschachtel mit drei Luftlöchern, legte den Deckel darauf, zählte das Geld und sagte: »Laß es dir gutgehen, Junge, du hast die passende Seele für Küken. Wenn einer gut zu ihnen ist, sind sie auch gut zu ihm, sonst klappt es nicht.«

Evjatar drückte die Schachtel mit beiden Händen an sich, entzückt von der lebendigen Last an seiner Brust, und als wir uns entfernt hatten, fragte er, was für eine Seele ein Hund habe. Wir polsterten die Kiste mit Streu aus und stellten sie in sein Zimmer, und die Küken trippelten mit ihren dünnen Beinchen von einer Wand zur anderen, pickten in der Streu und im Wasserbehälter und gewöhnten sich unter unseren beobachtenden Blicken an ihr neues Zuhause.

In unserer Straße wohnten keine Kinder aus dem Kindergarten, trotzdem kamen einige, um die Küken zu besichtigen, die nun zu unserer kleinen Familie gehörten. Evjatar konnte die Küken unterscheiden und zählte ihre guten Eigenschaften vor seinem Publikum auf: Dieses da kann von einer Ecke zur anderen auf einer ganz geraden Linie laufen, das da läuft die ganze Zeit im Kreis um die Wasserschüssel und spritzt mit seinem Schnabel die beiden anderen naß, und das dritte, das am schwächsten aussieht, traut sich aber, die beiden andern zu verfolgen und nach ihnen zu picken. Als er demonstrierte, welche Kunststücke die Küken konnten, waren die Kinder voller Bewunderung, und ihr Beifall und ihre Begeisterung brachten die drei dazu, von einer Seite zur anderen zu hüpfen und die Kiste mit Leben zu erfüllen. Und diese ganze Demonstration sollte nur eine Probe für die große Veranstaltung am Schabbat sein, wenn Chaggai kommen würde.

Aber die Hand, die frühmorgens am Schabbat meine Schulter schüttelte und mich aus dem Schlaf riß, gehörte nicht zu unserem Programm. Barfüßig und blaß stand Evjatar vor mir: »Komm schnell, schau, was passiert ist.«

Neben der Schale mit dem Futter lag das Küken, das im Kreis um die Wasserschüssel laufen konnte. Ein graues Flaumknäuel, eingeschrumpft, mit weißen Augenlidern, ein kleiner, offener Schnabel, zusammengekrümmte, durchsichtige, in die Luft ragende Krallen. Die beiden anderen drängten sich zitternd in eine Ecke, sie fühlten, daß etwas geschehen war.

»Es ist gestorben«, sagte ich und umarmte Evjatar, er schwieg und wischte sich die Tränen mit seinem Pyjamaärmel ab, ohne den Blick von dem toten Küken zu wenden, und lernte die Unabänderlichkeit des Endes. Und wenn für das Glück drei Küken ausreichen, so reicht für das Leid ein einziges.

Noch bevor Chaggai kam, nahm Mario die winzige Kükenleiche und begrub sie hinter den Kürbissen. Zum ersten Mal im Leben sah Evjatar, welchen Weg jedes Fleisch nimmt, und weil er keinen Trost fand, sagte er, dieses Küken hätte bestimmt zu der Sendung mit den Krepelchen gehört.

Dann kam Chaggai, beugte sich über die Kiste, ohne die Hände aus den Jackentaschen zu nehmen und ohne die Lippen zum Pfeifen zu spitzen, und ausgerechnet da führten die beiden Zurückgebliebenen alles vor, was sie konnten, als wollten sie jemanden beschwichtigen, damit ihnen das Schicksal des Kükens erspart bleibe, das im Kreis um den Wassernapf herumlaufen konnte.

»Schau nur, was für kleine Scheißhäufchen sie haben«, sagte Chaggai, zog seine rechte Hand aus der Tasche und hielt den Finger vor ein Küken, das von einer Seite zur anderen rannte, und sagte: »Und was ist jetzt, du Spinner?« Das Küken blieb erschrocken stehen, stieß gegen die Wasserschüssel und fiel hinein, und Chaggai lachte und nahm auch die linke Hand aus der Tasche und schob sie zu dem nassen Küken, das auf einmal dünn und mager aussah.

»Komm, gehen wir raus«, sagte Evjatar, er hatte Angst um seine beiden Küken, er verstand, daß das Unglück, das sie heute morgen getroffen hatte, mehr als genug für sie war.

Sie gingen in den Garten und zielten mit dem Ball in den Basketballkorb, bis Chaggai die Geduld verlor. Er setzte sich mit übergeschlagenen Beinen auf die Erde und warf mit Steinchen nach dem Wasserhahn.

»Wann fährst du nach Amerika?« fragte Evjatar und betrachtete die Kürbispflanzen, die über dem Grab des Kükens vertrockneten.

»Ich fahre nicht.«

»Warum?«

»Dieser Enrico ist ein Angeber, einfach ein Fettwanst. Meine Mutter sagt, sie hat einen Fehler mit dieser Heirat gemacht, dieser Fettwanst hat sie sogar mal ins Gesicht geschlagen und ihr einen blauen Fleck neben dem Mund gemacht. Sie wollte zur Polizei gehen, aber am Schluß hat sie es nicht getan, damit er ihr keine Probleme mit der Scheidung macht und damit sie ihn so schnell wie möglich wieder loswird.«

Evjatar grub mit dem Absatz ein Loch in den Sand und wußte nicht, was er sagen oder fragen sollte, viele Dinge hatten innerhalb von Stunden ein Ende gefunden. Auch Chaggai schwieg, er betrachtete das Loch, das Evjatars Absatz gegraben hatte.

»Willst du Eis?« fragte Evjatar. »Wir haben Vanille mit Schokoladenstückchen.«

Chaggai gab keine Antwort. Er häufte Sand zwischen seinen Beinen auf, und Milka, die herauskam, sah, daß sich seine Hosenaufschläge mit Sand füllten, aber sie sagte kein Wort.

Dann saßen beide auf dem Boden, leckten Eis aus Waffeltüten und schwiegen. Evjatar verstand offenbar, daß auch das Leid über Dinge, die aufhören, relativ ist und die Größe eines Kummers nicht mit der Größe eines anderen zu vergleichen ist. Er versuchte, Chaggai zum Lachen zu bringen, und schnitt, wie er es im Kindergarten gelernt hatte, Grimassen wie ein Affe, und Chaggai schleckte Eis, schaute ihm zu und lachte nicht.

»Warte, ich habe eine Idee«, rief Evjatar, sprang auf, und der Wind wehte ein paar gelbe Tropfen von seinem Eis. Er rannte ins Haus und brachte einen kleinen Spiegel, mit dem er die Sonnenstrahlen auffing und sie durch den Garten hüpfen ließ. Chaggai schaute zu und sagte: »Gib her.« Er richtete den Lichtstrahl auf die Katze, die erschrocken und wie gelähmt auf dem Schuppendach stehenblieb.

»Du bist ja verrückt, du blendest ihr die Augen«, schrie Evjatar und riß ihm den Spiegel aus der Hand. Die Katze war wie erstarrt und rührte sich nicht, bis sie plötzlich wieder zu sich kam, mit einem Satz in den Nachbargarten sprang und verschwand.

Am Abend zog Evjatar die Kiste näher zu seinem Bett und schlief mit dem Gesicht zu den Küken ein.

Er verließ sich darauf, daß ich auf sie aufpassen würde, bis ich schlafen ging, aber ich war so müde, daß ich kurz nach ihm einschlief und die Küken im Stich ließ, bis am Morgen der Wecker rasselte und ich mit einem Sprung bei der Kiste war. Beide Küken scharrten gelassen in der Streu, und Evjatar war wach und betrachtete sie, die Hand in der Kiste. Sie pickten in seine Finger, und er lachte.

Ich ließ ihn in der Gesellschaft seiner Küken und ging hinüber zu Milka. Sie hatte die Einladung von Inat und Enrico unter der Kasse zur Bekämpfung von Krebserkrankungen hervorgezogen, zerriß sie in kleine Stücke und warf die zerfetzten goldenen Rosen ins Spülbecken.

»Der Schneider vom Machane Jehuda hat ihm nicht gereicht, diesem Miststück«, sagte Mario. »Und diese dumme Gans hat gedacht, italienische Schuhe würden sie zur Millionärin machen, jetzt weiß sie, wie sich ein Tritt von einem italienischen Schuh anfühlt.«

»Hier sind ihre Rosen, Sori, schau es dir an, das, was mit diesen Rosen passiert, passiert mit dem Leben des Jungen.« Milka deutete auf das Spülbecken und trat zur Seite, damit ich es sehen konnte.

Ich beugte mich vor, um zu sehen, was mit den Rosen passiert war, und der Geruch nach gekochten Kohlresten bereitete mir Übelkeit. Als ich wieder in meiner Wohnung war, stieg mir das Essen die Kehle hoch und landete in einem Bogen in der Kloschüssel. Das Wasser spülte das Erbrochene weg, und bis der Spülbehälter sich wieder gefüllt hatte, atmete ich tief den Duft der Zwergzitrone ein, der ich den Namen Liebste gegeben hatte, und sagte: »Du siehst, Liebste, das Leben erneuert sich ein ums andere Mal und wird zerstört, und nur du, die du mit Exkrementen zu tun hast, überlebst.«

Die Dame »Salzlos, bitte« wurde wieder im Krankenhaus aufgenommen, auch Minna Steiner und Fischman kamen zurück, als wären sie alle zu einem Ehemaligentreffen einberufen worden. Frau Salzlos hatte seit ihrem letzten Krankenhausaufenthalt zugenommen, Minna Steiner war schwächer geworden, und Fischman hatte bei seinen Schuhen die Kappe abgeschnitten, seine Zehen drängten heraus, eingebunden und geschwollen.

Auch Danino, dessen Chancen sich durch eine Bypaßoperation erhöht hatten, war nach einigen Jahren wieder eingeliefert worden. »Nicht wegen der Arterien am Herzen«, sagte er, »die hat man ausgetauscht, jetzt habe ich eine Angina pectoris.«

Fischman kicherte. »Pest oder Cholera, was spielt es schon für eine Rolle, warum, Hauptsache, du bist hier.«

»Natürlich spielt das eine Rolle«, antwortete Danino gekränkt, und Frau Salzlos nickte, als wisse sie etwas, was sie, obwohl es ihre Stellung stärkte, nicht preisgeben wollte, solange ihr Mann noch hinter ihr stand und ihren Rollstuhl schob. Minna Steiner saß da, wütend, mit eingefallenen Wangen. Sie schlug mit der knochigen Faust auf den Tisch und sagte: »Ihr redet hier zu viel, das ist ein Krankenhaus, kein Caféhaus und keine Pension für Alzheimerkranke.«

Gegen seinen Willen wurde Ostrow zu der Gruppe der Alten gerechnet, und obwohl er fast als letzter gekommen und der jüngste von allen war, würde er vermutlich als erster gehen. Die dienenden Engel hatten nicht viel für ihn getan. Er erwartete allerdings auch nichts von ihnen, er kannte die Spielregeln, aber ich, da sich keine anderen rettenden Helfer zeigten, hatte große Hoffnungen auf sie gesetzt gehabt. Er war mager, mit eingefallenem Gesicht, seine Kipa war zu groß geworden für seinen Kopf und rutschte auf seinem kahlen, gelblichen Schädel herum. Er verließ das Bett nur noch selten und scheute jede Anstrengung, die meiste Zeit lag er dösend da, und die heiligen Bücher auf seinem Nachttisch blieben geschlossen.

Odelia sagt, diese Welt sei nur ein Korridor, wichtig sei das Prunkgemach, in das man danach kommen würde. Das Fleisch werden wir hierlassen, sagt sie, doch die Seele wird, wenn wir für sie sorgen, in das Prunkgemach kommen. Und Ostrow, der sein ganzes Leben lang für seine Seele gesorgt hat, hört bereits, wie man ihn in das Prunkgemach einlädt und wie man dort den Tisch für ihn deckt. Und obwohl er sich keine Illusionen über dieses Prunkgemach macht und weiß, wohin er gehen wird, versucht er bis zum Ende, er selbst zu bleiben, auch wenn danach kein Unterschied sein sollte, ob man Ostrow oder ein Küken war, denn es erwartet sie dasselbe.

Auch Doktor Zurieli ist alles andere als gleichgültig diesem Patienten gegenüber, der nichts verlangt, niemanden beschuldigt und sich nicht erniedrigt. Er bleibt immer lange bei ihm, obwohl die Krankheit, wie vorauszusehen war, fortschreitet, also nicht im Widerspruch zur Statistik steht. Vielleicht spürt Doktor Zurieli, daß Ostrow etwas weiß, was sich seiner Erkenntnis verbirgt, und versucht, es herauszubekommen, solange das noch möglich ist.

Wenn Odelia Ostrow kennen würde, würde sie nun sagen: »Der wird auf des Herrn Berg gehen, der unschuldige Hände hat und reinen Herzens ist, wer nicht bedacht ist auf Lug und Trug und falsche Eide schwört.«

Und ich kann nur seine Venen öffnen, wenn sie verstopft sind, sonst nichts. Er ist verschlossen und schweigsam wie die Dinge, die ihn umgeben, er ist aus Fleisch und Blut, und ich mache einen Engel aus ihm, wer weiß, ob er nicht ganz anders ist, als ich mir einbilde. Einen Tag nach dem anderen überläßt dieser Patient seine Glieder unseren Berührungen, doch es ist uns unmöglich, einen Blick in seine Seele zu werfen.

Wenn ich ihm nur ein einziges Mal sagen könnte: Schrei, Ostrow, fluche, scheiß in die Hose, spucke, mache es wie alle, was ist los mit dir, warum glaubst du, daß du besser bist als alle hier?

Ich stellte ihm seine Hausschuhe neben sein Bett und räumte seinen Nachttisch auf. Die Tasche, in der einmal die heiligen Bücher untergebracht gewesen waren, war eingesunken, und die Schnur, mit der er sie zugebunden hatte, lag nun zusammengerollt im untersten Fach. Ich betrachtete seine großen Zehen, die sich unter dem Laken abzeichneten, das ihn bedeckte, und wunderte mich über diesen schweigsamen Gerechten, der vielleicht nur ein stiller Tor war, der nicht verstand, daß sein Urteil schon gefällt worden war.

Er hat nun ein Einzelzimmer, eines der beiden kleinen Zimmer, die für Patienten bestimmt sind, die isoliert werden sollen, oder für solche, die am Ende ihrer Reise angekommen sind. Fischman, der mit den Gepflogenheiten hier vertraut ist, geht leiser, wenn er an diesem Zimmer vorbeikommt, seine eingebundenen Zehen heben sich von seinen angeschnittenen Schuhen hoch wie die Köpfe von Schildkröten.

»Wie geht es Ihnen, Schmuel?« fragte ich.

»Gut«, sagte Ostrow, verließ das Bett und setzte sich auf einen Stuhl, damit ich seine Laken wechseln konnte. Er schaute aus dem Fenster, von dem aus man die schiefen Kiefern auf der Westseite des Krankenhauses sehen konnte. Im Zimmer hing der dumpfe, süßliche Geruch von Medikamenten, von den Stoffen der Chemotherapie, von dem nicht aufgegessenen

Abendbrot vom Vortag, das auf dem Tablett liegengeblieben war. Ich gab ihm eine Decke und machte das Fenster auf, aber der kalte Wind, der hereindrang, vertrieb nicht die Übelkeit, die mir wie ein Kloß im Hals steckte. Ich ließ ihn am offenen Fenster sitzen, ging zur Toilette und erbrach mich, und als ich zurückkam, sah ich, daß er in der Decke zitterte. Er wollte zurück ins Bett, bedankte sich verlegen und fast tonlos bei mir und sagte: »Vielleicht sollten Sie jemanden bitten, Ihnen zu helfen, Sie fühlen sich nicht wohl.«

Ich sah mein blasses Gesicht wie durch einen dichten Dunst im Spiegel über seinem Waschbecken, kein Wunder, daß es ihm aufgefallen war.

Aber ich hörte nicht auf seinen Rat und ignorierte die Zeichen meines Körpers, warum sollte ich nicht glauben, daß alles nur eine Störung im Gleichgewicht des biochemischen Haushalts war? Ich war etwas glücklicher als üblich, und schon lief irgend etwas durcheinander, ich erschrecke über mein Glück, und die Ausscheidungen werden gebremst. Aber Erregungen dauern nicht ewig, so wie sie kommen, verschwinden sie auch wieder, und wenn sie verschwinden, werden die Drüsen wieder pünktlich funktionieren. Wenn das Glück häufiger wäre, wären die Drüsen erfahrener und würden gleichmäßiger arbeiten.

Obwohl er von mir nichts erwartete, änderte Alex sein Verhalten mir gegenüber nicht und begleitete mich am Schluß der Schicht zum dunklen Parkplatz. Er erzählte mir von sich selbst, fragte, wie es mir und Evjatar gehe, und sagte: »Du nimmst dir das Schicksal des Patienten aus Nummer acht zu sehr zu Herzen. So viel hast du schon gesehen, aber du hast dich noch immer nicht daran gewöhnt.«

»Stimmt«, sagte ich und empfand Nähe und Traurigkeit für diesen anständigen, empfindsamen Mann, ich liebte ihn, wie man einen Bruder oder einen Sohn liebt, und wenn ich ihn damals nicht abgewiesen hätte, hätte ich ihn in diesem Moment umarmt, keine Umarmung der Lust, sondern eine von Mensch zu Mensch. Wieder wurde mir klar, daß zwei Menschen durch Leid nicht weniger verbunden werden können als durch Liebe, und die Chancen, daß diese Beziehung tiefer und dauerhafter ist, sind groß. Alex und ich umarmten uns nicht, er ging zu seinem Jeep, ich stieg in meinen Fiat. Ich fuhr geistesabwesend und wußte nicht, wem meine Tränen galten, Alex, Ostrow, Evjatar, der jetzt in einer anderen Wohnung schlief, oder allen gemeinsam oder mir. Die Ampel schaltete um, und jemand hupte hinter mir, und ehe ich mich versah, war die Ampel wieder rot.

Am Morgen, an dem ich mit meinen Opalohrringen zur Arbeit kam, regnete es heftig. Wäre der Himmel nicht so grau und das Licht nicht so trüb gewesen, hätte ich das Funkeln der Opale bemerkt und sie rechtzeitig abgenommen. Jamima sagte, es sei wirklich etwas Besonderes, mich mit Schmuck zu sehen, aber es würde mir stehen, Maurice kniff mir ins Ohrläppchen und sagte: »Oho!«, und Orna sagte, sie habe gar nicht gewußt, daß ich Löcher in den Ohren hatte, und wie seltsam es sei, daß sie nicht zugegangen seien, das täten sie im Lauf der Zeit, und nur Liat sagte kein Wort. Eine nach der anderen probierten sie die Ohrringe an und gingen zum Spiegel, nur Liat sagte: »Nein, danke« und berührte sie nicht. Ich fragte sie nicht, was sie gegen meine Ohrringe hatte, denn eine neue Welle von Übelkeit ergriff mich und jagte mich zur Toilette.

»Du bist blaß, Sori, setz dich«, sagte Jamima, als ich zurückkam, und schob mir einen Stuhl hin.

»Ja, ich habe aufgehört, Fleisch zu essen, und mein Hämoglobinwert ist gesunken«, log ich, aber insgeheim wußte ich, daß es an der Zeit war, mich den Tatsachen zu stellen. Ich bat Maurice, mir Blut für eine Untersuchung abzunehmen.

»Eine Hämoglobinbestimmung?« fragte er.

Ich nickte, und Maurice machte sich an meiner Vene zu schaffen und nahm mir vorsichtig Blut ab, das Blut floß in das Reagenzglas und füllte es. Ich zeigte ihm nicht, was ich auf den Untersuchungsbogen fürs Labor schrieb. Auch Ostrows Blut wurde an diesem Morgen zum Labor geschickt, wie jeden Tag. Ich ging zu ihm hinein, um ihm eine Infusion anzulegen, er machte die Augen auf und schloß sie wieder, man sah ihm an, daß seine Seele sich schon von seinem Körper löste. Beide Reagenzgläser, das mit Ostrows Blut und das mit meinem, fahren nun gemeinsam über das Band im Labor, in einer langen Reihe von Blutproben. Die Laborantin sucht, entsprechend dem, was man ihr aufgeschrieben hat, in einer Probe den Beginn eines Lebens, in der anderen die Anzeichen des Endes, so wie es von ihr verlangt wird, und zwischen einer Probe und der nächsten kocht sie Kaffeewasser oder zieht ihre verwischten Lippen nach.

»Sind Sie die, die wir mal vor dem Orthopäden getroffen haben?« fragte Minna Steiner. »Hören Sie, sagen Sie denen dort in der Küche, daß das hier keine Armeekantine ist, hier liegen alte Leute, die keine Zähne mehr haben, sie sollen die Gurken schälen und die Karotten feiner reiben.«

Die nachmittägliche Besuchszeit hatte noch nicht begonnen, und sie saßen schon an den leeren Tischen und warteten. Ich ging zwischen ihnen hindurch, maß da, wo es notwendig war, Fieber und Blutdruck. Fischman streckte mir seinen weißen Arm entgegen und sagte: »Ich sage Ihnen die Wahrheit, Schwester Sohara, heute habe ich zwei Zigaretten geraucht, ich sage das nicht, um Sie zu ärgern, da sei Gott vor, ich möchte nur, daß Sie wissen, daß Fischman am Ende ist, zwei Zigaretten oder zehn machen da nichts aus, Fischman ist fertig.«

Ein Patient in den Vierzigern, der vor ein paar Stunden aufgenommen worden war, hörte ihnen zu, blickte von einem zum anderen, als folgte er einem Tennisspiel.

»Was für ein Blödsinn, du bist nicht fertig«, sagte Danino. »Du wirst uns noch alle hier beerdigen, so ist das, wer am gesündesten aussieht, geht als erster, und wer fertig aussieht, hält durch.«

Der neue Kranke, der gesünder und kräftiger aussah als die anderen, krümmte sich auf seinem Stuhl, und Fischman kicherte. Was alle Ärzte nicht geschafft hatten, hatte ein Satz von Danino zustande gebracht.

»Was für ein Blödsinn«, sagte Minna Steiner. »Hier hört man den ganzen Tag nur Blödsinn.«

»Was wollen Sie«, sagte Fischman. »Daninos Blödsinn gilt genauso für Sie, Sie sehen auch nicht gerade toll aus.«

Frau Salzlos kam dazu, sie schob ihren Rollstuhl vor sich her. »Was? Was?« fragte sie, um noch etwas von dem Gespräch mitzubekommen und daran teilzunehmen, doch da war schon vom Ende des Gangs das Rattern des Essenswagens zu hören, Simona verkündete ihre Ankunft.

Liat saß allein im Stationszimmer, sie trank eine Tasse Suppe und kritzelte Dreiecke auf ein leeres Krankenblatt.

»Warum wolltest du meine Ohrringe nicht anfassen?« fragte ich.

»Weil sie aus Opal sind«, antwortete sie und leckte sich mit der Zunge einen Rest Grieß von den Lippen.

»Und? Was soll das heißen?«

Das junge Mädchen vom Hilfsdienst erschien und legte die Ergebnisse der Laboruntersuchungen auf den Tisch des Schwesternzimmers. Liat beobachtete sie, sah die Frische ihres Gesichts und fragte, ob das am Make-up liege oder ob sie von Natur aus so aussehe. »Noch nie im Leben habe ich auch nur ein Stäubchen Puder benutzt«, sagte das junge Mädchen, und während es erklärte, seine Haut sei ein Erbe seiner Großmutter, blätterte ich die Untersuchungsergebnisse durch, das vorletzte war meines.

Die Kästchen der Hormonbestimmungen waren leer, nur hinter der Spalte mit dem Hinweis auf eine Schwangerschaft stand in Rot das Wort »positiv«.

Das Formular zitterte mir in der Hand, ich schob es in die Tasche, ohne darauf zu achten, ob es zerknitterte, und legte mir die Hand auf den Mund, um zu verhindern, daß ich laut herausrief: Ich bin schwanger, von Michael, von Michael, von Michael.

»Es bringt Unglück«, sagte Liat.

»Was bringt Unglück?« fragte ich und hielt mich am Tisch fest, um nicht umzufallen.

»Opal. Du hast vorhin gefragt, was ich gegen deine Ohrringe habe, bei uns in der Familie sagt man: Opal bringt Pech. Du wirst bei uns keine Frau finden, die Opalschmuck trägt.«

Ich öffnete die goldenen Verschlüsse meiner Ohrringe, um sie auszuziehen, doch sofort machte ich sie wieder zu. Liats Tanten sind nicht leichtsinnig, sie fordern das Glück nicht heraus. Aber ich? Meinen Sohn habe ich im dreizehnten Stock gemacht, in einem Zimmer mit der Nummer dreizehnsechsundzwanzig, und seinen Bruder oder seine Schwester am Meer, mit Opalgehängen in den Ohren.

Liat fragte, ob mir die wundervolle Haut dieses Mädchens aufgefallen sei. Sie zog einen kleinen Spiegel aus einer Schublade, betrachtete prüfend ihre eigene Haut und sagte: »Opal hin oder her, Hauptsache, wir sind gesund.«

»Amen«, sagte ich, und mein »Amen« zitterte wie ein Faden im Wind.

Ich war erst ein paar Minuten zu Hause, da kam Doktor Cohen. Evjatar zeigte ihm die Küken, erzählte von dem gestorbenen und führte ihn zu den Kürbissen, um ihm die Stelle zu zeigen, wo es begraben war. Der Doktor, der in seinem Leben dem Tod schon öfter begegnet war, sagte, was er normalerweise sagte, wenn er den Tod eines Angehörigen mitteilen mußte: »Ich weiß, wie schwer das ist ... ich weiß, daß es weh tut ... mein Beileid ...« Er faltete die Hände wie zum Gebet bei einem Trauerfall, und Evjatar warf ihm einen Blick zu und faltete seine Hände ebenfalls, zu Ehren des toten Kükens.

Aufgewühlt von dem Formular in meiner Tasche, ließ ich die beiden allein in Evjatars Zimmer und legte mich, noch in meinem Schwesternkittel, aufs Bett, schob die Hände unter den Bund meiner Unterhose und streichelte meinen Bauch, der noch ganz flach war, eingesunken zwischen den Hüftknochen. So winzig ist das Positiv, das ich da habe, und viele Fragen stürzen auf mich ein: Was wird diese Schwangerschaft für Evjatar bedeuten, wird sie seine Chancen in der Welt erhöhen oder nicht? Wie wird mein Alltag aussehen, mit einem Baby und einem Siebenjährigen? Werde ich weiter meine Stundenzahl arbeiten können, und wenn nicht, wie nahe werden wir dem kommen, was man Armutsgrenze nennt? Und wie soll ich es den anderen mitteilen? Evjatar, meiner Mutter, Odelia, Milka und vor allem Michael?

Für die meisten Fragen hatte ich keine Antwort, doch was ich Michael an diesem Abend sagen würde, das hatte ich mir bereits überlegt, auch das, was überhaupt nicht zur Diskussion stehen würde.

Er stellte seinen Toyota auf dem Parkplatz von Mischkanot Scha'ananim ab, und als er ausstieg, setzte er sich eine karierte Schirmmütze auf den Kopf und sah aus wie ein Bohemien.

»Herzlichen Glückwunsch«, sagte ich.

»Gefällt es dir?« Er lächelte, und seine Zähne blitzten im Licht der Straßenlaterne, unter der wir standen. Der Schirm seiner Mütze verschattete sein halbes Gesicht.

»Toll.«

Wir gingen die Treppe hinunter, die zur Cinemathek führte, und spürten den feinen Nebel.

»Du kannst mir auch gratulieren«, sagte ich.

»Was hast du Neues?« Er klappte meinen Mantel auf, um zu sehen, was ich anhatte.

»Eine Schwangerschaft.«

»Was?« Einen Moment lang blieb er wie vom Schlag getroffen stehen. »Sori!« schrie er, und ein Vogel flog vom Dach. Sein Aufschrei rollte den Hang hinunter Richtung Hinnom-Tal, er warf seine Mütze in die Luft, höher als die niedrigen Villen, rannte die Stufen hinunter und hob den Kopf, um die Mütze zu fangen. Sie schlug Saltos in der Luft, bis sie umgedreht auf seinem Kopf landete, mit dem schwarzen Futter zum Himmel.

»Bist du sicher?«

Ich sagte, ich hätte es schriftlich.

Er blieb hinter mir stehen, nahm mich in die Arme und fuhr streichelnd mit den Händen über meinen Bauch. Und ich stand da, und meine Hände hingen steif und kraftlos an mir herunter wie aus Holz, mit verkrampften Schultern, die nicht reagierten und sich nicht zurückbogen, denn noch immer hatte ich das nicht gesagt, was ich mir vorgenommen hatte. Wir gingen den Zaun am Sultanteich entlang, ein blasses, bläuliches Licht lag auf der Mauer der Altstadt, auf der Zitadelle und auf dem Jaffator. Wir setzten uns auf eine feuchte Bank an der Straße, die von Jemin Mosche bergab führte, betrachteten die beleuchtete Cinemathek und das dunkle Hinnom-Tal. Michael hatte den Arm um mich gelegt, und ich hätte mich nicht so steif gemacht, wenn ich gewagt hätte, ihm zu sagen, was ich sagen wollte.

»Du mußt die Vaterschaft für dieses Kind nicht anerkennen«, sagte ich.

Seine Hand zuckte auf meiner Schulter. Er schaute mich an, machte den Mund auf und schloß ihn wieder, aber er unterbrach mich nicht.

»Ich habe es dir gesagt, weil es von dir ist und weil ich es ohnehin nicht verbergen kann, aber ich habe vor, das Kind aufzuziehen, so wie ich Evjatar aufziehe. Wenn du willst, können wir zu einem Rechtsanwalt gehen und die Sache festlegen.«

»Bist du verrückt geworden?« Er nahm die Hand von meiner Schulter, seine Augen lagen im Schatten des Schirms seiner Mütze, ich sah nur seinen schmal zusammengezogenen Mund.

»Nein, ich bin nicht verrückt geworden, obwohl ich das leicht hätte werden können«, sagte ich, denn ich weiß schon seit acht Stunden, daß ich schwanger bin, ganz abgesehen von den Tagen, in denen ich schon den Verdacht gehabt habe. Er weiß es erst seit zehn Minuten, und alles, was er jetzt sagt, wird übereilt sein. Ich hielt ihn zurück: »Nein, laß mich ausreden, nur noch ganz kurz.« Und vor seinen Augen, die im Schatten seiner Schirmmütze verborgen waren, sagte ich, daß wir beide erwachsen genug seien, um zu wissen, daß alle Worte, die wir sagen, wenn die Lust brennt, nur noch Asche wert sind, wenn sie vorbei ist. Ich legte die Hand auf seinen Arm. »Schau doch deinen Sohn an«, sagte ich, »erst hatte er einen Haufen Asche, und jetzt hat er zwei.«

Er bewegte sich, und meine Hand rutschte von seinem Arm, ich legte sie nicht zurück. Wir schwiegen beide, dann sagte ich, unser Zusammensein solle so lange dauern, solange wir uns lieben, bis wir genug davon hätten, es wäre falsch, diesem Baby und seinen Brüdern die Illusion einer Familie vorzuspielen und sie ihnen nachher wieder wegzunehmen.

»Du hast lange hingedacht an diese Rede, nicht wahr?« Er beugte sich vor, die Hände auf die Knie gelegt, und schaute hinunter ins Tal. »Ich verstehe dich nicht, es gibt Liebe, es gibt eine Schwangerschaft, wir freuen uns beide darüber, wozu soll also diese ganze Rede gut sein?«

Er war weit weg von mir, der Abstand eines Menschen trennte uns, und es war kalt. Ich zog den Mantel fester um mich und sagte, daß ich, als wir das erste Mal miteinander schliefen, nicht geglaubt hatte, daß es ein nächstes Mal geben würde, und das sei jedesmal so gewesen. »Hast du nicht selbst gesagt, daß du für Ad-hoc-Herausforderungen gemacht bist?« erinnerte ich ihn und wollte ihn berühren, aber meine Hände blieben gefaltet. »Und weißt du was? Vielleicht wirst du lachen über das, was ich dir sagen werde, aber ich tue es trotzdem. Als wir aus dem Auto gestiegen sind, in dem Moment, als du diese witzige Schirmmütze aufgesetzt hast, war mir klar, daß ich recht habe, du bist ein Bohemien, Michael, und wer mit dir ein Kind macht, muß das wissen.«

Er schwieg und starrte hinunter ins Tal, dann hob er eine Hand und nahm sich die Schirmmütze vom Kopf. Er bewegte die Hand rückwärts, hielt die Mütze, wie man eine Diskusscheibe hält, stand auf, schwang die Hand durch die Luft, um Schwung zu holen, und warf sie dann nach vorn. Die Schirmmütze flog wie ein aufgescheuchter Nachtvogel durch die Dunkelheit und landete irgendwo in der Schwärze des Sultansteichs. Michael stand am Rand des Wadis, seine Haare waren von der Mütze flachgedrückt und ließen ihn seltsam fremd aussehen.

»Mir ist kalt, und ich habe Hunger«, sagte ich.

»Endlich was Nettes«, sagte er, und sein Blick schien der Flugbahn der Mütze noch immer zu folgen.

»Was ist nett daran, wenn ich friere und Hunger habe?«

»Daß man etwas dagegen tun kann«, sagte er und hielt mir eine schlaffe Hand hin. Zusammen gingen wir hinunter zum Café der Cinemathek, und mit jedem Schritt wurde sein Griff fester.

»Du bezahlst mir ab sofort keine Miete mehr«, sagte er, als wir am Bordstein warteten, um einen Lastwagen vorbeizulassen.

»Natürlich bezahle ich Miete, meine Unabhängigkeit ist mir mehr wert als fünfhundert Dollar im Monat«, sagte ich lauter, als ich gewollt hatte.

Mit schnellen Schritten überquerten wir die Straße, und er

sagte: »Aber jetzt wohnt auch mein zukünftiges Kind in der Wohnung.« Ich lachte, ein Taxi fuhr vorbei und schnitt mein Lachen ab.

Michael machte eine verzweifelte Handbewegung. »Man hat es nicht leicht mit dir.« Wir gingen die Stufen hinunter. Er verschränkte seine Finger mit meinen und schob unsere Hände in seine Jackentasche. »Wenn das Zukünftige Wirklichkeit geworden ist«, sagte ich, »können wir noch einmal über geteilte Ausgaben, Erträge und Gewinne reden.«

Er lachte, beugte sich zu meinem Ohr und sagte: »Komm, du harte Brokerin, du mußt was essen.«

In dieser Woche war der Monatserste, und ich ging zu Milka, wie an jedem Ersten, um ihr die Miete zu bezahlen.

»Vielleicht setzt du dich für einen Moment«, schlug sie vor. Sie war so gewöhnt an meine Ablehnung, daß es ihr diesmal gar nicht auffiel, als ich sagte: »Gut, ich setze mich für einen Moment«, denn sie wiederholte ihre Aufforderung. Doch als sie sah, daß ich mich schon hingesetzt hatte, lachte sie über sich selbst.

»Kaffee oder Tee?« fragte sie.

»Kaffee mit Milch und zwei Löffelchen Zucker.«

Sie goß den Kaffee in zwei ihrer großen Porzellantassen, die sie nur an Feiertagen und für Gäste benutzt, brachte auch ein paar von ihren mürben Hörnchen und sagte: »Hätte ich gewußt, daß ich Besuch bekomme, hätte ich einen normalen Kittel angezogen.«

»Es hätte mich gekränkt, wenn du dich für mich anders angezogen hättest«, sagte ich, und sie betrachtete die ausgefransten Knopflöcher ihres Kittels und den Unterrock, den man durch die klaffenden Öffnungen zwischen den Knöpfen sah, und sagte: »Du hast recht, es ist, als gehörtest du zur Familie.« Sie ließ ihren Hausschuh auf den großen Zeh rutschen und lächelte. Als gehörtest du zur Familie, sagt sie und kommt nicht auf die Idee, daß in meinem Bauch ihr Enkelkind wächst.

»Ich möchte dir etwas erzählen«, sagte ich.

Da sie sich nicht vorstellte, daß es sich nur um drei Worte handeln würde, beugte sie sich vor und neigte aufmerksam den Kopf.

»Ich bin schwanger«, sagte ich.

Milka wich zurück, als hätte sie einen Schlag bekommen. Sie wußte nicht, ob ich unglücklich oder glücklich war, und genierte sich, Fragen zu stellen. Aufrecht, die Hände auf den Armlehnen, blickte sie mich an und wartete auf irgendeinen Hinweis.

»Ich werde nicht heiraten, Milka, aber ich freue mich über diese Schwangerschaft«, sagte ich.

Zögernd, ungeübt, ihre Zuneigung zu zeigen, stand sie auf, küßte mich auf die Wange, stand einen Moment verlegen vor mir, dann setzte sie sich wieder und sagte: »Ich bin so froh, daß Evjatar ein Geschwisterchen bekommt, es ist nicht gut für Kinder, wenn sie allein aufwachsen. Michael hatte eine Schwester, aber sie ist gestorben, und er hat keine Erinnerungen an sie, und dann sind alle möglichen Dinge zwischen uns nicht gut gelaufen, und wir haben kein Kind mehr bekommen. Und Chaggai? Ich wäre froh, wenn er ein Geschwisterchen hätte, denn was hat er schon? Gar nichts.«

Zwischen Chaggai und seinem Geschwisterchen befindet sich meine Bauchwand, und zwischen Milka und der Wahrheit mein Schweigen. Ich habe Angst, ihren Blick zu treffen, ich betrachte den Flaum, der auf ihren Beinen wächst, und ihre Zehen mit den harten Nägeln, die sich Löcher in ihre Hausschuhe gebohrt haben.

»Es wird nicht leicht für dich sein, allein mit zwei Kindern«, sagte sie. »Aber du bist stark.« Sie schaute mich an, wie sie mich beim ersten Mal angeschaut hatte, als ich gekommen war, um die Wohnung zu mieten. Dann schob sie mir die Hörnchen zu und bot mir noch eine Tasse Kaffee an, die ich nicht ablehnte.

Als ich aufstand, brachte sie mich bis zur Tür. Aus Dankbarkeit, daß ich sie eingeweiht hatte, vielleicht auch aus einer gewissen weiblichen Solidarität, sagte sie: »Erinnerst du dich, daß ich dir mal was über ihn erzählt habe?« Sie hob die Hand und deutete zur Decke, die zugleich der Fußboden des ersten Stocks war. »Ich gehe nicht mehr zu ihm, und er kommt auch nicht mehr her, wir treffen uns nur manchmal im Café Max in der Stadt und trinken einen Kaffee zusammen. Du verstehst, Mario, mein Alter, die Probleme mit Chaggai, man muß es nicht auf weitere Schwierigkeiten ankommen lassen. Danke, daß du nicht darüber gesprochen hast.«

Ich wurde rot, beichtete aber nicht. Sie lehnte sich an die Flurwand, das Licht, das aus der Küche kam, fiel auf ihre grauen Strähnen in den schon ausgebleichten, bläulichen Haaren. Sie schwieg, bohrte sich mit einem Fingernagel zwischen den Zähnen, dann zog sie den Gürtel ihres Kittels fester. Zum ersten Mal sah ich sie den Tränen nahe, und weil auch ich nahe am Weinen war, berührte ich ihre Hand und sagte: »Komm, setzen wir uns noch ein bißchen zusammen, ich habe dir noch etwas zu erzählen.«

Wie ein Kind ging sie vor mir her, setzte sich wieder in den Sessel und schaute mich an.

»Auch Chaggai wird ein Geschwisterchen bekommen«, sagte ich mit erstickter Stimme.

Sie wurde blaß und machte den Mund auf, ohne daß ein Ton herauskam, dann fingen wir beide an zu weinen. Das Weinen warf alle Jahre, die sie noch vor sich hatte, auf sie ab, ihre Wangen bekamen Falten und wurden schlaff, ihre Nase wurde rot und geschwollen, ihr Mund verschattet, ihr Kinn zitterte, und an ihrem Hals schwoll eine Ader an. Sie versuchte, ihr Weinen zu unterdrücken, und ihre Hände bewegten sich in ihrem Schoß.

»Auch für gute Dinge braucht man Kraft«, sagte sie mit erstickter Stimme, und weil sie die Nachricht in ihrem Herzen noch nicht verarbeitet hatte, ließ sie sich nicht zu voreiligen Worten hinreißen.

»Nimm das Geld, Sori, jetzt mußt du nicht mehr für die Wohnung bezahlen.« Sie hielt mir den Umschlag mit den Geldscheinen hin, ihre Hand schwebte wartend in der Luft, ein Windstoß bewegte den Umschlag und die Fäden, die vom Ärmel ihres Kittels herunterhingen.

»Dir brauche ich nicht zu sagen, was Unabhängigkeit bedeutet«, sagte ich. Der Umschlag schwang in der Luft zwischen uns hin und her, bis Milka ihn zwischen die Zuckerdose und die Hörnchen fallen ließ. Ihre Augen waren weit aufgerissen, und das Licht, das sich im Fenster spiegelte, warf zwei helle Flecken auf ihr Gesicht. Sie stand nicht auf, um mich zur Tür zu bringen, als ich ging. Sie sah aus, als habe sie sich noch nicht ausgeweint und warte nur darauf, allein zu sein, damit sie weiterweinen konnte.

Aus Freude über die Schwangerschaft schenkte mir Michael eine Opalkette, passend zu den Ohrringen. Ich erzählte ihm nicht, was Liats Tanten von Opalen dachten. Er rieb meinen Bauch und sagte: »Man fühlt es schon.« Sanft massierte er meine Haut. »Ich muß dir was sagen.« Ich fühlte einen leichten Stich und einen dumpfen Schmerz, der sich vom Nabel zum Zwerchfell ausbreitete. Und nachdem er mit der Nachricht herausgerückt war, daß er nach Japan fahren würde, um die Filialen der Firma im Fernen Osten zu beaufsichtigen, spürte ich den Stich auch in den Rippen.

»Die Geburt wird im November sein, nicht wahr? Bis November bin ich auf jeden Fall zurück.«

Eine Ausrede nach der anderen brachte er vor, um mir zu erklären, warum er diesen Auftrag auf keinen Fall ablehnen konnte, und ich hörte höflich zu, als wisse ich nicht, daß weder die Arbeit noch das Geld die wahren Gründe waren, sondern die Unstetigkeit und die Freude an Abwechslung, die sein Leben ausmachten.

»Fahr«, sagte ich, »es liegt dir im Blut, du schuldest mir nichts.« Ich schwieg, und seine Hände wurden schwer auf meinem Bauch, aber er nahm sie nicht von mir weg, bis sie von allein herunterglitten.

Ernst und schweigend schaute er von seinem Fenster hinunter aufs Meer, vielleicht sah er vor seinem inneren Auge schon, wie sich das Flugzeug in die Luft erhob, laute Straßencafés und einladend erleuchtete Hotels.

Als ich nach Hause kam, nahm ich die Kette ab, die er mir geschenkt hatte, und verschloß die grünlich schimmernden Steine in einer Schublade. Vielleicht war ja etwas dran an dem, was Liats Tanten über Opale sagten. Es tat mir leid, daß Evjatar bei Milka und Mario schlief, ich hätte ihn gerne bei mir gehabt. Dieser Junge, den ich mir gewünscht habe, fährt nicht nach Japan und nicht nach Italien, er ist immer da, und er gehört mir.

Milkas Mandelbaum war mit weißen Blüten übersät, auch die Bougainvillea blühte üppig und senkte ihre violetten Dolden auf die Gasballons, Milkas kleines Anwesen gehorchte den Gesetzen der Natur, wenigstens hier hatte Milka keine Überraschungen zu erwarten. Die Kürbisse paarten sich nicht mit den Granatäpfeln, auf der Wiese wuchsen keine weißen Mandelblüten, die Zwergzedern akzeptierten ihre Zwergwüchsigkeit und brachten winzige blaue Nadeln hervor, und die Kiefernzapfen übereilten sich nicht und platzten nicht vor ihrer Zeit.

Evjatar brachte seine Küken in den Garten. Im Schatten des Granatapfelbaums pickten sie, aufgeregt durch das ungewohnte Licht, unsicher im Sand herum und lernten die Erde kennen. Evjatar hüpfte vor ihnen auf und ab, rief sie, versuchte, in ihnen die Begeisterung von Hunden zu wecken, aber ihre Fähigkeiten waren so klein wie ihr Gehirn, obwohl der Verkäufer gesagt hatte, sie besäßen die Seele eines Hundes. Die Katze starrte sie an, zögerte und gab dann auf. Vielleicht spürte sie, daß es letztlich besser war, den Status quo im Garten zu respektieren. Sie entspannte sich, ließ ihren Schwanz sinken, legte den Kopf auf ihre Pfoten und ließ sich von der Sonne das Fell wärmen.

»Naftali sagt, wenn seine Küken groß sind, wird er sie für den Hahnenkampf dressieren und mit ihnen im Zirkus auftreten«, sagte Evjatar und lachte, als er sah, wie eines seiner Küken, als ein Tropfen aus dem Wasserhahn auf es spritzte, erschrocken zurückwich und sich an seinen Gefährten drängte.

Jetzt ist es Zeit, es ihm zu sagen, dachte ich, er ist ruhig und gelassen, in gewisser Weise sogar glücklich. Es wäre nicht gut, wenn er die Nachricht als Trost oder Entschädigung für etwas anderes erfahren würde, nach irgend etwas Traurigem. Jetzt fließt alles dahin, einfach und angenehm, und sogar die Bewegungen der Laken an der Leine sind sanft und weich im Wind, und der violette Vorhang schlägt kleine Wellen auf der Fensterbank.

Ein Chamäleon kletterte auf einem Granatapfelzweig, Evjatar versuchte, es mit einem Stock herunter in die Kürbisse zu schieben, um zu sehen, ob es sich grün färbte. Vor vielen Jahren hatte Odelia ein Chamäleon nach Hause gebracht, und meine Mutter, die sich beim Anblick dieses Gastes nicht freute, meinte, manche Leute sagten, wenn man ein Chamäleon berühre, würde es einen verfluchen. »Natürlich ist so ein Aberglaube kompletter Blödsinn«, sagte sie, »aber warum sollte man das Tier quälen?« Odelia hatte gehorcht und dem Chamäleon die Freiheit zurückgegeben. Ich sagte kein Wort zu Evjatar, ich verließ mich darauf, daß das Chamäleon sich den Fluch verkneifen würde, weil es zwischen Quälerei und Neugier unterscheiden konnte. Das Chamäleon klammerte sich an den

Zweig, blinzelte und wollte nicht zu den Kürbispflanzen. Jetzt ist es Zeit, es ihm zu erzählen, jetzt, während das Chamäleon den Zweig umklammert und man kein Stöckchen zwischen sein Beine bekommt und Evjatar unter dem Baum steht und es beobachtet und wartet, daß es aufgibt. Die Zeit, in der die Gefahr einer Fehlgeburt bestand, war schon vorbei, ich spürte bereits die ersten Bewegungen des Kindes, eine Fruchtwasseruntersuchung hatte ergeben, daß das Kind offenbar gesund war und plante, weiterzuwachsen, es gab keinen Grund, ihm die Sache länger zu verheimlichen.

»Ich muß dir etwas Wichtiges sagen«, sagte ich.

Evjatar warf den Zweig auf den Boden und setzte sich neben mich auf die Stufe. Er stützte die Arme auf die Knie und legte das Kinn in die Hände.

»Willst du raten?«

»Wir fahren nach Amerika?« Aufgeregt sprang er auf.

»Nein, das ist es nicht.«

»Oma kommt am Schabbat zu uns.«

»Nein, das auch nicht.«

»Also sag schon«, drängte er und setzte sich wieder hin und beobachtete die Küken, die im Sand pickten.

»Ich habe ein Baby im Bauch.«

Er riß den Kopf hoch, seine Hände, die auf einmal leer waren, behielten ihre Haltung, als läge sein Kinn noch darin.

»Wieso ist dein Bauch dann so klein?« fragte er, an Irrtümer eher gewöhnt als an freudige Überraschungen. Seine Stimme zitterte, und auch eine Ader an seinem Hals zitterte.

»Das Baby ist noch ganz klein und hat genug Platz. Wenn es größer wird, wird auch mein Bauch dicker, und im Herbst, wenn du in die erste Klasse gehst, bekommst du einen kleinen Bruder.«

Evjatar sprang auf, hielt sich die Hände vor den Mund, um nicht laut aufzuschreien, und begann, im Kreis herumzurennen, er breitete die Arme aus, zog sie an sich, breitete sie wieder aus. Die Katze schaute ihm vom Dach aus zu, die Küken zogen sich zu den Gasbehältern zurück und drückten sich dicht aneinander. »Wir bekommen ein Baby«, flüsterte er bei den ersten Kreisen, und mit jedem Kreis wurde seine Stimme lauter, bis er die Worte schrie. Die Sonnenstrahlen fielen auf seine verschwitzten Haare, auf seine roten Wangen, auf den geöffneten Mund. Er stolperte, schwankte von einem Baum zum anderen, stützte sich an der Wand ab, bis seine Kraft erschöpft war und er sich in den Sand fallen ließ, verschwitzt und schwer atmend. Da sah er Salomon am Fenster stehen, schämte sich und verbarg sein Gesicht im Sand.

Er fragte nicht, ob das Baby aus den Reagenzgläsern im Krankenhaus kam, auch nicht, ob Odelia mir Nachum ausgeliehen hatte. Lange lag er auf dem Boden, schnaufend und glücklich, bis er sagte: »Ich kriege auch einen kleinen Bruder, nicht nur Naftali.«

Auch Mario wußte es bereits. Wer könnte Milka einen Vorwurf machen, weil sie es nicht für sich behalten konnte? Er macht mir oft Kaffee, hilft mir, die Einkaufstaschen zu tragen, und möchte mir vom Markt Gemüse mitbringen. Er hat ebenfalls vergeblich versucht, wegen der Miete auf mich einzuwirken, und seine Enttäuschung unterdrückt, so wie er seine Fragen unterdrückte, nur seinen Zorn gegen Michael konnte er nicht verbergen.

»Wozu muß er nach Japan fahren? Hat er nicht genug Geld?«

»Es geht dabei nicht um Geld, Mario, es ist sein Wandertrieb, er kann nicht eingesperrt an einem Platz bleiben.«

»Und du, bist du nicht eingesperrt? Und ich? Und Milka? Wir sind alle eingesperrt, so ist das Leben, man muß Verantwortung übernehmen, man macht nicht einfach ein Kind und fährt weg.«

Mit einer hilflosen Bewegung breitete er die Hand mit dem Stummel aus, dann ballte er sie zusammen, griff nach dem Henkel der Kaffeetasse. Zweimal machte er den Mund auf, um etwas zu fragen, und zweimal schloß er ihn wieder. Ich wartete nicht darauf, daß er seine Verlegenheit überwand, und sagte: »Ich habe ihn nicht darum gebeten, daß er mir dieses Kind macht, wir haben uns geliebt, und es ist passiert.«

Er rieb sich seine Bartstoppeln und schwieg. Ich sagte, Michael und ich seien beide sehr froh über diese Schwangerschaft, aber wir hätten uns nichts versprochen, und wenn er in Japan eine Frau kennenlernen sollte und sie heiraten sollte, würde ich ihm keinen halben Vorwurf machen.

Die Hand mit dem Stummel löste sich von der Tasse, und sogar ich erschrak vor dem, was ich nun sagte: »Ja, Mario, er könnte in Japan eine Frau kennenlernen oder in Honolulu oder Gott weiß wo und sie heiraten, und ich würde ihm keinen halben Vorwurf machen«, wiederholte ich laut, damit ich es noch einmal hörte, damit ich mir in den Kopf brachte, was nicht ins Herz wollte, und Mario drehte das Gesicht zum Fenster, und der Schleier, der seine Augen trübte, wurde feucht.

Fischman rauchte ganz offen eine Zigarette, als ich zur Abendschicht kam. Zitternd stand er im Flur, am großen Fenster, blaß und unrasiert. Er blinzelte, zog an seiner Zigarette, stieß den Rauch aus, blinzelte wieder, und eine zweite Rauchwolke holte die erste ein. Aus seiner Pyjamatasche ragten eine Packung Marlboro und ein Feuerzeug heraus.

»Er ist gestorben«, sagte er, stieß noch einmal Rauch aus und spuckte in sein Taschentuch. »Ja, Ostrow ist gestorben«, wiederholte er, und seine Zähne klapperten.

»Gib mir auch eine, Fischman«, sagte ich und stützte mich an der Wand ab.

Fischman starrte mich ungläubig an, doch er zog seine Marlboro heraus und gab mir mit zittrigen Fingern Feuer. Dann nahm er sich selbst noch eine Zigarette und zündete sie an.

»Genau als ich an den Zeigern fühlte, daß es zwölf war, ist er gestorben«, sagte er, drehte sich zum Fenster und hustete. Seine Schultern unter dem Pyjama sahen aus wie ein knochiger Kleiderbügel, seine Schildkrötenzehen ragten aus seinen abgeschnitten Kappen und berührten den Fußboden.

»Er hat Gott sehr geliebt, aber er war Gott egal«, sagte er, beugte sich aus dem Fenster und wurde von Husten geschüttelt. Ich legte ihm die Hand auf die Schulter, bis er sich beruhigte, und er drehte das Gesicht vom Fenster, sagte »danke« und starrte niedergeschlagen zu Boden. Wir standen nebeneinander und rauchten schweigend.

Schon vier Stunden ist es her, daß sich Ostrows Seele von seinem leidenden Körper gelöst hat. Was tut eine Seele ohne den Menschen, der sich jede Sekunde seines Lebens um sie bemüht hat? Vielleicht irrt sie in diesen Gängen herum, und es fällt ihr schwer, sich zu entfernen, vielleicht sucht sie eine Öffnung, durch die sie den Weg zum Himmel findet. Gut, daß das Fenster offen ist, dachte ich, Fischman lehnt sich zwar an das Fensterbrett, aber er versperrt es nicht, die Fenster sind breiter als jemand, der nur noch aus Haut und Knochen besteht. Wenn der Tod die Station beherrscht, sehen ihm auch Augen, die blind von Diabetes sind, ins Angesicht, aber Fischman hat keine Angst vor ihm. Hätte er Angst, würde er nicht so gierig seine Marlboro rauchen. Er macht sich keine Sorgen um das, was kommt, aber es liegt im Wesen des Todes, daß er dem Leben einen Blick auf das aufzwingt, was war, auch wenn er noch so flüchtig ist. Und Fischman, was hat er? Einen Haufen Beschwerden, die er mit seinen kranken Beinen durch die Gänge schleppt, von einem zum anderen. Ich warf einen Blick auf seine Füße, magere, glatte Knöchel wie die eines Kindes, herabgerutschte Socken, als habe er sie schnell angezogen, wie auf der Flucht. Ich legte die Hand auf seinen Arm, hängte mich fast bei ihm ein und sagte: »Ich bin schwanger, Fischman.«

Er hob das Gesicht, seine Lippen flatterten, als hätte er Parkinson, er versuchte, etwas zu sagen, aber es gelang ihm nicht: »Schwester Sohara ... Schwester Sohara ...«, sagte er, und Tränen liefen über seine Wangen.

Noch bevor ich es Odelia und meiner Mutter erzählt hatte, war es mir einfach herausgerutscht. Der Kummer, das hatte ich schon gelernt, verbindet Menschen schneller, als es die Liebe tut.

»Ich habe keine Kinder, Schwester Sohara«, sagte er, tastete nach seiner Marlboroschachtel und holte mühsam noch eine Zigarette heraus. Ich hatte keine tröstenden Worte für ihn, und auch wenn ich sie gehabt hätte, reichte mir die Zeit nicht.

»Schon fünf vor vier, Fischman, ich muß mich beeilen, um die Schwestern von der Morgenschicht abzulösen. Vielleicht haben wir später noch ein bißchen Zeit zum Reden.«

»Ja, ja«, sagte er, machte eine halbe Verbeugung und trat zur Seite. »Ich wünsche Ihnen alles Gute, Schwester Sohara ... was für eine Welt ist das.« Noch als ich auf die Tür der Station zuging, hörte ich ihn murmeln: »Was für eine Welt ist das.«

Was weiß denn ich, was für eine Welt das ist? Jeder denkt sich etwas über diese Welt und glaubt daran. Ostrow ist zu dem Prunkgemach gegangen, weil das hier nur ein Korridor ist. Michael fährt nach Japan, weil das Leben nichts anderes ist als eine Reihe von Episoden. Evjatar denkt, daß die Welt jetzt gerechter geworden ist als vorher, und in meinem Bauch fängt jemand seine Reise durch den Korridor an.

Und ich?

Am Abend, als ich zwischen den Arbeiten ein bißchen Zeit fand, ging ich zu Fischman. Im Zimmer war Licht, und er schlief tief und fest. Seine eingefallene Brust hob und senkte sich, mit der Atemluft stieß er die Marlboros aus, die er geraucht hatte. Ich löschte das Licht und ging hinaus und dachte, wie gut, daß der Schöpfer des Leids auch den Schlaf erschaffen hat, denn er hilft nicht nur, die Last des vergangenen Tages zu vergessen, er gibt auch Kraft, das zu ertragen, was der nächste bringen wird.

Um Mitternacht, als ich zum Parkplatz hinunterging, sah ich die Umrisse eines Menschen neben meinem Fiat stehen. Michael hörte meine Schritte und trat ins Licht und erwartete mich.

»Ist etwas passiert?« fragte ich erschrocken.

»Ja.« Er lachte, nahm mich in die Arme. »Ich hatte Sehnsucht nach dir.«

Ich fragte nichts, ich schaute hinauf zu den Antennen des Krankenhauses und zum Himmel, an dem unzählige Sterne blitzten wie eine Festbeleuchtung.

Ostrows Seele schwebte zwischen dem Krankenhausdach und dem Horizont, betrachtete das winzige Flackern der Antennen. Am Nachmittag, nachdem die Sanitäter ihn abgeholt hatten, hatte seine dünne Frau sich vorgebeugt und die Kleidungsstücke, die Bücher und die Tefillin aus seinem Nachttisch genommen und in seine Tasche gepackt. Vielleicht ist seiner Frau die Schnur nicht aufgefallen, mit der er seine Tasche einmal zugebunden hat, dachte ich, und sie liegt noch immer zusammengerollt in der Schublade. Am liebsten hätte ich jetzt zu Michael gesagt, er solle einen Moment auf mich warten, und wäre zurück zur Station gelaufen, aber seine recht Hand lag auf meinem Oberarm, und mit der linken drückte er mich an sich.

»Bei uns ist heute jemand gestorben«, sagte ich, eingeschlossen von seinen Armen. »Hast du eine Ahnung, wie lange die Seele braucht, bis sie im Himmel ankommt?«

»Laß die Toten, Sori, komm, sprechen wir über das Leben«, sagte er. Eine Nadel fiel von der Kiefer, unter der wir standen, und sank auf seine Haare. »Kommst du mit mir nach Japan?«

Ich befreite mich aus seiner Umarmung. »Bist du verrückt geworden?«

»Nein, warum?«

Ich erinnerte ihn daran, daß wir bereits über alles gesprochen hatten: über Evjatar, meinen Lebensunterhalt, den ich hier, in dem Gebäude hinter uns, verdiente, über ihn, der ein Herumtreiber war, und darüber, daß er mir nichts schuldete. »Also, was soll das jetzt auf einmal?«

Er griff nach dem Kragen meines Schwesternkittels, kam mit seinem Mund ganz nah zu mir und fragte: »Und über Liebe, haben wir auch über Liebe gesprochen?«

In meinem Bauch bewegte sich etwas, die Bewegung setzte sich fort bis unter die Rippen.

»Fühl mal«, sagte ich und legte seine Hände auf meinen Bauch. Das winzige Ungeborene, das mich im Bauch getreten hatte, hielt inne und bewegte sich nicht mehr.

Die Wärme seiner Hände drang durch den groben Stoff des Kittels, und zwischen unseren Stirnen war kein Zwischenraum, die Kiefernnadel, die auf seine Haare gefallen war, stach mich. Sein Kopf verdeckte das Krankenhaus, ich sah nur noch den sechsten Stock und den Flur, der von einem Ende zum anderen erleuchtet war, und ein winziges Flackern im leeren Raum zwischen Dach und Himmel.

Glossar

Baruch ata . . .: Segen über das Brot: Gelobt seist du Ewiger, unser Gott, . . ., der das Brot aus der Erde hervorbringt

Bar Mizwa: Feier, mit der dreizehnjährige jüdische Knaben mit allen religiösen Rechten und Pflichten als vollwertige Mitglieder in die Gemeinde aufgenommen werden

Blinzes: Gefüllte (z. B. mit Hüttenkäse) Pfannkuchen

Chanukka/Chanukkia: Achttägiges Lichterfest zur Erinnerung an die Wiedereinweihung des zerstörten Tempels (72 n.u.Z.), der neunarmige Leuchter heißt Chanukkia

Elischa: Die Geschichte Elischas, der den Sohn der Witwe aus Zarphata rettete, ist nachzulesen in 1. Könige 17, 1–24

Gusch Emunim: Ultraorthodoxe Siedler

Kiddusch: Gebet, das über einem Becher Wein am Freitagabend gesprochen wird und mit dem der Schabbat (auch andere Festtage) empfangen wird

Kipa: Kopfbedeckung jüdischer Knaben und Männer

Magen David Adom: Der »Rote-David-Stern«, das israelische »Rote Kreuz«

Maos Zur: Traditionelles Chanukka-Lied, »Festung und Fels«

Meschiach: Hebräisch für Messias

Mesusa: Kapsel aus Holz oder Metall, die das Sch'ma-Israel-Gebet enthält und zur Segnung jüdischer Häuser am rechten Türstock in Augenhöhe angebracht wird

Mischkanot Scha'ananim: Gästehaus für Künstler in Jerusalem im Viertel Jemin Mosche

Pessach: Fest zur Erinnerung an den Auszug aus Ägypten im März/April

Purim: Jüdisches Freudenfest im Februar/März, an dem der Errettung der persischen Juden zur Zeit König Ahasverus durch Königin Esther gedacht wird

Rechavia od. Rehavia: Ruhiges, vor allem von deutschen und polnischen Immigranten bewohntes Viertel in Jerusalem, die meisten Häuser haben Gärten

Rettung aus Lebensgefahr: Dieses Gebot hat absoluten Vorrang, es vermag alle anderen Gebote bzw. Verbote außer Kraft zu setzen

Safta: Hebräisch für Großmutter

Schewat: Monat, entspricht dem Februar (Neujahr der Bäume)

Schofar: Widderhorn, das am jüdischen Neujahrstag und am Ende des Versöhnungstages geblasen wird

Sufgania: mit Marmelade gefüllte Krapfen, die man zu Chanukka ißt

Tallit: Schwarz-weiß gestreifter Gebetsschal, -mantel, den Männer während der Gebete und in der Synagoge tragen

Tefillin od. Tfillin: Zwei Lederkapseln, die besondere auf Pergament geschriebene Verse enthalten, die von jüdischen Männern beim Morgengebet mit Hilfe von Lederriemen auf der Stirn und am linken Arm befestigt werden, um das Gebot Dtn. 6,8 zu erfüllen

Trendel: Besonderer Würfel in Form eines Kreisels (auf dessen Kanten die Buchstaben n-g-h-sch zu lesen sind für: nes gadel haja scham – ein großes Wunder war dort), mit dem zu Chanukka gespielt wird

Wadi: Trockenes Flußbett, das sich durch Regen in einen reißenden Fluß verwandeln kann

Wizo: Jüdische wohltätige Frauenorganisation

Anna Mitgutsch im dtv

»Hier ist eine Autorin am Werk, die in puncto psychologischer Kompetenz nicht so leicht ihresgleichen hat.«
Dietmar Grieser in der ›Welt‹

Die Züchtigung
Roman
ISBN 3-423-**10798**-7
Eine Mutter, die als Kind geschlagen und ausgebeutet wurde, kann ihre eigene Tochter nur durch Schläge zu dem erziehen, was sie für ein »besseres Leben« hält. Ein literarisches Debüt, das fassungslos macht. »Dieses Buch muß gelesen werden ..., weil es eines der wenigen Bücher ist, die in ihren Leser/innen etwas bewirken, etwas bewegen, vielleicht auch etwas verändern.« (Ingrid Strobl in ›Emma‹)

Das andere Gesicht
Roman
ISBN 3-423-**10975**-0
Sonja und Jana verbindet von Kindheit an eine fragile, sich auf einem schmalen Grat bewegende Freundschaft. Später gibt es Achim, den beide lieben, der beide begehrt, der sich – ein abenteuernder, egozentrischer Künstler – nicht einlassen will auf die Liebe ...

Ausgrenzung
Roman
ISBN 3-423-**12435**-0
Die Geschichte einer Mutter und ihres autistischen Sohnes. Eine starke Frau und ein zartes Kind erschaffen sich selbst eine Welt, weil sie in der der anderen nicht zugelassen werden.

In fremden Städten
Roman
ISBN 3-423-**12588**-8
Eine Amerikanerin in Europa – zwischen zwei Welten und keiner ganz zugehörig. Sie verläßt ihre Familie in Österreich und kehrt zurück nach Massachusetts. Doch ihre Erwartungen wollen sich auch hier nicht erfüllen ... »Mitgutsch schreibt, als ginge es um ihr Leben.« (Erich Hackl in der ›Zeit‹)

Haus der Kindheit
Roman
ISBN 3-423-**12952**-2
Heimat, die es nur in der Erinnerung gibt: eine eindringliche Geschichte vom Fremdsein.

Angelika Schrobsdorff im dtv

»Die Schrobsdorff hat ihr Leben lang nur wahre Sätze geschrieben.«
Johannes Mario Simmel

Die Reise nach Sofia
ISBN 3-423-**10539**-9
Sofia und Paris – ein Bild zweier Welten: Beobachtungen über Konsum und Liebe, Freiheit und Glück in Ost und West.

Die Herren
Roman
ISBN 3-423-**10894**-0
Ein psychologisch-erotischer Roman, dessen Erstveröffentlichung 1961 als skandalös empfunden wurde.

Jerusalem war immer eine schwere Adresse
ISBN 3-423-**11442**-8
Ein Bericht über den Aufstand der Palästinenser, ein sehr persönliches, menschliches Zeugnis für Versöhnung und Toleranz.

Der Geliebte
Roman
ISBN 3-423-**11546**-7
Stationen einer Liebe: Berlin, München, New York.

Der schöne Mann und andere Erzählungen
ISBN 3-423-**11637**-4

Die kurze Stunde zwischen Tag und Nacht
Roman
ISBN 3-423-**11697**-8

»Du bist nicht so wie andre Mütter«
Die Geschichte einer leidenschaftlichen Frau
ISBN 3-423-**11916**-0

Spuren
Roman
ISBN 3-423-**11951**-9
Ein Tag aus dem Leben einer jungen Frau mit einem achtjährigen Sohn.

Jericho
Eine Liebesgeschichte
ISBN 3-423-**12317**-6
und dtv großdruck
ISBN 3-423-**25156**-5

Grandhotel Bulgaria
Heimkehr in die Vergangenheit
ISBN 3-423-**12852**-6
Eine Reise nach Sofia heute.

Von der Erinnerung geweckt
ISBN 3-423-**24153**-5
Ein Leben in fünfzehn Geschichten.